贾兴安

主编

2017中国 散文
年度作品

中国出版集团

现代出版社

图书在版编目（CIP）数据

2017中国年度作品. 散文 / 贾兴安主编. —北京：现代出版社，2018.3

ISBN 978-7-5143-3990-1

Ⅰ．①2… Ⅱ．①贾… Ⅲ．①散文集—中国—当代

Ⅳ．①I217.1

中国版本图书馆CIP数据核字（2017）第317464号

2017中国年度作品. 散文

主　　编：贾兴安

策划编辑：庞俭克

责任编辑：申　晶　朱文婷

出版发行：现代出版社

通讯地址：北京市安定门外安华里504号

邮政编码：100011

电　　话：010-64267325　64245264（兼传真）

网　　址：www.1980xd.com

电子邮箱：xiandai@cnpitc.com.cn

印　　刷：三河市宏盛印务有限公司

开　　本：710mm×1000mm　1/16　　　字　　数：306千字　印　张：18

版　　次：2018年3月第1版　　　　　　印　　次：2018年3月第1次印刷

书　　号：ISBN 978-7-5143-3990-1

定　　价：42.00元

散文就是人生，人生即是散文。人生的意义，就是散文的意义。

——贾兴安

目　　录

北 京 的 树

肖复兴

老北京以前胡同和大街上没有树，树都在皇家的园林、寺庙或私家的花园里。故宫御花园里有号称北京龙爪槐之最的"蟠龙槐"，孔庙大成殿前尊称"触奸柏"的老柏树，潭柘寺里明代从印度移来的娑罗树，颐和园里的老玉兰树……以至于天坛里那些众多的参天古树，莫不过如此。清诗里说：前门辇路黄沙软，绿杨垂柳马缨花。那样街头有树的情景是极个别的，甚至我怀疑那仅仅是演绎。

北京有了街树，应该是民国初期朱启钤当政时引进了德国槐之后的事情。那之前，除了皇家园林，四合院里也是讲究种树的：大的院子里，可以种枣树、槐树、榆树、紫白丁香或西府海棠；再小的院子里，一般也要有一棵石榴树，老北京有民谚：天棚鱼缸石榴树，先生肥狗胖丫头。这是老北京四合院里必不可少的硬件。但是，老北京的院子里，是不会种松树柏树的，认为那是坟地里的树；也不会种柳树或杨树，认为杨柳不成材。所以，如果现在你到了四合院里看见这几类树，都是后栽上的，年头不会太长。

如今，到北京来，想看到真正的老树，除了皇家园林或古寺，就要到硕果仅存的老四合院了。

在南半截胡同的绍兴会馆里，还能够看到当年鲁迅先生住的补树书屋前那棵老槐树。那时，鲁迅写东西写累了，常摇着蒲扇到那棵槐树下乘凉，"从密叶缝里看那一点一点的青天，晚出的槐蚕又每每冰冷地落在头颈上"（《呐喊》自序）。那棵槐树现在还是虬干苍劲，枝叶参天，起码有一百多岁了。

在上斜街金井胡同的吴兴会馆里，还能够看到当年沈家本先生住在这里就有的那棵老皂荚树，两人合抱才抱得过来，真粗，树皮皴裂如沟壑纵横，枝干遒劲似龙蛇腾空而舞的样子，让人想起沈家本本人，这位清末维新变法中的修律大臣，我国法学奠基者的形象，和这棵皂荚树的形象是那样吻合。据说，在整个北京城，这么又粗又老的皂荚树屈指可数。

在陕西巷的榆树大院，还能够看到一棵老榆树。当年，赛金花盖的怡香院，就在这棵老榆树前面，就是陈宗藩在《燕都丛考》里说"自石头胡同而西曰陕西巷榆树大院，光绪庚子时，名妓赛金花张艳帜于是"的地方。之所以叫榆树大院，就因为有这棵老榆树，现在，站在当年赛金花住的房子的后窗前，还可以清晰地看到那榆树满树的绿叶葱茏，比赛金花青春常在，仪态万千。

西河沿192号，是原来的莆仙会馆，尽管早已经变成了大杂院，后搭建起的小房如蘑菇丛生，但院子里有棵老黑枣树，一直没舍得砍掉。在北京的四合院里，种马牙枣的枣树，有很多，但种这种黑枣树的很少。那年夏天，我专门到那里看它，它正开着一树的小黄花，落了一地的小黄花，真的是漂亮。当然，我说的是十多年前的事情了。

尽管山西街如今拆得仅剩下盲肠一段，但甲13号的荀慧生故居还在。当年，荀慧生买下这座院子，自己特别喜欢果树，亲手种有苹果、柿子、枣树、海棠、红果多株。到果子熟了的时候，会分送给梅兰芳等人。唯独那柿子熟透了不摘，一直到数九寒冬，来了客人，用竹梢头从树枝头打下梆梆硬的柿子，请客人带冰碴儿吃下，老北京人管这叫作"喝了蜜"。如今，院子里只剩下两棵树，一棵便是曾经结下无数次"喝了蜜"的柿子树，一棵是枣树。去年秋天，我去那里，大门紧锁，进不去院子，在门外看不见那棵柿子树，只看见枣树的枝条伸出墙头，枣星星点点，结得挺多的。老街坊告诉我，前两天，刚打过一次枣。

离荀慧生故居不远的西草厂街88号的萧长华的故居里，也有一株枣树，比荀慧生院子的枣树年头还长。同荀慧生爱种果树一样，这棵枣树是萧长华先生亲手种的。

在北京四合院里，好像只有枣树有着这样强烈的生命力。因此，在北京的四合院里，枣树是种得最多的树种。小时候我住的四合院里，有三株老枣树，据说是前清时候就有的树，别看树龄很老，每年结出的枣依然很多，很甜。所谓青春依旧，在院子里树木中，大概独属枣树了。我们大院的那三株老枣树，起码活了一百多年，如果不是为了后来人们的住房改造砍掉了它们，起码现在还可以活着。如今，我们的大院拆迁之后建起了崭新的院落，灰瓦红柱绿窗，很漂亮，不过，没有那三株老枣树，院子的沧桑历史感，怎么也找不到了。

如今，北京城的绿化越来越漂亮，无论街道两侧，还是小区四围，种植的树木品种越来越名目繁多，却很少见到种枣树的。人们对于树木的价值需求和审美标准，就这样发生着变化。老北京四合院的枣树，在这样被遗忘的失落中，便越发成为过往岁月里一种有些怅惘的回忆。

在我所见的这些树木中，最容易活的树是紫叶李，最难活的是合欢树，亦即前面所引清诗里说的马缨花。十多年前的夏天，我的孩子买房子时，看中的便是小区里有一片合欢树，满眼树毛茸茸绯红色的花朵，看得人爽心悦目。如今，那一片合欢树，只剩下六株苟延残喘。记得我读小学的时候，离我家不远通往长安街的一条大道两侧，种满合欢树，夏天一街茸茸粉花，云彩一般浮动在街的上空，在我的记忆里，是全北京城最漂亮的一条街了。可惜，如今那条街上，已经一株合欢树也没有了。

在离宣武门不远的校场口头条，那是一条很闹中取静的小胡同，在这条胡同的47号，是学者也是我们汇文中学的老学长吴晓铃先生的家。他家的小院里，有两株老合欢树，不知道如今是否还活着。那年，我特意去那里，不是为拜访吴先生，因为吴先生已经仙逝，而是为看那两株合欢树。合欢树长得很高，探出墙外，毛茸茸的花影，斑斑点点地正辉映大门上一副吴先生手书的金文体的门联"弘文世无匹，人器善为师"。那花和这字，才如剑鞘相配，相得益彰。如诗如画，世上无匹。

曾经有一段时间，我着了迷一般，像一个胡同串子，到处寻找老院子里硕果仅存的老树。都说树有年轮，树的历史最能见证北京四合院沧桑的历史。树的枝叶花朵和果实，最能见证北京四合院缤纷的生命。尤其是那些已经越来越少的老树，是老四合院的活化石。老院不会说话，老屋不会说话，迎风抖动的满树的树叶会说话呀。记得写过北京四合院专著的邓云乡先生，有一章专门写"四合院的花木"。他格外注重四合院的花木，曾经打过这样一个比方，说京都十分春色，四合院的树占去了五分。他还说："如果没有一树盛开的海棠，榆叶梅，丁香……又如何能显示四合院中无边的春色呢？"

十多年过去了，曾经访过的那么多老树，说老实话，给我印象最深的，还都不是上述的那些树，而是一棵杜梨树。

那是十二年前的夏天，我是在紧靠着前门楼子的长巷上头条的湖北会馆里，看到的这棵杜梨树，枝叶参天，高出院墙好多，密密的叶子摇晃着天空浮起一片浓郁的绿云。春天的时候，它会开满满一树白白的花朵，煞是明亮照眼。虽然，在它的四周盖起了好多小厨房，本来轩豁的院子显得很狭窄，但人们还是给它留下了足够宽敞的空间。我知道，人口的膨胀，住房的困难，好多院子的那些好树和老树，都被无奈地砍掉，盖起了房子。前些年，刘恒的小说《贫嘴张大民的幸福生活》，被改成电影，英文的名字叫作《屋子里的树》，是讲没有舍得把院子的树砍掉，盖房子时把树盖进房子里面了。因此，可以看出湖北会馆里的人们没有把这棵杜梨树砍掉盖房子，是很不容易的事情，也是值得尊敬的事情。

那天，很巧，从杜梨树前的一间小屋里，走出来一位老太太，正是种这棵杜梨树的主人。她告诉我她已经八十七岁，不到十岁搬进这院子来的时候，她种下了这棵杜梨树。也就是说，这棵杜梨树有将近八十年的历史了。

那位老太太让我难忘，还在于她对我讲过这样一段话。是那天我对她说，您就不盼着拆迁住进楼房里去？起码楼里有空调，这夏天住在这大杂院里，多热呀！她瞥瞥我，对我说：你没住过四合院？然后，她指指那棵杜梨树，又说，哪个四合院里没有树？一棵树有多少树叶？有多少树叶就有多少把扇子。只要有风，每一片树叶都把风给你扇过来了。老太太的这番话，我一直记得，我觉得她说得特别好。住在四合院里，晚上坐在院子里的大树下乘凉，真的是每一片树叶都像是一把扇子，把小凉风给你吹了过来，自然风和空调里制造出来的风不一样。

日子过得飞快，十二年过去了。这十二年里，偶尔，我路过那里，每次都忍不住会想起那位老太太。那棵杜梨树已经不在了，我却希望老太太还能健在。如果在，她今年九十九岁，虚岁就整一百岁了。

（选自《文汇报》2017年8月31日）

说 房 子

贾平凹

人活在世上需要房子，人死了也需要房子，乡下的要做棺、拱墓，城里的有骨灰盒。其实，人是从泥土里来的，最后又化为泥土，任何形式的房子，生前死后，装什么呢？

有一个字，囚，是人被四周围住了。房子是囚人的，人寻房子，自己把自己囚起来，这有点投案自首。过去的地主富农，买房买地。现在一般的农民省吃俭用，第一个建设就是盖房。活着没有盖所房子，好像一个总统没有治理好国家一样，很丢人的。时下的房地产很热，有钱人也是广置房产，都要囚，囚了自己，还要给子子孙孙都有囚的地方。

为了房子，人间闹了多少悲剧：因没房女朋友告吹了。三代同室，以帘相隔。单位里，一年盖楼，三年分楼，好同事成了乌眼鸡似的，白刀子进，红刀子出，与分房不公的领导鱼死网破。

人为什么都要自个儿寻囚呢？没有可以关了门、掩了窗，与相好谈恋爱的房子，那么到树林子去，在山坡上，在洁净鹅卵石的河滩，上有明月，近有清风，水波不兴，野花幽香，这么好的环境只有放肆了爱才不辜负。可是，没有个房子，哪里都是你的，哪里又岂能是你的？雁过长空无痕，春梦醒来没影，这个世界什么都不属于你，就是这房子里的空间归你。"嘭"地推开，"嘭"地关上，可以在里边四脚拉叉地躺着抽烟，可以伏在沙发上喘息，沏一壶茶品品清寂。和尚没有家，也还有个庙。

人就是有这么个坏毛病，自由的时候想着囚，囚了又想到自由。有的人房子有几幢数套，一套里有多厨多厕，却向往没墙没顶的大自然。十天半月就去山地野外游览，穿宽鞋，过草地，吃大锅，放响屁，放浪一下形骸。没房子的，走到公共厕所都在暗暗设计：这房子若归我了，床放在哪儿好？灶安在哪儿好？

人多多少少都会有点房子的，是一室的或者两室三室的。人什么都不怕，就是怕人，所以用房子隔开，家是一人或数人被房子囚起来。一个村寨有村寨墙，一个城有城墙。人生的日子整齐分割为一年四季，一年十二月，一月三十天，每人每家的居住就如同将一把草药塞进药铺药柜的一个格屉一个格屉里，有门牌号码，以数字固定了。《易经》就是这么研究人的，产生了定数之说。人逃不出为自己规定的数字。有了房子，如鸟停在了枝头，即使四处漂泊，即使心还去流浪，那口锅有地方，床有地方，心里吃了秤锤般实在。因此，不论是乡下还是闹市，没有人走错过家门，最看重的是他家的钥匙。

有家就有了私产和私心。以前有些农民出门在外，要拉屎都要憋着跑回去，拉在他家的茅坑里。憋不住的，拉下来也用石头溅飞，不能让别人捡去。而工厂的工人，也有人有了每天要带些厂里的小零碎回家的瘾，如钳子呀、铁丝呀、钉子呀。实在想不出拿什么了，吃过饭的饭盒里也要装些水泥灰。

房间里，随心所欲地布置了。在外做什么职业，在内就表现什么风格，或者在外得不到的，在内就要补上。官人们的坐椅大，躺椅长，桌上有两副眼镜，看报纸一副，看人一副。有钱人的房间里英文字母最多，以钱币叠成的菠萝挂在墙上，有一个壁橱是供了财神的，通有电光，遥感能发"财源茂盛"之声。想当艺术家的布置出了比艺术家还艺术家的氛围，有完整的盘羊头骨，有偌大的插画瓷缸，书不上架堆在桌上，纸烟拆开用烟斗来吸。那些自己做苦工偏要培养儿女成为音乐家的，钢琴摆在窗下。病恹恹的，常年卧床的，挂龙泉剑在床头。而实在的人，过平常日子，家具是逐步添办的，色调不一。米袋子同浴盆、凉鞋、舍不得丢的吃过饼干的盒子塞在床下，醋瓶子、蒜瓣和《新华字典》共放于缝纫机面板上，墙上是全家照片和孩子的三好学生奖状。他们今天把桌子移靠窗，明天床又东西向变为南北向，常变要出新，再折腾还是拥挤。

书上写着的是：家是避风港，家是安乐窝。有房子当然不能算家，有妻子儿女却没有房，也不算有家。家是在广大的空间里把自己囚住的一根桩。有趣的是，越是贪恋，越是经营，心灵的空间越小。家真是船能避风吗，有窝就有安与乐吗？

人生是烦恼的人生，有牙往往没有锅盔，有了锅盔又往往没了牙齿。所以，房间如何布置，家庭如何经营都不重要。睡草铺如果能起鼾声，绝对比睡在席梦思沙发床上辗转不眠好。用不着热羡和嫉妒他人的千般好，用不着哀叹和怨恨自己的万般苦，也用不着耻笑和贱看别人不如自己，生命的快活并不在于穷与富、贵与贱。

奋斗，赚钱，总算有满意的房子了，总算布置得满意了，人囚在家里达到人的初衷了吧？人的毛病就来了！人又要冲出这个囚地。许多男人都在说，最大的快乐是妻子回了娘家；普遍流行起"能买来床、买不来睡眠，能买来食物、买不来胃口，能买来学位、买不来学问"……蚕是以自吐的丝囚了自己的，蚕又要出来，变个蝴蝶也要出来。

人不能圆满，圆满就要缺，求缺者才平安，才持静守神。

世上的事，认真不对，不认真更不对。执着不对，一切视为空也不对。平平常常，自自然然，如上山拜佛，见佛像了就磕头，磕了头，佛像还是佛像，你还是你——生活之累就该少下来了。

（选自《陕西日报》2017 年 8 月 18 日）

乡间的瓦

王剑冰

一

汉字是以象形为基础的，瓦是象形字吗？瓦的结构之特别，超出了汉字的基本特征。那个往里拐的钩，在我开始习字时，总是让它不情愿地往外拐一下，此种痼习很长时间不能改变，以至使我对瓦一开始就有了深刻的印象。

想象一场天火，很大的天火，天火过后，先人看到了被火烧过的东西，其中或许有像瓦的形状的物质，扁扁的，带有一点弯曲。泥土形成了瓦的雏形。这个雏形或让我们的先人想到了防雨的功能，也就在房顶上加以利用，由一个不自觉变作了自觉。泥与火的自觉。

而这个瓦字，是否就是那个时候第一个惊喜的发音呢？我不得而知。但想象告诉我，这是可能的。很多的事物都是偶然获取的，很多的发明也是利用了某种自然的变化。

我不能进入瓦的内部，不知道瓦为什么是那种颜色。在中原，最黄最黄的土烧成的瓦，也还是瓦的颜色。

好瓦的颜色是十分好看的深蓝色，那是一种长期的民间蓝。那种蓝让人看着特别舒服。我说不好那种颜色。有一个词叫瓦蓝，说那个颜色瓦蓝瓦蓝的，你就知道是多么好的一种颜色了。瓦蓝似是一种沉稳而深刻的颜色，它不浮漂，不混杂，而且不褪色，经过了火的淬炼，它就形成了永远的色彩。火的物质渗入进去，火该是一种让人琢磨的东西。

你可知道由土而成为瓦，是物理变化还是化学变化？叫作瓦的物质，竟然那么坚硬，能够抵挡数百上千年的岁月。

屋总是不嫌弃瓦，即使屋子实在承受不住，也只是先将瓦卸下，重新做好下面的东西再将卸下的瓦盖上去。瓦对此总是沉默地忠厚地接受着。

　　瓦掉落地上的时候，是不会发出大的声响的，尤其是这些经过了数年风霜的瓦，它们的掉落甚至是无声的。

　　瓦最终在地上落成一抔土，那土便又回到田地中去，重新培养一株小苗。瓦的意义合并着物理和化学的双重意义。瓦完成了我们的先人对于土与水和火的最本质的认知。

　　我曾经试图挽救一片碎瓦的命运，我用胶水将两块瓦片黏合，但是没能如愿，那是好多年前的事。那个时候，还没有像现在的"502"类的黏合剂。我用泥和水将它们对在一起，然后架到砖上，上边覆上东西，下面不停地烧火。最后还是垮了。

　　一滴水打在瓦上，瓦会吸收到体内，再一滴水打上去，瓦还会吸收到体内。只要不是连续的打击，瓦都能承受并且吸收，而且不会渗入下面去。直到一连串的雨水的灌注，瓦才会承受不住让水下落。

　　当你对瓦有了依赖的时候，你便对它有了敬畏。在高处看，瓦是一本打开的书。

　　瓦，我的小村的一部分，我的生命的一部分。

二

　　真正的瓦的出现应该是离水，离土地，离氏族首领、诸侯王最近的地方，只有有了财富，有了统领的能力，才能把房子盖得好一点，才会利用瓦。

　　瓦的大量的出现，起码应该是国出现的时候，"秦砖汉瓦"是指的成熟期，知道利用的时代是一个建筑需求较为讲究的时代，这个时代或许在周，在春秋战国时期。

　　西安的郊区发掘了一个汉墓，西安的朋友领着我去看。我看到了一片被土压着的瓦砾，想象出瓦的曾经的宏大。

　　前些日子又一次去河南博物院，由于留意，竟然看到一群的瓦。有些瓦非常大，事先想象不出来的那种大。我们的祖先在制造瓦的时候，竟然那么用功夫，像对待他们的生活一样对待一片瓦。那个时候瓦的烧制技术已经炉火纯青，而应用更加具有了美学意味。

　　有一个图景，远处是草房，还有瓦房，近处是他们的土地，土地上劳作的人和牛。让你感觉到时间没有走。中国的农民在汉代已经生活得很好了，在草下，在瓦下，在天地之间。

　　在人最需要什么的时候，会去寻求，科学的进步是因为寻找的力量，寻找的力量是因为生活的推动。由此来说，从一开始人们就把瓦当成一种高贵的物质。

瓦是演变最慢的物质，从第一片瓦盖上屋顶起，瓦就一直保持了它的形态，到机器瓦的出现，已经过去了两千年时光。我曾经观察过北方和南方的农具，部分农具会有很大的变化，而瓦却是一成不变的。在人们走入钢筋水泥的生活前，瓦坚持了很久，瓦最终受到了史无前例的伤害。

三

砖连砖成墙，瓦连瓦成房。砖不像瓦，永远上不了大席面，砖费了老鼻子劲，从地上往上爬得再高，没有瓦还是成不了气候。瓦就像那主要人物，等人到齐，停当了，才会出来。所以建房只要瓦上齐了，一切都齐了，就可以把生活安顿到里面。

瓦堆在那里，从瓦窑厂运来就再没有动过地方，它们大小不差，地位相等，很长一个时间段，亲密无间。只是后来，由于建筑工的随意性，或可先从左边搬起，又从右边搬动，由此改变了一些瓦的命运，多数瓦上了高大的屋顶，少部分剩余的盖了鸡窝。这样，不仅盖鸡窝的瓦每天要最晚才能享受到一许阳光的照射，而且还要承受大屋上的瓦滴落的噼噼啪啪的水滴。

鸡们出窝的第一件事，便是上到窝瓦上到处拉屎。鸡并不会觉得它们用上了同人一样的瓦而自豪，由此也使得鸡窝上的那些瓦自豪不起来。鸡一般是上不得高屋之瓦的，必是知道那是人之所居。除非遇到非常事件，鸡才会有出格的举动，并且叫得非常响亮，以表明不是自己的故意。停留的时间也不会很长，似乎它心里很知道高瓦的地位。

离地越高，越神圣，这谁都知道。

有钱的人家盖房子，在瓦的下面，要铺上芦苇或秸秆编成的箔。多数屋子的瓦下是不铺设东西的，直接把瓦盖在檩条上，连泥都没有。这使得瓦可以直观到屋子里日常发生的一切。人们在做着什么的时候，总是能够看到屋顶的瓦，但从他们的表情上看出他们是放心的。除非有人在上边将瓦挪开了一道缝隙，借助瓦的掩护实施自己的某种目的或欲望。

每一座屋子里的瓦，都成为这个屋子的忠诚的守候者。即使由于某种原因被从这个房屋转到另一个房屋，瓦也不会将这个房屋的秘密带到另一个房屋里，而且瓦会坚守新的房屋的秘密，将以前的记忆永远封存。

能造屋的人被称为瓦匠，而非砖匠或泥匠。瓦匠可以担当砖石泥木等一切分责。在我的印象中，瓦匠是很受人尊重的，给人盖房子，瓦匠可以上大席面，吃大块的鱼大碗的肉。

而最初的瓦匠，则是在王宫里面，建造殿堂豪舍，更是一种少缺的手艺人。

我们的祖辈会聪明地利用瓦，譬如，把瓦合起来，由于瓦是有弯度的，摆成一组一组的，就能合出美妙的结构。第一次吸引我的目光是在江苏盛泽一户豪门的后花园。合在一起的瓦构制的甬道，弯弯曲曲的，最外面的也是弯曲的花边。后来我在很多地方见到过这种甬道。瓦缝间会有一些青苔，不规则地出现在甬道上。细雨刚下过，有些湿滑，但踩在上面不是那种坚硬感，而是带着一种温润，似乎还有一种清新，从脚底泛上来。

周围的墙上，是两片瓦扣成的一个个的叶瓣，多片叶瓣组成的好看的墙围花里，似仍有一阵叽叽嘎嘎的笑声传过。

四

一片瓦被一个孩子捡了起来，放在地上在小拳头下变成了五六瓣。

其他的孩子加入进来，更多的瓦遭遇了厄运。碎片又被这些手旋进了坑塘，一片片的在水上飞。水上起了波澜，波澜变成花朵。瓦片左右不了自己的命运，不自觉地旋转着，由上层建筑转入了黑沉沉的地域。如果没有特殊情况，它们将永无天日。

我想很多从童年过来的人都做过这种损瓦不利己的事情。只是瓦不会记恨他们。瓦始终采取了沉默。瓦的性格决定了它自身并且由此获得了人的永远的信任。

20世纪60年代，铺地、修路主要借助于砖屑瓦砾，也有平房的房顶是灰沙掺和着这种物质锤砸而成。

一般是将废弃的砖瓦砸成比铁路道床碎石子还小的碎块。受欢迎的当然是那些废瓦，好砸，大小容易均匀，功效显著。

那个年月，就像城市街道糊纸盒子，家家都参与，大人小孩都会挑着箩筐，四处寻觅碎砖烂瓦。而由于对瓦的偏好，瓦相对较为难拾。

我所在的那个小城，白天晚上都在响着这种沉闷的砸击，尤其晚上，真可谓，长安一片月，万户捣瓦声。

时常会有人上门来收，一堆堆地摊成正方体或长方体，以便丈量。好大一堆，卖不了块儿八毛钱。但是能使废砖旧瓦换钱，觉得还是很值得的一件事。那个年代不缺力气。

不知道多少瓦变成碎片被铺入了地下。铺入房顶的倒是与瓦的作用有些联系。

小时候，有人告诉我，使蚕蛾将卵产在瓦上，然后放在水中去泡，一周以后，便会变出金鱼来。我听了感到好笑。但小伙伴都这么传，也就动摇了我的疑心。我们那时都在养蚕玩，做个实验也不费什么事。于是便使用强迫的手段，让蚕蛾将卵产在了一块瓦上。瓦是我特意选的，没有一点破损，洗净后透着朴实的蓝色。盆子里盛了水，将粘着卵的瓦放进去。瓦上起了几颗泡泡，就安静地躺在了水底。一天过去了，两天过去了，每天我都仔细观察瓦片上的变化。

我已经完全相信，是蚕卵和瓦的特殊结合而产生了离奇的变化，这即是要用新瓦而不能用旧瓦的特别之处，新瓦一定带有着炉火的温度以及瓦蓝的色彩。蚕卵的变化就需要这种条件，而瓦也是一个特殊的介体，为什么是瓦而不是别的东西？

我至今都认为是我的操作有问题，我没有耐性坚持不懈，当我发现水质出现异常时，我不得已做了放弃的决定。而那时那些卵有的已经脱离了瓦片，我瞪大眼睛，也看不出它们有小金鱼的雏形。

邻家大妈在瓦上焙鸡胗，炉火在瓦下，瓦的温度在上升，鸡胗的香味浮上来，钻进我的嗅觉，我的胃里发出阵阵轰鸣。鸡胗越发黄了起来，而瓦却没有改变颜色。瓦的承受力很强。

在最冷的时候，邻家大妈会用布片包好烧热的瓦放在孩子的被窝里，那种温暖能够持续很长的时间。我让娘也这样做。冰凉的脚放上去，瓦的温度渐渐上传，等瓦把自己的体温传遍我的全身，瓦变得冰冷起来。

下雨了，我顶着一片瓦跑回家去，雨在地上冒起了泡泡，那片瓦给了我巨大的信心。我快速地跑着，我的头上起了白烟，闪电闪在身后。

五

风撞在瓦上，跌跌撞撞地发出怪怪的声音。那是风与瓦语言上的障碍。风改变不了瓦的方向，风只能改变自己。

从我们的先民的茅屋生活、窑洞生活，进入到瓦的生活，是一种生活的进步。瓦是家的新理念的最外面的东西，是家的被子。

失落那么一片、两片，为了维护家，也会修修补补。时间长了，你会看到瓦的不一样的形态和布局。瓦是家温暖的补丁连缀的形式。

屋子一直在漏。雨从瓦的缝隙淌下来，大盆小盆都接满，然后溢到了地上。娘要上到屋子上面去，娘说，我上去看看，肯定是瓦的事。

雨下了一个星期了，城外已成泽国，人们涌到城里，挤满了街道的屋檐和学校走廊，后来学校也停课了，水漫进了院子。我说娘你要小心。娘哗哗地蹚着积水走到房基角，从一个墙头上到房上去。

　　我站在屋子里，看到一片瓦在移动，又一片瓦动过之后，屋子里的雨停止了，那一刻我感到了家的温暖和瓦的力量。

　　鳞是鱼的瓦，甲是兵的瓦，云是天的瓦，娘是我们家的瓦。

　　一个"五保户"老人走了，仅有的财产是茅屋旁的一堆瓦，那是他多年的积蓄。每捡回一片较为完整的瓦，他都要摆放在那里，他对瓦有着什么情结或是寄望？他走了，那堆瓦还在等着他，瓦知道老人的心思。

　　一条狗不知道从哪里衔着一片瓦跑过来。

　　不知道狗对这片瓦有什么情愫，难道它认得这瓦或这瓦的主人？

六

　　我们的姓氏的起源，多是山先人出门所遇或所居之物而定，比如石，比如水，比如花。只是没有姓瓦的，概是瓦出现得晚的缘故。

　　外国人中出现了瓦的名字：瓦格纳，瓦西里，瓦尔特，瓦德海姆。这个瓦的发音非常适应于外国人的口齿吗？每次听到这些名字，都有一种油然而生的亲切感。

　　涅瓦，哈瓦那，瓦尔登。似乎这个瓦很适合那名字的本意，让我们叫起来觉得亲近。尽管我明白，那只是汉语翻译而整出的事情。

　　这个瓦，在物理上还有一个意思，表示功率的单位。同瓦的本身没大意思，是同那个叫瓦特的人联系着。

　　在西藏扎什伦布寺，我看到了一种带有瓦字的树。

　　扎什伦布寺是日喀则地区最负盛名的藏传佛教寺院，修建在日喀则西面的尼玛山上。以前，达赖喇嘛主持前藏，驻锡地是拉萨的布达拉宫，班禅主持后藏，驻锡地就是日喀则的扎什伦布寺。十世班禅最后在这里圆寂。

　　通往寺内的路在爬升，庙宇层层叠叠，一种树也是层层叠叠，高高地遮盖了一条路和路两边的屋舍，绿色的叶片同白色的屋舍形成了比照。

　　我第一次听到树的名字的时候，惊喜地让人再强调了一遍，不错，卓瓦树。

　　像卓越的瓦的植物，它长在寺庙里，长成了三百年树龄的参天大树，荫蔽着广大无边的佛。

　　树也是瓦啊。

　　卓瓦树据说只能在西藏生长，先开花后长叶，树的枝条可用来做酥油灯的灯芯。

　　尽管我并不明白为什么叫卓瓦树，并且我带有了某种主观的理解，但是我喜欢这种树，喜欢树的名字——卓瓦树。

像黄河一样奔涌的济水早就消失了，只留下济南、济宁、济阳的地名。我在济水的源头，依然能看到滚涌的泉水，泉水流过的地方，土地肥沃而润泽。临近泉水处，有三十亩的土地，种的都是蒜，长得非常好，早年是为贡品，当地人叫精蒜。

我奇怪这片地的名字：河瓦地。不错，当地人都这么说。河瓦地，是河的形象说法吗？河消失的时候，留下水的痕迹，一层层的，像一大片的瓦。

村人说，是因为土下边盖了瓦，瓦下面洇水，上面种蒜。

第一次听说瓦的另一种作用，一鳞鳞的瓦拱起身子，让土在上面肥沃，苗在上面蓬勃。

不知道为什么由瓦和土构成的地上只适合种蒜而不种其他作物。

而且，这些瓦从来不见天日。

我曾经试图瞻仰那些瓦，它们一定比我的年龄长。但我没能如愿，我只看到了黄色的土地和土地上的蒜苗。

我对这片土地充满了好奇。我不知道，除了这一片土地，还有没有其他地方叫这个名字的。这或许是一个独特的创造。

河瓦地，很好听的名字。

去大连的路上，看到一个地名：瓦房店。

多少年前，或许看到这个地名会有一种欣喜。

那里是先有一片瓦房的吗？既然不叫草房店，说明当时的瓦房给人的印象很深，很特别。

尤其在离海不远的地方，一大片的瓦。

在当时，或许是一个很气派的地名。

你听说过"弄瓦之喜"吗？那是因为谁家添了女孩儿。

那个瓦指的是古代纺车下的物件，大概是纺轮或纺锤之类。

让女孩儿在下面玩弄，或许不会影响母亲纺纱织布，还给女儿找到了乐趣。玩耍之中，就会对织布机产生印象和兴趣。女孩儿嘛，长大了就是要相夫教子、纺织缝补的，这也是一种早教的方法吧。所以生了女孩儿自然称为"弄瓦之喜"。

那么，对待男孩儿是怎样的？会让他在床上把玩玉器，希望儿子将来有玉样的追求与前途。因而对于生了男孩的，被称为"弄璋之喜"。璋为玉质，瓦为陶制，璋为礼器，瓦为工具。在两千多年前的周代，男女做事有别，《诗经》反映了时代的真实。瓦本就是带有着一种平民性，女子是平民中的平民。

让女子与瓦相连起来，倒是使得瓦的美质上升了，那是一种优雅的、柔韧的、静默的、隐忍的美。

我第一次听到用瓦来做形容词使用的话语。那是在乡间，瓦竟然表示一种姿势。"这人，瓦着腰蹿过去了。"似乎是身体前倾，腰部微曲，腿脚极力朝前。"我要去城里，瓦着劲猛干，挣我自己想要的。"状如瓦的形体活泛起来，形象而贴切地出现在我的想象里。

瓦是乡村的产物，也就必然地出现在乡间土语中。

在中原，瓦还可以和其他词组合在一起，比如"瓦开"，"这家伙，一出门就瓦开了"。"瓦开"既是指跑的神态，又指跑的速度，透露出跑者的诸多信息。当我明白这种意思的时候，我甚至找不出更好的与之相对应的词语。

瓦，实在是一个好用的物件。

（选自《天涯》2017 年第 1 期，本文有删节）

在夜晚的麦田里独行

刘庆邦

已经是后半夜，我一个人在向麦田深处走。

人在沉睡，值夜的狗在沉睡，整个村庄也在沉睡，仿佛一切都归于沉静状态。麦田上空偶尔响起布谷鸟的叫声，远处的水塘间或传来一两声蛙鸣，在我听来，它们迷迷糊糊，也不清醒，像是在发癔症，说梦话。它们的"梦话"不但丝毫不能打破夜晚的沉静，反而对沉静有所点化似的，使沉静显得更加深邃，更加邈远。

刚圆又缺的月亮悄悄升了起来。月亮的亮度与我的期望相差甚远，它看上去有些发黄，还有些发红，一点儿都不清朗。我留意观察过各个季节的月亮，秋天和冬天的月亮是最亮的，夏天的月亮质量总是不尽如人意。这样的月亮也不能说没有月光，只不过它散发的月光是慵懒的、朦胧的，洒到哪里都如同罩上了一层薄雾。比如月光洒在此时的麦田里，它使麦田变成白色的模糊，我可以看到密匝匝的麦穗，但看不到麦芒。这样的月光谈不上有什么穿透力，它只洒在麦穗表面就完了，麦穗下方都是黑色的暗影。

我沿着一条田间小路，自东向西，慢慢向里边走。说是小路，在夜色里几乎看不到有什么路径。小路两侧成熟的麦子呈夹岸之势，差不多把小路占严了。我每往里走一步，不是左腿碰到了麦子，就是右腿碰到了麦子，麦子对我深夜造访似乎并不是很欢迎，它们一再阻拦我，仿佛在说：深更半夜的，你不好好睡觉，到我们这里来干什么！窄窄的小路上长满了野草，随着麦子成熟，野草有的长了毛穗，有的结了浆果，也在迅速生长，成熟。我能感觉到野草埋住了我的脚，并对我的脚有所纠缠，我等于蹚着野草，不断摆脱羁绊才能前行。面前的草丛里陡地飞起一只大鸟，在寂静的夜晚，大鸟拍打翅膀的声音显得有些响，几乎吓了我一跳，我不知不觉站立下来。我不知道大鸟飞向了何方，一道黑影一闪，不知名的大鸟就不见了。我随身带有一个袖珍式的手电筒，我没有把手电筒打开。在夜晚的麦田里，打手电是突兀的，我不愿用电光打破麦田的宁静。

　　我们家的墓园就在村南的这块麦田里，白天我已经到这块麦田里看过，而且在没腰深的麦田里伫立了好长时间。自从1970年参加工作离开老家，四十多年过去了，我再也没有在麦子成熟的季节回过老家，再也没有看到过大面积金黄的麦田。这次我特意抽出时间回老家，就是为了再看看遍地熟金一样的麦田。放眼望去，金色的麦田向天边铺展，天有多远，麦田就有多远，怎么也望不到边。一阵熏风吹过，麦浪翻成一阵白金，一阵黄金，白金和黄金在交替波涌。阳光似乎也被染成了金色，麦田和阳光在交相辉映。请原谅我反复使用"金"这个字眼来形容麦田，因为我想不出还有哪个高贵的字眼可以代替它。然而，如果地里真的铺满黄金的话，我不一定那么感动，恰恰是黄土地里长出来的成熟的麦子，才使我心潮激荡，感动不已。那是一种生命的感动，深度的感动，源自人类原始的感动。它的美是自然之美，是壮美、大美和无言之美。它给予人的美感是诗歌、绘画、音乐等艺术形式所不能比拟的。

　　因为白天看麦田没有看够，所以在夜深人静时我还要来看。白天为实，夜晚为虚；阳光为实，月光为虚，我想看看虚幻环境中的麦田是什么样子。站在田间，我明显感觉到了麦田的呼吸。这种呼吸在白天是感觉不到的。麦田的呼吸与我们人类的呼吸相反，我们吸的是凉气，呼的是热气，而麦田吸进去的是热气，呼出来的是凉气。一呼一吸之间，麦子的香气就散发出来。麦子浓郁的香气是原香，也是毛香，吸进肺腑里让人有些微醉。晚上没有风，不见麦浪翻滚，也不见麦田上方掠来掠去的燕子和翩翩起舞的蝴蝶。仰头往天上找，月亮升高一些，还是暗淡的轮廓。月亮洒在麦田里的不像是月光，满地的麦子像是铺满了灰白的云彩。一时间，我产生了错觉，以为自己站在云彩里，在随着云彩移动。又以为自己也变成了一棵小麦，正幽幽地融入麦田。为了证明自己没变成小麦，我掐了一只麦穗儿在手心里搓揉。麦穗儿湿漉漉的，表明露水下来了。露水湿了麦田，也湿了我这个从远方归来的游子的衣衫。我免不了向墓园注目，看到栽在母亲坟侧的柏树变成了黑色，墓碑楼子的剪影也是黑色。

　　从麦田深处退出，我仍没有进村，没有回到我一个人所住的我家的老屋，而是沿着河边的一条小路，向邻村走去。在路上，我想我也许会遇到人。夜行的人有时还是有的。然而，我跟着自己的影子，自己的影子跟着我，我连一个人都没遇到。河上有一座桥，我在那座桥上站住了。还是在老家的时候，也是在夜晚，我曾和邻村的一个姑娘在这座桥上谈过恋爱，那个姑娘还送给我一双她亲手为我做的布鞋。来到桥上，我想把旧梦回忆一下。桥的位置没变，只是由砖桥变成了水泥桥。桥下还有水，只是由活水变成了死水。映在水里的红月亮被拉成红色的长条，并断断续续。青蛙在浮萍上追逐，激起一些细碎的水花儿。逝者如斯，那个姑娘再也见不到了。

　　到周口市乘火车返京前，我和作家协会的朋友们一块儿喝了酒。火车开动了，我还醉眼蒙眬。列车在豫东大平原的麦海里穿行，车窗外金色的麦田无边无际，更是壮观无比。我禁不住给妻子打了一个电话，说大平原上成熟的麦子是全世界最美的景观，你想象不到有多么好看，多么震撼……我没有再说下去，我的喉咙有些哽咽。

　　　　　　　　　　　　　　　　（选自《中国文化报》2017年9月21日）

仰望雄安

关仁山

　　白洋淀是水的世界，也是我梦中的天堂。第一次走近她，是在梦中，读了孙犁的文章以后，我就做梦了，那晚我的梦乡里几乎被浩渺的烟波、如雪的芦荡、欢蹦的鱼虾溢满，我乘坐一叶小舟顺风而行，船下浮水一线分开，犹如盛开的荷花，让人浑身清爽。醒来后还沉浸在美妙的梦境中。我知道，自己孩提时代对白洋淀就心驰神往，与白洋淀便有了一个美丽的约定。我要拥抱这美丽的地方，那闪光的一刻，那恰如繁华绚烂般的思念，还要让我等待多久？

一

　　今天的生活，既有孤单的煎熬，也有对未来的畅想。平淡的日子里，历史的花悄悄谢了，未来的花即将绽放。2017 年 4 月 1 日，那个闪光的日子，雄安新区诞生在河北雄县、容城、安新三县。振奋之际，我感到一颗心在加速跳动，一度被冷落的白洋淀再次走进人们的视野。

　　水和花的芬芳滋养了生命。白洋淀是水和花的世界，它的容颜攫住了我的灵魂。梦里的白洋淀啊，我终于把梦境变成现实。河北省作家协会与《中国作家》杂志社联合举办作家采风，来到了美丽的白洋淀。我真正身临其境，走进了白洋淀的深处。我怀疑自己又回到了梦乡。呵，这是怎样一片神奇的地方啊？远看，天连着水，水连着天，分不清何处是天上何处是人间。若不是小船上的人在水波上辛勤劳作，若不是鳞光闪闪的鱼虾竞相欢跳，我就只能把白洋淀当作世外桃源了。近看，芦花四处飘荡，百鸟凌空飞翔，楼阁倒影婆娑，到处是烟雨蒙蒙，到处是稻谷飘香。

　　听当地人讲，白洋淀是典型的北方湿地，它汇集了唐河、府河、漕河、拒马河等九条河水，那么多的沟壕、河道，把这些淀泊串联成了一座巨大的水上迷宫。怪不得白洋淀游动着那么多的鱼。朋友早就约请我到这里吃鱼宴，白洋淀的鱼宴是远近闻名的。我们坐在一条木船上，穿行于纵横交错的芦苇丛中，但见绿水碧波，清亮得能够照见人影。

人在船上坐，那水里也就有了一幅动静相宜的剪影随波摇荡了。洁白的芦花，像下了一场铺天盖地的大雪，白得夺人眼目，白得摄人心魄。再看成群的鹅鸭、满舱的鱼虾，正无言地向我讲述着白洋淀人其乐融融的平静生活。我向一位站立船头的老乡打个招呼，感叹道："这里真美呀，像仙境一般。"老乡憨憨地笑了，自豪地说道："那当然了，我们白洋淀古时候就有'北地西湖'之称，今有'华北明珠'之誉，诗赞'北国江南'，歌咏'鱼米之乡'，是帝王巡幸之所，'荷花淀派'诞生之地，雁翎神兵扬威之处，'小兵张嘎'造就之域哩。"我被这位老乡的情绪感染了，五彩缤纷的水乡随波流进了我的心底。情不自禁地想起孙犁先生的名篇《荷花淀》中对白洋淀质朴生活的经典描述来：月亮升起来，院子里凉爽得很，干净得很，白天破好的苇眉子潮润润的，正好编席。女人坐在小院当中，手指上缠绞着柔滑修长的苇眉子。苇眉子又薄又细，在她怀里跳跃着。要问白洋淀有多少苇地？不知道。每年出多少苇子？不知道。只晓得，每年芦花飘飞苇叶黄的时候，全淀的芦苇收割，垛起垛来，在白洋淀周围的广场上，就成了一条苇子的长城……

写得多美啊！这样美好的意境，是作家的创造，更是白洋淀的贡献。在一方富有灵性的土地上，我们完成了一个精神的跋涉。我由衷地称赞道："说得好，说得好啊，白洋淀的席子是一种民俗文化。"这位老乡点头称是。

少顷，他遥指远处的景物对我说："我们白洋淀附近有不少名胜古迹。古代很多帝王都曾到这里避暑、水猎，有一淀被称为'捞王淀'，据说是当年乾隆皇帝落水被渔民救起的地方。这些年旅游部门还在白洋淀兴建了大型水上乐园、野生动物观赏区等，准备开辟几个拥有民俗风情的村庄，供游人参观哩。"看着这位热情、健谈的老乡，我的眼前浮现出一派人畜兴旺、安居乐业、和睦安详的景象，真真切切地体会到了"白洋淀水好，荷美，景更好，人更美"赞誉的内涵。

二

据安新的作家朋友介绍，白洋淀有自然形成的千亩荷花淀，每年农历五到八月，粉、白两种荷花盛开，淀内香气四溢。值得一提的是元妃荷园，占地约700亩，荷园内荷花叶片大，茎秆挺拔，花瓣肥厚，颜色鲜艳，清香飘溢。自古以来，到白洋淀观赏荷花的人常来荷园赏荷，留下了不少赞美这里景色的诗词歌赋。传说金代章宗皇帝的爱妃元妃李师儿，对荷花情有独钟，喜爱荷花成了嗜好。由于章宗皇帝经常陪伴着元妃来这里泛舟赏荷，后人便把这里称为"元妃荷园"。我伫立荷园，闻着扑鼻的荷香，依稀间，仿佛看到远逝的亭亭荷影重又争奇斗艳；仿佛看到古人胭脂佳黛轻泛扁舟摆桨弄荷的婀娜身姿，历史近在咫尺，伸手可及，"白云千里万里，明月前溪后溪"。今荷不是古时荷，今荷依旧情古荷。静止不动了的荷花，一点点亮了起来，浓香包围了我。我收藏了一幅刘文西先生画的荷花《晨曲》，也欣赏过梁斌先生画的荷花，我真的羡慕画家赏荷画荷时的心境。由此，我可以想象一下行走在未来的雄安新区，将会遇到怎样的荷叶田田，嗅到怎样的荷花清香了。

白洋淀水域辽阔，春季青芦吐翠，夏季红莲出水，秋季芦苇泛黄，冬季泊似碧玉。因其物产丰富，盛产大米、鱼虾、菱藕和"安州苇席"，被誉为美丽的鱼米之乡。我走进荷花大观园，这里是华北明珠白洋淀的生态景点，根据孙犁先生笔下的荷花淀修建而成。有六区、十二园、三十六景、七十二连桥把园中景物连缀在了一起。放眼眺望，但见园区山清水秀交相辉映，亭台楼阁星罗棋布，车、船、桥、路纵横交错。在荷花大观园听到的是鸟语，闻到的是花香，看到的是明净，感受到的是清凉，真是一个奇妙无比的世界啊！

此时，前方亮起一道闪电，似乎还很遥远。这道闪电让我想起并不算遥远的白洋淀战火硝烟的历史。白洋淀不仅有着优美的自然景观，丰富的物产资源，英雄的白洋淀人民更有着光荣的革命传统和不怕牺牲的民族气节，在反抗日本侵略者的斗争中抛头颅，洒热血，谱写了一首首辉煌壮丽的抗日诗篇。

1922年安新县大张庄的安志成在邓中夏的领导下加入了中国共产党。1923年安新县马家寨村的辛璞田同周恩来、邓颖超一起投身革命。1927年安新县建立了党组织。七七事变后，日寇对白洋淀地区实行惨无人道的"三光"政策，制造了数起骇人听闻的惨案。美丽的白洋淀从此变成抬头是岗楼，到处是狼烟。面对疯狂的日寇，白洋淀人民在共产党的领导下，同仇敌忾、奋勇杀敌，以血肉之躯筑起抗日长城。除奸团、武工队、县大队、区小队等抗日武装纷纷建立，不论在旱陆还是水区，处处是战场，人人杀敌忙，抗日烽火熊熊燃起。其中令日寇闻风丧胆的雁翎队就是当时活跃在白洋淀上的一支民众抗日武装。他们利用淀区芦荡遍布、河道交错的有利地形，开展机动灵活的游击战，端岗楼、打鬼子、除汉奸，以弱胜强，配合大部队痛击日寇，大长我中华民族之威风，显示出燕赵儿女的聪慧勇敢，留下了许多可歌可泣的动人故事。"天当被，地做床，芦苇是屏障。喝的淀中水，吃的人民粮。咱是人民子弟兵，打败鬼子保家乡。"这是雁翎队建立初期，雁翎队员驻扎在芦苇荡中的生活写照。

白洋淀的战斗遗址、革命文物等红色资源十分丰富，如辛璞田烈士祠、端村惨案遗址、雁翎队打保运船旧址、大田庄庙、圈头烈士祠、安州烈士塔、雁翎队纪念馆等，这些革命文物遗迹生动地记录了白洋淀军民在抗日战争和解放战争中的英勇事迹，有着深远的爱国主义教育意义。同时还产生了一批以抗战为题材的优秀文学作品，如徐光耀的《小兵张嘎》、穆青的《雁翎队》、孙犁的《荷花淀》和《白洋淀纪事》、李永鸿的《红菱传》等。这些作品均以白洋淀地区的人和事为题材，有的被选录入中学课本，有的被译成多国文字遍及世界，还有的被拍成电影久映不衰。白洋淀文学不仅有抒情意味的美好文字，还有震撼人心的精神之美，它随时都警示我，不能丧失对生活的爱。作家的生命将随着这种创造得以延续，得以永恒。这都源于英雄的白洋淀人民的创造。劳动的艰辛和人性的光辉，让艺术家发现了真善美。

三

　　网络和电视，渐渐让我们的思维程式化了，感觉麻木，对大自然冷漠了，缺少了前辈作家与大自然的那种亲近之感。现代人更多的是享受，而不是爱。享受是掠夺，而爱是施与，这两者之间有着天壤之别。太阳升起来的时候，这里的世界好像被重新分娩了一次。爱我们的白洋淀吧，它让我们摒弃生活中功利的因素，攀登精神的顶峰。无法否认，当今一些人以生存为借口，摧毁了良知和真诚。那些想找回自己精神家园的人，请到白洋淀走走吧。白洋淀是美丽的，那里闪着灵光，需要我们抬头仰望。白洋淀是温暖的，这是人生的"暖流"，我们每人都在寻找生命的"暖流"，寻找一个圣洁温暖的梦。

　　今天的人也许忘记了，但是，匆匆流淌的淀水记得，湖里芦苇和荷花记得。我们从中体味到了它的奇美，那不是应该享受的美，而是历史的风景对我们最大的恩赐。其实我想，看不见的风景才深奥无比，天有阴晴，生命也有止境。我仿佛听见了白洋淀捕鱼人的歌声，好似历史久远的回声，几句简单的吟唱，打开了我的心扉，让我翘首遥望。人们为爱而歌，为生活而歌，为历史而歌。

　　重温往昔，一个个场景历历如在眼前。

　　位于白洋淀文化苑景区内的白洋淀雁翎队纪念馆，是一处爱国主义教育基地。我们采风团走进了纪念馆。馆名是由曾率部驰骋冀中战场的开国上将吕正操，在他99岁高龄时亲笔题写的。纪念馆分设序厅、全面抗战的爆发与冀中抗日根据地的建立、侵华日军在白洋淀的暴行、雁翎队与水上游击战、喜迎抗日战争的胜利等18个主题鲜明的展厅，集中展示了白洋淀儿女的飒爽英姿和抗战精神。朱德、聂荣臻、杨成武、吕正操等都曾在这里战斗、生活，并留下"爱民井""淀上野餐"等许多感人故事。

　　后来，在周恩来总理的关怀下安新县建成了当时河北省最长的公路桥——白洋淀大桥。许多党和国家领导人曾先后来白洋淀视察并指导工作。白洋淀人民从保卫家乡、建设家乡到改革开放，大力实施旅游兴县战略，让革命老区白洋淀走向了世界，同时也把象征白洋淀人民英勇顽强的"雁翎精神"带到了全世界。我想，不知道雁翎队的后人是否还在这里生活，不知道他们将在雄安新区的建设中发挥怎样的作用？一切都像是梦，新生活在向他们招手。

雄安新区即将崛起之际，白洋淀是平静的，但是，它于平静中像是待嫁的新娘一样悄然打扮着自己。我们乘船游览白洋淀，天空、湖水、平原，明亮而丰富的色彩，把人和景映衬成凝固的雕像。忽然看见芦苇荡里飞起一只鸟，世界上最美丽的鸟，从白洋淀张开了翅膀。当我带着全部的生活阅历来看白洋淀时，我们会得到一种顿悟，我的感受已经有了质的飞跃。白洋淀作为红色文化的象征，越来越显示出它的精神魅力。这是燕赵文化的精髓。

迎着习习秋风，看着圈圈涟漪的白洋淀水波，听着白洋淀人愉快清爽的说笑声，闻着荷花的清香和鲜活的水汽，感觉它是我们这个时代精神资源的提供者。我们需要一种宁静。我总是想象生活，想象中的生活就难免被诗意化。这样一个宁静的黄昏，夕阳给白洋淀披上了一层金色，它给我们打开了一条生命通道，它在用自身最后的光芒说话。明天早晨，太阳将在水面上升起，象征着生命被重新分娩一次。雄安的未来是那么令人神往，千年大计，绝美的手笔，一个全新试验场，有跨时代设计，有灵魂的富有，有复调的隐喻，深刻的思考，会让我们意象通明。

水活了，天亦感动了。我仿佛看到了嫦娥在白洋淀的天空，激情洋溢、恣意挥洒的泪雨。最优秀的，总是站在最显眼的地方。我们有理由瞩目雄安，我们期待未来雄安的雄姿。在我写这篇文章时，北京与河北共同建设区域生态绿色廊道，促进白洋淀水资源保护和水环境改善纳入合作条款，构建蓝绿交织、清新明亮、水城共融的生态城市。这城市的天空，不是更加迷人吗？我们领略雄安的水，凝望雄安的天，天空的云彩里，有一个美丽的新城拔地而起。

作家汪曾祺说过，一念红尘，堕落人间，不断体验由泥沼向青云之间的挣扎，深知人在凡庸、卑微、罪恶之中不死去者，端因还承认有个天上，相信有许多更美好的东西不是一句谎话。我想，人生在世总要信点什么，保持一种坚定的信念，哪怕是在重重困惑中也要保持着向星空仰望的姿态。白洋淀在地上，也在天上。把云彩放走，把美丽的白洋淀固定在天上。天空变得如此透明。雄安，这个美丽的地方，将要诞生新城市的地方，给我们梦想，给我们希望，给我们不朽的精神。这种中国故事承载的中国精神扎根在脚下的水土，但永远向着蓝天生长。

祝福雄安！

（选自《河北日报》2017 年 8 月 25 日）

还有哪里比湘西更美

——谨以此文献给我的湘西土家族苗族自治州成立60周年大庆

彭学明

湘西的美是山做的，山做的湘西是山做的美。一座座大山小山，就那么绵延不绝、莽莽苍苍地连在一起，形影相随，唇齿相依，成为山脉和峰峦，成为沟壑和峡谷，峰头出尽，出尽风头，组成一条条刚直而妩媚的风景线。山脉错落起伏，山就有了线条和韵致。峰峦嵯峨挺拔，山就有了雄浑和伟岸。而沟壑和峡谷的蜿蜒陡峭，山就有了舒朗和迤逦，有了奇崛和险峻。远看，每一条山脉都是一首长长的唐诗在飘飞起伏。近看，每一座山峰都是一粒短短的宋词在开合隐没。左看右看，都是一支支壁立千仞的画笔在为湘西款款落墨、依依写生。

山是湘西永远的房东，花鸟树草，雨雪风霜，各种动植物都是山的常客、贵宾和精灵。树是一个情种，会催开一山野花。山是一个花篮，会装满一山野花。而鸟和蜂蝶等所有的动物们是一个花匠，会认出一山野花。白的梨花、栀子花，红的桃花、杜鹃花，粉的梅花、木槿花，黄的金桂、龙船花，紫的翠蝶、碗碗花，蓝的虎耳、薰衣草，还有多种颜色的龙虾花、山荷花、喇叭花、山茶花及农家田舍最为浩荡、惹眼的油菜花，都不会在湘西错过花期，耽误花事，都不会因为某个季节和时辰而丢失一片花海、迷失一句花语。其实，那一座一座的山，就是一朵朵的花，开在湘西的田边地头，开遍湘西的每一个角落，是山花野花的各种时装表演秀。

不信，你到湘西来看看，八面山的辽阔，白云山的高远，高望界的广袤，吕洞山的神奇，蚩尤山的雄浑，坐龙峡的幽深，腊尔山的空旷，天桥山的原始，当然还有德夯的深邃、红石林的斑斓，都会让你明白山的意义、触摸山的壮美。

湘西的美是水绣的。水绣的湘西是水绣的美。一根根水线，穿过一根根山针，以江河的胸怀在山谷里静卧，以溪流的舞步在山涧里奔跑，以瀑布的英勇在山崖上蹦极，以湖泊的安详在山洼里养身。绣出沅江、酉水一样的绫罗，绣出峒河、沱江一样的绸缎，绣出猛洞河、万溶江一样的水袖，绣出长潭河、龙潭河一样的水弦，当然也绣出小溪、古苗河一样的裙边，绣出栖凤湖、紫霞湖一样的蜡染。

偌大的湘西，不知有多少条这样的绫罗绸缎、水袖水弦和蜡染裙边。一条水就是一支笔，笔锋走过，不是绿了芭蕉，就是绿了牡丹，不是绿了青山，就是绿了蓝天。一滴水就是一滴墨，墨水滴过，一切洇染。当一把船篙撑开一面春水时，撑开的就是一河碧绿、一湖天蓝，就是一幅幅被美打翻的明媚水景、世外桃源。夹岸的山是被美打翻的；夹岸的树是被美打翻的；夹岸的草是被美打翻的；夹岸的人，也是被美打翻的；任何的形容词都形容不出打翻的美是怎样地美入了地、美翻了天。湘西的水啊，怎能如此清澈透亮？清澈透亮得大地和天空的五脏六腑都看得见。怎能如此鲜嫩？鲜嫩得如同婴儿的肌肤脆生鲜灵。又怎能如此甘甜？甘甜得舌尖心间都是糖分。

湘西的美是人创的。人创的湘西是人创的美。好山好水养育的湘西人，个个天生丽质、才貌双全，女人如花，男人似玉，男人女人，男神女神。女人会织布绣花，男人会蜡染凿花。女人织布绣花时，是云一梭霞一梭地织，花一针草一针地绣；男人蜡染凿花时，是蓝一缸青一缸地染，刀一笔光一笔地凿；一种叫西兰卡普的土家织锦就有了，一种叫务图的苗族蜡染就有了，一种叫踏虎的凿花就有了。披一身织锦和蜡染制作的绣衣，整个湘西就花枝招展、摇曳生姿，就是少数民族的表情在飞扬、奔走，迎风歌舞。

开出一片田园，田园就是锦绣。种出一片庄稼，庄稼就是画展。而一些木板、瓦片和石头装订成册时，就是一栋栋民居、一个个家园。吊脚楼是土家族的，建在青山绿水的吊脚楼，仿若一本翻开的古书，任世人去读，或若一架打开的钢琴，任世人去弹。一个个土家族人就像一个个钢琴师，弹鸟语花香，弹日月星辰，弹炊烟里的鸡犬相闻、池塘蛙声。苗家的黄泥屋、石头屋或者小木屋，则更像一幅幅美妙的版画，质朴而艳丽的色彩，与山与水，交相辉映。那是苗家的一个个画师精心描绘的，蓝天上色一层，白云上色一层，阳光上色一层，彩虹上色一层，整个苗家，苗画风情。凤凰、乾州、德夯、浦市、茶峒、坪朗、里耶、丹青、中寨、芙蓉镇、惹巴拉、洗车河、老司岩、黄石桥、排拔寨，都是湘西撩人心魄的建筑风景。

更为骄傲自豪的是，祖先为我们留下了一片万年不朽的秦简、一座千年不朽的老司城。一片里耶出土的秦简，带出的不仅是湘西几千年的文明，更是华夏几千年的文明，仅一个九九乘法表，就把中华文明的历史推远了1000多年。秦简出自里耶，却改写世界。秦简来自湘西，却充满了神奇。一片秦朝的竹简，为什么会出现在楚国？一个楚国的世界，为什么会为秦国埋单？遥远神秘的湘西，又如何保全了一个华夏文明的胎记？秦简正让历史告诉未来，历史不管多么艰难曲折，终会找到真相，真相不管多么简单直接，都得经历艰难曲折。老司城留给世界最为古老但却最为先进的地下排水系统、防火系统和疏散系统，老司城留给世界最为古老但却最为简单的立交桥，都是我们湘西最骄傲自豪的资本。老司城成为世界文化遗产，天经地义。当然，当古老的文明还在熠熠生辉时，新生的文明，我们也在创造，仅一座矮寨大桥，就足以让世界记住我们。那么深的峡谷，那么高的山，那么险的涧，居然连一个桥墩没有，居然就让一座桥横飞过去了，而且创造了那么多世界桥梁史第一！这是我们湘西的高度！这是我们湘西的底气！

　　湘西人生来会唱歌。他们的肺活量是世界上最清新的空气沁润的。他们的金嗓子是世界上最清亮的泉水清洗的。他们的歌词歌曲是世界上最清爽的山风擦亮的。所以，他们的歌声天然的婉转、悠扬，高亢、嘹亮。有如天籁，亦如仙音。梯玛神歌和苗族古歌，能让我们一次一次地流着热泪感受到民族的骨血是那样深远、祖先的体温那样温暖。薅草锣鼓、喊秋调子，能够让我们一次一次地怀着喜悦懂得劳动是快乐的、创造是欢愉的。而酉水船歌、沅水号子，则让我们在激情澎湃和热血沸腾中自豪一个民族的百折不挠和坚强坚韧。最软人心肠的，当然是那些甜蜜的山歌、情歌。一首首山歌、情歌，都是从俊男靓女的心尖尖上飞出的，是一壶壶迷魂汤和黏黏药，黏着情感感，扯着糖丝丝，巴心巴骨地暖，巴心巴骨地甜。湘西的山歌你不能听啊，一听你就抬不动脚了。湘西的情歌你不能唱啊，一唱你就有情人了。

　　湘西人生来会跳舞。世界上最美的山造就了他们的舞姿。世界上最美的河摇曳了他们的舞步。世界上最美的生活灌注了他们的舞魂。一棵草是一种身影。一朵花是一种表情。一线光是一种眼神。而一抹朴素或绚烂的颜色，则是一种说不完道不尽的风韵。身披满身稻草的茅古斯舞是土家族祖先劳动场景的复活与描摹，头顶一把花伞的接龙舞是苗族祖先接龙祈雨的再现与重温。土家调年摆手，摆来风调雨顺；苗疆击鼓踏花，踏来五谷丰登。土家苗家共同拥有的傩舞，则是砸烂骨头还连着筋的文化遗存和生命聆听。一树乱颤的花枝，搅动一池春水；一场湘西的舞蹈，舞动世界身影。

　　湘西人血性、英勇、忠义。大山哺育的湘西人，有大山一样刚硬的筋骨和风骨，不怕苦，不怕死，咽得血，吞得铁，侠肝义胆，忠勇双全，其家国情怀和民族情感，就像血与脉、泥与土，血在脉中，泥在土里，不可分离。嘉靖年间，彭荩臣、彭翼南率几万土家子弟远征东南沿海浴血奋战，英勇抗倭，赶走了日本倭寇，岌岌可危的华夏江山得以稳定平安，大明王朝把"东南抗倭战功第一"的功勋授予土家子弟。抗日战争期间，顾家齐率八千苗家子弟在淞沪会战中与数倍于自己的日军战斗，一寸山河一寸血，成功阻击了日军的大举进攻，掩护了民众和大部队的安全撤离。在红军扩红和解放战争中，湘西数十万人跟随贺龙闹红、长征、流血、牺牲，成为默默无闻的革命功臣。抗美援朝时，一万多土家族苗族子弟跨过鸭绿江，与敌作战，威震敌胆，成了魏巍笔下最可爱的人。

　　湘西人浪漫、率真、多情。一年四季，湘西都有那么多浪漫的爱情节日，苗家四月八、挑葱会、赶秋，土家族六月六、社巴节、糊仓，还有苗族更为频繁的边边场、土家族更为频繁的歌圩，都是一场场爱情的盛宴，一场场爱情的专场。湘西的少男少女们，总会不怕山高路远，不舍白天黑夜，从苗家到土家，从土家到苗家的，为爱转场。即便是六月六、社巴节这样的不是专为爱情的节日，湘西的男女也会专为爱情而去，也会从节日的脚步里觅到爱情的踪影。一个湘西人，就是一颗爱情种，播下去就会发芽，发下去就会开花，开下去就会是一个又一个爱情的家。走进湘西，湘西的空气中都弥漫着爱情的气息和糖分。湘西到处都是爱情的阵地和堡垒，到处都是爱情的地雷和引信。踏上去，你就是爱情的俘虏或战士，你就会为了爱情奋不顾身。

　　湘西人纯朴、好客、热情。这是湘西人的本性。纯朴来源于内心的善良。好客来源于做人的大气。热情来源于为世的真诚。重情重义的湘西人，宁亏自己一辈子，也不亏客人一阵子。进了湘西，拦门酒是要敬的，拦门歌是要唱的，拦门鼓是要打的。一碗酒，一首歌；一段鼓，一生情。湘西所有的食材都是原生态的、无污染的，你放心地吃。湘西有的是美食美味，你尽管地品。你吃得越多品得越多，湘西人越兴奋越高兴。腊肉你是要吃的，香肠你是要吃的，稻花鱼你是要吃的，铁板烧你是要吃的，枞菌炖鲜肉你是要吃的，胡葱炒腊肉你是要吃的，泥鳅钻豆腐你是要吃的，苞谷、生姜、萝卜、豇豆、糯米等各种酸菜，你是要吃的，鸭脚板、山竹笋、阳雀菌、水芹菜等各种野菜，你是要吃的。这些都是湘西人用生活的智慧烹调出来的人间美味极品，你不吃实在是可惜，实在是少了一种滋味、一种生活、一种人生。

　　有这样世界上最美丽的风景、最深厚的文化、最厚重的历史和最销魂的味道，你一定会想，湘西人真幸福啊！的确，湘西人幸福。幸福的湘西人，不用像大城市里的人那样每天呼吸雾霾、尾气，湘西的空气是甜丝丝的、凉爽爽的、满含负氧离子的，健脾，清肺，有益身心。湘西不用像大城市那样，每天马不停蹄地追赶时间、身心疲惫地跟时光赛跑，时间和时光一到湘西就慢了、停了，湘西的美景和美人，湘西的民风和民情，把时间和时光迷住了。湘西，不会像大城市那样把时间和时光折磨得又苦又累，湘西有的是地方和地点让时间和时光休息，有的是时间和时光任湘西人消遣和享受。时间悠闲，生活悠闲。时光富裕，生活富裕。品点小茶，喝点小酒，钓点小鱼，哼点小曲，散点小步，聊点小天，优哉游哉，自由自在，人生常态。湘西永远不会像大城市那样连邻居都不认识，一个湘西的人都是熟人，一个湘西的人都很温馨，早餐吃个粉条，一个粉馆的人都是隔壁邻居、同事朋友，上一碗的人把下一碗人的账结了，再下一碗的人又把下下一碗人的账结了，吃到最后，谁把你的账结了，你都不知道。那个人情，那个人性，真的叫纯！

所以，你不来湘西走一遭，你就白活了。

所以，你在湘西没有一个朋友，你就枉为此生。

所以，你才觉得看遍世界风景，总觉我的湘西最美；阅尽人间风情，总觉我的湘西最醇；品遍世上人情，总觉我的湘西最真。湘西，是一个来了就不想走的仙境。

（选自《湖南日报》2017年9月20日）

脸上的箔竹

詹谷丰

一

古人用薄的苇、席修饰一根大自然的竹子，之后就成了今人口中一个具有独立个性的名字。"箔竹"，就这样用一种古老植物的伪装掩盖了一个地名的历史成分，而它的真实面目，则潜伏在深山密林中，等待着人类的亲近。

我在散文中用一条名为修水的河流为故乡义宁招魂的时候，我看到了千年古街西摆落葬的现场，却对隐藏在九岭山脉褶皱里的箔竹古村一无所知，故乡超过四千五百平方公里的土地太广袤了，我的脚步一辈子都未能走过那些千山万水。

认识一个地名从道路和树木开始。箔竹的第一缕炊烟升起在明朝永乐年间，六百多年来，连通外界交通的只是一条山间的羊肠小道。乱石，涧水，古桥，荒草，组成了一条古道的所有元素，公路，这个现代社会最普通常见的名词，目前只是崎岖山道上的一个轮廓，还没有成为最终的现实。为了到达这个被群山包围的村庄，我们只能把高底盘的越野汽车当作明朝的轿马，在高低不平的毛坯公路上颠簸着前行，即使远离海洋，车上的人都会想起波峰浪谷中的木船。古树是箔竹进入我们眼睛的第一个标志，那些遮天蔽日的玉兰、石楠和红豆杉，用入云的高度和十数条壮汉都不能环抱的身围让城市里移植的树木感到渺小和年轻。

群山环抱的山坡上，数十栋土屋随地形山势毫无规则地散布着，黄色的是土墙，青色的是墙砖，黑色的是屋瓦，坚硬的是麻石。门口的古井，屋后的流水，石上的青苔，坡上的菜园，散走的鸡鸭，屋场里享受阳光的老人，这些农耕时代的独特景象，共同组成了一个村庄的面目和表情。

箔竹的房屋是世外的作品，人类所有现存的建筑和美学规则，都无法将它们划分和归类。山势和地形，是这些房屋存在的唯一落脚点。整齐，朝向，风水，毗邻，合面，都与箔竹无关，至于街道形式的商业设计和主次意味的中心建筑，与这个山村相隔了六百多年的遥远距离。

我的脚步走过每一幢房屋之后，我惊奇地发现，箬竹的所有建筑，都建立在农耕的背景之上，那些组成建筑的所有构件，都与"现代"这个词保持着遥远的距离。黄泥、黑瓦、木头、石块、铁钉，将代表着现代文明的水泥、玻璃、钢筋、瓷砖排除在外。六百多年来，大自然无意中用崇山峻岭构筑了一道山村与现代文明的防线，然而对于箬竹村的山民们来说，所有的封闭、原生态，都是无意之举。陌生人粗暴的脚步，城里人的杂交口音，都无法引起村庄里的狗、牛和鸡鸭的警惕和抗议。寂静与沉稳，这个农耕与乡土的主旋律，并没有因为饱食之后用山水抒情的旅游者的闯入而改变。村里唯一兼作戏台的祠堂，简陋和昏暗的戏台上以静止的形态展示在我们眼前的，依然是几个世纪之前的帝王将相和才子佳人。与一个花甲老人距离最近，与现代文明时间最近的是土墙上的两条毛主席语录。

毛泽东是中华人民共和国的领袖，他的思想，穿透山水，刻在墙上，凝固在时光里，让后人回到从前。

所有留在建筑上的语录，都以简洁、果断、不容置疑的威严昭示人间。当无所不能的上帝都离人类远去之后，毛泽东在数十年前的话语片段，不知是否仍是这片世外桃源的生存指引？那个高大的湖南人用浓重的湘潭口音说："人民，只有人民，才是创造世界历史的动力。"

二

一个村庄的风景长在树上，标志在坚硬的建筑中，一个村庄的历史却只能写在人的脸上，标志在柔软的内心深处。

只有三十多户人家的箬竹，用毫不起眼这个词才能描述出它的微小，由于年轻人出外谋生，这个空心化了的村庄，只剩下了四十多个妇孺老幼。这个以郑姓为单一血缘的村庄，六百多年来的繁衍生息，以一种外人无法窥视的隐秘方式进行。如今的这片苍老建筑，只是六百多年前荥阳郑氏先人在赣西北九岭山脉深处最早的落脚点，它是一个姓氏在异乡生存与繁衍的子宫与母体。在郑姓的族谱上，九岭山脉中远远近近的郑姓人家，都是箬竹的子孙。箬竹村中最德高望重的郑淑金先生手指那一架架苍莽的山岭，让我们看到了由于地形和空间限制郑氏后人迁徙山外的流向。郑淑金口中的历史和郑氏血缘的流向，《修水县地名志》做了准确的印证。我在崴里、独丘、石埂山头、上鹰嘴岩、大垄里、下山、火烧坑、上石、烟坳、鹅形、杉树窝等充满了乡土气息的村庄里看到了一个姓氏的开枝分蘖。

我在土墙上看到的用旧体诗形式写成的箬竹古村沿革的介绍，就是出自郑淑金的手笔。这个曾经担任过大队党支部书记的老人，是荥阳郑氏的孝子，明朝永乐以来六百多年的历史，——藏在他苍老的掌纹深处。我们找到他的时候，他正在屋场里挥斧劈柴，七十七年的岁月，在他的斧头之下飞溅。山中一日、世上千年的哲理，正在郑淑金老人的力气和形貌上得到了印证和展示。古老的村庄，清新的空气，与化肥农药隔绝的食物和天然的泉水，还有与世无争的平静心态，是人类年轻长寿的秘密。

建筑，是村庄的风景；老人，却是村庄的历史。一个没有老人的村庄，是不能称为古村的。箬竹村，九十岁以上的老人就有两个，她们坐在屋场里享受春阳的安闲身姿与恬淡神态，是一座村庄最美的表情，是箬竹的一张笑脸。"2"虽然是一个微小的阿拉伯数字，但它与箬竹村的人口数量构成了一个绝对的比例。在她们的银发中，七十七岁的郑淑全仅仅是个小字辈，是丙申年眼中的"90后"。

箬竹村古树成群，那些不同名字的古树，每一株都可以撑起一片森林，随手折一根树枝，都能在横截面上，看到它们密集的年轮。茂密的古树和屋场里享受阳光的老人，就是箬竹村的年轮。这是一种健康的自然生态，他们的生长，为物欲横流、环境污染的世界保存了一片清新。这样的净土，成了2016年春天久雨低温中的一缕阳光。

三

所有的房屋，都有自己悲欢离合的故事。器物背后的人物，隐藏在岁月深处，这是走马观花的旅游者永远都无法刺探到的情报。

箬竹村所有的瓦砾，都掩埋着一个村庄的秘史。路过一处废墟的时候，我看见了一块木板。从木板的形状上，熟悉传统农具家具的我们无法辨认它们曾经联结的母体，无法复原它们的结构和形制，但是，木板上面残留的文字，复活了我们的兴趣和好奇。拂去木板上的泥土和风尘之后，现出了"光绪三年丁亥岁冬郑正和置万相造"的字样。一个花甲老人，瞬间成了历史门口的窥视者。对于旅游者来说，考古是对神秘世界的破译，是一个我们无法胜任的专业，只能通过木板上"积玉"两个汉字，猜测它从一棵大树到乡村农具的前世和今生。

箬竹村所有的建筑都保持了内敛低调的本色，它们不会将自己的光荣和长寿高调地悬挂在门口，甚至放大成一块招揽游客的广告牌，谦虚是乡村的本色，更是一片土屋成为古村落的唯一原因。因为这些原因，在踏进每一幢房屋之前，我都会双手合十，调整自己的气息，放轻自己的脚步，生怕一个无知者的鲁莽，惊醒了箬竹村郑姓先人的旧梦。面对那座戏台，面对"箬竹茶戏"四个大字，我听见了一声幽怨的唱腔："原来姹紫嫣红开遍，似这般都付与断井颓垣。良辰美景奈何天，赏心乐事谁家院。朝飞暮卷，云霞翠轩，雨丝风片，烟波画船，锦屏人忒看的这韶光贱。遍青山啼红了杜鹃，荼蘼外烟丝醉软。春香呵，牡丹虽好，他春归怎占的先！"

　　任何人的寿命，都不是建筑的对手，所以，箬竹村的房屋总难避免人去房空的命运。我从那些散落在山坡上的坟墓面前，看见了人类的走向。生命的原色，早已被时光覆盖，坟上的荒草，在春天的雨水中，疯一般地生长，石碑上的字，已经在风雨中漫漶，所有的旅游者，都无法看清生命在一个名为箬竹的村庄里的重复和演变。

　　建筑的老去，是泥土砖瓦的必然宿命。对于那些人去屋空的建筑来说，一些有人居住的土屋在风雨中垮塌，则是砖瓦的早夭和病殇。我从一幢坍塌了半边屋角的房前走过的时候，心中突然间就摇摇欲坠，我不知道，那几根作牮支撑起一面土墙的瘦弱木头，是否会在我经过的一瞬，用生命开一个过度的玩笑，让一个异乡人葬身在一堆黄土瓦砾之下。

　　战战兢兢走过断壁残垣之后，我听见房屋主人的一声叹息，叹息声中"保险公司"四个字，让我听到了六百年古村离现代文明最近的一个名词。

　　一幢房屋的消失，就是一个老人的往生，就是一段历史的涅槃。保险的介入，可以让建筑在废墟上重新立起，但是，已经破损了的漫长时间，却永远无法修补，后来的旅行者，永远不可能看到箬竹的绝世之美。

四

　　遥远的箬竹村，让我们的越野汽车走过了最原始简陋的道路。那条还不能用"公路"这个词命名的乡间小道，很快就会脱胎换骨，披上水泥的外衣，让一条古村六百年以来第一次与山外的文明接轨。在绝世的风景中麻木了的箬竹人，无论他们是否愿意，现代化的汽车轮子，都将碾过村庄的平静；山外的游客，将给箬竹村那些沉默的山民带来商业的喧嚣。

　　郑淑金老人的厅堂里，我看到了矛盾连接的一段引信。这个担任过大队党支部书记的人，对历史，对村庄，自然多了一些发言权。老人的话，就像屋后那条竹笕，水流不绝。当我们沉浸在他的讲述中时，一个老妪悄无声息地出现在郑淑金的身后，老妪手中的竹棍击打在郑淑金旁边的凳子上。郑淑金似乎早有预料，并不慌乱，只是回过头，轻声地劝止。郑淑金的努力并没有起到作用，老妪手中的竹棍又挥了过来，带着恐怖的风声。我们惊异不止，都以为老妪精神错乱，郑淑金的讲述引发了她的病。大家一齐起身，在虚惊中撤退到了屋场里。

我们的疑惑，终于在旁人的介绍中解开。

对于箬竹村，郑淑金老人是一个有贡献的人，不饶人的年岁中，他终于退了下来，让位给年轻人。但是，镇里似乎忽视了郑淑金的贡献，在经济建设开发旅游产业的潮流中，老人突然间成了一个无足轻重的闲人。老伴儿不平，屡屡用凉水浇灭郑淑金参与村里事务的热情。所以，每当郑淑金向游客介绍箬竹的历史时，老伴儿都会干涉，竹棍，就成了这位老妪威胁郑淑金和警告游客的道具。

离开箬竹的时候，郑淑金赶了过来，以温和的态度和谦卑的神情，委婉地向我们表达了歉疚之意。其实，知道了内情之后的我们对他充满了理解和同情，我们甚至想过，在旅游开发的过程中，应该让老人扮演一个顾问的角色，让一块燃烧的木炭，慢慢释放它最后的能量。

公路的开通，将结束箬竹村六百多年的封闭历史，一个古村以一处旅游点的姿态现身，将是无法抗拒的时代宿命。在逐渐模糊的身份中，箬竹将加入开发的大合唱。再过一些时日，箬竹村石墙上那些具有文物意义的百年青苔和岁月在古树上留下的皱纹，都有可能一夕间在游客的脚步中消失，文明的进入，是社会的进步，同时也是一个古老村庄的隐忧。如果城市膨胀，乡村隐退，大地的肌体中，将会注入同质化的兴奋剂。

在义宁故乡四千五百多平方公里的土地上，九岭山脉褶皱中的箬竹是最具有特色和个性的村庄，当公路开通之后，我也会成为旅游队伍中的一个俗人，一个人第二次踏进同一条河流的时候，我愿意再次看到乡土的灵魂，而不是城市那些雷同的面孔。

五

明朝永乐年间那个率领家族辗转迁徙的郑氏先人的名字已经被漫长的时光湮没了，成了后人考古发掘的汉字。作为旅游者，我的兴趣不在此处，我的目光镜头般扫过那些重叠无边的山岭，我想找到那条六百多年前的古道。

郑氏先人迁徙九岭山中的时候，故乡这片四千五百多平方公里的土地还是明朝典籍上一个被称为"宁州"的地方，南昌府的马鞭再长，也未必能让它嘶鸣奋蹄。苍茫的群山，形成了一个村庄的个性特征。我在黄脆的《修水地名志》上寻找到一首描述的民谣：宁州山岭多，出门就爬坡，路上行人苦，全靠脚板磨。

明成祖朱棣时代，苍茫的九岭山中是没有道路的，所有的道路，都在野兽的脚下。我们的汽车轮子，无法在21世纪的石头上同永乐年间的草鞋重叠和吻合，如今的平坦，已不能代替历史的崎岖和惊险。如果从生活的逻辑出发，我想，六百多年前郑氏先人的迁徙，在无路可寻的原始山林里，应该回避曲折，用最直的线条连接最近的目标。

在常识和逻辑的推理中，我想，翻越眉毛山，应该是六百年前荣阳郑氏迁徙的一个重要选项。从眉毛山到箬竹，也许不是一条正确的路线，但绝对是一条有效的路线。六百多年前原始山林里的猛兽蛇虫和绝壁险阻，是如今走在约定俗成的平安道上的我们无法想象的。

箬竹村，虽然地势高涨，但当我抬头的时候，眉毛山，却以一种珠穆朗玛峰的姿态，让我的呼吸感到了压迫。

地球上所有的山岭，都以高度和植被作为它们共性的皮肤，而那些最能体现个性气质的形态、姿势、瀑布和嶙峋，却是一架山的肌肉和骨头。眉毛山早已不是一座野山，由于茶叶种植和森林管理的原因，多年前，就有一条公路攀附在它身上，我数次登上过眉毛山的峰顶，并在近天的高处以佛陀的慈悲俯视过脚下的众生；如今，当我在箬竹的屋场里仰视高山的时候，却无法认出这个多次亲近过的熟人。变换一个角度，常常让人类分辨不了大山的真实面目。如果不是箬竹人的提示，我怎么都无法将眼前的高山同曾经熟悉的眉毛山联系起来。这是人类无法克服的局限，如同当年初次登上眉毛山，无数次的俯视和远眺，都粗心地忽视了脚下这个被称为箬竹的古老村庄。

眉毛山至箬竹村，仅仅是人类眼中的落差，也是空间最近的直线距离。六百多年之后，我有理由相信，郑氏先人进入箬竹的路线，很有可能不是经过黄沙、茅田、李村曲折蜿蜒的山坳，而是直接翻越眉毛山的陡峭和险峻。农耕时代，所有的路都长在人的脚上，所有的距离，都被人的眼睛丈量。我们如今的目标，我们抵达目的地的方式，已经拒绝了古人的智慧，借助现代化的工具，遇山开路，逢水架桥，用科技的神通，将时间和空间玩于股掌之中。

作为一个现代化的受益者，我无意贬低时代的进步和科技的发展，做一个农耕社会的遗老，并非我的本意，如果不是这条正在建设中的简易公路，我将无缘亲近闺中的箬竹。21世纪初叶的人类，谁都无法置身于现代化之外，在享受科学技术给我们带来极大便利的同时，我站在时代的门槛上，目睹现代化的火眼金睛，让一切物质都现出原形，连最隐秘、包藏最深的人心，都在测谎仪面前一览无遗。所以，在九岭山脉的褶皱中隐居了六百多年的箬竹，也无可奈何地脱下了面纱，让我看到了一张脸的深沉与沧桑。

（选自《草原》2017年第7期）

八月之魅

于　兰

豆　娘

　　它看似娇小但胸肌很发达，那细长的脚也很有力。

　　学画花鸟画时，我开始画蜻蜓，因为它们的美丽是很风雅的，适合在画苇草和荷花时画上，就如中国画中称为"画眼"，也就是一幅画的点睛之笔。有一次去大片芦苇丛中写生，风吹过芦苇荡有一种千军万马奔腾而过的气魄。忽然发现在荷花与苇草之上停留着像是蜻蜓的昆虫，在那天的傍晚。它们于风声中用细小的脚毅然抓住草叶或是荷叶的边缘，纹丝不动。它们长得非常美丽，有红色的、蓝色的、绿色的，各种各样。一下子记起一本很老的书《怎么学画草虫》，里头称它们为蟌，但书上却写成了一个"虫"加一个"忽"字，于是我一直叫它们"蓝脚忽""红脚忽"等。后来知道它们的名字叫作"豆娘"。其中蓝豆娘是最美丽的，那种晶莹的蓝很剔透，连翠鸟的蓝都输给了它。

　　这么娇弱、美丽而又坚强的小生命在秋夏之际陪伴着我们，成为生活中的一种风景。它们的飞翔是如此轻盈，以至于人们都感觉不到它们的存在。甚至不像其他夏秋的昆虫能发出像音乐般的声音来让我们知道，哦，蝉在树上高鸣了，蟋蟀在灯光下叫着，田里蝈蝈的叫声有那么多的乡愁。只有它们轻盈得仿佛不食人间烟火的仙子，在溪水边，在荷塘里，甚至在芦苇丛生的水沟边，来去忽忽，美丽而易逝。

　　早晨，我要穿过一片花椒树林，到达那片长满荷叶与荷花的芦苇荡。花椒树与荷之间有什么联系吗？我不知道。只是它们散发迥异的香味，在我采集花椒树叶的香气提炼成香露的过程中，我看到了那片荷塘中的那群小精灵，那叫作豆娘的昆虫。

　　它们在溪水边游荡与不安，它们的飞翔也是一种安慰和疗伤，我曾在所有的过往中看到它们的希望与毁灭，我无力挽救它们于危难，这些如此美丽的精灵，为何没有更长的生命乐章？所以它们的每一季的降临也是我的救赎与盼望。

蓝豆娘、红豆娘它们点缀这个世界，也用美丽霸气地飞翔于这个世界，诉说自己的生命和存在。

现在我经常画的是豆娘。

庄姜之美

宋人朱熹认为庄姜是中国历史上第一位女诗人。曾有一首诗写庄姜作为齐国公主嫁给卫庄公的情景，形容她"手如柔荑，肤如凝脂，领如蝤蛴，齿如瓠犀，螓首蛾眉，巧笑倩兮，美目盼兮"。后曹植写影响颇广的《洛神赋》时就用了"巧笑倩兮，美目盼兮"。而描写她出嫁时浩大场面的句子是"河水洋洋，北流活活"。就是说浩浩荡荡的黄河水见证了她出嫁时的盛大场面。

庄姜的弟弟就是春秋五霸之一的齐桓公小白，论身世家世都了不起的庄姜却得不到丈夫的喜爱。因为卫庄公早有心仪的女子，连庄姜他都看不上。因此悲情的庄姜成为了中国历史上第一位女诗人。

而令人扼腕不止的是，这么一位美人为什么没有得到幸福美满的生活呢？看后人对她美貌的描述，"领如蝤蛴"，她的脖子像天牛的幼虫般娇嫩柔软，"螓首蛾眉"——"螓"是蝉的一种，"螓首"是指她的额广而方；蛾眉，蚕蛾触须细长而弯曲，以此来形容庄姜弯弯的眉毛。

所有昆虫的幼虫都是洁白细腻的，而蚕蛾的触须必须细长而弯曲。所以，在这个八月，我穿越千年到达离我所住的地方不远的春秋齐国国都营丘，也就是现在的临淄。我见到了尚未出嫁的庄姜，希望这位集结了所有昆虫之美的庄姜不要出嫁，告诉她将嫁的是一位薄情寡义之人，而她的未来会有多么的不幸和悲惨。

她却说："我心匪石，不可转也。"

我曾在傍晚，穿过一片花椒树林和那片芦苇荡，在那里遥望远古的庄姜，其遭际，我懵懂、不解。她的命运又何须由我这一个渺小之人来解答呢？

生活和生命是一场浩劫，也是一种成就。

萤火虫

萤火虫的生命不到一年的时间，而它最美丽最闪光的时间却只有一周左右。就如同蝉一样，它的幼虫要在地下蛰伏几年才得以爬出地面。记得小时候对于摸到蝉的幼虫吃掉它们是天经地义的，包括现在。小时候，人们根据蝉的特点，在黑漆漆的夜晚，突然用手电筒照射，会有很多蝉掉下来，有人一夜竟能收到一麻袋。蝉不像幼虫，已经没有可食用的，但听说是一种中药，这个盛传让很多蝉的生命时间又缩短了。如果哪一年的幼虫太少，只能怪人们贪心，估计是某一年的蝉失去太多。

萤火虫也是一样，当淘气的孩子们把它们网住，作为相互炫耀和好玩的东西，不知哪一年我们几乎看不到萤火虫的身影。这是一个多么悖谬的事，乡村的孩子们眼巴巴地望着那希望一样的灯火，那闪闪的光亮，他们相信每一只萤火虫都是可以实现梦想的仙子，带着天堂般的光环，带领他们飞越一个又一个梦幻般的仙境，到那里寻找理想和信念，但那些已经被他们自己杀死。

而这情景，让我想起辛波斯卡的诗《俯视》，当她发现一只死甲虫躺在泥路上，她说，"无人哀悼，在阳光下闪闪发光／它看来一副并未发生什么大不了事情的模样／重大事件全部留给了我们／我们的生和我们的死／一个重要性被渲染和夸大的死"。

大家看到那个小小的萤火虫，其实它也是一只甲虫，只是体形小而且在尾部有可以发光的荧光素，也就是一种含磷的化学物质。正因为它有这样一种特性或者是美，反而成了它对自己的伤害，成为它们被捕捉的理由。

而我宁愿相信，所有的捕捉都是对萤火虫的赞美，人们都会争相惊呼：哇，好美啊！或者它们是情侣间某种浪漫氛围的目击者，男人把捕捉到的满满的萤火虫一下子释放出去，那绿莹莹的美丽的光像烟花一样四处飞散，在黑暗的夜里是非常美丽的情景，这很适合男人向女人求婚。这样的剧情也因为用得太多，显得太烂太狗血，但是，我宁愿相信，在萤火虫最后的这几天生命里，它们愿意为了这些美好的事情增添光彩，它们愿意成就别人，如同它们在最黑暗的时候闪耀光芒。

蚂蚁的眷恋

原来住的小区里面人群较杂乱，人们喜欢在小区的空地上种菜，种上各种丝瓜、南瓜等藤类植物，这类植物最喜阳光，容易攀爬到高处。爬得到处都是，遮掩了小区刚刚建造时修下和造好型的冬青树，而且在八月这个多雨水的季节里，它们长得更加旺盛。在这些植物的下面积了好多小水坑，适合很多夏虫生长，于是在路边漫步时经常能听到虫语，各种各样的小虫的叫声连绵不绝。它们就像这小区里的各色人群，上年纪的，年轻的，成群的小孩子。傍晚会有很多上了年纪的人从家里出来聊天，男的背心短裤，妇人也穿着简单，是市井里经常见到的。

　　他们有时不太文明，不将垃圾放到该放的位置，他们粗鲁地交谈着，话语间多了市井气，他们就像这个小区里那些攀爬类植物在阳光下肆无忌惮地生长、开花、结果，有阳光和雨水就是它们的幸福。他们也像一种小虫——蚂蚁。蚂蚁，只要有食物的地方就密密麻麻地不请自来，哪怕你不喜欢它们，它们一样会干劲十足地爬行于尘沙之中寻找着任何资源。而且在这个充满虫语的八月里它们是不折不扣的沉默者。

　　卑微的植物和卑微的蚂蚁，它们让我想到我出生的乡村，那里不也有一群这样努力生活着的人，他们那么艰难、辛劳、痛苦和快乐，所有的不堪和困难都得接受，所有的责难也要忍耐，因为他们不过是一群蚂蚁。

　　听先哲讲"井蛙不可以语于海者，拘于虚也；夏虫不可以语于冰者，笃于时也"。意思是井底之蛙没见识过大世界，怎么能告诉它关于大海的事情；夏虫活不过秋天，怎么能告诉它们冬天的事呢？它们没有经历又怎么会领悟呢？

　　可是，蚂蚁不一样，它们寿命很长，工蚁可生存几星期，甚至三到七年，蚁后则可存活十几年甚至几十年。一蚁巢在一个地方可生长二三十年，甚至五十年。科学家发现，工蚁岁数越大，越容易从事冒险活动，而这种行为有利于蚁群，因为从整个蚁群的利益来看，一些危险的活动，如到远离蚁穴的地方搜集食物，由那些风烛残年的工蚁承担最为划算，如此一来，那些生命力尚旺盛的年轻工蚁就可以保存实力。但谁来为这种牺牲精神颁发认证呢？可这就是它们的天生本能，为了族群。它们是人类学习的榜样。

　　在即将搬离这个小区时，内心充满一种眷恋，就像蚂蚁要离开蚁巢一样，我想到了这些卑微如蚂蚁的人们，他们如何在卑微的尘土中生活，在充满风雨的人生中高兴着、快乐着、痛苦着，我感同身受。我是他们之中一员。

　　一幢幢楼房主要居住的是拆迁后回迁的村民，不知那些蚁巢都散落在哪里，也许很多已经倾覆。但每天晚上如果客厅的垃圾袋里还残留着一粒米，就会听到几只蚂蚁的爬动窸窸窣窣的，还有它们之间的相互交谈，它们谈着白天里的风景，天空的颜色，人们急促的脚步声，谈论着一个又一个走过它们身旁的人。然而，此时，它们在搬运米粒的同时，还在诉说着原来村庄的一缕炊烟。

乡村晚风：蟋蟀的音籁

　　八月，立秋后，风雨交加之日，天气一下子凉爽起来。

　　每至八月，我的卧室总会出现一个"不速之客"——一只蟋蟀。我不知它以何种方式潜入我的房间——我的私密之所，它在夜间的灯光下毫不犹豫地跳跃、舞蹈，甚至旁若无人地鸣唱，这让我想起《森林狂想曲》，我不懂音乐，但能听到其中实录的大自然中的音律，比如鸟儿的叫声、蛙的叫声，还有各种昆虫的叫声，这里面就有蟋蟀那堪比音籁的叫声，它们的叫声可以独自成为一首音乐，果然，发行于1999年的台湾制作人吴金黛的《森林狂想曲》这一组轻音乐作品，第一首是各种鸟儿鸣叫、蛙声、蟋蟀的叫声等，我不懂乐器，她又加入了什么大提琴之类的声音配合这些大自然最美妙的声音，我不知道，而在《眉纹蟋蟀》里她专门为蟋蟀的叫声录了音。

还有一首不知是谁原创的轻音乐与《森林狂想曲》极为相近，背景还是鸟儿、蛙声与各种昆虫的叫声，但却用了另一种很低沉的曲调，并取名为"乡间晚风"。

乡村的晚风，是啊，在立秋后，特别是一场雨水过后，清凉的乡村晚风吹来，在乡村能听到各种鸟儿的叫声此起彼伏，比如，我称之为的"野画眉"、芦苇雀等鸟儿的叫声，以及水湾里雨水充足之后的蛙鸣，风吹过已经结穗的玉米田、已经火红的高粱地，还有那边已经摘掉果子的桃林，风吹过杨树林，那种呼啸之声，风吹过芦苇荡之后，那里千军万马的声音，各种水禽，鹭鸶、野鸭等，它们在乡村的晚风当中唱起专属于它们的歌。还有入夜后总是在人们的梦中也唱着优美旋律的蟋蟀，它们的音籁如同催眠曲，你听到之后会进入一个又一个的梦境，那梦境每次不同，禅释着不同的人不同或相同的命运，这或者是乡村解梦师最为头痛的命题，这差不多同样的声音预示了多少不同的命运呢？这或者会把一个释梦师都要逼疯的季节，他只能胡乱说一些似懂非懂的禅语，其实连他自己也不相信的这些东西，给予那些前来释梦的人以不同的解答，甚或因此改变人家此生的命运，但这瞎眼的释梦师又能怎样呢？禅语是一部分，个人的命运又是一部分，个人的努力与辛苦工作又是一部分，他们产生了更多的歧义和解释，这已经不属于解梦师，而属于各种不同命运的个人。

我们这些侥幸获得好一点命运的人，与那些卑微之人有何不同呢？不过是他们替我们挡着那些七灾八难，我们的幸福也只是他们幸福的一部分，这就如同天空之下，天地之上的蟋蟀，它们发出了共同的天籁之音，在音调之间的叹息声中共同寻找所爱惜的过往，还有他们共同的期待。告诉我们不要忘记那一节节音符上飘荡着的乡愁。

乡村释梦师

年轻——十八岁的我如同一朵白莲花——的时候做过一个噩梦，我去找了乡村里的释梦师。

　　我梦见黑夜里自己在一座坟墓旁，看到一块坚硬的骨头，我拿起砖头朝它砸去，只是为了试它的硬度。果然，震痛了我的手臂它却毫无损伤。惊慌逃走，后面的它变成一只吐着芯子的眼镜蛇，醒后汗流浃背。

　　释梦师翻了翻瞎了的眼睛淡然地说，那是另一个你。虽然你现在无辜、善良、纯洁、美丽，另一个你却恶毒、嫉妒、仇恨、狭隘。

　　我感觉到释梦师冒犯了我，因为太年轻了还不会反击。但不知为何，心中还对他略有敬畏。在那个阳光灿烂的上午（虽然他看不到阳光，但我想他同我一样能感受到阳光的温暖和空气里飘动的带有春天味道的风），我跟他聊了很久，想知道另一个我的更多信息，仿佛他真的知晓。

　　多年后，我做了近乎相同的梦，只不过那里多了乡村释梦师。我隔着他同另一个我交流，我问他为何我做了同样的梦呢，二十年前我不是已经问过他了吗？

　　我在自己所有的梦里搜寻，有哪个梦中有过这个乡村释梦师？为何现在他不期而入？时光在我的梦中像一块钟表，它的齿轮不停地扭转，风声与雨声在天空的云朵上变幻，那里有受挫的我、委屈的我、茫然无措的我，还有快乐的我，但这个可疑人物并未闪现。

　　搜寻进入现实生活，我不停地想到他，思索他的变幻和言语，有过很多时刻，我不相信自己的生活会为乡村释梦师所控制，进入他所设计的迷阵。

　　我一度怀疑乡村释梦师并不在我们这个维度，也许在其他次元，是我们无法探究其行踪的地方。他只是很巧合地在那个时段来到我们的星球，说着我们的语言，但看不见我们的世界。那么他用什么来判断我们的世界，甚至于对我的噩梦做出定论？

　　他存在的那个时段，应该是跟我故乡的人同呼吸共命运，别人去田里耕种、割草时，他用盲杖的引领去预测别人的吉凶和命运，仿佛他掌握着很多东西，连同村人都对他敬畏有加，当杨柳拂岸时他去了东明，当麦穗熟时他回来了，干点力所能及的活儿，等秋天的野菊花开放时他又去了五台山，他说那里有助他的修行。冬天里他蜷缩在他的小窝里无法动弹，有邻居或某人过来给他生火做饭他才得以维持生命。他曾告诫小九子不要出远门，果然那次小九子再也没有回来，回来时只是运回来的骨灰盒。人们对他更加敬畏，很多人去找他。所以，那次才有我去找他，他说了很多禅语，年轻的我似懂非懂，觉得他的莫测高深是不是故弄玄虚呢？

　　有一次，我看到他闻着地上刚冒芽的小草的味道。有一次看到他用手接着天上叮叮当当从房檐落下来的雨水，他仰着头听着，看着，仿佛能听到和看到雨水在小院子里形成的水汽，雾蒙蒙的世界他莫非反而能看到？我看到一只蟋蟀在它的手上和身上跳跃，他能听到它那节奏感非常强的旋律？总之，他的解梦成了我关注他的理由，我在想，他何时会离开我们的星球去另一个空间生活呢？在那里他的眼睛就不瞎了。也许呢，也许正是瞎了眼睛他才能看到二次元的世界，并能预测未来，包括我的未来？

我离开村庄，乡村释梦师再也没有进入我的视野，只有这一次他的入梦，我才惊觉，我的生活中还有这么一个角色：乡村释梦师。

我试着回忆时，他的影子或明或暗地闪现，还有他的样子，我曾关注时他所有的样子。

忽然，乡村释梦师那模糊而诡异的脸让我悚然，时光啊，你是何时完成了我、另一个我和释梦师成为一体？在这个暑气未散、夜晚清风凉爽的时候，我想在时光的河流里逆流而上，那些美丽的鹅卵石不要迷惑我，那些游动的鱼虾不要扰乱我的思绪，除掉另一个我身上的"戾气"，像十八岁如莲花一般的年纪第一次见到释梦师，我们一同听一曲乡村里的莲花落，我与另一个我在这星光满天里达成和解，一颗诗意的露珠紧连夜鸟的叹息。

20 世纪的乌鸦

20 世纪 80 年代末期，我从中专学校暑假回家，那时候已喜欢写作，不经意地到小时候经常去的地方转一转。有一天的傍晚，大概是在八月吧，已快接近假期的尾声，我骑自行车到了一座沙丘的南面。这个沙丘下有一块花生田是我们家的，儿时我经常来割草之类。再往西就有点荒凉了，是村里开荒出来种的苹果园，那些苹果的品种不太好，结的果子也不大，但每年八月十五中秋节都会发放给每户人家。

就在那个傍晚，夕阳未下，但果树园南面荒地上落下了一大群乌鸦，它们全黑的颜色，众多，有的落在地上，有的低空飞行，都嘎嘎地叫着，那场面很瘆人。我想乌鸦为何这么一大群在聚集呢？难道是为了吃苹果园里的果子，它们不是以腐肉为食物吗？

我远远地望着，不敢靠近。小时候大人总是跟小孩子讲乌鸦晦气，还有一种鸟叫猫头鹰，小时候我们家大院子后面是荒草、灌木和大树，夜里经常听到猫头鹰的叫声，姥娘就捂住我的耳朵让我不要听，姥娘说睡吧睡着了就听不见了，她还说猫头鹰也是晦气的鸟儿。不过，那时天一黑就不敢去后院，主要是怕那里的猫头鹰。

现在知道很多画家都喜欢画猫头鹰，它就像是夜间神秘的精灵守护着这个沉睡着的世界。而乌鸦并不仅吃腐肉，更多是以谷类、杂粮和昆虫为食，所以那一年看到大群的乌鸦，它们是聚在一起寻食的吧，第二天去看时它们都已飞走。据说乌鸦是非常聪明的鸟类，记忆和智力超过很多同类鸟儿。比如学舌的鹦鹉，各方面都跟乌鸦相似，只是黄色的嘴才得以区分，从而得到人们的喜爱。上小学时读到"乌鸦喝水"的故事，曾想，为什么故事里那聪明的鸟儿是乌鸦而不是别的鸟儿，村里老人们讲得不对吗？后来读卡夫卡的小说，"卡夫卡"在捷克语中是"寒鸦"的意思，卡夫卡父亲的铺子即以寒鸦来作店徽。寒鸦就是我们见到的普通的乌鸦。

在高山和森林等地更多的是一种叫渡鸦的鸟儿，它们只是比普通乌鸦体形大点，喜欢独栖，叫声特别，高亢有力，音乐性强，能发出各种不同的声音，也是智力很高的鸟儿。

无论科学怎么样的证明，但在乡村文化的土壤里还是有一些无法祛魅的东西，比如，把不好事情的发生归咎于本不应承担的东西上。我原来住的小区与一个村庄只隔着一条大马路，村子里很多树木，小区最南面又有一排梧桐树，都长得很高大茂盛了。有一天晚上散步，我听到了很耳熟的叫声，循声而去，一只鸟儿从树上飞到前面两层小楼的楼顶上，我看着它，看不很真切，只是一只略大一点的鸟儿罢了。我一直站在那条小路上，它从一个楼顶到另一个楼顶飞着，偶尔叫上一两声，跟我小时候听到的叫声一样，只是现在我不怕了。可是第二年毫无缘由的，那排梧树全被砍掉了，没有去问物业，只凭猜测吧，也许不是我所想的。但有一次散步，那只鸟儿依然在那里停着，叫着，我不禁笑了，它仍是在附近找到了栖身之所。

哦，忽然想到我有那么多年没有看到过一只乌鸦了。

20世纪80年代的鸦群，我想它们是从卡夫卡的城堡里飞来的吗？不然，第二天竟一只也看不见了。秋季粮食成熟的季节无论人们怎么赶，我想它们依然会很顽强地生存下来，凭着它们的智慧和我们不明白的鸟语。它们当时在说些什么，嘈杂的嘎嘎的哈哈的笑声，笑世间一切该笑之物，明了世间一切的好了与了了。你们在说这些吗？回眸之间它们又都在那里欢笑了。

葫芦的杰作

我喜欢葫芦，也喜欢我们这里的地理产品栝楼。栝楼的花很特别，正在盛开时，五个白色的花瓣，每片扇形的花瓣的尾部是长长的白色的长丝，长丝两边多，如孔雀开屏似的。

有一天晚上上传了一张我种的栝楼开的一朵花儿，好多人问这是什么花，还有一位诗人说，这难道就是传说中的"彼岸花"？

我想，你们想多了，一朵花儿就是一朵花儿。

葫芦开很平常的白色的花朵，就像丝瓜会开黄色的花朵一样。

葫芦、栝楼、丝瓜和葡萄这类攀爬类植物，它们缠在架起的木架子上的藤须，如果缠上了就稳定了它们的位子，缠不上的弯弯曲曲得就像音符一样散落着，主旋律的间歇里少不了它们的陪衬和旁敲侧击。

看现代农业，村子里都是几百亩的种葫芦，收获葫芦主要用于雕刻作为工艺品出卖，我们去采风的那个村子里小甲一年可以收入几百万，当然是要看你的雕花工艺是否技术高超，而且画面正是人们希望看到的，也就是说画面还是包含着中国的传统文化，大家对一些事物的理解，表达吉祥如意、兴隆富贵等则是人们最喜欢的，当然也可以说那是媚俗，但首先大众的接受程度也是做工艺品者最先考虑的。

我们不能只说小甲，小乙也在场，他依然是一个普通的农民，瘦削凹陷的脸，千万之中的一个，他淡漠的眼神我们看不到吗？

从今年起我开始自己在花盆里种葫芦，不仅仅是我要画画，还是觉得好玩儿，我想像那些果农在苹果上写字一样，等苹果长大了，字长开了，是一种商品附加值。而我不想刻字，我想任意地画一些符号，让葫芦自己作画，它自己会让那些很随意的符号随着它的汁液游走，浓淡线条都由它自己做主和安排，它要画出什么样的画全凭它自己的考虑，不用顾及我的感受。给它充分的自由这才是我想看到的结果。

我常常想，我们也是一只只被画上任意符号的葫芦，在这个世界上，有无数的力量可以在我们的身上画上符号，用来表达并不确定的思想，无论是种葫芦致富的小甲，在贫穷的院子里架起葫芦藤的小乙，抑或是天马行空的我？

被写上任意符号的"葫芦"，虽然囿于自己脚下的这小块泥土，虽然阳光只有那么一点儿，风、星星和月亮的安慰不那么有力，秋天各种昆虫的叫声没有把音乐性做得那么彻底，但我们用自己的血液来喂养它们，也把我们自己的一部分思想种到里面去，我们在场，我们没有失去行动的能力，将来长成的葫芦有我们自己的意志，它们会因此成为"杰作"吗？

老　姜

还记得那一年看到的鸦群，以及在树林里打猎的看林人老姜，我想他错过了鸦群，那些乌鸦没有被他的土枪打中。但他的林子里有很多不知名的鸟儿，还有一个大水坑，是他把林子围起时挖出的，里面长了野生的芦苇和蒲草，还有秋天开着黄色花朵的植物，他一瘸一拐的怪样子，就像只乌鸦，但却是心地很善良的乌鸦。

第二天，离开果园时我看到了一只乌鸦，我想它也许是那次鸦群来访后剩下的，就像现在的乡村里，年轻人出门打工，那些老乌鸦啊、老麻雀啊，都在园子里到处晃荡，一副魂不守舍的样子。

城市里见不到乌鸦了，若是看见一只倒是稀罕，在各个小公园里能看到的也大多是喜鹊与麻雀。城市里的老麻雀跟乡村里的老麻雀一样魂不守舍。

老姜年轻时做过屠夫，宰杀猪羊。据说那时候很多动物见到他都要发抖，因为他身上充满了杀气和血腥吗？

不知哪一天，他放下屠刀，"立地成佛"，改做了看林人。有很多版本，其中之一是说，有一年他救了一位落难的姑娘并爱上了她。有一天，他想杀鸡给她补一补，从来手利落的他却让那只鸡流着血满院子狂奔，那情景吓坏了那位历经风霜和磨难的姑娘。有一天，她悄无声息地走了。那一晚，老姜喝着烈烈的高粱酒，吃着他宰杀并炖好的鸡肉，很久很久，人们听到一种乡村失传多年的歌谣，那沙哑的嗓音穿透了乡村的每一个角落——啊，生活再也不要被偶然所迷惑，我的心，我的心，永远是风雨中的小船，等待你的回归——可是，那位姑娘并未回归，大家也不知她其后的命运，只是老姜再也不做屠夫，他跟村主任说他要开垦荒田，种树成林。于是，他成了看林人。他背着猎枪，我相信，他没有射杀过一只小兔或者小鸟，哪怕是偶然路过的鸦群。他终身未娶，独来独往，成就看林人老姜的传奇，他智慧而善良的一生，很多人并不曾理解与悟到的那一境界的人生。

他后来曾经参与把一个腐败的村主任赶下台，但之后，很多人效仿他，他却像独行侠般再也不问世事。只一个人喝着烈酒，在鸟雀齐鸣的树林和苇塘里唱着歌谣，把星星落下的尘埃都装进自己的口袋。那些见识过他善良的鸟儿与动物都成了他的好朋友，他再也没有离开过看林人的小屋，像修行的瘸腿仙人般践行着看林人老姜的传奇。

看着城市里老麻雀那魂不守舍的样子我就想给它们讲一讲看林人老姜的故事，讲一讲星光如何在一个夜晚照亮了整个树林和苇塘，所有的鸟兽都给老姜唱着那首优美的歌谣，仿佛美丽的姑娘回到了他的身边，无忧无虑，他们像王子与公主一样过着童话般的生活，这个梦照亮了他一生卑微的生命，在尘埃里散发芳香的生命，他成了苇塘里那株秋之魅的黄色小花朵，平凡、朴素、顽强而快乐！

另一个梦

八月，在各种昆虫的鸣叫声中，伴随着它们，我的梦也格外繁多起来。

在一个梦中，顶端只有一线光孔的木质建筑里，那像是一个大型的图书馆，我在那里协助博尔赫斯（会有这么幸运？）将书籍用小推车推到一排排书架上，将它们分类码好，那些金光闪闪的字亮得我睁不开眼睛，将来我会在这里读到里尔克、卡夫卡，会在马尔克斯《霍乱时期的爱情》中无法自拔，会在……但是，我会在某场不可避免的战争中听从命令把某些书扔进火炉吗？

不会。但是，我最怕记忆中美丽难忘的语句会想不起来，我认为在我的脑海的某个区域，有些不该忘记的书被我用小推车推着，站在火炉前一本本将它们扔进火焰中，而我的心会跟那些纸张一样痛，那些纸上的文字像某些符号在空中四散飘动起来，像女巫撒卜的咒语。

人生的恐惧与希望相同又相异，如同四世同堂的老妪，注视着每一个后代的脸庞，生怕自己有一天不记得他们；我则怕那些满满的书籍，那些陪伴我的日子消失，怕它们变成微信号再一次进入我的脑海却没有以前的感动。

记得那一年四婶得了出血热，因为后院田里的田鼠咬了她。不久，她的女儿也得了出血热，送到镇医院，再转县医院，大夫们束手无策，那是暴发这种病的初期，医院里也不知怎么治。四叔亲手埋葬了四婶和他的女儿。在一个又一个夜里，喝着劣质的白酒，四叔的梦里构筑了一座建筑，那里是四婶和女儿一起生活的样子。四叔自言自语：她们是天上的星星偶然落下来，想来就来了，想走就走了。直到有一天，还是满天星光的夜晚，夜魅这个小妖精看着睡着的四叔，她偷走了他的梦，因为他太孤独太痛苦了。四婶和他的女儿像烟花一样消失了。夜晚，四叔再也梦不到四婶和女儿，他的灵魂飘荡着，穿过城市的高楼大厦，穿过镇里空荡荡的街道，还是身边沉寂的乡村，没有一根树枝可以让他的灵魂落下来依靠了。

所以我把我的梦建造得很牢固，每天踩着吱嘎响着的木板，它们对我说尽管踩，它们结实着呢，筋骨响一响有助于它们运动一下，我把成排的书每日擦亮排好，随意抽出一本来就读上半天。看到卡夫卡和乔伊斯，我就邀请他们一起吃早餐。

虽然醒来后没有他们跟我一起吃早餐，我也知道，必须把我的建筑藏好，不停地变换位置，有时在惊险地挂在星星的一个角上，或是月牙儿的边上，或是高山的最高处，或是密林里充满鸟儿叫声的树屋旁边。

我想音响师的梦是什么？高山上的鹰翅膀扇动的声音，密林里鸟儿与昆虫的鸣叫声，河湾里青蛙的叫声，蝴蝶和蜻蜓落在叶子上的声音，花朵开放的声音。海浪声，人群里众人的嬉笑声，情侣携手跑步踏在青石板上的声音。他在他的梦里存储着它们以便不时之需。

有一半夜，我突然醒来，仿佛那木质地板的吱嘎声还残留一丝丝，在空气中颤动着。秋天了，我向黑暗的夜回眸一笑，仿佛锦衣夜行的人只为感动夜魅，不要捕捉我们的梦。这时，我仿佛听到一片树叶从一棵大树上落下来，它在那一瞬间飘然而落，我却打开窗听到空气中铮然一声，美的落幕像钢琴师只默然一弹，纷纷地烟花一般灿烂，角落的知音却黯然心伤。这是否是我年龄越来越大，潜意识里恐惧记忆的衰退？所以要在大脑中建一个史无前例的图书馆，把过去与未来叠加成一本本书，寄到我的图书馆。那么，我要把它排在书架的哪边最合适？

（选自《南方文学》2017 年第 4 期）

篁岭，春日梯云寻梦

若　荷

　　篁岭，是江西婺源的一个古村落，位于江湾镇境内，坐落在石耳山下一座山丘上，距婺源县城 39 公里，是个典型的山岭居住村落，从婺源乘车约一个半小时，就可抵达篁岭景区入山口，此地有直达景区的索道，坐着缆车可以俯瞰篁岭下面的全貌。若乘车也可通向山顶，从篁岭新村到山上，筑有一条逶迤蜿蜒的盘山道。

　　篁岭以梯田而著名，周围山上皆绿树环抱，梯田环绕，梯田上面种有密密麻麻的油菜花。每年 3 月下旬，油菜花儿次第开放，花团簇簇，热烈奔放，遂成一片油菜花山、花海，远远看去，整个山野一片金黄，就像一幅色彩鲜明的立体版画，雕刻在这片浅春深绿的大地上，彰显着篁岭的山水秀色，自然美景。行走在悠远空灵的景区，你会感觉到阵阵浮动的花香。

　　我对徽州文化一向充满了敬意，曾去过安徽黄山等地，也只是匆匆。读过有关西递宏村的文字，期待有一天可以一游，但终因事务繁忙，难以成行。谁知没有计划，胜似计划，初春时节，竟意外有了一个机会让我不顾一切地前往，这真是"一生痴绝处，无梦到徽州"，明代戏剧家汤显祖的千古绝唱，应验在自己的身上。汤老先生一生向往人间仙境，可做梦也没有梦到，当有一天来到徽州，竟然发现他所期盼的人间仙境，原来就在徽州。可以想象，当年老先生一脚踏上徽地，举目而望，原来徽州之美，才是仅凭想象抵达不到的地方，那一刻，他是怎样一种心醉神迷的惊喜？！

　　篁岭给我的印象也是一份欣喜。篁岭古名"篁里"，是个拥有 170 余户人家的村庄，已有五百多年的历史，居住着从安徽歙县迁移而来的望族曹氏，也就是清代父子宰相曹文埴、曹振镛的故里。篁岭山多田少，整个村子依山而建，高低错落，重重叠起，远远看去，如同挂在山坡。而篁岭之下，则是层层梯田，弯曲回绕，使村庄显得更加恬适、安详，故称为"梯云人家"，又名"天街"，是个"隔篁竹，闻水声"的幽静之所。

踏进篁岭，目力所及之处皆是上下的石阶，平坦光滑的青石板路，狭窄而悠长的街道上，布满时光的痕迹。房屋则多是粉墙黛瓦，雕梁画栋，极为精美，颇有先民留下来的古风遗韵。从铺满青石板的街道上走过，抬头是古老雕花的木制门窗，檐下悬挂着大红灯笼，到处散发着古旧的气息，让人从岁月沧桑的缝隙里，触摸到了浓缩的徽州历史。

最有代表性的是"五桂堂"，建于清乾隆年间，因先祖生有五子，于是主人选种五棵桂树于庭院中间，寄寓枝繁叶茂、子孙满堂之意，故取名"五桂堂"。"桂"是"贵"的谐音，也暗示房屋主人不同寻常，是个显赫之家。"五桂堂"砖雕门楼，鱼池庭院，前后天井，前堂后厅。居室为二层建筑，一楼是主人与长子居住，二楼属于闺房。抬头望去，天井上沿，一圈木栏斜倚，据说即是传说中的美人靠。门窗上的木雕更是精美大气，端庄繁丽。

有意思的是院中的坍池，不像北方的池塘或方或圆，它只有一半，不圆满。所谓此消彼长、物盛则衰，是万物发展的一种规律，故而称作"半池"。从半池的意思去看，出自《周易·丰》中的"日中则昃，月盈则食"之意，体现了徽州人的谦逊与智慧，以及淡泊、达观的处世理念。此屋原主人曹廷启，是曹文埴的生父。曹文埴，字近薇，乾隆二十五年（公元 1760 年）进士，官至户部尚书。显贵之后为不忘孝亲，出巨资兴建了这座"五桂堂"送给父亲曹廷启，以报生身之恩。

徽州人家高墙如山，厅堂与天井合二为一，崇尚"上善若水，上德若谷"，信奉"智者动，仁者静"，认为山川不会重样，宅院也不应重样，所以设计精心，风格考究。在这多变的房屋间，却有一份不变的郑重。八仙桌、太师椅、条案、两座一几、中堂、对联、匾额、条屏等，这些物件象征着主人待客的纲常、对待客人的礼节，所以必须摆放得规规矩矩，有条不紊。

正堂厅上除了八仙桌，还有两张半边桌，各靠在左右墙边。此桌一般不用，除了当作休憩依靠的地方，基本闲置在家，成了别具一格的装饰。原来，徽州男子多半出门在外，或做官或经商，女人独守在家，等到男主人回到家中，这两个半桌才可以并到一起，名为"合欢桌"。所以，我们看到的半桌，很少在厅堂中相依。以这种方式代表那份不变的敬爱之情，可见徽州人的用意之深，更不失为家居巧妙的设计。

若说篁岭的每间楼阁都是一座观景台，那么篁岭的每扇窗就是一面画屏，站在任意一扇窗前，都能看到村外的景色，池塘、毛竹、野生的花丛、参天的古树，沿着山路，绵延衔接。雨后的篁岭别有一番韵致，远近的山林被雨水濡染，在迷蒙的雨雾里如烟似黛，在这样的天气里倚坐窗前，逐一品读对面云雾缭绕的青山，蔚然壮观。

迈进春和楼，就如同迈进篁岭二十四节气的长廊，周围墙壁上绘有以各节气为主题的图解，配以"立春天气暖，雨水送肥晚""惊蛰快耙地，春分犁不闲""懵懵懂懂，清明下种"等的简明农谚，展示出婺源人的春种秋收和每个季节里踏实劳作的景象，同时还以情景故事、立体雕塑的形式，生动活泼地再现婺源民间婚嫁的风俗文化。

从春和楼出来，逐一走向夏耘亭、秋实亭，不远就是水口林。水口林，当地人简称"水口"，是篁岭百姓心目当中的风水之地，居于村落入口和出口处。篁岭地形呈 U 字形，俯瞰下去，这里的地形有如一把太师椅，村头和村尾刚好是这个村子的两个扶手，据说这样的地形对居民颇为有利，聚气、生财。为了使风水更加敛集，先民们便在这里种植了许多树木，其中不乏一些珍稀的树种，比如红豆杉、香樟、香枫、翠柏、桂花树、香榧树等，栽植密集，枝冠参天，浓荫遮天蔽日。一棵红豆杉有五百年树龄，一棵香枫树，竟然已有一千二百多年的树龄。走进这里，就像走进一个安详静谧之地，神秘之地，让人不由得伸展双臂去环抱那些大树，追溯它们生命的根系，为风雨岁月千百年的历史浮想联翩。

在傍晚的篁岭天街行走是惬意的，在篁岭的林间小道行走更是令人心情舒畅、心旷神怡。傍晚在树林中散步，一阵风来，忽而闻到一股浓浓的香味，这股香气就是香樟树散发出的气息。在篁岭，古老沧桑的香樟树随处可见。香樟，是当地普遍种植的一种树木，属于常绿乔木，它高可达 30 米，枝叶茂密，气势雄伟，木材坚硬美观，是制作家具的好材料。只要有树的地方，就能看到它们的身影。这里有一个风俗，如果谁家生了女儿，这家人家就要在家居旁边或院子里种上一棵樟树，等女儿长大，这棵树也正好长成大树，便可用来为适龄的女儿做嫁妆了，这便是有名的樟木箱。在江西一带，樟木箱还有一个名字叫"女儿箱"，自古以来，人们沿袭着这个风俗，使其充满了神秘与温馨。在水口林中散步，不时有樟树的气息飘然而来，随风浮动，行走其间如沐浴香风。

徽州人讲究村庄的风水，他们认为在水口种植树木，能给村庄藏风聚气，使人丁兴旺发达。在这里，随便找出一株大树，都有数百年树龄。村民们坚信砍掉了树木就是破坏了风水。篁岭的村民保护树木有个墨守的村规，谁砍一棵树，村人就去杀那家人家的一口猪。在过去，猪往往代表着徽州人的财富。我曾在墓碑上看到这样的碑刻："前朝山水秀，后代子孙贤。"可见篁岭人保护自然环境的意识根深蒂固，由来已久，他们不但活着保护自然生态，遗言还要作为家训嘱托后人，这种福佑子孙的行动值得我们借鉴。

徽州境内山多田少，有"七山半水半分田，二分道路和庄园"的说法，尽管村民对山地进行了较大范围的开垦，但他们早就适应了这种往高处居住的观念。他们的房屋大都二至三层，房屋坐落无论是朝南还是面北，让人感觉设计得都那么合理，对于土地丝毫没有多余的侵占和浪费。"篁"在现代汉语中，本义为竹子的意思，篁岭的竹生长得十分茁壮，竹以最常见的生活用品走进篁岭人家的生活，从竹笛、竹筚、竹床、竹椅、竹席到晒秋用的竹匾。竹林外围为茂密的树林，山顶才是村落的中心。村落里，到处流水潺潺，石罅中流下的水声不断地拍击在耳边，流水附近，绿萝垂挂，五颜六色的蝴蝶兰芬芳四溢。景区里有许多古色古香的店面，和许多旅游景区一样，经营一些装饰品和小吃店。渴了，你可以去米奶吧买一杯米奶；饿了，你可以在汪一挑饭馆吃一碗馄饨；累了，你可以靠在查氏酒坊听一曲店主的笛奏，尝一口查氏酒坊精心酿制的桂花酒……

饮食文化一直是篁岭民俗文化的传神之笔，因此品尝天街的特色小吃，也是浏览篁岭体味徽州文化必不可少的一环。篁岭美食可谓囊括了整个徽式餐饮的所有品类，它以徽菜为根源、以婺源饮食文化为精神，以篁岭民俗、民情为基准而独成体系。这些美食都以自猎、自养、自种以及有机生态无污染而著称。登上天街食府的二楼，全景落地式的窗户视野开阔，面朝大山的自然风光，农家房屋以及梯田美景一览无余，正应了"窗衔塘岭千叶匾，门聚幽篁万亩田"的景致。这里可以尝到婺源特色小吃"蒸汽糕""灰汁果"，更可观赏农家老人制作"清明果"。

在篁岭的四五天里，春雨一直跟随着我们。淋漓尽致地倾洒了一个晚上，第二天上午天气初晴，太阳便亮晃晃地从云缝里跃出来，万束光芒直透薄云，把整个篁岭照射得金碧辉煌。对面的山峰云雾缭绕，随风浮动，变化万千。云雾漫上村庄，雾中的街巷、房屋、水池、渠道，如幻如梦，融为一体。窄窄的小巷，纵横交错，高低迂回。微雨的天气里，一柄柄雨伞在夹道里打开，从低矮的屋檐下一掠而过，宛如天街上盛开的花朵，加上游客流动着的鲜艳的服饰，整个篁岭被打扮得妩媚俏丽。传说中有一个美丽的世外仙境叫桃花源，而篁岭的秀美脱俗，绝非桃花源所能比拟。

晒秋，是篁岭景区独有的农俗景观。篁岭地势崎岖，房屋层叠，为了不占地方，人们在自家的屋檐上固定一排三四米长的木棍，用竹匾既晾晒收获下来的农作物，又可晾晒衣物，久而久之，便成了农家生活的一部分。红红的辣椒、白色的笋干、青色的萝卜，在硕大的筛匾上铺展，五颜六色，旖旎温馨。他们晒茶叶、晒茄子、晒豆角、晒稻谷、晒大豆、晒蕨菜，随着不同的季节，所晒之物也在不断地变换。

古典的民居，秀丽的景色，丰富多彩的晒秋文化，让这里更加散发出古老、亲切、古朴的韵味，古老别致的徽派房屋、华盖遮天的古枫树和樟树，还有高耸入云的红豆杉以及密密匝匝的次生林，让人从心里流淌出一抹绿荫。古老雕花的木制门窗、悬挂在屋檐下的一串串大红灯笼，都能让人生出一种浓浓的乡愁。那些树木，那些草地，那些毛竹，就像生在美人眼睛上的睫毛，无须刻意近观，只要轻轻地、缓缓地回一回头，它们就在你有意无意间清晰可辨。

篁岭的春天，眼神明媚，腰身婀娜，淙淙潺潺。水流积蓄下的池塘可是她的眸子？窄窄的石桥可是她的裙带？满坡的紫云英可是她的披肩？

在悠长狭窄的街巷安然地漫步，享受一个人的悠闲时光，精美别致雕刻着"福、禄、寿"的明清民居是悠闲的，沿街铺成的青石板路是悠闲的。在密密匝匝的森林、古树以及大片草甸的地方大口地呼吸，尽享着从那浓浓绿洲之间氤氲出来的清爽的空气，便觉一股青嫩的生机融入岁月沧桑了的生命里。

（选自《旅游》2017 第 5 期）

达坂河谷多声部

王诚林

达坂城歌声撩人，风以迷人身姿列队谷口。潜意识里，河谷十分寂静。

我错了，错在持陈腐老旧思维触想象发力。

先是听觉出了问题。

雄浑壮阔的天山地心引力告诉说，听不见或无视谷中白杨林、小花、小草，及河谷中卵石等灵性物们的说话声，便以为它们不懂语言和没有思想情感是错的！

河谷中的灵性物，包括牛羊们全都有自己的语言，且相当丰富。白杨林的语言与卵石们的语言略有不同，小草、小花们说话时会露出些许躲闪般的慌乱与羞涩。只有流水嘻嘻哈哈，笑声朗朗。

那时，水流拽了白杨树一把，随即又想拽扯阳光尾巴。更多的水流在抚摸卵石。卵石们被摸得浑身发痒难受，忍俊不禁，释放出串串银铃般的笑声。水流撒野一般蹦蹦跳跳，放纵的笑声隆重地感染着灵性们的神经系统，水流吆喝着，全力向前，无论前方任何障碍物施展威风全不在话下。

开阔地带，卵石们正团聚在长者身前，专注长者说话。长者兴之所至，唾沫星溅人一身。水流见状不满，心想，老家伙卫生意识太差，必须给些教训。

于是，水流们一拥而上，推搡老者。

老者拉长脸说，我都这把年纪了，你们想干吗呢？

玩玩你，你卫生意识太差，不可以吗？

…………

两枚卵石正在吵架，一枚外号称浑小子的哭了。此事分明是它不对，它先冲撞人家，人家没事，自己的牙被撞掉一颗。

卵石哥哥问，为何哭泣？浑小子擒着满脸荒唐泪指控说，它打我，哥哥为我主持公道！

水流见状哈哈大笑，随手扇了浑小子一记耳光。水流痛恨诬告者，以示惩戒。浑小子被扇得晕头晕脑，呆呆地看了水流半天说，懒得和你一般见识！

河谷中更多的卵石们，有的昂首挺胸，有的席地而坐，有的伫立张望，有的窃窃私语。有位蓬头垢面者，朝一枚娇小玲珑卵石姑娘直丢媚眼，卵石姑娘懒得理它。于是，蓬头垢面者拽住一个善于搬弄是非的，谋划如何泼人脏水。两个家伙所犯错误毫无技巧可言，被一身正气的白杨树逮个正着，当场予以戳穿。

更多鬼灵精怪的卵石们被水流逗得哈哈大笑，一枚顽皮的卵石，正在捉弄白杨树根；还有几枚，借水流之力，朝一棵正在打瞌睡的白杨树发力撞去。

白杨树从梦中惊醒问，卵石小子，我碍你事了？

卵石说，你弄痛我啦！

河畔，一棵小草正在发呆，它的与世无争的个性，让一棵刺树感觉有机可乘，刺树想，何不给它来上一下？小草及时注意到刺树的诡计，急忙闪避。然而，手臂还是被利刺扎伤，血流不止。该情景惊诧了许多性灵们，它们齐声谴责利刺欺负弱小。

几头害羞的牛，悠闲地吃着草儿，仿佛草叶上有蜜汁。

突然间，牛歌唱起来。牛歌唱芳草蜜汁，并将其谱写成曲，广为传唱。

牛一亮嗓，羊也唱了起来。牛的嗓音低沉浑厚，羊的声调轻灵飘逸，仿佛天籁之音，一曲未了，一曲复至。河谷中的灵性们都竖起了耳朵。它们爱听这音乐，感觉很享受，仿佛岁月结出的花朵，芳香四溢。

过了一会儿，一头母牛突然间尖声哞叫，一牛哞叫，另一头母牛也哞哞地跟着叫唤。因为它们的儿子不见了，母子连心，母牛的寻子声，很是焦急。其实母牛只是虚惊一场，它们的儿子，躲藏在不远处的老牛身后，小牛刚才想和母亲说话，母亲只顾吃草，无暇搭理它，小牛生气，便藏匿起来。

牛母呼唤儿子时，小牛一愣神把一枚石子吃进嘴里，咬崩半颗牙齿，小牛跑到母亲身边哭诉，就你，就你！

卵石们笑了，植物们也笑了，母牛抚摸一把儿子的腮帮，转身顶了身旁的卵石一角说，我已给你报仇了……

河谷的另一处，伫立着许多白杨树，白杨树们喜好这样的聚会。白杨林性温顺，挺拔，气宇不凡，是这片土地的忠诚卫士！

一棵年逾五百寿龄的白杨树和一尊十万年前来到此处安身立命的石头说话。石头阅历丰富，山河变迁，战火硝烟，什么都听闻过。要命的是，日月星辰有何绯闻，也被其敏锐的嗅觉如数收入囊中；满脸皱纹的白杨树阅历虽不及石头，可酸甜苦辣的日子，倒也如数家珍。

两位的说话柔声细语，仿佛密友，又或像恋人，它们的说话时间仿佛用去一个世纪。

伫立树梢的风疲倦了，心想，还不逃之夭夭，更待何时？

又有一棵小草在哭泣，草姐姐在一旁安慰，小草哭得更伤心，刚离去的风急忙忙赶回问缘故。小草满脸泪水说，利刺又欺负我！

风怒责利刺，你还屡教不改啦？

不敢，不敢！

再敢我们可不客气了！

我改正，改正行吗？

更搞笑的是一棵红柳，红柳害羞，恋爱时它害羞，别人问它话时她害羞，此刻，更是一番娇羞容貌。这是风在使坏，风将一棵一直暗恋红柳者使劲推入红柳怀中，即刻引发河谷灵性们的阵阵朗笑声。

害羞的红柳头更低了。

一位棉农在田里劳作，几朵小花坐下休闲，偷懒的人家躲藏在树荫下纳凉。棉农身子成弓形状，心已植进棉地里。野草毫无道德秩序可讲，疯狂地抢食棉花们的水分养料。这种行为在棉农看来，简直是可忍，孰不可忍，棉农被点燃的愤怒，对野草下手时，无丝毫情面可言。

一位放牧老人，蹲在坡地上唱歌，听不清唱些什么，大约他放牧的不是牛羊，而是歌声。老人的歌声，沧桑，悠远。灵性们为此感动，更感动的是河谷的心。

河谷的心被唱亮了，牛羊的心也唱亮了。

老人仅微笑了一下，这样的情景他早已司空见惯，不会再激动。他想，等到自己更老时，儿子如何把他的歌传承下去。

率真多情的白杨树，一生都在感动，无论岁月流痕在它们身上写下怎样的文字，均无怨无悔。它们感恩生养它们的土地，感恩河谷赐给它们快乐的日子，感恩子孙遗传了它们的优良基因。还有和众多的朋友共同消磨时光，日子过得滋滋润润。

令人震惊的是，一棵因为年纪原因倒下的白杨树，身子横亘在河谷上，许多围在身旁的树木以及小花小草眼里饱含泪水，默默地为死去的英灵祈祷。这何其像我们人类，谁说河谷里的性灵们不懂语言和感情？

一对到此漫步的南方情侣，她们惊诧这里的风是透明的，山光水色全是透明的，最可爱的是穿越林中的那一束束阳光，阳光顽皮可爱，似可捕捉，这对浪漫情侣突发奇想地来一次采撷光束比赛，然后上达坂城举行一场婚礼晚会。不一会儿，她们的背包里，已被光束塞满。她们继而又突发奇想，看谁能把光束种进地里，让其生根发芽……

此举让河谷里的灵性们几乎笑疯……

有人送来了著名的新疆特产——香蚕豆，那豆被炒得香味四溢，白杨树自忖肺腑力强盛，没想到被豆香呛得脸红心跳。水流想，我还不信了，随即想抓一把香豆，也被呛住了。

除了蚕豆，还有炒香了的葵花子、花生，它们的香味，混合林子里的树香、水香、石头香，以及泥土的芳香，一时间，河谷世界被香味弥漫了。

河水静静地流，天蓝得透腑，水天一色，难以分清哪儿是天，哪儿是水。

纯净得令人恼火的白云，温柔地抚摸着座座褐色山峰。山峰雄浑凝重，向地平线延伸而去。我的视线被引向云端深处，那里高耸着天山之魂——博格达峰。博格达峰终年皑皑白雪，一点点地融化成溪，滋润满川满谷风景，博格达峰不觉累，不觉不堪重负，反觉十分享受！

这是博格达的价值观，平等，博爱，一生都在奉献！每年，每月，每日，每时，融化自身，滋润大地欣欣向荣。

砂卵石们疯累了，花草们也疯累了，唯有老成持重的白杨树依旧精力旺盛，它们知道怎样保存实力，因晚上还有重任在肩，它们要数星星，和月亮说话。白杨树和月亮说话时，河谷才安静下来。

那时，进入梦乡的性灵们，内心并不安静，它们感觉梦在月光里不断地像小草一样成长。

满目秀色，万物争荣，被感动的不仅仅是心灵，连骨骼和肌肉全都兴奋得呱呱叫唤。然而，自然的脚步不会停留，一个季节对另一个季节的渴望与呼唤，就像小牛呼唤母乳，夏天很快过去，秋天到来时，整片河谷乃至整个天山世界将被织染成金色。这样的时段也不会延续太久，转眼间，苦寒时节到了，整个世界皑皑白雪一片。雪的降临，预示着所有的性灵们都将休养生息，等待另一美妙时刻——春天的到来。

你想寻幽探秘，可上河谷来；你想舒展筋骨，可上河谷来；你欲寻求热闹，更需上河谷来。

　　万物皆灵性，自然真性情。达坂河谷太多鲜奇与感动。自然的心被照亮了，人心也照亮了，这是自然之功，而非人类的。自然的脚步远比人类长，人与自然和睦依存，而非高高在上的主宰。

　　我庆幸新疆之旅，让紧绷的神经放了一次长假；乐不可支的是，我的皱巴巴的思维被河谷灵性们激活与彩绘了。

　　我醉了，何妨因此长醉不醒。

（选自《西部散文选刊》2017年第4期）

郑伯克段

李敬泽

公元前 722 年。《春秋》纪事首年。

这一年，鲁国的国君惠公薨逝。嫡子姬允已被立为太子，但是，姬允此时大概只有两三岁，于是由他的庶兄、已经成年的息姑摄政。按照周朝的传统，摄政者在摄政期间享有君王的称号，所以，息姑就此成为一代鲁公。鲁国的始祖，那位神秘的周公，也曾是摄政者，他是华夏文明历史上最关键的人物，作为最初的"总设计师"，制礼作乐，规划了这伟大文明的基本架构。在他的兄长、开国的武王薨逝后，周公扶立年幼的成王并临朝摄政，后来，成王长大了，周公把一个秩序井然的天下交还他的侄子。

——天下事，竟可如此完美。这是政治，也是伦理和亲情，是历史，也是律法，周公所做的一切将被持久地追慕和模仿。

当息姑登上君位时，他并不知道他恰好站在了一个凶险、壮阔的大时代的门前，他并不知道，一切坚固的事物即将烟消云散。他确信，他将像伟大的周公那样善尽职责，然后，把一个好的鲁国交还给他的弟弟。

于是，这一年便是隐公元年。一元复始，岁月清寂，在欧亚大陆的东端，大地正从漫长的严寒中复苏过来，气温升高，气候变暖，黄河流域水草丰茂，恍如江南。但夏虫不可语冰，彼时的史官无法越过个体生命的尺度观察人类生活的变化，两千七百年前，天下本来事少，他把自己等成了一棵树。终于，到了这年五月，风骤起，传来大事一件，史官端坐，在竹简上写下六个字：

"郑伯克段于鄢。"

是的，就这六个字，禁欲、淡漠。文字神圣，史官如同祭司，在他看来，繁复嘈杂的记述会扰乱在文字中、在人世间暗自运行的天道。

郑国的国君在鄢地击败了一个名叫段的人。

　　为什么称"郑伯"？为什么用"克"字？为什么叫"段"？后世的解经者们推敲每一个字，在每一个字中领悟微言大义。

　　左丘明则在这个标题下讲述了一个故事。这是春秋的第一个故事，左氏的讲述后来被收入《古文观止》，开卷第一篇。在现代，世事反复无常，但《郑伯克段于鄢》一直在，照例被收入各种教科书。后世的中国人，只要是读过书的，大概都记得这个故事。

　　现在，让我们重读这个故事：

　　"初，郑武公娶于申，曰武姜，生庄公及共叔段。"

　　——郑国国君武公从申国迎娶了一位夫人。申国与郑相邻，在河南南阳，后来被楚文王所灭。申国国君姓姜，这位姓姜的武公夫人后来就被称为武姜。武姜生了两个男孩，哥哥就是后来的郑庄公，弟弟名段。至于他为什么又叫共叔段，后边会说到。

　　"庄公寤生，惊姜氏，故名曰寤生，遂恶之。"

　　——何为"寤生"？后世的儒生各执己见，说法不下七八种。一说是生于白昼，白天生孩子很好啊，怎么会惊到妈妈？另有一说是，这孩子一生下来就二目圆睁，这确实有点吓人。吵来吵去，占上风的说法是，所谓"寤"乃"牾"之借字，逆也，足先出，这在春秋时代的医疗条件下，很可能会要了妈妈的命。

　　于是，给孩子起名就叫寤生。这名字起得真是不好，它时时召唤着母亲的伤痛记忆，它将时时提醒这个孩子，他是多么艰难地来到世上，他是不顺的，孝者顺也，难产的寤生从一开始就违逆着母亲。

　　然后，妈妈的心就偏了，都快偏到右边去了："爱共叔段，欲立之。请于武公，公弗许。"

　　老公老公，把家业传给小段吧。

　　武公当然不答应。心偏也偏不过天理去，周公礼法固然摇摇欲坠，但其中包含的制度理性，任何头脑不糊涂的人都能看得明白。在君位传承中，必须坚持嫡长子继承制，首先是嫡子，比如鲁国的姬允，如果有一个以上嫡子，那必须是嫡长子。别跟我说小儿子或者小老婆所生的大儿子更聪明、更贤能，问题是，如果没有金石一般清晰不移的规则，没有政治共同体无可争议的预期，仅仅凭着高度主观的贤能原则，每一次君位的更替都可能酿成可怕的分裂和混战，其代价远远高于君位上坐着一个废物或疯子。

　　更何况，寤生显然是一个聪明的孩子。

　　寤生终于成了郑公。妈妈很郁闷很委屈，妈妈要为她所爱的小儿子争利益。

"为之请制。"

——寤生啊，把制这个地方封给段吧。那是今日的河南荥阳市汜水镇，后来是三英战吕布的虎牢关。寤生沉吟，细细想了想小段站在虎牢关上的场面，终于说，不行啊，"制，严邑也"，地势险要，不能让小段闪了腰，"它邑唯命"，别的地方随你们挑。

母子俩对着地图看啊看，最后说，我们要京。

好，给你京。

于是，段成了京地的主人，从此江湖上人称"京城太叔"。

京还是在今之荥阳，虽说不像制那样地当要冲，却是莽苍苍一座大城。大夫祭仲连忙来劝：使不得呀，京城太大，"君将不堪"，那太叔迟早作乱！

庄公叹口气："我有什么办法，我娘非要给他。"

祭仲急了："姜氏何厌之有！"她恨不得把整个郑国都给了小儿子！"无使滋蔓，蔓，难图也！蔓草犹不可图，况君之宠弟乎？"防微杜渐啊，不要让事情不可收拾！

庄公沉默，然后一张嘴就说出了流传千古的名言："多行不义必自毙，子姑待之。"

好吧，这句话我们记住了。面对着世间的不公和不义，我们说服自己，上天自有盘算，即使是恶，也如生命一般，会自然地走向衰败和朽坏。

多行不义必自毙，请相信，请等待。

"京城太叔"，这是多么炫目的名号。叔是弟弟，丈夫的弟弟是小叔，而太叔乃是大叔，是尊贵的，是国君的第一个弟弟。那些年里，太叔段是郑国最耀眼的明星。《诗经·郑风》中，《叔于田》《大叔于田》歌唱的都是这位小段。在《叔于田》中，两千七百年前的一个女子以粉丝般的狂热追捧着她的偶像：

叔于田，巷无居人。岂无居人？不如叔也，洵美且仁。

叔于狩，巷无饮酒。岂无饮酒？不如叔也，洵美且好！

叔适野，巷无服马。岂无服马？不如叔也，洵美且武。

——她站在村头，遥望着纵马行猎的小段，那人那么美，那么好，那么英武，当他出现时，当他在原野上奔驰，巷子里就再也没有男人，世间就再也没有男人，因为他们"不如叔也"，因为，在这痴狂、沉醉的眼中，只有这天上的、云端的男人。

好吧。如此的太叔段，他如同神，万众仰望，他如神一般浩荡、华美、纵情：

叔于田，乘乘马。执辔如组，两骖如舞。叔在薮，火烈具举。襢裼暴虎，献

于公所。将叔无狃，戒其伤汝。（《大叔于田》）

——"看名王宵猎，骑火一川明"！（张孝祥《六州歌头》）这位太叔，他驾着四马的战车，马缰如丝带飘拂，左右两边的马如飞如舞，太叔飞身下车，扑向林莽，火把遍地高烧，太叔赤裸着身体，胸大肌、肱二头肌、背肌和八块腹肌在熊熊火光中闪亮，他是一匹猛兽，他赤手搏虎，他竟制服了猛虎！

太叔啊，求你不要这样，小心它会伤害你！

——这是一个春秋巨人。在这两首诗里我们看见了与《郑伯克段于鄢》完全不同的段。在《左传》的叙述中，这个段面目模糊，他甚至是软弱的，他只是母亲的宠儿，在野心和贪欲的支配下妄动。而在《叔于田》和《大叔于田》中，你看到这个与猛虎相搏的人，这个在人们眼里具备一切男性美德的人，他的身体如此强大，他的气概震慑群伦，他的问题不是贪婪，而是无节制，他不知何为危险，热血翻腾，他会轻率跨越人类生活的一切界限，以至即使是倾倒于他的人也不禁担心："将叔无狃，戒其伤汝！"

显然，太叔段不会听见这微弱的声音。此时，春秋的大时代刚刚开始，这个大地上即将出现无数这样的巨人，他们在一个崩坏的世界上、在原野和丛林中闯荡，他们将擒杀猛虎，或者自己成为猛虎。

太叔行猎的队伍必定不止于京，京太小，一只虎的领地应在一百到四百平方公里。太叔逐猛虎而行，到了郑国的西边和北边，他直接向西边和北边的官吏下达命令，完全不顾那里并不是他的封地。

大夫公子吕跑去向寤生抱怨：这个国家到底谁说了算？您到底是怎么想的？要是想让位给他，那您早说，我赶紧去伺候新主子。否则就赶紧动手，再拖下去，人心就乱了。

庄公不动，回答道："无庸，将自及。"

事态继续发展，太叔段公然宣布，西边和北边那些地方从此便是我的地盘。公子吕又急了："可矣，厚将得众。"

庄公还是不动："不义，不昵，厚将崩。"

终于，公元前722年周历五月，消息传来，太叔段已经做好了一切准备，将要暗袭国都，他们的母亲武姜将作为内应，打开城门。

是的，不能等了，庄公寤生说"可矣"，命公子吕率战车二百乘直扑京城。

令人意外的是，万众景仰的太叔段，他所得到的支持竟如此脆弱，也许是"不如叔也"，所以"巷无居人"，当国君的大军杀来，他的军队和国人竟立时土崩瓦解。段仓皇逃往鄢陵，那是如今的河南鄢陵县，郑兵追杀而来，"克段于鄢"。周历五月二十三日，段逃往共国——位于河南辉县的一个小国。从此，他不再是太叔段，他成了共叔段。

　　春秋史上，"郑伯克段于鄢"其实并非大事。但是，它位居《春秋》开端的醒目位置，成为大时代的先声：维系宗法制家庭、社会和国家的礼制和伦理正在崩坏，君不君、臣不臣、父不父、子不子，春秋二百四十二年，相斫相杀，正始于寤生与段这君臣兄弟之间。

　　春秋公案第一桩，大家都来评评理。庄公的君位无可置疑，段的反叛铁板钉钉。后人对此插不进嘴去，大家重点讨论的是庄公寤生的动机问题。

　　的确，在左氏的叙述中，寤生像一个处心积虑、阴鸷冷酷的猎人。他耐心地等待着，等待着他的猎物和对手犯错误、犯更大的错误。他本来可以尽快行动，制止段的悖逆行为，这样至少可以避免最后的悲剧，但是他不，他甚至是在期待着，端坐于此看着段走向他预设的陷阱。

　　《左传》中，在讲完这段故事后，对于《春秋》经文何以称"郑伯"做出了解说："称郑伯，讥失教也；谓之郑志。"这是对庄公寤生的道义谴责：你是郑伯呀，你是国君、你是兄长，你本来有义务也有机会教导你的臣子和弟弟，但是你就这么心怀叵测地等待。杜预《左传》注更直截了当地断言："明郑伯志在于杀。"孔颖达《左传正义》引服虔的话进一步提出指控："公本欲养成其恶以加诛，使不得生出，此郑伯之志意也。"

　　所谓"志"、所谓"志意"，说的是人心中无法言喻的隐秘动机，所以，无论《左传》还是后来的论者都是作诛心之论，他们指着庄公寤生的鼻子喝道：你是不是这么想的？你从一开始就存心除掉你的兄弟！

　　《郑伯克段于鄢》，好文章也。结构如此严密，逻辑如此清晰，起承转合，间不容发，层层推进，一气呵成。但问题是，它太好了，它让我们忘了，左丘明在此叙述的事件，时间跨度长达三十几年，如果从寤生即位算起，也长达二十二年。如果把这文章还原到三十年、二十年的岁月里，还原到一天又一天树叶般数不清的日子，你难道不觉得，它过于严密、过于清晰？

　　寤生即位时年仅十三岁，段只有十岁。现在，母亲姜氏为十岁的弟弟要求封地，十三岁的寤生怎么办？我很怀疑他会说出"多行不义必自毙"这样的话来，即使说了，这句话也可能已经是当时成语，他只不过是随口说出，然后幸运地被载入《左传》，从此获得著作权。相比之下，"姜氏欲之，焉避害？"倒很像他自己的话。他面对着偏心的妈妈、娇纵的弟弟，他是长子，现在是这个国这个家的主人，他能怎么办呢？好吧，给他们，让妈妈高兴。

　　然后是二十二年的漫长时间，无论段的行为还是寤生的反应，必定不会像《左传》所述那样具有严密的戏剧性，那不是一场戏，没有人用二十二年演一场戏。在春秋时代，二十二年已经长过了大部分人的寿命，庄公寤生，他要用二十二年等待他的弟弟犯下不可饶恕的大罪，他真是太有耐心了。况且，现有的叙述中，包含着后设的、马后炮式的视角，庄公寤生是胜利者，由此倒推，人们揣度他的志意，使他的言谈和行为导向最终的结局。但是，让我们回到那漫长的二十二年，庄公何以就那么有把握他一定会在最后摊牌时获胜？无论当时还是后世，国君面对一个心怀叵测的反叛者，常常不堪一击，他怎么能够断定日益坐大的段不会是最终获胜的一方？不要告诉我"不义，不暱，厚将崩"，如果庄公真的这么想，他就太天真了。

　　郑庄公，这个名叫寤生的孩子，他一直在逃避，在拖延，这个拖延症患者，他不是在等待时机，等待果子熟了，从枝头落下，他只是不愿做出那个困难的决断，他一直期望着的是，最终的结局、摊牌的时刻永远不要到来。

　　因为到了那个时刻，他不能想象将如何面对母亲。这个女人，他活在她所赐之名里，就像在"寤生"这个题目下做一篇文章，母亲是出题者，寤生是作文者，他多么希望让母亲满意，虽然他知道母亲永远不会满意。他是寤生者，他的两只脚先来到这世上，从此逆水行舟，世道艰难。他是逆的，他是命里注定的忤逆者，他伤害了母亲，他和世界将互相伤害。他多么希望一切都是顺的，天地有恩，人世有情，可是，人世的恩情纷乱难治，他拒绝把制交给段，因为他不能负了、逆了把社稷、把郑国交给他的父亲。但在他拒绝母亲的同时，他就退却了，他让母亲失望了，他将不断妥协和退却来弥补这亏欠，补救这不顺。他嫉妒他的弟弟，他千百次地想过，如果段在这世上消失，那就是海晏河清、天下太平，但是，那同时也是天塌地陷，他将失去他的母亲。他无数次深怀恐惧和罪感地想象自己降生时的情景——喷溅的血，绝望的嘶喊，他是未遂的凶手，他差一点就杀了他的母亲，现在，如果他把段从母亲的怀里夺走，他就把母亲再杀了一次。

　　由此，我们才能理解庄公寤生的狂怒。他粉碎了段的叛乱，立即派人把母亲武姜押往城颍囚禁起来，他嘶喊着，发出决绝的誓言：

　　"不及黄泉，无相见也！"

　　除非到了地下，决不相见！

　　这是极不理智的行为。无论当时还是后世，如此囚禁亲生母亲都是绝对的人伦悲剧和舆论灾难，即使秦始皇这样心如铁石的人也不能承担。

　　此前的一切绝非庄公寤生处心积虑的结果，如果是那样，他一定会想好怎么处置母亲。但是，他显然没有想好，他不敢想，他只是忍耐、拖延，他拖了二十二年，他以为终究会拖过去，谁想到，他还是不得不面对结局。

那一日，黄昏日落，忽然，庄公寤生登上了城墙，众人愕然，他们不知道他来干什么，没有人敢上前说话。寤生独自走到城墙的垛口，他望着渐行渐远的囚车。

他忽然想哭，想像一个孩子一样放声大哭。

然后，有一天，驻守颍谷地方也就是如今登封一带的将军颍考叔拜见庄公。君臣宴饮，颍考叔把大块的肉拨到一边。庄公寤生看在眼里，问道：怎么不吃肉啊？颍考叔回话："小人有母，皆尝小人之食矣，未尝君之羹，请以遗之。"国君家的炖肉我娘没吃过，留着带回去，给老娘尝尝。

一席话锥心刺骨，庄公寤生怆然泪下："尔有母遗，繄我独无！"

——即使是古文，即使隔了两千七百年，你也能听出其中的委屈、伤痛：你是有娘的，天下人都有个娘，只有我呀，我是个没娘的！

然后，庄公寤生，这孤独的君王，把他最脆弱、最纠结的深处敞给了颍考叔，"公语之故，且告之悔"，这里边是多少年的郁结啊！是的，他爱他的母亲，比段更爱母亲，从他生下来，到现在，三十五年了，这三十五年他要做的只是一件事，让母亲欢喜，让母亲知道，他是多么爱她。但是，母亲决心夺去他的君位，她是在告诉他，他不是她的孩子。

现在，段跑了，他回不来了。我的母亲，她在城颍，我已立下誓言，再见除非是在地下、在黄泉！

颍考叔注视着他的君王，他正是为此而来，他必须给出一个主意，一个戏剧性的、极具心理治疗效果的解决方案——好吧，那就挖一条深深的隧道，让你和你的母亲在地下相见。

隧道幽深、黑暗、潮湿，无穷无尽，如同一个巨大的动物的腹腔。任何人在这黑暗的地下都会感到恐惧，那是身陷幽冥，如同死亡。在春秋人的想象中，这就是死亡，是永恒的黑暗。庄公寤生擎着火炬，在隧道中独自走去，他拒绝随从，他要一个人走进去，火光在隧壁跳跃，他惊叹地注视着隧壁上用铜锸铲出的泥土的纹路。他从未如此宁静，他慢慢地走着，他感到自己正越走越小，小如婴儿，小如浮游生物，直到在前方，无尽的黑暗中一点火渐渐亮了，渐渐近了。

"大隧之中，其乐也融融。"

这是庄公的咏唱。

"大隧之外，其乐也泄泄。"

一个女人的声音迎合着。火光照亮了这个女人，她站在那儿，她是那么美，那么慈爱，她是母亲，爱他的母亲。

痦生重新生了一次。

公元前722年的事件，决定性地锻造了郑庄公痦生。此后，我们看到了一个精力旺盛、果敢强悍的君王。历史猝然加速，在这混沌的、昏昏欲睡的春秋早期，一切都被痦生唤醒。

但庄公痦生不仅难产，而且生错了地方。那是郑国，其国都在如今的河南新郑。比起其他诸侯国，郑国只是后起小国，庄公的祖父桓公是周宣王的少弟，始封在陕西。从祖辈起这个家族就显示出了在乱世中非凡的生存能力，桓公预见到大厦将倾，君子不立危墙之下，早早在东部安排了退身之地。然后，庄公的父亲武公在西周覆灭、东周初定的大乱中，灭掉了若干小国，生生挤出了一片天地，把郑国搬到河南。因为辅助平王东迁，他还获得了周王朝执政的卿士地位。

郑国生于乱世，危如累卵。打开地图，你会发现新郑居天下之中，四通八达，在现代此为大幸，在古代这叫作四战之地，八面来风，四面受敌，没有任何战略上的回旋余地。后来的春秋史上，郑国所能做的就是在虎狼环伺中机敏地生存下去。此时还是春秋早期，虎狼还没有充分醒来，庄公痦生得时代之先机，他清晰地看到"王室而既卑矣，周之子孙日失其序"，人心散了，天下乱了，生何难，死何易，郑国随时都会烟消云散。终其一生，痦生反复谈及他自己的死和郑国的亡，这个人身上有深刻的悲凉，这个难产而生的人，他过的是借来的日子，生活对他来说就是一场必定散去的筵席。

——如此悲凉才能如此炽热。庄公痦生成为了一个重要的战略原则的发明者和实践者：劣势之下，最有效的防守就是进攻，不能停，停下就要挨打，要动起来，抢在挨打之前打人。

风乍起，庄公痦生搅乱了春秋早期的格局，使得中原和东部各诸侯国陷入混战。在与宋国、卫国、陈国、蔡国的频繁战争中，他建立并主导了与齐国、鲁国的联盟。庄公痦生在一个较小的规模上预演了、启示了后来齐、晋、楚的霸业。

公元前712年，隐公十一年，以郑国为首的齐、鲁、郑联军攻伐许国。这是一个与郑国毗邻的诸侯国，其地在今许昌一带。夏历五月二十四日，庄公痦生在太庙举行授兵大典。春秋的战争是贵族战争，打仗是高贵的事，是精英的专有权力，按照传统，开战之前要举行庄严的仪式，把平日储存于太庙的战车和兵器授予高贵的武士。

但这一次，就在授兵大典上，武士们先打了起来。那位颍考叔，按说是位心思深长的君子，但春秋时甚少没脾气的君子，君子大多是身体壮敢打架，他和另一个将军子都为争一辆战车起了冲突，颍考叔拉起车辕就跑，子都拔戟便追，长安街上跑了十几里，二人累得瘫倒，只好作罢。

这件事若到此为止也上不了《左传》，问题是还有下文：战场上，颍考叔果然骁勇，一手擎着大旗，头一个登上了敌方城头——就在此时，城下纷纷乱军之中，只见箭似流星，一箭正中，可怜那颍考叔栽下城头！

这是战场打黑枪啊，从古至今都该杀无赦。庄公寤生很生气，城是攻下来了，但这事不能算完，传令三军，站好队，端着猪、狗、鸡，一起诅咒那打黑枪的孙子：谁干的谁干的，让丫不得好死！

谁干的？大家都知道，子都干的。

寤生是在装糊涂。领导真糊涂时，你可以劝，比如颍考叔就出来劝了；但领导装糊涂时，你不能劝，比如此时，全军念念有词，没一个人出来指证子都。

为什么呢？因为子都是世上最美的男人，有郑国小曲为证："山有扶苏，隰有荷华，不见子都，乃见狂且。"（《诗经·郑风·山有扶苏》）那意思是，只要心里想起子都，这世上就"巷无居人"了，别的男人就都没法看了。

大家你看我一眼，我看你一眼：谁干的谁干的？让丫不得好死！

就寤生的成长经历而论，他和子都的特殊关系也在情理之中。问题是，寤生和子都在这件事上败坏了贵族共同体的公义，他们所得的报应便是持久地成了八卦对象，京剧里有一出《伐子都》，就是人家编来出气的。那戏里子都被颍考叔的鬼魂附体报仇，武生子都，俊美如妖如神。

当然，装糊涂，说明寤生是个明白人。此一战，郑国占领了许国，若放到现在，嗓门很大身体很差的好汉们必是"灭了它灭了它"喊成一片，但寤生不，他善待许国的公族，特别交代占领军头领：

"寡人有弟，不能和协，而使糊其口于四方，其况能久有许乎？吾子其奉许叔以抚柔此民也，若寡人得没于地，无宁兹许公复奉其社稷，唯我郑国之有请谒焉，如旧婚媾，其能降以相从也。无滋他族实偪处此，以与我郑国争此土也。吾子孙其覆亡之不暇，而况能禋祀许乎？寡人之使吾子处此，不唯许国之为，亦聊以固吾圉也。"

"凡而器用财贿，勿寘于许，我死，乃亟去之！"

这一年，寤生四十五岁，在位三十二年，在春秋，已是垂垂老矣。他这一番话是春秋史上最动人的政治言说，句句出自本心，有大政治家的明智、远见，有饱经世事的通透、苍凉。是的，我亲弟弟跟我都不是一条心，许国人怎么可能跟我一条心？争这一块许地，不过是为了战略上的缓冲。这块地好比是借来的，迟早得还回去。我死之后你马上收拾行李撤军，许国还是许国人的许国。

庄公寤生，他知道他所做的一切，终究是经不住风霜雨雪，经不住生老病死。

也是在这一年，公元前712年，鲁隐公迎来了悲惨的结局。他已经摄政十一年了，他一直谨遵礼法，他眼看着他的弟弟姬允渐渐长大，他已经盘算着在泰安附近另建宫苑，归政于弟弟，然后，优游山林，颐养天年。

但是，这一年某个寒冷的冬日，大夫羽父向他提出了另一种选择：我替您杀掉姬允，这样您就是名正言顺的国君，您不必承担篡逆的恶名，然后您将一直坐在这里，而我，将成为执掌国政的太宰。

隐公惊骇地注视着这个人。他一直信任羽父，在他统治期间的史册上，羽父是最常出现的名字，他一直是一个忠诚、明智的臣子。但是现在，他站在这里，竟说出了如此残忍卑鄙的提议。

隐公并未愤怒，他只是感到蚀骨的疲惫。靡不有初，鲜克有终。他想，如果我是这样的人，这件事十一年前我就做了，何必等到今日。

他闭上眼，用微弱的声音说：

"借来的东西，我终归要还给人家。"

寂静。他知道，羽父默然地退出去了。

隐公真是累了，他竟不曾想到，此等弑君大事是不能说也不能听的，说出去就必须做，就必须成功。现在，对羽父来说，真正的灾难是隐公会把他的提议告诉将要亲政的姬允。

说的人是白说了，听者却不能白听，这年十一月，羽父指使人刺杀隐公。然后拥立姬允亲政，是为桓公。

隐公，他的谥号为"隐"，这不是一个美谥，这是隐晦、隐没。这个一生遵从周公之礼的人，被他的时代灭了口，被摒弃和遗忘。

然后，鲁桓公五年，公元前707年，春秋史上一次标志性的战争开始了。这一年，庄公寤生五十岁，五十而知天命，他的天命就在于撕下温情脉脉的面纱，断然宣布一个全新时代的到来，那是最坏和最好的时代，是王纲解纽、礼崩乐坏的时代，是天高地阔、龙腾虎跃的时代，是毁灭的时代，是创造的时代，是华夏文明的轴心时代，是这个文明永恒守望的血气方刚的少年。

在此之前，公元前720年的周历二月初一，日全食。三月二十四日，周平王驾崩。五十一年前，父亲周幽王被犬戎所杀，他在天崩地裂中匆忙即位，立即面临着根本抉择，他可以横下一条心，留在镐京，那伟大的城，那制作了周礼、君临天下的地方；但是，这就意味着他必须面对戎狄的巨大压力，他身上流着文王武王的血，但这血已如此淡薄，无法承受危险而只能选择安逸。他把这片祖宗的地赏给了小小的秦国，然后逃往成周，那是周公在东部建立的陪都。他所放弃的正是席卷天下的起点，从咸阳、长安到延安，通向天下的路均起于那片平川和高原。从此，西周成了东周，周朝不再伟大。

继位的周桓王显然不知天下大势。平王身上尚且残存着西周的余晖，而他必定承受东周的衰微和屈辱。继位之初，这位傲慢的天子就和庄公寤生翻了脸，这无疑是鲁莽的。当初平王东迁，郑国是主要的支持者，从武公到庄公，郑国的国君一直是秉持东周国政的卿士。为了维持这种关系，周平王甚至低声下气地与郑国交换质子，把当时还是太子的桓王送往郑国为质。这段屈辱的经历显然影响了桓王的判断，周郑关系迅速恶化，在经历了一系列诸如郑国抢割了周王的麦子之类如同地主打架的冲突之后，公元前 707 年，桓王宣布，剥夺郑庄公的卿士之位，双方彻底决裂。

这年秋天，桓王率领蔡、卫、陈联军征讨郑国。周王征讨诸侯在西周是常事，在春秋却是首次。古老的传统和记忆被唤醒，郑国和郑庄公面临着生死存亡的考验。

只有战！庄公寤生起倾国之兵在郑国境内的葛迎战王师。天下屏息，这不仅关系到一战成败、一国安危，这关系到东周王室是否还有能力行使天子之权。

王师大败。混战中，郑将祝聘一箭射中桓王左肩。

——那一刻，乱军之中，庄公寤生眼看着那支箭向着战车上、大旗下的周王而去，他觉得他要窒息了，他觉得这支箭竟如此之慢。

然后，他看见那箭射入周王的肩头，发金石之声。

这是天地为之惊、鬼神为之泣的一箭。庄公寤生，他觉得在那一刻，整个礼乐天下都被这支箭射中了。

祝聘纵马欲追，寤生止住他：让他去吧。"君子不敢多上人，况敢陵天子乎？苟自救也，社稷无陨，多矣。"

此夜，寤生无眠。披衣观天，感慨万端。命祭足携酒食前往周营，探视天子，抚慰群臣。

——他不是为了祈求宽恕。他只是为了此心稍安。在这世上，庄公寤生即使在最放纵的时刻也持着一份分寸和克制。生下来是难的，活着也是难的，人终有一死，世上山高水远。

六年后，公元前 701 年夏天，庄公薨。他的身后，遍野巨人猛兽。

（选自《当代》2017 年第 4 期）

黄昏故乡桥头伫立着我的母亲

朱秀海

　　1978 年年末的一个雪夜，我在江城武汉离开部队驻地，踏上军列。运送我们的大轿车走过长江大桥时，城市的无数高音喇叭正在播送《中共中央十一届三中全会公报》。这一改变中国历史命运的文献发表之际，我却正和军区挑选的一批青年军官走上战场。还在四天之前接到命令的当晚，我就在极短时间内将这座城市连同它包容的万家灯火以及空气中隐隐可闻的中国就要发生历史巨变的足音排斥出了自己的生活。世界上已经发生、正在发生、将要发生的一切对我突然全部不再有意义，我能够想到的仅仅是我作为一名军人的职责和另外一件事——我可能战死沙场。而在后一种类似被一颗烧红的炭粒不停地灼痛着的思想中，我意识到自己的生死在最初的心灵挣扎与搏斗之后很快就不算什么了，真正令我有些惊慌并且引发了深渊似的悲情的是，我的死会给父母尤其是我的母亲带来的巨大伤痛。父亲长年卧病不起，母亲的日子就像一架天平，一边是无尽的操劳和艰难，另一边是她含辛茹苦养大的孩子，我认为自从父亲长期卧病以后母亲的生命中就再没有了别的阳光，我们——首先是我，其次是她最小的儿子秀林——是她人生中最后的阳光。我曾经在很长的时间内觉得我和我的尚在北方某初级航校念书的弟弟是支撑她在这样一个家里活下去的主要力量。我无法想象母亲怎么能承受我这个她寄希望最大的儿子的死，我甚至想到过我的死造成的最极端的后果：母亲因我的死而死。然而我这时能做的也就是尽可能不让她知道消息。我将一封简短的、语气近乎冰冷的诀别信留在我独居的宿舍的桌面上，信的主要内容是告诉她和家人我走上战场时的希望：战死是我的责任，家里不要给政府添任何麻烦。我没有马上寄出这封信的原因，一是这时我的参战和部队的行动仍然是保密的；二是我觉得此刻已经充满我想象的那个巨大的沉重同时却刺激了我的勇气去对抗的事物——死亡——如果一定要来临，母亲的死一样的伤痛一定会来临，也要等为我办理后事的人将这封信送给我的母亲。也许我信中的话会像极重的一击，让母亲从天塌一般的苦痛中清醒过来：毕竟因为有了这封信，她知道儿子对她仍有托付，需要她挣扎着重新站起来，去为儿子履行最后的嘱托。

我现在可以过来人的身份告诉自己的儿孙：儿子忘掉母亲是多么容易。因为离开驻地时首长的送别，因为和二十四名战友一起上战场，还因为轿车路过武汉大桥又突然望见了长江两岸的璀璨灯光和灯光映照下像作家白桦先生描述过如同抖动的绸缎那样波荡涌流的江水，我觉得自己已经把母亲、死这些意念全忘掉了。这是年轻的好处，无论生命中遭遇到多么大的艰难，如果不能化解它，那最简单的办法就是将它撇在一边，不去想它，甚至忘掉它。在以后的近两个月战前训练时间乃至于 1979 年 2 月 17 日战争打响后我第一次走过雷区踏入战场，当大夜晚仰卧在战火燃烧炮弹不时飞来爆炸的十号高地上，听着身边一位战友差不多用一夜时间叙说自己的童年和少年往事，其中就包括对自己父母和家庭故事的想象，我都没有放纵自己的思想去想我的母亲——不是没有去想而是努力抑制住不让自己去想，但我仍然在一切都平静下来睡过去又醒过来时立即就想到了她，而且我的感觉变了，我突然后悔没有给母亲留下一封真正的诀别书。母亲一生艰辛，有我的日子虽然没有更好，但没有我的日子却一定会更坏，母亲将会因为我的死失去她生命中最亮的那一缕晨光。我马上止住了这种思绪，我想我不能这样想下去，这样想下去与我此时置身在这座战火仍然没有熄灭的高地上等待一场拂晓时可能就要打响的阵地防御战斗的身份不符，同我从奉命参战那一日就明白的生死不能控制尊严却可以控制的信念不符。但我仍然再一次想到了留在军区机关宿舍里的那一封语气冰冷决绝的信，我又一次自以为是地想象我的母亲不但应当像我希望的那样坚强，接到我的信后一定会听懂儿子想说出而没有说出的话语，巨大的和不到死之日就不会消除的伤痛一定还会像飓风般地刮过和摧垮她的生命，可至少她会想到儿子走上战场时最信赖和最想交谈的仍然是她，儿子虽然不在她身边，心却从没有离开过她。我幻想这也许会温暖因为我在信中语气的冰冷被伤害的母亲的心，而哪怕是一点想象中的温暖也会伴她直到生命的终结。我在想到它们时也就强行遏止了这种会像汹涌的波涛一样没完没了涌流激荡下去的意识，回归暂时平静但战争仍然在继续的夜色最深重的拂晓前的阵地上来，回到我的意识的表层来，因为这时我已经想到了，就连我刚才的那些思想也只是自己的幻想，与其说能够安慰母亲，不如说是在安慰此时已经无法补救的自己。

母亲直到战争结束也没有接到我留下的那封信。这封信直到离开武汉五个月后我重回江城走进自己宿舍时仍然躺在原处。这非常容易解释：因为我的未死，我的上级和同事就没有进到这间屋子里来替我收拾后事从而发现它并按照信封上的地址将它寄回我的故乡。但是母亲还是在战争打响的第一天就得到了我参战的消息，确切地说是感觉到了我真的已经参战。战争打响的早晨相关消息先是通过广播然后通过报纸得到了世界范围的传播，我那故乡小镇上的人们据说就是从当天早上中央人民广播电台的《新闻和报纸摘要》节目中听到了南疆开战的消息。这个时间距离我突然不再向家里写信已经过了近两个月（部队在南部边境集结后一段时间内仍然不让通信，等到能够通信时我却因为害怕母亲从此将过上我想象中难以承受的日子而没有写信），我相信母亲早就因为长时间收不到我的信开始疑心，不过由于过去我也不是每个月都写信回家，这时就是她老人家会想到点什么也不会太过于讶异。当然战争打响前某些事情已在我们那个偏僻如同内地的边疆小镇发生了：因为部队前往南方边境的消息还是零零碎碎、星星点点通过各种渠道越过千山万水传到这里，一些好事兼好为大言者开始公开在街头巷尾谈论它，与我的参战相关的只言片语也通过家人传到了母亲耳中。母亲最初的惊慌是可以想象的，她的第一个反应是不相信。以她的想法，她这样一个一辈子从没有害过别人的人怎么能够遇到这种事，别人当兵的儿子都没有上战场而偏偏是她的儿子上了战场。老人与人相处一向恭谨温良，哪怕是对晚辈也不出恶言，可是这个时刻的她却表现得异常固执和强硬：她以不容忍任何怀疑和挑战的言语阻止家人继续传播外面的话，连在家里议论一下也不允许。至于偶尔在外面有邻居出于好心和关心说起这些事，她也会立马打断对方话头，告诉对方自己的儿子没去打仗，然后起身就走。但我猜测这时母亲的心已经慌了，虽然那个"凭什么"的问题没解决，但是别人在别处当兵的儿子仍然写信回家而她的儿子继续一天天没有信写回家里来，似乎已经给了她充足的理由证明她一直在拒绝的可怕事情的真实性是存在的。母亲开头一些日子还偶尔到镇上的邮电所打听一句（邮电所就在我家隔壁，所长秦大爷一直是我们家的好邻居），但后来就不好意思再去了，因为她觉得自己每次去都会引起街对面一些闲人的注目，而所长秦大爷也不待她开口就会说出同样的一句话：没有他的信。母亲终于相信我上战场的事情是真实的了，一个证据是她开始在夜间家人都睡熟后避开大家哭泣。这样的事情发生几次后全家开了一个会，请来了住在同一个镇子上的姐姐姐夫一起商议，母亲在会上突然提出请我的当年也当过兵的姐夫陪她到武汉去找我。她要亲眼看到我是不是真去打仗了。这个提议让全家人吃惊不小，不是不可行，而是路途遥远，两个人一路上要买票，还要转车吃住，凑齐一大笔旅费不易。但是为了她全家还是行动了起来，一时想出各种办法凑这笔旅费，然而过程漫长，她的建议没有被否决却事实上进入不可能真的被实行的阶段。我父亲病在床上时时刻刻都要她照顾也是她不能如愿以偿的又一个原因。既然不能用去武汉见我的办法应付街头上那些她认为"不怀好意"的关于我的流言蜚语，事实上是应对这些流言蜚语在她心里引起的越来越难以承受的恐慌，她开始本能地用另外一些办法对付它们。她不再去邮电所，甚至一定要路过时也不再从它门前走，而是绕远道回家。同时她拒绝在外面和别人谈论她的儿子。她的新态度一段时间在家里造成了一种严厉的气氛：不管外面是不是有人继续在传播关于她儿子已经上了战场的最新消息，她在家里一概不许说，首先她自己就坚决不信。她以为用这样的办法就能阻止那件她不愿意相信、完全不能相信的事情发生，而只要她不相信，那件事就不会发生。

　　但是更确实的消息已经到了镇上，战前公社（那时还不是乡）干部已经接到县武装部的通知。也因为我们家距离公社大院很近，就在同一条街上，我们家的情况又特殊，父亲重病在床，母亲又是那样一种精神状态，他们就没有按照相关要求到家里来慰问，更没有将我参战的消息通知家人。他们只是交代给生产大队和小队的领导，让他们知道这件事，并注意在战争期间照顾这一参战军人之家。结果是一下子整个镇子包括我的姐姐姐夫都确定无疑地知道了我参战的消息，所有的人都在议论这件事，一些不懂事的孩子女人甚至跑到我们家门口来张望，他们想知道发生了这种事，这一家人现在怎么样了。看到我们家大门紧闭，没有任何动静才悻悻然离去。母亲这一次不能不相信我确实是去打仗了。母亲一夜无眠，第二天早早起床，令人意外的是她没有像每天一样去做早饭，她呆呆地坐着想，不哭，不说话，只是想，直到日上三竿，她突然出了门，去了什么地方没有人知道，直到当天晚上才一身风尘地回来。家里人已经急坏了，到处寻她，邻居们也都知道了，怕她会不会出了别的事。但是母亲神情沉着，看上去比过去哪一天都沉静，问她去了哪里也不说。第二天是赶集的日子，她不知道从哪里弄到的钱，自己跑去猪行买回一头小猪，宝贝一样喂养起来。直到战争结束家里人确切知道我仍然活着的消息后才知道这一天发生了什么事情：母亲找人借钱赶到了县城的老君台，拜了老君爷，许愿说只要他老人家能够保佑她的儿子平安归来，她就给他养一头神猪来还愿。

　　整个战争期间，我也就是在踏入战场的第一个夜晚清晰地想到过母亲，其后的日子里，这个被她老人家如同心放在刀锋上切割般日夜悬念的儿子再没有真正认真地想到过她。不是真正忘记了母亲而是战争让儿子从心底屏蔽了母亲，因为儿子走上战场的路途中看到了太多的战争景观，让他不能也不愿意多想自己的母亲。无论是战争前夜在我的出征地看到的正在走上战场的那一支前不见头后不见尾的队伍，还是后来走遍战场目睹到的所有那些浴血奋战已死和将死却仍然现出一脸灿烂阳光般的笑容的我军官兵，乃至于在前沿阵地、包扎所和烈士转运站接触到的那些血肉模糊的军人，她的儿子在潜意识里都会想到他们和他一样都有自己的母亲。枪声一响，军人仅仅是军人，没有母亲，没有妻儿，没有任何亲人。开始我以为只有我一个人在死之前就关闭了对母亲和所有亲人以及相关生命往事的回想，渐渐地我在二十七天战争的每一个黎明或者黄昏，正午或者子夜，都会突然从所有战友视死如归的面容和大声的谈笑中看到，他们也早就和我一样在生命中屏蔽了母亲和所有的亲人以及全部的生命往事。我们以为这就是英勇无畏，一点也没有想到每一位母亲也都像我的母亲一样正在她们连枪声也听不到的战争中一天天饱受煎熬。我们在前方作战毕竟还有休整之时，我们大口吃压缩干粮，喝军用水壶里的冷开水、山溪水甚至路边的稻田水（我的老部队某团甚至在八三二高地上因为找不到水源喝过烧沸后的马粪水），我们因为已经渐渐熟悉战争而开始习惯它，不再以死为意，战争居然也可以像日常生活和工作一样按照命令进行，人的精神状态也似乎恢复到了日常生活和工作的状态，这其中就包括从战争生活的任何一个局部、场景和过程中发现并享受乐趣。我们可以为十个人中间突然发现谁还有半根烟头兴高采烈，因为谁做出了一个笨拙动作在枪弹横飞的战场上一起回头哈哈大笑并大声嘲弄他，我们甚至开始用调笑的口吻挑剔各种即将来临的死亡方式，想象自己死后是不是能在烈士陵园里躺到一个位置较好、每天都能沐浴到阳光的墓坑里去。我们中的一位——干部科的张干事——在领导民工连为我们挖墓坑时就答应过他会一个一个跳下去试躺一下，直到他自己觉得舒服才会批准这个墓坑合格，而事实上他也是这么做的。战争正在迅速地让我们的心灵、肉体、习惯乃至于肠胃开始适应它的长期和艰苦，但这时它却结束了，我所在的部队不但打赢了整场战争而且打赢了每一场战斗，班师回营。

直到走回到国境线这一侧完全离开了战场，我仍然没有急着给家里写信。这时我愿意相信前人说过的一段话：战争让人心冷酷，包括对自己的亲人。作为军区文化部派到前线的唯一作家，直到这里我仍然没有想到我的母亲是怎么在故乡熬过了这场战争，远离枪声后应当马上请假看望她老人家。我想到的是我的工作，战前军区首长只要求我参战而没有说要我写东西，但情况已经发生变化。战争结束后我开始接到许多约稿，部队撤回国内做临时休整期间我还要利用最后的时间进行更多更深入的采访，即便回到军区机关后我除了每天大量的写作任务还要受邀到学校和党政机关做关于这场战争的报告。我以为我已经写过一封平安信给家里就可以了，不是没有必要马上回家而确实是我没有想到应当马上回家。但后来我知道自己错了。

母亲自从战争打响第一天早上从家里的那个小喇叭里听到消息后就基本闭门不出了。她仍然要做每天都要做的事情，首先是照顾我的父亲，那并不是一件轻松的工作。然后她老人家就那么坐着，没有人喊她能一直坐一天。有时夜里她也会突然从床上坐起来，就那样大瞪着眼睛直到天亮。一生做事都十分爽利的母亲开始出错，有一天居然锅里什么也没放就烧起火来，直到锅盖冒了烟才发觉。对父亲的照顾也变得心不在焉。唯独对她买回来的那头小猪崽非常用心，没事了就找出东西喂它，然后坐下来看它吃。终于有一天——战争进行到第十天左右的时候吧——天不亮时家里人发现她又不见了，大为惊慌，出门四处寻找。后来发现她在镇北的桥头上站着。家里人把她扶回来以后父亲问她怎么到了这里。她像是还在梦中一样回答：没事儿，我就是想去那里看看孩子回来了没有。

　　我们的镇子是一条南北长街，街北头就是一条叫白沟河的小河，淮河支流涡河的支流，河上架着一座不知何年何月修的砖桥。母亲就是从这时起每天天不亮就出现在桥头，朝北面通往县城的大路上张望。六年前我就是走这条路参军离开了她，现在也只会沿这条路走回来。我不知道这时她的意识是不是清醒的，究竟是一种什么样的意识甚至梦境让她来到这里张望或者说等待她的儿了。也许她根本不是在等待一个事实——儿子像梦中一样突然归来，而仅仅是一个根本不会发生但却意外地发生了的奇迹。这件事不知道怎么就让很多人都知道了。家里每天开始出现来看望我母亲的人，他们中有我们家的亲戚，也有镇上邻居家的姊子大娘。她们提着那时不是很容易买到的一斤红糖或者自家母鸡产的一兜鸡蛋来看望母亲，坐下来劝慰她几句，有时也陪着洒几滴眼泪。但是每天拂晓，母亲还是会不由自主地走出家门，到镇北的桥头上去站一会儿，望着北方的大路，天快亮时她会自己走回来。母亲直到这时仍然不想让人知道她每天早早地起来做的这件事。家里人下决心阻止她，不让她再在这个时间里出门。第一天母亲好像默默地听从了，天亮前没有再那么做，但是他们很快发现她把这个时间变成了每天的黄昏。没有人再劝她了，我躺在床上不轻易说话的父亲这时说了话：她要是觉得这样好，觉得在那儿站一会儿能透一口气，就让她这样每天站一会儿好了。

　　直到当年八月我才回到故乡。我是从北京直接回去的，战后那段特别繁重的工作终于告一段落了。行前我写了信给家里，也收到了回信，说都知道了，都很欢喜，等我回来。这封让别人代写的信言辞有点含混，似乎写信的人有什么话欲言又止。但我并没有多想什么，连战争都似乎成了往事，一路在火车、汽车、最后一段从县城到家的路坐在顺道的拖拉机上，人们热烈谈论的已经是社会上更新的事物。我没有到家就在镇北那座旧砖桥上跳下了拖拉机，因为我在已是黄昏的桥头一眼就看到我的亲娘！我有些惊讶，却没有十分惊讶，毕竟我大致告诉了她自己回来的日子，母亲从那日开始天天来到这里等我回来也是可以想象的。我唯一有些惊慌的是母亲的眼神儿，那仿佛不是我一向慈祥的母亲的眼神，而是另外一个我不熟悉的母亲。母亲看到我跑过来时非常欢喜，答应着我的呼喊，加上同行人的助兴，母亲甚至流下了老年人已经不多的眼泪，但是毕竟没有我想象中的欢喜。从她那略显混浊的泪光里我没有看到每次回来探亲时都会自然而然看到的母子之间那种毫无隔阂像透明的水被激起浪花一般的热情，母亲像半个陌生人一样被我扶着走进家门，然后邻居们涌进来，大家都同样欢喜，谈天说地，说起那场已经过去半年的战争。我尽可能简短地回应他们那似乎无穷无尽有时甚至十分夸张离奇的问题，心里急切地盼望着这一幕结束，因为此刻我只想面对自己的父母和亲人。但这一场关于战争、战场、地雷、炮弹、伤亡等的讨论还是持续了许久。直到宾客散尽，我仍然没有很注意母亲眼神中的异样，但现在我注意到了。母亲一直客人般地坐在我旁边，时不时地眯细眼睛看我一下，避开，又看一下。我有点吃惊了，笑着说娘你咋啦？母亲依然努力笑着说我没咋，我就是想看看你。忽然她就站起走了过来，贴近地看着我，两只手盲人一般下意识地伸过来摸我的脸，但又不是那么大胆，有点胆怯，不，我觉得这一刻她的心其实是慌乱的，对自己是不是应当做这样的动作是存疑的。母亲一生都不是一个莽撞得没有分寸的人。我的吃惊非同小可，我仍然笑着但快要笑不出来了说，真的娘你这是咋啦？母亲的两只手已经勇敢地颤抖着触摸到了我的脸，一根皮肤粗糙的手指碰疼了我的眼，但她的手并没有离开，它们顺着我的脸摸索下去，手指摸索到我的脖子，我的两只胳膊，然后分别用两只手抓起了我的两只手，高兴地说你真是我的儿？我不知道发生了什么但我的眼泪已经下来了，战争期间一直被某种来自内心的强大力量抑制甚至埋葬的对于母亲的思念——不，主要是怜悯——猛然炮弹般地爆炸开来。站在旁边的哥嫂和躺在床上的父亲这时都看着母亲说你干啥呀，他不是秀海又是谁呀？母亲这时好像是终于认出来了，她的眼睛骤然放亮，那一刻她张张嘴，要喊出一句什么，但终于没有，放开我的手，似乎忽然想起我进家半天了还没有喝上一口她烧的水，转身就烧水去了。于是在这样一个晚上，我隔着整整一场战争加上战后的五个月又喝上了母亲煮的水，尝到了她老人家为我做的饭食。母亲的神情变化很大，母亲仍然没有笑，但我知道即便不笑，她的心情也是欢快无比的，长期艰难的日子已经让母亲轻易不笑了，但她一直守着我，像是怕我又突然失去了一样。她看着我吃完饭，洗完了，躺到临时搭起的床上，仍然不走，坐着和我说一些家长里短。可是我太困了，说着说着就睡着了，像在战争打响的第一个夜晚在炮火纷飞的十六号高地上睡得那么死，那么沉。

我不知道过了多久，突然被一个声音惊醒了，猛坐起来。是我的母亲。我的母亲在痛哭。哭声是突然爆发出来的，像是本来她也不想这样，但还是发生了。哭声在静寂的深夜惊动了我和周围的邻居，他们纷纷过来敲门问出了什么事。即便这样母亲的痛哭还是持续了很久，如同长江大河，波涛汹涌，浩浩荡荡，又如飞流直下，一泻千里，畅快淋漓。我一句话也没问就明白了一切：我回来晚了！我应当在战争结束的当天就请假回家来看望她老人家。她从我回到家开始后做的所有那些让我既惊讶又不习惯的事都仍然和那场在我的意识中已经远去的战争相关。战争对于母亲来说刚刚随着儿子的归来在这个夜晚结束。

由于还有别的工作，我这次探亲的时间并不长，中间又要为父亲看病，真正待在母亲身边的日子并不多。但我还是知道了战争和战后发生在母亲身上的事情。战争后期已经有阵亡通知书陆续到了县里，我们镇子上除了我之外没有人参战，但是镇上人开始传说谁在县城街道上看到了县里专为送某某地方的烈士父母去前线为儿子扫墓而派去的汽车。母亲度过的是她在整个战争期间最为难熬的一段日子，她不愿意却又不敢相信某一天就不会有同样的汽车出现在我们镇子上，有穿县武装部制服的军人上门向她送达同样的噩耗。她这段时间里唯一能做的事情就是闭门不出，她甚至也不再在黄昏时分出现在镇北桥头，不再站在那里眺望镇北通县城的公路。父亲有天发现她开始半夜三更起来喂那头神猪，就说你今天已经喂了它七八顿了，还要喂吗？母亲不说话，继续喂，然后就那样坐着，直到黎明。她也就是在这个黎明从广播中听到了战争结束的消息，母亲的眉目间第一次出现了振作的表情，开始走出家门，再一次于黄昏时分走到了镇北的桥头上，向北方的公路张望。但是随着战争真正在3月16日结束，送达烈士通知书的高潮才真正到来，刚刚愿意出门的她又把自己关在家里了。母亲时时在夜里流泪，但从不会哭出声，按照家乡的风俗，一个儿子在外吉凶未卜的母亲是不应当哭的，这是忌讳。母亲不会认为自己在哭。很快发生了一件事，家里收到了我的信，我在信上说我已经平安地回到国内，但是因为工作，暂时不能回家。写这封信时我自以为是地认为我把事情都讲明白了，母亲不会再惦记我了。我不知道也从没想过这封信很快会由最初的欢乐变成母亲最新的和更为巨大的惊恐。此时已经有参战军人回乡，一段时间内几乎每天我家门前都有他们的身影走过。他们穿着新军装，有的胸前还戴着亮闪闪的军功章，有几位还在回家之际娶到了媳妇，花团锦簇，欢天喜地，引得三里长的镇街上人山人海地看他们。母亲将门关得紧紧的，从不走出来看这些热闹，她固执地坐在门后的黑暗中。母亲听到了一个消息：仗打完了，凡是活着的人部队都放回来了，没有回来的就是死了。母亲不能理解我战后做的任何事会比回乡让她见一面更重要，在我那儿战争和死亡早已结束，在她心里它们仍在持续，尤其是我的死亡。于是，她的心动摇了。

战争结束一个半月后的黄昏，母亲终于又从紧闭的屋门后面走出来。镇子内外暮气缭绕，桥下河面上仍然摇动着最后的浮光，没有人注意到她，她一个人走到桥头上，重新站在那里，痴痴地望河那边的公路。黄昏的时光在流逝，桥上偶尔有人来车往，母亲一直站在那儿望着，直到夜幕降临。哥嫂做好晚饭找不到她，一直找到桥上，吃惊地问娘你咋又到这儿来了？母亲嘴里喃喃地说着些含糊的话语，还说不来了，明天就不来了。家里人信了她的话，但是第二天黄昏，他们又在那个地方看到了她。母亲后来对别人说她自己并不知道天天到了这个时候就会走到桥头去，她不是在等我，就是有时候心里一迷糊以为我还活着就去了。众人都大吃一惊，拦住她不让说下去，但这时连他们也多半相信我是死在战场上了。别处也发生过活着的人代死去的人写信回家报平安的事，母亲的内心也垮了，但也只有她每天黄昏坚持地走到桥头上去，等待着我从桥那一边的公路上归来。除开最早的一个半月，战后我在别处耽搁的日子有多久，母亲就在黄昏故乡的桥头坚守和眺望了多久。母亲坚决不愿意相信我真的已经死了，她一直自己保存着战后我写回家的唯一一封平安信，仿佛天天将那封信攥在掌心里就攥住了儿子的命。至于外面关于我已经死了的谣传，她无法遏制它像夏天的蔓草一样在她心中疯长，她能做的就是重新站在这里等待，这时她等待的已经不是她的儿子，而是一个真相，即便这真相是对她那已经不堪一击的生命的最沉重一击。

探亲结束离开故乡时我觉得母亲已经不再把我当成儿子的替身了。有过那一场半夜的痛哭之后，母亲在第二天傍晚，扯着我的手在长长的镇街上走了一个来回。母亲不是个做事张扬的人，但是她做的这件事却让我热泪涔涔。她要告诉乡亲们她的儿子回来了，她可能想说的还有另一句话：回来的这个人真是她的儿子。至于那头神猪的事母亲至死都瞒着我，我在她老人家过世后一直在想这是为什么，我想不出结果。可我知道母亲这么做一定有原因，能够想出的理由一是怕我责备她（母亲一生都不迷信，只有这一次为了保佑上了战场的儿子才破天荒养了一头神猪），二是——最大的可能——这是她和神之间的私约，不想让任何人包括我和别的家人知道。那次我在家的日子不长，注意到了家里养了一头猪，但在农村一户农家养头猪并不稀奇。母亲直到我离家之后才悄悄请人将那头已经长大的猪捆上拉到县里的老君台去还了愿。她以为她做的这件事家里谁都不知道，但是我的家人还是很快就知道了，于是在母亲过世之后，我也知道了。

1984年8月某一天，凌晨三点，一辆吉普车几乎无声地驶过长长的长安街和天安门广场，前往首都机场。这个时刻整个北京都在沉睡，长长的街道和广场两侧华灯仍旧璀璨，但我在整个行进途中却一辆车一个人也没有遇到，这给我留下了至今也难以忘怀的强烈印象。我当时的意念是除了知情者之外没有任何人知道我正在第二次奔赴战场。

我这次接受的新使命是参加总政组织的全军作家代表团赴老山前线深入生活。鉴于上次战争对母亲的影响，行前我下决心不把实情告诉包括妻子在内的任何一位家人，以为这样就可以彻底切断她老人家的信息来源。而且当时两山——

老山、者阴山——的主要战事已经结束，我军拿下了所有阵地，战争进入到两军之间长达数年的阵地攻防作战阶段。母亲此前来过我所在的部队，知道这次上战场的人中间没有我，刚刚回到故乡。至于妻子，我告诉她我不过又是去北京参加一场笔会。我在首都机场和我的同行者会合，他们中有我们的团长、著名的作家前辈叶楠先生，有名字当时就在中国读者群中如雷贯耳的刘亚洲、朱春雨、周涛、乔良、韩静霆等军中文坛翘楚。飞机两小时四十分钟后在昆明降落时，我内心是平静的，一是因为这次毕竟不像上一次那样明确任务是参战，二是这次我可能真的瞒过了我的母亲。

我们在昆明只待了一天就飞往文山，那里是昆明军区前指的所在地，又迅速从那里分开，因为我打过仗，不知怎么还有了一个"不怕死"的名声，被特别安排到正在八里河东山前沿作战的步兵第一二二团驻点，于是又一次踏进了最前沿的战场。八里河东山位于老山主峰东侧，和老山隔着一条大山峡，发生在那里的战斗是老山之战最重要的组成部分之一。我到了地方才发现，该团团指挥所部署于最前沿那座山头的反斜面，鸟巢一样挂在一面悬崖断壁的半山腰，仅靠一条人工开凿的小道上下相通，而高地的正面就是一线阵地，两者的距离不到五百米。我住进这个临时搭建的茅棚为主要设施的团部已经是当天晚上，就像1979年春天自卫还击作战开战的当天晚上在十六号高地上一样，我马上就看到了敌方炮火越过前沿阵地落在团部所在高地反斜面下面的山谷中，爆炸、燃烧。我的心仍然平静。因为这样的战场景观是我早已熟悉的，而且我再一次上战场并且置身前沿是母亲不知道的。

我忘了世上没有不透风的墙这句话是放之四海而皆准的真理。另一件我不知道的事情是我弟弟秀林也上了老山、者阴山战场。几年过后，他已经成长为昆明军区直属直升机大队的一名驾驶员，从战争开始那天就驾驶着米八直升机穿梭来往于战场和后方之间，任务是接送参战人员、运送伤者和战争物资。我们团的部分人就搭乘过他驾驶的直升机进入战场。而他则早在我们到达昆明的第二天就听到了我到了老山前线的消息。对方的谍报工作做得好，我们这个团在总政文化部的老部长刘白羽先生、时任部长李瑛先生率领下到达昆明的当天，对方的战场广播就报道了相关消息。当时像秀林这样的我军飞行员连私人收音机也没有，有关我上了老山战场的消息是别人听到广播后告诉他的。秀林的第一个反应就是到处找我，在昆明我们刚刚离开的饭店找我，在我们已经走过的文山前指找我，而这时我已经到了八里河东山一二二团那个鸟巢式的指挥所。我尤其难以想象的是我到达前线的当天母亲就知道了消息：一位同部队的战友回乡，他不知怎么就得到了我参加总政作家代表团上战场的消息，当作一个事件在已经退伍的战友中说出来，我母亲当然也就在一个小时后知道了消息，她的反应和我第一次上战场时大不相同：她几乎第一时间就相信了事情的真实性，这次她表现得似乎很镇静，只是马上告诉家人写信给人在昆明的秀林，让他赶紧去战场上找我。战后几年间她老人家已经通过我的战友有时是很夸张的描述知道了我在战场上的许多往事，居然一下就想到我这次上了战场一定还会像上次那样在战争打响的头二十四小时内连续蹚过三次雷区，夜里还能什么工事也没有就躺在敌人炮弹乱飞的战场上沉沉睡到天亮。她认为上一次打仗她的儿子没死是因为幸运，这次就难说了。母亲将一封写好的信放进邮电所后又要回来，找来写信的人重念了一遍，加上她突然想起来的一句话：一定要找到他，让他在战场上小心！晚上她又想起一句话，追过去时信已经寄走了，她要人再帮她写一封信给秀林（因为不知道我在战场上的地址，她无法请人直接给我写信），说还有一句话没有交代，问她什么话，她又不说了，说这样的话不能写，于是这第二封给秀林的信就没有写。

我弟弟秀林同样向母亲隐瞒了他参战的消息，但在我故乡的小镇子上，他上战场的消息早在我上战场之前就传得满城风雨，于是母亲也知道了。秀林十四岁小小年纪离家去省滑翔学校学运动飞行，然后入初级航校和高级航校，我觉得母亲在她的余生里一直对她的这个最小的儿子心存某种愧疚，因为父亲长年患病，还因为家里困难，恰恰在秀林长身体的时候她亏待了自己的孩子，而秀林年龄那么小就让他离开家更让她作为母亲一说起来就心疼如割。秀林上战场的消息又一次像我上战场那样震动了她的心，但不知道为什么她和镇上人都认为秀林以飞行员的身份上战场相对是安全的，至少不会像我当年那样置身于枪林弹雨之中，每走一步都可能蹚响一颗地雷。他们不知道事实上我弟弟和他直升机大队的战友们每日驾驶直升机穿梭于战场和后方之间同样充满着危险。在战场上直升机目标不小，飞行噪声又大，相对飞行速度又慢，飞行时是敌方高射机枪尤其是火箭弹不遗余力攻击的对象，而一旦落地，又是敌人那种打了可以扛起就跑的步兵曲射火炮攻击的最佳目标。但毕竟这样的想象对于母亲来说是好的，于是他就在信中用同样的话安慰母亲，不让母亲过分为他担心。但他接到母亲有关我是不是也上了前线的信后立马紧张起来，他难以想象母亲一旦知道我再次上战场会进入什么样的精神状态，而他自己对我的担心也不低于母亲，何况他还很快接到了母亲的信。我这个从小并没有得到过我太多照顾的小弟弟虽然在昆明没有找到我，却知道我已经上了前线的消息，就用一切可能的机会在前线找我，为母亲也为了让他自己放心。秀林也知道我在1979年春季那场战争的一些往事，相信对我来说所谓上战场深入生活其实和让我参战无疑，他比我更早地知道此刻老山者阴山一线阵地上的大规模战斗虽然结束，但敌我双方中小规模冲击，夜间小部队的偷袭和反偷袭战斗，敌我双方一天二十四小时不定点的炮击，等等，每天仍在发生，战争并没有结束，甚至也没有缓和下来，仅仅是不知不觉改变了形态。最大的威胁还是雷，这场战争范围不大持续时间却长达数年，主要以夺占边境战术要点为主要作战目标且作战形势也仅限于阵地攻防的战争，和上次我参与的以大规模进攻大规模撤出的运动战形式进行的战争的最大不同，就是对手战前有时间在后来被我们攻取的所有高地上下布满专门对付我方步兵的防步兵压发引信地雷。又由于战前和战争期间敌军频繁换防，每一支新来的部队出于恐惧第一件要做的事就是继续埋雷，于是我军攻占这些高地后发现在任何一片战场上敌方埋雷的密度居然达到了创纪录的十厘米一枚，也就是一个屈起的拳头的距离。其次是冷炮，由于阵地是不可移动的，这就给敌方装备最多的那种可以打了扛起就跑的步兵随伴火炮不定点不定时地打冷炮制造了稳定目标。而我方当然也会在阵地前沿以更多的防步兵地雷以及炮群对敌人展开炮火反击，于是地雷和冷炮造成的伤亡就成了这一时期敌我双方最主要的伤亡。又由于山高路险，一人触雷或者被冷炮炸伤就需要四个人运下山去，途中雨多道滑一有不慎便会造成二次三次甚至四次伤亡，这时就需要有更多倍的士兵和民工运送更多的伤员和烈士下山。烈士会在到达山下后转运至麻栗坡烈士陵园，伤员尤其是那些前沿包扎所简单处置后需要马上后送抢救的急危重伤员就必须使用直升机运输，秀林和他在直升机大队的战友也就必须天天冒着遭遇敌方炮火封锁的危险在战场上飞来飞去。秀林知道这次不同于上次，这次是我们兄弟俩同时上了战场，他不敢想象母亲怎么度过她的每一个白昼和夜晚，更重要的是秀林认为他一定要在前线找到我，把母亲写给他的信让我看一遍，因为上面全是通过他对我的嘱咐。他在他驾驶的直升机有机会飞临的每一处前沿包扎所、指挥所、前方医院和后方医院的伤员中找我，在每一次可能遇到和我一起上前线的作家们中间找我，在一切可能打听到我消息的地方向每一个可能知道我踪迹的人打听我的下落。日子一天天过去，他走遍了战场，得到的总是差不多同样的回答：啊，不错，有这么个人，是和作家代表团一起上了前线，但这会儿在哪儿，是不是还活着，不知道。他越是找不到我就越要找我，越心急，越担心我的安危，尤其担心一旦噩耗成真母亲会怎么样。他甚至因为一次讹传专门跑到麻栗坡的烈士陵园，沿着山坡走遍一层层墓田从一个个新竖起的墓碑上找我的名字。加上这是他第一次经历战争（在后来的老山轮战中他们大队又几度参战），每日频繁来往于战场的他目睹了太多残酷与血腥，在每一个前沿包扎所、前方医院和烈士转运站看到了太多的断臂残肢、开胸手术和刚刚从山上经过数天的暑热熏蒸雨水浸泡运下来的烈士遗体，最极端的一次是他在一所包扎所的手术帐篷前一眼就看到了两条刚被截去临时放在水桶里的下肢。他就在看到这一幕之后听到了我可能已经牺牲的讹传，跑到麻栗坡烈士陵园没有找到我后蹲下去痛哭了一场，不是因为在那些墓碑间找不到我的名字，而是因为找不到这时他已经相信我没有牺牲，而这样他就不用再担心母亲是不是能扛过这一劫而日夜不安。这个结果还鼓起了他继续在战场上一定要寻找我的勇气。我说过一遍了，这是他第一次参战，没有经验，但是战争让他迅速成长起来，我也正是通过我弟弟的事例明白了一件事：即便像秀林这样只能在前线看到部分战争真相的军人，仍然会因为反复穿越战场成为英勇无畏的军人，而他也会真正明白一个两次上战场的老兵即便面对死亡时仍会意气飞扬。秀林一边继续寻找我一边每星期写信给家里安慰我的已经陷入不吃不喝不说话不睡觉境地的母亲，说他已经在前线见到了我，我很好。而且他还继续利用了那个可以安慰我母亲的理由，他说这次真的和上次不同，上次我哥是参战，这次只是作为作家深入生活，这是不一样的，他待的地方没有任何危险，因为他根本就没有上战场。我不知道母亲是不是相信了他的话，它们也许给了母亲一些安慰，但我的心告诉我，那是不容易的。没有母亲会相信她的两个上了战场的儿子哪怕其中一个会是安全的。即便真的安全也不会相信。

这次参战和上次参战最大的不同发生在我的感觉中。上次战争我和我军最有光荣传统的部队之一——井冈山时期的红二师——在一起，我们主要是在进攻，也有转入防御的时候，但那是因为我们打得太快，怕吓跑了敌人才不时被上级叫停，等待下一次进攻开始。我们打得势如破竹，痛快淋漓，摧枯拉朽一般就完成了全部作战任务，然后班师凯旋。这次我同样待在一支具有光荣传统的老部队，但因为执行的是阵地防御任务，天天等着敌人来打，处境被动，因为地雷和冷炮还天天有人伤亡，当然我方也不是一味防守，我们也时不时地会出兵反击，相信敌方的伤亡每天都超过我们，但气氛总是压抑的，首先在我的感觉里是和上次参战不同的。我在一二二团那个挂在前沿高地反斜面半腰的鸟巢式团指挥所住了一个月余，因为轮战换防的原因，这个团要撤下去，我也随之离开，在驱车上百里去另一个战场看望了我军前线侦察队的上级和战友之后离开战场。我们兄弟始终没能在前线见一次面，而我却在最后离开时坐上了他们大队的直升机，驾驶飞机的人不是秀林而是秀林的大队长，是他传达了秀林一直在前线找我的信息，而我却没有时间在离开时见他了。但我离开战场的消息还是被秀林用电报快速传递到故乡，全镇的人一天之内都知道了我第二次活着离开了战场。有过上一次的经历，回到部队后我做的第一件事就是回乡探亲并且立即得到批准，当天就坐上了返乡的火车，并在第二天黄昏之前回到了家乡。

我远远地就在镇北桥头看到了我白发苍苍的母亲。家人告诉我，自从接到秀林的电报后母亲就天天伫立在那里了。她仍然不相信任何信上的和电报上的消息，哪怕是她最小的儿子打来的电报。她的理由用她自己的话说是："再一不能再二，第一次你活下来了，第二次怎么还能活下来，为啥总是你活下来，为啥死的都该是别人家的孩子呀！"但是这天黄昏她在故乡的桥头又一次真的等到了她第二次上战场后活着回来的儿子。夕阳的余晖仍在，河面上浮光耀金，我始终以为这个黄昏对于母亲来说整个世界都泛着悲喜交加的亮光。她流着泪扯起我的手回家，走过镇街上的每一步都显得扎实有力，仿佛一个将死的人突然就年轻了。乡亲们自动走出家门，看着我们这一对母子走过长长的镇街回到家里去。整整一个晚上母亲都守坐在我身边，一步也不再离开，现在她问的所有和战争有关的事情都和我无关而只和我仍在战场上弟弟秀林有关了，而我这时也确实可以用完全真实的话回答她说：我离开战场时秀林也因为轮战离开了战场。我没有说的是下面的话：但他和我不一样，我的任务已经结束，他的部队隶属于昆明军区，又是军区唯一一个直属直升机大队，战争不结束，他不可能离开。

父亲在世时，母亲只要一和他怄气，就要对我说一个故事：母亲怀我时害了好几个月的病。生下我来又没奶，就每天抱着我讨奶吃。母亲走到谁家都说你们要了他吧，我真不想养他了，我快四十了他又来了，没落草就这么缠人，一定是个讨债的。母亲说她那时一心想把我送人，可是没人要我，她只好把我留下来。母亲的奶水一向很好，姐姐哥哥小时都吃到六岁，只有我运气不好，一岁奶就断了。因为吃不饱，小时候我整夜整夜地哭，母亲就整夜整夜不睡觉抱着我，哄我。一次累了一天的父亲夜里被我哭得火起，从床上一跃而起，顺手掂起个擀面杖，冲着我的脑袋就是一下。亏得母亲机灵得很，一拧身让父亲的擀面杖没有落在我脑袋上。母亲说要不是我躲得快，就没你这么个人了。母亲还说，为了让我活下来，吃到奶，她天天抱着我满镇子去求人，这样就为我认下不少干娘。我是母亲一天天抱着走了无数路求遍了人吃百家奶才活下来的。

三年自然灾害的第二年，春天，我十一岁。家里早已断炊，父亲病卧在床，眼看着两条浮肿的腿越来越大，母亲的日子又一次到了悬崖边上。那时镇上常有些南方来的客人，他们拉着板车，车上放一点地瓜干，或者一头小猪，一只小羊，来到镇上，不要卖钱，只要换东西。他们愿意换的是些灾荒年间家里用不着的物件，比如犁耙耧锄什么的，给老人提前预备好"暖寿"的棺材也要，但他们真心想要的却是孩子。母亲知道这件事前，镇上已经有一个七八岁的小姑娘和一个十七八的小伙子让南乡人悄没声地换走了。一天母亲把我叫到身前，告诉我说为了救父亲和这个家只能把你换给人家。我一点怨恨母亲的心思也没有，点了头，扑在母亲怀里大哭，只感受到了将要永远离开家那种撕裂心肺的痛。渐渐地我不哭了，因为母亲浑身都在战栗，是她身上这种刮风般的战栗惊动了我，让我一时间竟然忘了自己，抬起头来看她，母亲这时却看了我一眼，说："算了！你要是走了，我先得死，这个家也得散！"于是我就没有被换出去。

　　还有一种至今想起来仍会让我泪如雨下的感觉我也想写在这里。自从有过第一次参战后五个月才回到家乡的经历，我觉得在母亲心中，那种我有可能不是她的儿子的可怕阴影再也没有消失。我的证据并不多，但只要有一个就足够了：母亲在那以后对我这个打过仗回来的儿子突然就变得客气了。这种像对待邻家大哥而不是亲生骨肉的态度一直持续到她离世之日。虽然我知道，母亲这时应当确定无疑地知道我是她的儿子，而不是一个冒名顶替者。

　　我久病的父亲去世后，母亲又活了十三年。母亲生于1916年，殁于1997年，享年八十一岁。到今年，母亲的冥寿已是一百零一岁了。2000年，我回去为她老人家办完三年祭后返乡的次数越来越少。她老人家在世时我们母子聚少离多，但她去世后我却觉得再没有一天和她分离过，日子流水般地过去，母亲一直在我身边，在我心里。还有另一个不愿说出的原因：我再也不能在黄昏故乡的桥头看到永远伫立在那里等待和眺望儿子归来的母亲了。

（选自《解放军文艺》2017年第6期）

临洮李满天

尧山壁

接到笔会通知，喜出望外，临洮是我多年梦寐以求的地方。"北斗七星高，哥舒夜带刀。至今窥牧马，不敢过临洮。"是我启蒙的诗歌之一。作为边关要塞的象征，临洮是边塞诗中频繁出现的一个地标，一个闪闪发光的文化符号，一个家喻户晓的诗歌意象。中国诗史上众多大牌诗人，唐朝的王勃、王昌龄、孟郊、李白、杜甫、高适、岑参、韦庄，宋代的苏轼、陆游，莫不趋之若鹜，落在它的枝头，采花酿蜜，源源不断地给中国豪放诗派注入血液。

另一个原因是著名作家李满天，河北省第一届作协主席，我的前任。忘年交，亦师亦友，他正是临洮人。是李满天创作了一个世界级的艺术形象——白毛女，小说《白毛女人》发表在 1942 年 6 月延安《解放日报》，后来改编成歌剧，名扬天下。可大多观众只知贺敬之，而不知李满天，为此主持改编的周扬于心不忍，一有机会就站出来替他说话。偏偏李满天为人低调，从不借白毛女宣扬自己，以致周围的人也有所不知。不像如今，一部小说改编成电影、电视剧，习惯把原作者称为"××之父"。调侃一下，李满天真正是"白毛女之父"——白劳。

李满天离世已经二十四年，有时我觉着他还活着，回老家临洮养老去了。借此机会，去寻找他，寻找他与临洮的一些故事。

飞机在中川机场降落。果然是黄土高原，地是黄的，天是黄的，河是黄的，连刮过的风也是黄的。乘汽车穿过兰州市向南，公路两旁连绵不断的黄土高坡。七道梁是市区的边界，进入长长的隧道，像一管望远镜，眼前出现了点点绿色。出口外便是临洮县，变了另一种景象，路边有了绿树，坡上有了绿草，沟里有了绿油油的庄稼，好像沙漠里见到了绿洲。心里纳闷，这一切是怎么变出来的。

到安家嘴答案有了，洮河，眼前出现的一条大河。远看还不解气，下车走到它身边，好生打量一下。一百多米宽的河床，浅绿色的河水，水汽蒸腾，浪花欢跳，一个个旋涡张着大嘴唱歌。洮河欢快地流着，有声有色。

洮河是黄河上游第一大支流，源于甘南碌曲西倾山，地高流急，冬不结冻，满河碎冰，"洮河流珠"是一稀世奇观。进入临洮境内，水势平缓，便于灌溉，"洮河千里，唯富临洮"，形成一条二百多里的米粮川，人称"塞上江南"。同时自古也是屯田之地，有"养兵百万，不费百姓一粒米"之美誉。

又几十里抵达县城，这临洮真个好风水，西临洮河水，东靠岳麓山，顺风顺水，气象不凡。怪不得李满天如杜甫诗中所说："年少临洮子，西来亦自夸。"提起家乡，就像作诗：襟带河湟、控御陇秦，西北咽喉，丝路枢纽，名在阳关之上，位与敦煌比肩……建城已经两千三百多年，临洮县志上说，汉城在北，唐城在南，宋城在中。李满天印象里已是明清建筑，站在东山俯瞰，东西南北四条街成丁字形，加上四条辅街是卍字形。街道整齐，林木葱茏。左宗棠做陕甘总督时，提倡种树，临洮境内植树一万三千三株，严加管护，损一树杀一人。李满天幼时，还曾看到"两行秦树直，万点蜀山尖"的景象。我这次住在县招待所，院里一棵大树，树干埋了半截，树冠郁郁葱葱，见人就问什么树种，没人答得上来。来了一位四川客人，说是青杠，他们那里的常见树种，是一个"移民"。

李满天1914年生于县城线市街毛家巷，老宅已经改造成楼房，面目全非。只有他上过的养正小学还健在，后人不肯动它。临洮一向崇文重教，汉时以"举孝廉"闻名天下，宋时设西罗"番校"，是中国最早的一所民族学校，左宗棠都陕甘，建书院二十所，修复书院十所，义校十所，就有洮阳书院和一所临洮义校。李满天就读的养正小校，是开明乡绅杨明堂创办的，捐银1800两。杨明堂清末秀才，师范毕业，有志于教育。其父想给他捐个知县，他却热衷于捐资兴校，先后创建农校、女校等十余所，花费白银万两，受到甘肃省政府、民国总统黎元洪嘉奖。杨明堂办校认真，每个学校都定了校训，"勤苦朴实""端谨朴诚"等。养正小学的校训是："养心存大志，正气做完人。"刻在校门口，也刻在李满天的心上，一辈子不曾磨灭。

毛家巷临近城隍庙，前后左右聚集了几十家洮砚店铺。洮砚与端砚、歙砚并称中国三甲。洮河中的绿色水成岩，莹润如玉，叩之无声，呵之出水珠，用以制砚，储水不耗，历寒不冰，涩不留笔，滑不拒墨。发墨快，研磨细，浓淡相宜，得心应手，深受文人青睐，陆游说："玉屑名笺来濯锦，风漪奇石出临洮。"黄庭坚说："洮州绿石含风漪，能淬笔锋利如锥。"洮石深绿而带水纹者叫绿漪石，带黑斑者叫墨点，带朱砂点者叫柳叶青，夹杂黄色痕迹者叫黄标绿奇石，最为名贵。古诗说："洮砚贵如何，黄标带绿波。"石材经过下料、制坯、雕刻，制成形形色色上百品种，拟人状物、类山临楼，形象逼真，栩栩如生，精美绝伦。

少年李满天放学之后，常常出入砚铺，这儿看看，那儿摸摸，流连忘返。父亲早亡，祖父年迈，母子二人种几亩薄田，十分想拥有一方砚台而手中少钱。一次看一位师傅雕"牧童放牛"，将近收尾时稍有疏忽，碰掉一只牛角，功亏一篑，十分懊丧，举手要把它摔掉，李满天急忙拦住，一边哀求把残砚施惠于他，一边从怀里摸出几枚早被小手磨光的铜钱。师傅看孺子可教，赠送于他。李满天得了洮砚，发奋习书，买不起碑帖，临洮寺多，九庙八殿、七祠六牌、四庵一宫，挨家摹写匾牌楹联，进步飞快，小楷作文经常全校展览。

　　20世纪二三十年代，乡绅杨明堂办了师范学校，经常邀请江苏南通教师来校讲课，也把一些进步文化教育理念带进临洮。李满天办了一份《新临洮》报，新锐思想加上清秀字迹，给古城打开了一扇亮窗，人们争相抢购，也对贫瘠的家庭有所补贴。不料激进言辞冒犯了当地财主，串通县长要抓他送监，不得不躲避一下。

　　出逃前一个黄昏，李满天独自一人来到东山，先到升仙台跪拜老子，李耳是他陇西房李家的始祖。又到超然台揖拜忠愍公，就是杨继盛，号椒山，河北容城人，明嘉靖朝兵部主事，因谏仇鸾开马市，错贬临洮典史。杨继盛到临洮，除积弊，开煤矿，兴教育。为兴教拿出薪酬，卖掉乘马，又变卖夫人首饰，在岳麓山建超然书院，亲自授课，从者五十余人。置校田两千亩，补助困难生员。又在城内圆通寺设书馆，招收藏回学生三百人，政声显赫。第二年离任时，逾千人含泪相送。回京后因弹劾奸贼严嵩，被车裂京城西市，年仅四十岁。后门生邹应龙、张万纪（临洮人）扳倒奸党，完成遗志，杨继盛被追封"忠愍"。临洮人纪念他，城内建杨忠愍公祠，东山超然书院改名椒山书院。杨继盛手书的两副楹联，"十两黄金轻一芥，百年名节重千斤""铁肩担道义，辣手著文章"。少年李满天抄来作座右铭。

　　黎明，母亲在三岔河桥送别，望着桥下一去不回的洮河水，抓住儿子衣襟不肯松手，老泪淌在多皱的脸上，曙光下殷殷如血。李满天强作笑颜，谈古论今。汉张骞两次出使西域，从这儿出发，开通丝绸之路，我们这儿才吃上葡萄、石榴、苜蓿、核桃、大葱大蒜。名僧法县、玄奘，从这儿出发，渡流沙，过葱岭，经九九八十一难取回真经。文成公主、金城公主，从这儿出发，翻山越岭西藏和亲，换回来几代人和平。儿子此次出门，也许会取回真经，使穷人过上好日子。

　　李满天怀揣一方洮砚到了北京，卖字刻章，代写书信，一边挣钱糊口，一边北大旁听，1935年正式考入北大中文系，参加了"民先"[①]，一二·九运动爆发，他是组织者之一。七七事变后投奔延安，进鲁艺文学系二班，任班长。1939年深入敌后，到晋察冀抗日前线，1947年挺进大别山，南征北战，枪林弹雨，一方洮

---

① 1936年2月，中国共产党领导成立了"中华民族解放先锋队"，简称"民先"。

砚始终带在身边。

中华人民共和国成立后任新华社湖北分社社长、省文化局副局长。脱下军装，想起土地，重返河北，一头扎进定县西建村搞农业，一待就是五年。冀中平原旱地多，望天收，使他想起故乡洮河盆地，河渠纵横，自流灌溉，年年五谷丰登，他就是在洮惠渠边长大的。我堂兄告诉一个故事，他在曲阳县修王快水库，从定县来了个老农，建议从曲阳到定县修条水渠，能增加一百万亩水田，线路图他都画出来了，细问才知道是作家李满天。1965年春节刚过，我俩来到临西县东留善固村，一片沙窝，又没水源，他组织打井，春寒料峭，跳进水里，衣服挂了一层冰，明光光好像盔甲。他身在农村，为农民写作，反映农民的喜怒哀乐。长篇小说《水向东流》三部曲，被誉为"河北平原的创业史"。中篇小说集《力原》，受到茅盾先生高度评价，被认为是那个时代"问题小说"的代表。

20世纪七八十年代，李满天到正定县深入生活，发现和培养了贾大山，我作为县委顾问，也常常去凑热闹。三个作家一台戏，贾大山唱梆子，我唱京剧，李满天唱秦腔，还唱洮岷花儿："想你想得睡不着，抬上板凳院里坐，星星数了三遍多，一直数到月亮落。"县委想让贾大山当文化局长，大山不愿出山，还是李满天设计让他下山。李春雷的报告文学《朋友》，有七处提到李满天的名字。

李满天一生最贴近的古人是杨继盛。记事时门前的闹市已改名椒山街，公园里的亭子叫"忠愍祠"，连日常提水工具都叫"杨杆"。心里有了杨继盛，做人做事常带血性。1979年，青年作家李克灵写了一篇小说《省委第一书记》，主题是废除干部终身制，老干部让贤。年迈的省委主要领导以为影射自己，稿子从已经编好的《河北文艺》撤下来，还专门出了一期红头文件，通报批评。而且打了还要罚，要处分作者，下放当工人。李满天看不惯，认为学术问题应与政治区别开来。吸取以往教训，先无情打击，过后再甄别平反。苦口婆心反映意见，最后讲到全国党代会上。领导以势压人，李满天说不畏权势，结果被勒令辞职，这振臂一呼，引起社会反响，李克灵免遭一劫，也保护了更多青年作者。后来证明，《省委第一书记》是一篇好作品，干部终身制废除了，李满天的职务没有恢复，他已经超过六十五岁了。令人不解的是，后来发表一篇报告文学《省委第一书记》，是北京作者写的。专门写那位年迈领导事迹的，他肯定知道。全省上下议论纷纷，他也没有辞职。

话说回来，李满天也并不想当官，何况文联、作协的职务也不是什么官儿。厅级干部他都当了三十多年，还不照样出无车，常年在乡下与农民同吃同住同劳动。乐得无官一身轻，安心地写小说，有短篇有中篇，还正写一部长篇小说《地委书记》。1990年带妻子回临洮，母亲不在了，杨明堂不在了，东山依然在，洮河照样流，椒山祠修葺一新，洮惠渠又在延伸。让他感慨的是，临洮这座西北名邑，陇右重镇，已经被铁路线甩在一边。两千多年的郡、路、府、州治，专员公署，1929年降为县级，风光不再了。他想，文脉也不会完全输给铁路，兰州人有事还往临洮跑。

李满天病重住院期间，探望者络绎不绝。他是一个乐天派，照样开玩笑。没人时，给我说有两大遗憾，一是《地委书记》没有写完，二是爱人李茵问题还没解决。李茵1945年入党，1947年参加工作，正科级。1958年号召干部下放，动员大会没人报名。李满天是党组副书记，动员自己家属带头，下乡当农民，一下就是二十年。好容易等到平反冤假错案，落实政策，相同情况的人都解决了，就卡住她一人，可能因为《第一书记》问题。当初下放，为国家担担子，家中的担子一人担，没了他谁担？让我想起从前在创作会上他讲，作家是苦命人，还引用司马迁的话："文王拘而演《周易》，仲尼厄而作《春秋》，屈原放逐乃赋《离骚》，左丘明失明，厥有《国语》，孙子膑脚兵法修列。"而今不光他苦，连老婆也成了苦命人。遗体告别那天，人山人海，一半为李满天，一半为李茵。贾大山说了句心酸话："创作了《白毛女》的人，他成了白毛男呀。"

（选自《飞天》2017年第4期）

眉山的异乡客

甘建华

丁酉仲夏，应邀来眉山采风会友，离上次的辛卯春月蜀中之行，又是五年多时间了。那次是我与先贤苏东坡桑梓最近的距离，到了乐山大佛头部后面栖鸾峰上的东坡楼。门额横匾是其弟子黄庭坚手书，楼堂正中有东坡坐像，但印象最深的还是线描《东坡笠屐图》，画中人物衣袂飘飘，线条爽利刚劲，描摹工稳端丽，神态高洁潇洒，一副出游远山乐悠悠的形象。中国古代文人绘像似以苏东坡为多，以前在网上见过这类图画，仿若个人 logo，有人说是虚构，有人说是真实，但在我看来都无关紧要。记得当时见到这幅真人大小的画像，不知怎的，腿一软，跪了下去，恭恭敬敬地磕了三个响头。

现在回想起来，这几个响头磕得值，因为他是苏东坡。宋代文化被认为是中国传统文化的巅峰，苏东坡则被认为是屹立于巅峰的旗手，这个评价不可谓不高，却也是实至名归。《苏东坡传》作者林语堂就说过："苏东坡是个秉性难改的乐天派，是悲天悯人的道德家，是黎民百姓的好朋友，是散文作家，是新派画家，是伟大的书法家，是酿酒的实验者，是工程师，是假道学的反对派，是瑜伽术的修炼者，是佛教徒，是士大夫，是皇帝的秘书，是饮酒成癖者，是心肠慈悲的法官，是政治上的坚持己见者，是月下的漫步者，是诗人，是生性诙谐爱开玩笑的人。"可我觉得，这些都还没有道出东坡全貌。即使在远离眉山两三千里的衡岳湘水，只要一提起"苏东坡"三个字，乡间父老的脸上也会浮现亲切敬佩的微笑，这才是他作为文化名人最可称道之处。

唐代曾有"天下诗人皆入蜀"之说，这个奇观千余年后，因东坡故里生发的"在场主义散文"而再现。昨日自成都下眉山，沿途只见平野田畴，烟树远村，山不高而秀，水不深而清。犹记一则宋人笔记，说是北宋蜀地有民谣："眉山生三苏，草木尽皆枯。"苏东坡和父亲苏洵、弟弟苏辙，唐宋古文八大家占了三席，何等的文才盖世超拔绝伦！三苏出世，眉山百年内草木尽皆枯萎，原因是草木之色全加诸他们父子仨身上了，不知可信的程度到底有几分。

　　将近眉山市区，果如方志所言："介岷峨之间，为江山秀气所聚。"这样孕奇蓄秀的地方，诞生三苏父子，拥有千年诗书城，绝对不是偶然的。东坡后来宦游南北各地，仍然对家乡山水十分眷恋，经常午夜梦回，要么"吾家蜀江上，江水绿如蓝"；要么"想见青衣江畔路，白鱼紫笋不论钱"；要么"每逢蜀叟谈终日，便觉峨眉翠扫空"。阅读古代诗词，多见乡愁之作，但像苏东坡这样深沉真挚的书写，倒也并不多见。而家乡也一直以他为荣，十年前以其头像作为眉山市徽，蕴含了丰富的文化内涵和由衷的敬仰之情。

　　到宾馆后稍事休息，便去瞻仰三苏祠和三苏纪念馆，这两处都是眉山的文化地标，甚至可以说是中国的文化地标。用不着导游，随便一打听，无人不知晓，而且指路者都很热情，川音听起来特别悦耳。三苏祠门前有联曰："北宋高文名父子，南州胜迹古祠堂。"这儿是三苏之家，也是东坡文化的根。前不久深圳举办的第十三届文博会上，东坡诗词屏风、拓片寒食帖、三苏祠丛帖、苏祠印记笔记本等文创产品，皆出于此，眉山新闻因此欣喜地报道："世界正热情地拥抱三苏文化。"

　　三苏生平事功我都比较熟悉，可谓了然于心。尤其苏东坡那句"问汝平生功业，黄州惠州儋州"，稍有一点文学、地理常识的人，都会引发无限感慨。东坡一生坎坷，屡遭贬谪，中间虽有短暂的时间被朝廷召回起用，大部分时候却在各地流寓。从江南富庶的杭州，一直到蛮荒的海南岛，都留下了他的足迹，在地理、空间上越来越被边缘化，越来越偏离当时的政治文化中心，然而每到一处，他都留下了无数佳话和政绩。杭州西湖的苏堤世人皆知，便是那颍州、惠州，也有以"西湖"命名的湖泊，而且都与东坡有关。吾乡衡阳也有一个西湖，他虽然未曾亲临，西湖岸边的那位同时代著名画僧，他却是知道并大加赞赏的。花光和尚是中国墨梅画鼻祖，东坡所写《画潇湘晚景图》一诗，内中"会有衡阳客，来看意渺茫"，此"衡阳客"即指花光寺僧释仲仁。

　　在三苏祠这座庄严古朴的川西园林中，我独自行走，慢慢怀想，细细品味，感受着蜀地的闲适气质和东坡的浪漫情怀。旷世奇才苏东坡，"身行万里半天下"，这虽然于他个人及其家庭苦不堪言，但对于中国文化来说，却未尝不是一件大好事。如果没有苏东坡，宋代文学将会平淡得多，中国的文化地理也会减少许多景观。那些待在京城或困守某地的文人士大夫，怎能体会"江山也要文人捧"的妙谛呢？又怎能得到"捧了江山文人红"的福报呢？

　　从三苏纪念馆出来，见江边竹林一家茶馆，许多人围着桌子搓麻将，旁边一条竹椅上，赫然摊开一本《东坡志林》。此书吾家书斋也有，平时只是偶尔翻一翻，此时此地见了，如同遇到故人。反正没有什么事情，遂学川人的散淡，索性坐下来，叫一壶春茶，向书的主人借过一阅。在东坡出生地读其书，与往昔心境又有不同，竟有悠然心会的惬意。书中多是只言片语，字字却都是从真纯的心肺间流出，有着许多丰富的暗示的力量。《记承天寺夜游》是其名篇，记载元丰六年十月十二日夜，与好友张怀民寺院中庭赏月，兴奋至极，说："何夜无月，何处无竹柏，但少闲人如吾两人耳。"短短八十余字，写景状物，寄慨万端，亦可见强颜欢笑故作轻松的心态。《题李岩老》记述的是南岳衡山人事，在我尤感格外亲切。李岩老嗜睡，别人下围棋，他却在旁边扯起呼噜，忘却了世间一切喧闹，令人好不歆羡。苏东坡的题句"昔与边韶敌手，今被陈抟饶先"，幽默中兼有禅趣，活现了一个坐忘尘俗的快活道士。

《临皋闲题》这则笔记，出语便成金句："江山风月，本无常主，闲者便是主人。"想那大自然中的美好东西，本来就没有一定专属于某个人的，谁有闲情逸致欣赏游玩，谁就是江山风月的主人。而我辈成日忙忙碌碌，追名逐利，走得太远，甚至于忘记了当初为什么出发。窃以为所谓的闲者，大概就是在匆匆的行程中，能够放慢脚步，欣赏路边风景的人；能够稍微停顿下来，听一听灵魂声音的人；能够抽暇暂时离开红尘，去山中野游寻胜的人；能够弯下腰来，嗅一嗅小区花草芬芳的人；能够半夜披衣悄立露台，观看星象预测风雨的人；能够以一颗平常之心，读一本无用之书，在世俗的生活中享受简单和愉悦的人；能够知道"生活不止眼前的苟且，还有诗和远方"的人……抑或，最起码也得像我今日今时，一边品尝新茗，一边沉吟遐想，心中藏着一个苏东坡的人？

我沉浸在一种类似哲人的思考中，四周的喧嚣渐渐远离了耳际，想象的骏马挣脱了肉身的藩篱，驰骋在浩渺的天地之间。无人注意一个异乡客的存在，连我自己都不知道此刻置身何处。

不知过了多久，暮色缓缓地从川西平原上空笼罩下来，灯火次第闪烁着。那丛丛修篁幽深处，有妙龄男女的轻声嬉笑，间或又有一两声川式老人的咳嗽。我似乎闻到了苏东坡的竹林气息，正慢慢悠悠地飘忽过来。

（选自《人民日报》2017年7月3日）

瑞雪丰年

任林举

年关之前的那场雪，下得着实有一点儿猖狂，只是挥手之间，便已繁花漫天。成瓣成朵的冰雪之花，如蝶如舞，如纷然凋谢的素梅，尽着劲儿地向下飘洒。虽然无声也无香，却还是让人清晰地感觉到了一种静谧的奢华与铺张。

不知道躲在天幕背后的操控者怀着怎样的一种心绪和意愿，竟不惜动用如此绚丽的词语进行着声势浩大的渲染。其真正的用心，或许正如人们久久的期待，极其深远，又极其良苦，即所谓祥瑞之兆吧？如果是祝福，这无边无际的播撒所展现的又将是怎样一种博大、敦厚的情怀！

春天的脚步已经渐行渐近，尽管原野上的荒草与兀然而立的树木仍处于雪的掩埋或映衬之下，但远观那些树木的梢头竟已有了隐约萌动的绿意。

在这样的季节、这样的时刻走在归乡的路上，我其实并不太清楚自己与春天究竟是迎面而行，还是保持着同向。不管是哪种情况，对我来说都不重要。我关心的是春天将近时那些春天之外的事情。

一、母亲

母亲的老，似是显现于突然之间。

我一直认为自己还没有老，所以对于老，心里一直没有建立起清晰的概念，想来一定不只是行动稍微迟缓，脸上又多几道皱纹那么简单。对于母亲，我感觉最大的变化就是不再像年轻时那样"刚强"。她年轻时我还"小"或更加年轻，那时家境贫寒。我在外求学或工作，因为要刻意节省路费和额外的消耗，所以并不能保证所有的节假日都能回去看望母亲。那时，我就哪儿也不去，只是躲在集体宿舍里给母亲写信，在时间和空间的屏障之外，向她描述我学习或工作上的"顺利"以及生活和际遇上的"平安"。几页信纸、一张邮票就行使了"见字如面"的使命。如此这般，似乎就真的"免"了彼此间的"牵挂"。但像春节这样的年之大关，总还是要有一次团聚的。亲人见面，也不似现在人们那样大呼小叫地抒情或拥抱，除了久别重逢时目光中瞬间闪射的热切与光亮外，大部分时间我和母亲只是沉浸在无声的微笑与平静的喜悦之中，她以她的节制和冷静向我传递一种朴素的信念，让我坚信我们所拥有的快乐和财富一样，是不能挥霍的，只有"细水"才能"长流"。

于是，每当我们离别，她从我身后丢过来的那句"走吧，我不惦记你"就有了异常独特的含义。我会把那句"坚硬"的话当作抵挡风雨的外衣，紧紧地裹在身上，咬紧牙关，为她创造出种种"不惦记"或不用惦记的理由。

如今，她再也没有当初那样的"刚强"了。如果有一些日子，我不能从没头没脑的忙碌中抽出时间来给她打个电话，她就会坐立不安，在客厅里一圈儿又一圈儿地转，边转边对妹妹说，又像是在喃喃自语："你大哥没打电话来吧？"直到妹妹看透她的心思，将我的电话拨通，她才会从那种无所适从的状态中转过神来，幽幽的几句话，简简单单的一番叮嘱之后，方可重归以往的安然。而每当我出现在她面前时，她再也不会像以往那样装作若无其事了。她的目光，从对我上下打量开始，就再也不肯离开我的左右。我知道，她已经在很多个孤单寂寞的夜晚或白昼把堆积在心里的情感一一捻成了两束柔软的目光，专等我出现时向我抛来，仿佛两条无形的绳索，将我和她自己紧紧系在一起。也许只有这样，她才能够在内心里确认，我确实已经在她的现实之中，此刻，我不会再同以往一样，转眼从她的视线里消失。不仅是目光，只要我在她的身边，她的脚步也会常常不由自主地随着我的移动而移动，我到了哪里，她就跟到哪里，那情形就如一个三岁的孩童跟定了大人一样，怯怯的，无声的，也异常坚定的。已经好几年没有听她说过"我不惦记你"的"老话"了，想必是这些年，她也无力再保持那种"刚强"的形象了。母亲老了，老得孩童般温柔、孩童般脆弱。

传统的"小年"刚过，我还没来得及考虑回家的事情，母亲就急着让妹妹给我打来电话，叮嘱我回家时别给她带钱，也别啰里啰唆地带其他什么东西。我理解她的言外之意，转译过来可能就是："我什么都不稀罕，只要你人回来就行。"

放下电话好一会儿，我才从生硬、麻木的工作状态中回转过来，暂时放下眼前的杂事与杂念，凝聚心神想一想母亲所处的情境、心思和愿望，替母亲盘点一下她生命里的存储和盈余，突然有一些感伤，感觉到为人父母的不易与可怜。

"你站在桥上看风景，看风景的人在楼上看你；明月装饰了你的窗子，你装饰了别人的梦。"人生中的某些事情，怎么看都像一场执迷不悟的暗恋。每当我想起卞之琳的那首诗，就会想到天下父母对于子女的那份一往而深、一去难返的爱与情感，自然而然也想到母亲。在我的认知当中，母亲的可怜甚于天下其他父母，不仅仅因为她更加敏感、细腻，还因为她的命，苦如黄连或比黄连更苦。她这一生啊，3岁失去了父亲；4岁失去了母亲；8岁失去了亲人的照料与家庭；13岁失去了最疼爱自己的哥哥；45岁失去了丈夫……到了最后，还能剩下些什么呢？她一生没有工作和所谓的事业，她全部的事业就是养育五个子女。到了晚年，因为几次迁居，连证明自己身份的户口也弄丢了。在这里我没有兴趣谴责某个机构或某个环节的失误，母亲的户口底档确实没有了，找不到，也补不上了，因此也就不能领取身份证，她现在竟然成了一个没有"身份"的人。她在这个世上唯一的身份就是五个子女的母亲，她在这个世上活着或存在的唯一理由，就是盼望着一年一次或很少几次见她自己的子女一面，而她的子女大部分时间被其他的事情追着，被其他的人追着，心思、情感以及关注的目光俱在"别处"并没有凝注于她。

尽管每年的春节我都会放弃一切游玩和出行的机会，赶回去看望母亲，陪着她一起过年，一起守岁，尽管我现在已经走在去看望母亲的路上，但我还是觉得自己是一个"身份"可疑的人。像一个忘恩负义的人，本应该让自己的母亲晚年不再忍受思念之苦，却将少得可怜的关怀和探望当作引以为傲的"孝心"和慰藉；也像一个自私自利的小人，本来是为了获取自己心灵和情感的安慰，填补自己心中的缺憾，却俨然长了一双翅膀，忽来忽走地闪现于母亲面前，扮演着雪中送炭和抚平思念的爱之天使。我的心是愧疚的，但奔向母亲的脚步却是急切的。

在晚年信了基督的母亲每天除了听经、祷告，大部分时间保持独处，不沾电脑，不看电视，不与众人"是是非非""张长李短"。当我真正到达母亲身边时，便什么也不用说，什么也不再想了，当然什么也都不需要做，只要静静地陪她坐上一会儿，就能感觉到异常的幸福和美妙。似乎只有在她跟前，我才能完全处于一种静的状态，平静、安静、宁静。她本身就是一个很静的"场"，广袤、空旷、包容、祥和如冬天里覆盖着皑皑白雪的原野，让人无法浮躁也无法逃脱。

当弟弟妹妹们情绪热烈地打牌、收看春晚节目时，我总会特意陪母亲单独待一会儿。断断续续地说一些话，看着她慢条斯理地摆弄自己那些东西：毛巾、手帕、围巾、床品等一些小物件，一样样地数，一样样地叠，一样样地摆，方方正正，齐齐整整，有条不紊，像是怀着一种珍惜的情绪梳理着往昔的岁月，投入、忘情、不厌其烦。那些物品，都是我这些年陆续给她带去以供日用"不起眼"的小东西，如今看上去依然簇新如初。看着看着，就有泪水悄悄涌入我的双眼，看着看着，我仿佛就穿越了时光隧道，抵达了岁月的另一端。呈现在我眼前的，已经不再是一位白发苍苍的老人，分明是一个埋头摆弄自己心爱的糖纸、沉醉于"过家家"的小女孩儿。

只可惜，与母亲独处的时光总是那样少，相对我所拥有的全部时间，大约只能占到种子之于粮食的比例。然而，这些短暂的时光正是因为有限，所以更显珍贵。也许终会有那么一天，母亲要离开我们，这些时光在我的生命里，在我的心里，就能如种子一样，发芽生长，铺满回忆。

二、逻辑

一进客厅就进入了另一个空间、另一种氛围。那才是过年的味道，人丁往来，群情热烈，各样物品堆积如山……

兄妹五人，五个家庭，十多号人，来自于各行各业、各个领域，拥有着各种身份。大家因为共同的亲情聚到一处时，虽然都放下了平日里一向保持的身份特性、生存状态和行为方式，各挂了一张笑脸以求人同，但其不自觉的衣着、言语、做派和所带的"年货"，还是在不知不觉间把一个"五花八门"的大"社会"搬进了我们这个小小的家庭。

我在家里排行老大，自然对家庭的责任和基本生活问题考虑得更多一些。曾一度贫寒的家境，使我的消费观念始终处于飞不起来的"爬行"状态，再加上我的工作一直是经营一种摸不着看不见且毫无特色的"电"，所以我每年给家里带去的年货也就毫无特色可言。无非是一些毛巾、香皂、衣服、鞋子、米、面、粮、油之类的日常生活用品，只要保证母亲平日里有的吃、有的用，不会挨饿受冻我就心安。尽管年内单位普遍降了薪酬，工资折去一小半，物价又逐步攀升，但对母亲的孝心却不能随之而降，只要有我自己用的，就得有母亲用的。但总体上说，我置办的东西，仍然属于费力气而不值钱的那个类型。尽管摆在地上一大片，却没有一样能让人眼睛发亮、刮目相看。不管别人怎么看，我自己心里是有谱儿的。家是一棵树，我不关心它到底能不能开出悦人眼目的花朵，只愿它不缺肥缺水，枝繁叶茂、常青不衰。

小弟弟工作在银行系统，工资不多，但他相信钱可以作为等价物交换到任何商品，所以每年都会攥一把钱塞给母亲，母亲执意不受，他就笑嘻嘻地说："那我就给你开个户存上吧。"他说存就存，虽然没人打探他到底给母亲存了多少钱，但在他工作的工商银行的客户名单里肯定有一个代表母亲的隐形名字。以小弟弟的说法，这就是双赢。在家，尽了自己的孝心，于公，又尽了自己的职责。单位的钱生了钱，母亲的钱也生了钱，这不就是繁荣吗？看他说得兴高采烈，我们还真以为中国的经济发展与母亲这笔存款有着极大的关系呢。

小妹妹一家虽然住在城里，却因妹夫的工作涉农，就让他们的年货里保持了农村的特色。年前，妹夫特意骑着他那比自行车大不了多少的摩托，跑到乡下一趟，东跑西串，高价收来一点纯粹的土产，土鸡、土鹅、黏豆包……拿回来往地板上一扔，晚辈们就领会了他的意思，赶紧把那些冻得硬邦邦的东西放在一个合适的地方。接下来，他就无声地坐在那里，在大家高谈阔论时做一个倾听者。偶尔，触景生情插进一句硬硬邦邦的议论，便语惊四座："妈的，这年头儿就是欺软怕硬，良民谁都欺，恶官欺，刁民也欺；刁民却谁都怕，良民怕，政府更怕……"

大妹夫是一名基层的铁路工人，前些年国企兴给职工搞福利，单位分什么就往家里拿什么，但现在也和大多国企一样，发放的东西是光费力气不值钱的了。这两年，因为单位反"腐败"，领导就不再给职工搞福利了。这事，想来也不怪领导，无名又无利的，还要担着违反规定的风险，谁还去做那"冤大头"的事情！每到年关，就只给基层不能回家过年的工人发一点可乐、啤酒什么的，权当慰问品。这样，大妹夫的贡献也就只有那一箱可乐或啤酒了。如果讲贡献，大妹妹一家的这一箱饮料也是在贡献之外又多出来的。这些年，因为大妹妹下岗失业，就在家里作为全职主妇照顾母亲。人家把整个人都献出来做了贡献，别人还有谁敢站出来与她比贡献呢？在所有的礼物之中，又有什么比这更加昂贵？

家里最牛的是二弟。小时候因为不爱读书，很早就告别了学习生涯，经过多年的摸爬滚打终于当上了个体老板。应该说，与大多数经商者比，他的运气还是很差的。这些年，由于知识水平有限、社会背景空缺，又没有办法把银行的钱骗到手里当作自己的钱花，所以一直没能把生意做强、做大，相对来说，他赚的只是一些辛苦钱或者说血汗钱。二弟虽然钱赚得不多，但花钱的能力和水平却和当下的很多老板们一样，是超一流的。你看看人家弄回来的年货，那才叫上档次。尽管数量不多，却样样精致，不是可以叫作"山珍"，就是可以称作"海味"。二弟坐的车是好的，穿的衣服是有来头的，用的手机是最时尚的……总之，从一应吃用、消费中都能够体现出他是一个"很讲究"的人。保持这种高调的消费状态，已经成为他不可更改的生存惯性。在生意低潮时，家里人的钱都被他借去用于生意和花销了，就连勒紧腰带过日子的小妹妹也把自己仅存的两万元钱让他拿去"应急"。但结果是"此去二百里，一欠三五年"，只见他人来人去光鲜依旧，却永远不提还钱的事儿。其间，作为长兄我催促了他几次，却惹得他老大不高兴。以他的看法，这钱放在我们的手里也没什么用，钱就那么闲置着还叫钱吗？钱不就是得给那些会花的人用在有用之处吗？最后，一句话砸到我的头上，让我也不知道应该说什么好了。二弟似平静又似愤愤然地说："等我赚了很多钱，我十倍还给你们。"为了这句话，我们一面觉得自己的小气和不高尚，一面心怀幻想地盼着赶快有一个结果，就算是没有十倍的回报，能回个老本儿也好啊。可是等啊等，等了多年也没见有个回音。后来，据说他的生意已经相当不错，但再见了二弟仍然谁也不敢提还钱的事情。现在，我们是深刻理解了各大银行为什么那么惧怕手握贷款大笔欠债的老板们了，原来是怕惹人家不开心，连个面也难以见上。

因为二弟很少直接给母亲钱，所以母亲就一直认为他日子过得很是艰难。每次家人团聚，母亲都会特意为二弟祷告一番。在母亲心里，二弟仍然是一个被生活压迫得透不过气来的可怜人，所以她就很虔诚地求她的神将她的儿子从重压下解救出来："神啊，求您免了我们的债，如同我们免了人的债……"其实二弟也真的不容易，只要他能够轻松快乐且光鲜地生活下去，总是我们内心最真实的愿望。于是，我也不由自主地随着母亲的意愿在心里默祷："愿二弟不会因为债务的压力而失去生活的快乐，也愿天下负债的人都不要因为债务而受到人的逼迫。"

三、流变

如今，传统的节庆经过很多年坚持不懈的"移风易俗"已经变得十分简单。省略了拜年、供奉族谱、迎神、发纸等一系列环节之后，只剩下了一顿年夜饭。如此一来，这顿饭便具有了十分重要的意义。安排起来，总是隆重且考究。

因为人齐、人多，开饭时就只能分坐两桌。母亲是个随和的人，又因为笃信基督，所以观念里没什么明确的尊卑辈分界限，她只是先把孙子、孙女叫在身边坐下，其余的人各行方便。这样排下来，两桌家人杂乱的组合就很难看出有什么内在的规律或规矩。

晚餐正式开始之后，情况很快就发生了微妙的变化。有人要凑到一起喝几杯酒，有人要凑到一起说说体己话，有人要特意向长者表达一下祝福之情，有人则想尽快吃几口下去做自己喜欢的事情……没多久，秩序开始大乱，进入由个体间引力或排斥所决定的自由重组。此时再看看场上的局面，就有了一点儿意味。以母亲为轴心的一桌基本都是家里的年长者，大致都是1970年以前出生的；从小妹妹和小弟媳开始，往下都是生于1970年以后的人，则纷纷聚到另一桌。如果用个"文艺"一点的词汇去概括，大约就是一桌子苍老，一桌子青葱。

一桌子"苍老"或渐入苍老的人，从小受着传统文化的熏陶和伦理教育，从来没想到要装模作样地把自己的晚辈当"朋友"，观念里只把他们看作自己的骨血和生命的延续，所以总是情不自禁地把心思放在那桌子"青葱"之上，谈论的话题自然也离不开那一桌子的人。

那一桌子隔代的"青葱"，虽然从小在平等、民主、自由、富足的氛围中成长起来，却从没有一天真正把心思用在父母身上。这一代人似乎从懂事不久就开始进入了青春叛逆期，虽然连洗双袜子的自立能力都不具备，却天天想着如何摆脱家长的干预和控制，不防范谁也要防范家长，相信谁也不相信自己的父母。他们的话题一开始就不在这个房子之内。他们的心永远如没有落点的鸟儿，在天空里漫无目的地游荡。很快，他们便如学校里的同学一样，结成了一个志在对付家长和老师的广泛同盟。一双双精明的小眼睛转上几圈，再配以简单的"言传"，这一小帮儿，马上就有了精准无误且高度一致的"意会"。于是便纷纷起身，结伴去外面另立山头，单独活动了，只把小妹妹和小弟妹两个年纪不大却辈分不低的人"晒"在那里。

"青葱"团队里的核心人物是大妹妹的女儿，因为她所处的位置正好承上启下，上有一哥一姐，下有两个妹妹，介于"80后"和"90后"之间，所以她就顺其自然地成了两个年龄段共同的代言人。她说我们去K歌，大家一齐响应："呜啦！"她说我们去网游，"呜啦！"她说要想法子把压岁钱花掉三分之二，"呜啦！"她毕业后一直闲在家里，过着"啃老"的日子，最近因为受父母逼迫，马上要"出山"去找寻工作了，所以得抓紧时间为那些即将逝去的美好时光举行一个隆重的告别仪式。两哥姐对她人生的转折一边表示支持，一边流露出惋惜的神色；两妹妹则只能在懵懂无知中一味盲目地向往。总而言之，这是一个不相信过去，也不相信未来，只相信当下的群体。父母们讲述的"过去"真有那么苦涩和艰难吗？他们不仅表示深刻的怀疑，并且嗤之以鼻。说那些有什么意义呢？生活和历史能够再次回到从前吗？"我们"已经拥有了当下，为什么要诚惶诚恐想着应对过去，并以过去那种生存方式糟蹋自己？未来？这世界变化如此之巨之快，谁能够准确预料未来？"我们"已经拥有了当下，有必要以自己短暂的青春去"扛着"深不见底的未来吗？如果"不测"一定来临，那就等它来时再说吧，"我们"不能在虚拟的不测之中把当下也过成"不测"的未来。

20世纪50年代，有一个叫郭路生的知识青年，上山下乡从城里来到乡下，困厄之中写了一首诗《相信未来》："当蜘蛛网无情地查封了我的炉台／当灰烬的余烟叹息着贫困的悲哀／我依然固执地铺平失望的灰烬／用美丽的雪花写下：相信未来……"这首诗之所以能够成为一代人的心声，是因为那时的痛苦，因为难过，因为绝望，人们只能选择逃避或隐性逃避。人们恨不得不到天黑"今天"就会倏然而过。相信未来，不过是对"今天"的诅咒，是相信未来不管如何糟糕也会比"今天"强，至少不会比"今天"坏。现在的日子好过了，知好知歹的人们，不管他们嘴上怎么说，赞美还是谩骂，感恩还是诅咒，实际上是不愿意也不用着急走出"今天"的，自然更用不着执拗地相信未来或企盼未来。

经常听到一些父母指着已经二十多岁或年纪更大一些的子女抱怨："什么时候

才能懂事儿，像个大人呢？"所谓"懂事儿"，可能就是指某人心智足够成熟，言行不再幼稚，能很好地理解、体谅别人和社会，又能对家庭或别人有所担当或有所承担吧。每当有人如此这般地抱怨自己的子女时，我都不以为然，倒感觉是那些盲目抱怨的父母们"太不懂事儿"了，他们并不知道，每一代人都有自己的生存智慧和策略。因为每当这时，我都会因为那些被抱怨的"孩子"联想起一种特殊的动物。

蝉，一种超越科学和人们认知能力的神秘精灵。它们的成长规律，似乎从来都只由着自己的意愿和心情，完全可以置季节和寒暑的召唤于不顾，我行我素，有时，竟然让近于万能的科学也不得不含糊其词。

科学，自然有科学存在的意义。对于问题的揭示和解决，总会有一些探索和努力的动作。科学能够告诉我们，蝉的一生，不论潜伏于地下还是腾跃于树上，都不是人们误以为的"以饮露为生"，而是以树的汁液为生。它们不是一心为了树的娱乐而终生为树演奏的钢琴家，它们是吸树、喝树一生以树汁为养料的寄生虫。但科学却无法告诉我们蝉为什么能够将生死蜕变的规律握在自己的手中，可以依凭自己的意愿随心所欲；更不能确切告诉我们什么时候蝉才能够从土里钻出来爬到树上，做一回真正的蝉，完成一只蝉应有的使命。科学只能无奈地向我们叙述一些普及的"知识"——

8月上中旬，蝉的产卵期到了。在雄蝉不舍昼夜的鸣叫声里，雌蝉们以尖利如剑的产卵器刺破树皮，将卵产在树的木质部内。完成了这项传宗接代的使命后，蝉的能量便已消耗殆尽，"一生"也将在短短六七十天的阳光之旅中悄然结束。而小小的幼虫却从卵里孵化出来，在树枝上等待着秋风把自己吹落到地面上。一到地面，它们立刻寻找柔软的土壤钻进去，一直钻到树根旁，靠吸食树根的汁液过日子，少则两三载，多则十几年，据说，北美洲东岸森林中的蝉幼虫可在地下生活长达十七年之久。蝉从幼虫到成虫要通过五次蜕皮，其中四次在地下进行，而最后一次，是钻出土壤爬到树上蜕去干枯的浅黄色外壳才变成成虫，只有经历过最后的一次，蝉才算真正完成了一个循环的生命接力。

迄今为止，蝉在地下任意滞留的动因和机制仍不为人知，但以人的心智去揣测，无非两点，一是它们在某一特殊领域里的异秉提醒了它们，哪一年或哪些年的年景不好，气候条件并不适合它们以及后代的成活、成长；二是有一些蝉知道爬出地面就意味着要在使命的驱使下，一步步走向死亡，与其出来担当必然降临的风险，还不如在地下得过且过，慢慢消磨着饱食无忧的日子。

原来，那些为人父为人母的人在忙碌中忽略了必要的观察与思考，没想到有一些孩子正是那鬼精鬼灵的蝉所"托生"。

四、祝福

二弟是彻底的无神论者。那么多年的唯物主义教育，并没有让二弟掌握更多的知识，但却造就了他顽强的唯物主义思维体系——不信神不信鬼，不怕天不怕地。母亲曾不止一次当着大伙的面问他信不信有神，二弟回答得斩钉截铁：不信。但二弟心里，绝非一片荒芜的"草莽"，每年春节临近，他总是第一个抢先回到老家，代众兄弟去父亲墓前进行一番隆重的祭扫。

1986年的春天，父亲与二弟同乘一车，发生车祸时，父亲当即惨遭不幸，而二弟仅仅肩头被擦破了指甲大小的一块皮。对此，母亲反复叨念，并一口咬定，正是父亲以自己的生命替二弟还了一条冥冥之中的命债，才保全了二弟的安全。当人被卷进灾难的旋涡时，必定会信手抓住一点儿什么作为支撑，免得自己被痛苦的潮水吞没。那场事故之后，唯一能够支撑母亲无怨无悔地把那个已经残破的家支撑下去的理由，就是苍天有眼，没有同时夺去她两个亲人的生命。这一点，最后也成为我们全家人的精神安慰。相信父亲在天有知，他也会认同这种说法和理由的；我们更相信，就算是父亲当时能够自主选择，他也会为自己的儿子奉献这血与命的祝福。

二弟自幼性格倔强，经常为着一句话被父亲打得死去活来。犯了错误后，父亲偏偏要他的一句"口供"，逼问"你到底认不认错？"而他就偏偏不认，并且每一次都是毫无例外地"打死也不认"，最后父亲只得自己在他面前认栽。每每这时，母亲都会黯然落泪，长长一声叹息："真是前世的冤家呀！"父亲去世后，二弟一直沉默着。没有谁猜得透他内心深藏的是什么？巨大的疼痛？压力？恐惧？懊悔？感念？但从此，他就像父亲的独子一样，旁若无人地单独为逝去的父亲做着他认为应该做的事情，不与别人商量，不与别人合作，独往独来。

母亲不相信一个过世的人能给活着的人以佑护和祝福，也不相信像烧纸、上坟之类的"烟熏火燎"一番就能起到追忆或寄托哀思的作用，所以她坚决反对几个子女去做那些她认为毫无意义且无比愚昧的事情，但唯独不对二弟提出明确要求和限制，任由他按照自己的方式行事。于是兄弟姐妹聚到一起时，便总会不知不觉地回忆起父亲在世时的一些往事，甚至点点滴滴。虽然形式随意一些，规模小了一点儿，对于一个家庭来说，也相当于一定级别的座谈会了。

人一多，话头便如季节的风，不知道什么时候就悄然转了方向。从过去转到了当下，又很快从当下转到了未来。刚刚谈过了父亲，很快又转向了下一代。先是热烈地讨论和评价了我女儿的婚姻和家庭，然后是二弟儿子的工作和前途，之后，又是其他几家孩子的学习、进步和心性，等等。事无巨细，不一而足，似乎哪一个孩子、哪一个细节讨论不到就会在哪一点上出点差错，哪一片叶子不用这话语的阳光照射一下，就会不绿、不茂一样。那情景很像一群土里土气的农民在兴高采烈地谈论自己的庄稼，种子、土壤、肥水、天气、运气等，从头至尾谈个遍，最后还要把一切乐观或并不乐观的现实概括为一句美好的结语——长势喜人。

节日的时光，就如一锅烧开的水，热烈、沸腾，每时每刻都会有翻滚的气泡儿从每个人心底里冒出来，无法静止，也没有静止的趋势。母亲虽然与平时一样安静，不参与大家的高谈阔论和大声喧嚷，但却一有时间就悄悄地坐在我们身边，只要我们不睡，她就不会自己独自睡下。我们担心她的身体，劝她早些休息，她却执意坚持。她幽幽的近似于自言自语的一句话，一下子让在座的子女们都陷入了良久的沉默——"你们好不容易回来，我可不想自己先睡！"

众弟兄应该各自返程时，外边的雪大部分已经融化，除了一些背阴的角落里留有星星点点的残雪，街道和大地都已经露出了本色。母亲因几天没有出门，仍固执地认为公路上会积满冰雪，便一遍遍叮嘱："路上雪大可要多加小心啊！"跟她解释了两遍，她还是不相信。待我们临出门时，听到的还是她那句充满担忧的叮嘱。母亲真是老啦！

以往告别，只要我们回头，总是能够看到母亲依恋的身影和目光，但这次有些出人意料，转身就不见了她的身影。大妹妹敏感，发现了我目光里的询问，便告诉大家说，母亲回自己房间了。我突然醒悟，母亲是基督徒啊，她此刻定然依规"走进内室，面对你的神，说出自己心中的愿望"。

雪花再一次大朵大朵地从天空飘落下来，由于气温的升高，落到车窗上时便随即融化，像雨滴，像泪水在车窗玻璃上流淌，将视线涂抹得一片模糊。最有戏剧性变化的是那些直接落到地上的雪花，一朵朵像善于幻化的白色精灵，落地时只需要小小的一个延时，就改变了颜色和状态，转瞬润入、消失于黝黑的泥土之中，成为泥土的有机组成部分。这个单纯的细节，有如神谕，很轻易就把人带入一种复杂、广阔的联想之中，联想到温暖，联想到春天，联想到之后的姹紫嫣红。

（选自《北京文学》2017年第1期）

把心里那盏油灯点亮

苏沧桑

在雨声里，水碓声并不清晰。我先是看到了它的样子，静静躺卧在南方冬天依然青绿的田野中，石桥下，芦苇岸边。溪流卷起巨大的水轮，带动碓木和碓锥一起一落，捣在青石臼里，发出"咿——呀——咚——"的声音，混合在细密急促的雨声里，像古琴声在贝多芬田园交响曲的高潮部分里泅渡，低沉缓慢的音符，不细听是听不见的，听见后，听觉便跟着它走了。古人描述的"碓声如桔槔，数十边位，原田幽谷为震"，显然是很从前的情景了。

若有若无的水碓声中，我与善根不期而遇。这是 2017 年初，江西上饶东阳乡龙溪村空无一人的村口，我从村外的农耕馆出来，打着伞走在通往村里的石头路上时，看到他也打着伞，迎面向我急急走来。

远远看见他时，我满脑子还都是农耕馆里堪称浩瀚的农具和生活用具，几百件之多。我用手机一张一张把每一件物品都拍了下来，包括菜籽、松果、玉米种，我想随时翻看无数村庄们正在远去的日常。曾经被视为神器圣物的农耕器具，正在被岁月抛弃，尽管上一秒还沾着泥土和肥料的气息，汗水或鲜血的咸味。龙溪村姓祝的村民们捐赠农具时，心里是怎么想的？舍得吗？还是无所谓？甚至因为手头有了更便利的电动工具而高兴？我想应该是后者，假如我是一个村民，或这个村民的亲人，也会高兴。

石头路上，唯有我和他。初冬的田野像初春那么清新，大地盛开着无数绿色花朵，是一些蔬菜和一大片即将在两个月后开花的油菜。唯一的一座水碓响在石头路的左侧，然而大地上一切播种发芽、丰收加工，都已与水碓没有任何关系，它不再是工具，而是作为一道景观存在，水轮像一只巨大的眼睛，看着田野上蓬勃的农事，成了局外人。离它不远的农耕馆，灯光下陈设的农耕器具、生活用具，也像一只只眼睛，隔着玻璃与游人、与孩子们对视。镰刀锄头已经生锈，像老人黯淡的目光，与泥土、稻谷再也无缘了，像绝大多数村庄一样，再也听不到水牛背上的牧笛了。

他花白的头发很短很齐，也很硬朗，像他的身板。他大约六七十岁，中等个子，古铜色的皮肤，端庄的五官，气质不像一个农民。我抬头看看他，他也看看我，又低头走。即将碰面时，我又抬起头看了他一眼，发现他也抬头看了我一眼，我笑了，他也笑了。此时，薄暮已经笼罩村庄，应该是做晚饭的时辰了，匆匆往村外走的老人，是去农耕馆吗？他去干什么呢？

擦身而过时，我说：老人家，你好！

他马上说：你好你好！

天都快黑了，你去哪儿呀？

我到农耕馆去，我要去锁门。我去锁了门，再到祝家祠堂给你们讲解。

在田埂上，我们停下来攀谈了几句。我刚刚恋恋不舍离开的农耕馆，和他果然有关系，他是看门人兼讲解员。他叫祝兴华，七十多岁了，是村里唯一的管理员，负责祝家祠堂、文昌阁、江浙社、农耕馆这四个地方。每个月五百元工资。他干过农活，教过书，当过铁道工，染过布，老了回了村里。他还有一个名字叫"善根"，是奶妈取的。

我也就是帮帮忙的。没有人管了，年轻人都出去了，就剩下老人家了。

那些农具有你家捐的吗？

有啊，那个装线的箩筐就是我捐的，我祖母用过的。那个书箱，是我太公用过的，他乾隆年间考上过进士。其他都是一百多个村里人捐的。

你每天都要来吗？周末不休息吗？

每天都要来，不来不行的。

老伴呢？

老伴在家烧饭，我工作还没完成，不能回家。

他的语气里，有捧着烫手山芋扔不得的焦急无奈，又明显有一份自豪。

与他道别后，我沿着溪流往村里走，水碓声在我身后渐渐消失。自汉朝起，南方北方，临近水流的村庄常会听到水碓声，加工粮食，碾纸浆，捣药、香料、矿石，夜深人静时，水碓房的油灯下，总是晃动着一个个劳作的身影。不久前，我去过千年纸乡温州泽雅，看到竹林间掩映着四个连在一起的水碓，是人们用来捣竹浆造纸的。水碓房里席地坐着一位白发老人，溪水在长满青苔的水轮间跳跃，汩汩有声，飞散的水珠在阳光下叮咚作响，水碓轻捣着石臼里的竹片，发出"咿——呀——咚——"的声音，山谷里回荡着无限诗情画意。然而那位老人只是在展示，而不是生产。此刻，我脚下的东阳曾是三省交界加工粮油的首选地，集舂磨碾榨功能为一体的大型水碓方圆百里首屈一指。而此时，石臼里并没有作料，近听，就能听清一声声空捣声，粗粝，坚硬，像一个空巢老人冬夜里的干咳，听起来有点痛。

一个金黄色的大草垛，立在农耕馆外，应该是刚刚收割后的稻草堆成的。我把整个身子都靠了上去，果然闻到了浓浓的湿湿的稻草香，那一秒，我觉得回到了记忆深处的村庄、想象中的村庄。龙溪村村民以血缘关系聚族而居，自古诗书继世、耕读传家。一个古老的村庄，一座桥，一条溪，半面断墙，一棵樟树，一个草垛，一大片油菜，两间青砖灰瓦的矮屋，一个美轮美奂的祝氏宗祠，一个气势不凡的文昌阁，一个仍然萦绕着喧哗声的江浙社，一个静谧的观音阁，田野间响彻着水碓声声，人们的血脉里浸染着翰墨书香，这是我梦想中的桃花源的模样。

可是，我不想怀旧。真的。假如我是一个农家妇女，像善根媳妇那样地道的农家媳妇，我为什么要怀旧呢？如果回到从前的从前，我和大多数女人一样，天没亮就得起床，蓬头垢面，挑水烧火做饭，忍着饥寒将谷子挑到村外的水碓房碾米，顶着烈日扛着笨拙的农具去田里劳作。上树采摘的皂角怎么都洗不尽衣服上的油垢，没有擦脸油，甚至没有手纸……一场微不足道的小病也许就会夺走自己或亲人的生命，怀胎生子更是过鬼门关。现实生活中任何一个极细微的便利，哪怕洗个热水澡，都要付出繁重的劳作。

在遥远的美洲，生长着一种外表极美的箭毒蛙，只有指甲那么大的母蛙担心蝌蚪在快干涸的水洼里死去，会将蝌蚪背在背上，开始史诗般的迁移。它从水洼出发，爬行一公里后攀爬到一棵大树上，找到凤梨植物叶子形成的完美的小水池，把蝌蚪放下，又回去背第二只蝌蚪，直到将六只蝌蚪一一安放在不同的小水池里。没有食物，它向水里排一个未受精的卵作为食物，隔几天就回来排一个。日日夜夜，它在马拉松式的漫漫长路上奋力攀爬，废寝忘食，让我想起自古以来乡野中的一代代母亲，如同箭毒母蛙一样，在无比艰辛的漫漫时光里攀爬，花容月貌迅速枯萎，脊背早早弯曲，指甲里总是藏着黑黑的泥垢……都说从前慢从前好，其实错的不是现代科技的进步，而是人心不古——忘本，贪欲，不耐心，不诚实，不再信奉一分耕耘一分收获。

记得住乡愁。有时，只需把心里搁置已久的油灯擦一擦，点亮。

2017 年的第一场雨里，我与善根挥手告别，去跟同伴们会合。善根说，快点跟上他们哦，村子很大的，不要迷路了。

（选自《人民日报》2017 年 2 月 15 日）

行　走

罗张琴

创业以前，小于是丛一楼很有些个性的"80后"室内设计师。我看过她设计的一些作品，简约环保，实用且很有些艺术格调。她说装修其实是用一堆新垃圾取代旧垃圾的过程，应该提倡人居合一，以留存最大空间方便心灵行走。正火爆呢，她辞去工作，一个人背包去了新疆。她说每天签约、设计、交稿、取酬……日复一日的循环状态里，衣食虽无忧，可每天困在原地，活着，已是惯性，甚至麻木。她害怕有一天她的设计才思会在狭小空间被同化枯竭，她不甘心自己人生的意义仅限于丛一楼的设计师，她渴望突围，至于想要突围的究竟是什么，小于坚信只有在行走时，才听得到内心的声音。

新疆的辽阔与深远，让春夏秋冬乱象纷飞，也让距离变成了一种可畏的符号。无论是北疆的风景还是南疆的风情，最后全都幻化成一颗又一颗尖锐的尘土，只为折磨身体、磨砺意志而存在。尤其是徒步旅行的第三天，小于饥肠辘辘并在深山迷路，求救无果，咬牙自己开辟求生道路，那是一条从未走过的路：翻越高山峡谷、攀登大板坡、跨越河流、横穿森林……体力耗尽极致，生死关头，她用乔布斯的那一句"记住你即将死去"来给自己打气！她告诉自己，当所有的困难、窘境、失败、骄傲、荣誉、成功面对死亡时，都会消失，剩下的将是她真正重要和想要的东西，她只管朝着这个目标前行，再前行！

自救十几个小时后，半夜1点，山腰处一座毡房突显，一个放牧的儿童递给她一大包包尔萨克（类似发霉的馒头干）。就着冰冷的雪水，囫囵填饱肚子的小于，身体重重摔向雪地。仰面朝天的恍惚中，小于说，她看见了天使，听见了天使为她剥离生命繁花的声响，感觉到生命之重最后只剩设计和行走这两条通体泛光的骨架。新疆回来，她辞去丛一楼的工作，开办速美个人室内设计工作室，开始创业。

小于说，创业一如行走。她喜欢在一个完全陌生的环境里，颠沛流离，自得其乐。她用自己的方式与客户交流设计理念，达成共识，完成一个个具体的作品。

这些年她每年都会安排一两个月的时间去欧洲、亚洲、非洲其他国家行走，在罗马、佛罗伦萨、米兰等国际时尚之都，她参加过很多设计发布会，边惊艳边充电；泰国清迈，兰纳建筑鲜活在乡野空灵的土地，她赤脚穿行，触摸唯美的石雕菩萨和水池里花瓣微卷的水莲花；在迪拜、在巴厘岛……岁月无痕滑过的同时，馈赠给了她无数可遇不可求的灵感，行走成了她设计的源头活水。

小于还说，行走途中，以赤子之心待人，坦然接受好人的帮助，同时尽自己微薄之力回馈，把快乐和温暖传递到每一个需要的角落，最大限度拓展了自己的人脉。好比，驴友 Jerry 是一家上市公司的老总，新疆丛林徒步归来，执意选择她做风险投资；又好比，云南萍水相逢，递给学生背包客阿远五百块，嘱一句"走好，不要还"，一辈子成为阿远心中的"好心老板娘"。后来阿远自美国学成归来，在上海一家顶级设计机构任职，对她帮助很大。

小于的事业因行走而风生水起。很快，小于在南昌抚生路盘下七百多平方米店铺经营安德鲁生活馆，定制高端家具；之后，又注册成立莫高国际室内设计有限公司，旗下有一流设计人才近十名；最近，小于又签下一份合同，准备在红谷滩最繁华地段打造一座南昌最大规模的咖啡厅，她说她想让每一个走进咖啡厅的消费者，可以在最寻常的日子找到驻足幸福的美好。

倾听小于行走，印象最深的一次，是南昌新东方酒店的那次同学聚会。她酒量不高，却连着干了三杯。三杯后，她微红着脸，揢在我耳边聊自己与欧阳的过往。她说，欧阳是一个真正有军魂的男人，他军旅生涯的艰辛与丰富令她很是向往。曾经她很想做一个时下流行的"嫁得好"的小女子，小鸟依人般事事指望他。可他没有时间成全，一个月能见上两次面，已是难得。军事活动期间，连电话都不能打。有一度，小于很是为这段感情忧伤。她害怕自己不能足够强大，做一个完全独立的女子；她担心自己长成树上一根藤的模样，令欧阳窒息、逃离；她怀疑是不是每一个她至亲至爱的人都有意忽视她的存在？一如她的父母，在她很小的时候，离开家乡，以农民工的身份辗转于各大沿海开放城市为生计奔忙，余下她以留守儿童的名义在乡间如小草般成长。

小于娓娓略带忧伤的诉说，令时空间或有了重影，不知不觉我回到儿时乡野间。作为留守孩子，我比小于幸运，她见父母的次数以年计算，我见父母按月划痕。我的父母不是农民工，是外县一家大集体企业的员工。20 世纪八九十年代，企业很是红火，父母亲忙，一个月难得两天假。又因那时交通很不发达，每天仅有一趟永丰到兴国的班车会路过我的家乡白沙。我与父母的团聚，便有了千山万水般的惆怅。

那是年关，一个大雪纷飞的日子。想着父母该回家过年了，我领着两个年幼的弟弟早早起了床，踉踉跄跄又欢天喜地地，在铺满霜雪的路上艰难行进，在寒风刺骨的小站口翘首以望。汽车是早晨五点半从永丰发出的，那天路况不好，磨蹭到上午九点它才停靠我的家乡。车走远了，想见的人儿，始终不见踪影。小手儿冻成冰棍了，小脚儿再使劲跺都没知觉了，小脑袋上遍开雪花了……只有盼归的心和眼始终热着。可任凭光明从东往西跑了一大圈，即将隐匿在西边那座最低的山头，我们依旧没能等到父母。年迈的姑婆用尽各种说辞劝不回我们，情急之下，老泪纵横："老天啦！大的没音讯，也不知在外一个好歹；这小的们要是再冻坏身体，生出场大病来，该让我这老婆子怎么办，要怎么办呀！"瞬时，我们仨竭力想要掩藏的委屈、不甘、失望、恐惧、饥饿、寒冷等，统统在那一刻因着姑婆的引导，喷薄而出，号啕之哭如决堤江水，浸湿了多少和父母一样在外谋生活的那一代人半世的心！

后来，才知道父母是想在春节多陪我们几天，连着调班以致推延了行程。只是，这一次没日没夜辛苦的守望，铭刻岁月，成了一个解不开的心结。似一个魔咒，念起便煎熬。从此，我害怕与父母的每一次离别。从家门到站台，三公里路，我像一只八爪鱼死死地吸附在父亲的身体上，一句话不说。汽车快进站了，父母合力掰开我的手，迷蒙着双眼坐车离开。我顿觉自己掉进了深水井，身体几乎全部没在冰水里，撕心裂肺却发不出一点声音，头顶上的时间像死去了一样；从此，我从内心抗拒一切一切的布娃娃，我以为，她们是魔鬼，换走了本该陪在我身旁伴我长大的爸爸妈妈。我不知道，其他留守孩子们是不是也曾这样想；从此，我害怕关灯睡觉，我害怕一个人行走，我害怕生命的变故，我害怕现状的改变……我就这样成了最胆小的。

上大学了。爱读书的我遇见了三毛，那个为爱行走沙漠与海岛的勇敢的写作者三毛。这个用流浪方式追随爱情的女子，其文字带给我的，不仅仅有旅居生活的传奇色彩和浪漫爱情的瑰丽绚烂。更大意义，那些文字传递着勇气、力量、善良和温暖，鼓舞葱茏岁月里的我，打开心结一个人去行走，去追求一种有意义的生活。我开始有了很多渴望：对自由漂泊的渴望，对高远无垠的渴望，对朴素生活缀满诗意的渴望，对万象人世传递温暖的渴望。就这样，我一路高歌壮行，一个人北上南下。至今我还能清晰地背诵出大二我在广东东莞打暑期工时，写下的一段篇章：月黑风高夜／我混迹站台／遗失学生证／干脆票不买／南下广东／于一餐馆打工／最是要瞌睡的凌晨一两点／我端着杯碗／被该死的老板、食客唤去呼来／迷糊又惊厥／耗子亲吻脚指头的危险／敌不过盘查暂住证人员的到来……

现实谈话的一头，小于还在继续她与欧阳的过往。只不过，忧伤少了，光芒有了。为沉淀感情、过滤心中杂音，小于一个人来到厦门。厦门，是她十岁那年，一个人从上饶爬上大巴去向父母索爱的地方。少时，冒着路上的危险，她小小的心里却全然不怕，因为她知道，厦门有父母在，他们会在那里等她。可这一次，她多少有些恐惧，她全然不敢去想，自己想要好好爱着并以期牵手一生的人，究竟会在厦门这个地方得到还是失去？

记忆中这是一场毫无目的的流放，说是行走，更多是在生活的别处驻足。驻足于一截美丽枯枝，驻足于一位盲人歌手，驻足于白浪逐沙的海岸，驻足于月朗星稀的夜晚……关于那场恋爱的点滴记忆，很多时候像极一颗颗很是顽劣的星星，不停地在她舌间闪耀，甜了又苦，苦了又甜。直到有一天，她站在广场上，悠扬浑厚的钟声袅袅传来，耳倾已息，心聆犹闻。抬眼望，天地之间，全然只剩一位慈祥的、陌生的、坐在竹藤椅上安详睡着的老人。孤独又安详的老者带给她一种莫名的心安。

她突然觉得，其实世间的每一个人，终其一生都只不过是时间孤独的旅行者。漫漫旅途，父母亲人、知己朋友、爱人孩子、老师同学、生意伙伴、名利事业等，都有可能也终将必然地，一个个渐渐离我们远去。而我们所要做的，只有强大！强大自己的内心，强大生命的意志，遭遇再大的变故不茫然失措，面对再大的困难不惶恐胆怯，如此，生命之花才能绽放永久的芬芳。自己相中欧阳，不就是因为他是军人，铁打营盘流水兵，到哪他都能生存并且强大吗？犹如菩提树下的顿悟，之前被执拗着的一切在那一刻风轻云淡。她给欧阳打了一个电话，说，她要与他惺惺相惜，寂静守望，她要尽快做他的新娘。

我有些唏嘘，三毛斟不破的，小于竟然斟破了。对荷西的爱与依赖，让三毛一生画地为牢，就像孙行者的筋斗云之于如来佛的五指峰，行遍万水千山，耗尽全部才情雅致搭建"沙漠天堂"，心，却始终在爱的囚笼里很不自由。荷西一死，三毛的世界立马一地碎片，让人怅然。从这个意义上讲，三毛啊，终究不能算是一个真正自由的行走者。在我看来，她只是与心爱的荷西一起，诗意栖居在别处。真正自由的行走，没有仪式，没有纪念，不需要人陪伴，不在乎目的地，在意的只是每一次行走，能为自己的心声找一个出口，为自我的突围找一个方向，然后成就一次又一次全新的自己。

关于行走的谈话还在继续。小于慧眼观心，知道如何盘踞在一个男人心里，如磐石无转移。她深深懂得，欧阳，一个陆军军官，前半生最大的骄傲或者说最引以为荣的履历是在西藏高原之巅驻守过，整整三年。不久，小于背着包出发，沿川藏公路进藏一个月。一年后，她又一次一个人沿青藏铁路进藏，穿越尼泊尔国境线。究竟是有多强大多顽强一个人走完川藏线、青藏线，统统因着笔墨的苍白我假意忽视。只是，我必须描绘，这个进藏途中总能在最撑不下去的时候幸运地遇到军车，挥手拦下，只说一句"我老公是老兵，曾在西藏服过三年役"便成为军中宝、座上宾的姑娘的剪影，多么娇羞多么豪气！征服了西藏的小于以树的姿态同她的偶像爱人并肩而立。之前因为担心她安全介意她穷游天下的欧阳，完全放手，以一个男人最为宽广的胸怀，任凭她信马由缰。

我始终觉得这是一次很有意义的关于行走的谈话，把我引向认识的艰难地境，不知不觉就开始思想：人生是一段由生到死的旅途，我们始终都在前行路上。只不过，世间的绝大多数，包括我，从头到尾几乎没有真正意义上地自由行走过。整个旅途，我们心安理得地将身与心，拥塞在一辆名为"生命之歌"的火车上。火车或急或缓向前开着，在里头出生、成长的我们，左冲右突。其结果是，有的可在软卧里幸福，有的能在硬卧上满足，有的千辛万苦好容易占到一个硬座，有的栖栖惶惶始终都在逼仄的空间里站着。我们满足于这种状态，并以"这就是生活"的名义，四平八稳地活着、持续着。

外面的世界很精彩。每到一站，站台上满满都是走下车厢看风景的人。可鸣笛声响，"呼啦"一下，身边的绝大多数重又挤上火车，在属于各自的位置、空间里，按部就班地"前行"。我很是有些失落，上车的刹那，世间的绝大多数跑得比兔子还要快，大家都在害怕吗？害怕被落在未知的将来，还是害怕现状可能的改变？回望坚定行走的小于，真想冲入人群中振臂一呼：行走吧！像个勇士，敢于直面惨淡的人生，敢于正视穷途的危险。

我们都是时间的旅行者，一生驿马的因子只是假意温顺地匍匐在我们的灵魂里。当我们为寻找生命的意义，终其一生，行走在漫长旅途时，也许可以幸运如小于，将家庭、事业、朋友等阳光雨露收入囊中，狠狠滋养一朵开在灵魂深处的自由行走的花。更或许，我们不是那么幸运，一直都还没有看到任何花开的兆头，请不要气馁，埋头赶路，用心聆听，一定会有生命拔节的脆响。

（选自《芒种》2017年第6期）

开满茶花的脚

李光彪

母亲的脚是我见过的最丑的脚。

母亲的脚原本不丑，可出生在那个"裹小脚"的旧时代，还是小姑娘的母亲，就被迫开始裹脚。那时，正长身体的母亲疼痛难忍，不愿意裹脚。外婆总是这样吓唬母亲："不把脚裹小，长大了就嫁不出去。"所以，女孩子都要过"裹脚关"，都时兴用一条长长的白布一层一层包裹脚。好在母亲的脚裹了不久，全国就解放了，母亲的脚也随之获得了解放。可是，母亲的脚已经无法恢复正常，脚丫已经像掰不开的姜饼，脚指头紧紧地粘在一起，好端端的一双脚差点变成了豆角船。十九岁那年，在男婚女嫁的唢呐声中，母亲穿着一双绣花鞋，迈着她那双"解放脚"，嫁给父亲，来到我家，生养了我们兄弟姊妹六个。

在村里人看来，母亲虽然个子矮小，是个"小脚婆"，却像一粒胡椒、草果，辣味十足，是个嘴有一张，手有一双的"辣躁婆娘"。在我的记忆里，母亲每天起早贪黑、含辛茹苦地劳作。上山砍柴，下田干活，种菜养猪，满身使不完的力气，就像挑不干的井水，一切背、挑、扛、抬的农活都难不倒她。是母亲用她那双"变形金刚"似的脚，顶天立地，支撑起了全家人生活的大厦。

在我的眼里，母亲的脚"短小精干"，脚力出奇的惊人。那时，家里每年吃的盐巴都要到黑井买，二十多公里山路，背一捆牛腰粗的柴去卖掉，才能买到盐巴。来回两天，翻山越岭，出门进门，两头摸黑，脚力差的人根本吃不消。每年秋收过后，生产队都要组织送公粮，本来是男人干的活，为了挣高工分养活我们，母亲也不甘示弱。满满一麻袋六十多公斤重的稻谷，几乎有母亲高，用头和脊背背到十多公里远的猫街粮管所，踩着黎明前的月光当天"打回转"，令那些好手好脚的"虾汉子"刮目相看。有一年，国家搞建设，急需粮食，要求把公粮交到楚雄，母亲也报名加入了送粮大军。上百公里路，来回十天，母亲脚磨破，草鞋穿烂两双，绣花鞋穿烂一双。回到家，很多人如大病一场，生产队还要开工分，安排休息好几天。可憔悴的母亲却像一头不知疲倦的驴，忙碌的身影又马不停蹄在田间地头奔走着。

在那个"超英赶美"的时代，县里出了个女能人，每天蓐稻秧几百亩，事迹上了广播报纸，去北京参加了全国劳模表彰会，奖给县里一辆"解放牌"汽车，轰动全县，纷纷号召向她学习。不甘示弱的母亲刚生下我的第三天，就下田插秧，被人民公社视为典型，事迹逐级上报后。那一年，母亲被评为全县的劳动模范，穿着一双绣花鞋，打扮得花枝招展，身背行李步行五十多公里远的山路，到县城参加了全县"群英大会"，奖品是一个印着毛主席头像的搪瓷口缸。那是母亲一生最高的殊荣，备感荣耀的我们从此在村里挺得直腰杆，抬得起头，不再寄人篱下。

幼年的我很淘气，吵吵嚷嚷跟着母亲要去赶街、走亲戚，可是走不了多远，就死皮赖脸趴在母亲的背脊上。母亲汗流浃背背着我，我却只知道路边的风景很美，有小鸟，有松鼠，有火红的山茶花，有可食的野果……母亲总会采几朵山茶花，或是摘些野果，哄我走路。每当临近集镇或是亲戚家时，母亲总要歇脚休息，用树枝不停地把裤脚和绣花鞋上的灰土拍打干净后，才上街，才跨进亲戚家的门。逐渐长大以后，我才知道出门就爬坡的艰辛。可母亲上坡下坎就像脚下安着弹簧，走在平坦的路上，就像脚下安着风火轮，总是步履匆匆。那年冬天放寒假，我和母亲上山砍柴，母亲采了一束山茶花插在柴捆上。回家的路上，我走在母亲的身后，由于脚力差，不知不觉母亲的身影就飘得很远很远，只有那束红彤彤的山茶花在我的视线里变成了方向标。见我半天跟不上，母亲又放下柴捆，趸回来帮我背柴，让我打空手跟在母亲背后，来回往返两三趟，"狗撵羊"似的协助我背运柴捆。回到家，我早已筋疲力尽，母亲却把那束顺手采到的山茶花骨朵，插在盛有水的玻璃瓶里，绽放了好几天，让穷困潦倒的我家"锦上添花"。

母亲的脚很丑，脚下的绣花鞋鞋帮上、鞋头上却绣满了家乡漫山遍野的山茶花，鞋子里的鞋垫也绣着山茶花、蝴蝶、喜鹊等各种栩栩如生的图案。打褙布、剪鞋样、纳鞋底、缝鞋帮，一切都出自她灵巧的双手。新做的绣花鞋留着做客、走亲戚、赶街、婚庆节日、打歌跳舞时穿，旧的绣花鞋干农活时替换着穿。不论是新的旧的，一年四季，母亲的脚下总是穿着一双绣花鞋，我每次跟在母亲的后面，仿佛看到她脚下的路总是开满茶花。1979年中越自卫反击战，边疆云南是主战场。国家动员捐款捐物，量力而行支援前线抗战。别出心裁的母亲连续熬了几天几夜，赶做了十多双绣花鞋垫，作为物品捐赠，赢得了山前山后方圆几十里的好口碑。

母亲的脚开满茶花，我脚下的路也阳光灿烂。灰头土脸的我脱下母亲做的千层底布鞋，走进城市参加工作以后，皮鞋里经常垫着一双母亲缝制的花鞋垫。母亲进城来帮我带孩子，也经常穿着绣花鞋上街买菜，常引来路人好奇的目光。我给母亲买了一双皮鞋，母亲总是嫌鞋子夹脚、磨脚，不合脚，当着我的面穿上，背地里又换上了绣花鞋。后来，母亲为了给我面子，不知去哪儿定做了一双皮鞋，出门时穿上皮鞋，回到家立马就换上了绣花鞋。母亲总是说"砍的没有旋的圆"，皮鞋不透气，不养脚，容易患"烂脚丫"。

岁月枯荣，时光的脚步随着母亲脚下的一双双绣花鞋奔跑着、消失着。十年前，八十高龄的母亲患了脑梗，住院一个多月，出院时，已是中风的母亲执意要穿那双绣花鞋，才勉强可以搀扶着行走。我每次回老家，看到风烛残年的母亲，穿着绣花鞋，有时拄着拐杖，有时扶着墙壁，慢腾腾地挪移，心里总有一种说不出的感觉。我每次帮母亲剪手指甲、脚指甲、洗脚，抹揉着她那双皱巴巴的与众不同的脚，看到她那双陈旧变形的绣花鞋时，便劝母亲换穿拖鞋，习以为常的母亲总是说绣花鞋吸汗、轻巧，行走方便。

花开花落。母亲即将离世的那天，我急匆匆赶回老家，见她已卧床不起，我和二姐坐在母亲的床前，和她说着些有用无用的话，似襁褓里的母亲声音模糊，总是说脚冷，总是念念不忘要穿她那双送终的绣花鞋。说话间，母亲在一阵剧烈疼痛的抽搐呻吟中，再也没有醒来。趁着母亲身体的余温，我们一边忙着给母亲从头到脚擦洗，一边给母亲穿上早已准备好的寿衣、寿裤，然后按照母亲生前的意愿，给她穿上了那双崭新的绣花鞋。此刻，我看见母亲的脚丫已经全部张开，像正常人的脚。可惜，安然睡去的母亲，已无法看到她那双彻底获得解放的脚了。

第二天出殡，送母亲去坟茔的崎岖山路两旁，寒冬腊月的山野，一朵朵山茶花开得正艳，悲痛交加的我仿佛看见母亲走向天堂的脚下春暖花开，鸟语花香。

（选自《散文选刊·原创版》2017年第5期）

水涌女人

杨旭昉

水涌是一个古村。

水涌的身后是激流潺潺的渠水河。渠水河一路向北，在古村的上游一个叫江口的地方形成缓冲，轻舟绿水之上，渠水汉子张开渔网，歌声清洗粼粼波光，因而成就了通道著名八景之一的江口渔歌。当河水流经水涌时，忽然水流涌动，波涛滚滚，又是另一番景象了。据说最早定居这里的段姓人家以渠水为素材，将此地取名为水涌。这就有了水涌古村，有了水涌男人的大山情怀，有了水涌女人的万般柔情。

水涌不大，坐落在崇山峻岭中，一百六十余户人家亲密地相拥着，木楼连着木楼，炊烟与炊烟交织。青青石板路由寨子中央向外延伸，仿佛村寨的经纬网，将户与户连接，人与人相连，心与心沟通，编织出家庭、邻里之间的和睦友好，而水涌女人洒落在石板路上的声音卷起一村风情。

一年一度稻花香，水涌女人在不停的劳作中变得格外平实与豪爽，不远处那一大片田垄在她们手中放飞梦想，播种希望，从那双大手的老茧里长出沉甸甸的果实。她们在春天把这个古老村庄装扮得热烈奔放，又在秋日骄人的阳光下将田野染得一片金黄。当夏夜袭来，阵阵蛙声里水涌女人为孩子轻摇蒲扇，枕着朗月清辉进入甜美的梦乡。

村前有一条小河流过，比渠水河小很多。河水清澈见底，能够看得清河里游动的小鱼小虾。清晨的河边，一岸的洗衣女人撒满一岸的欢笑。小河的对面就是百亩荷塘，一池芬芳，沁骨弥香。每年的夏天，水涌女人常来这里洗衣、洗头，也洗香浴。这里是水涌女人们的天下，男人们一般都不会到这里来。当然也有个别胆大的小伙子来这里寻开心，找乐子，却总是被女人们群起而攻之，甚至还被推下河去，成为名副其实的落汤鸡。水涌女人没有城里人那种腼腆和羞涩，她们也是见过许多世面的，堪称洞庭湖的老麻雀，一个个油嘴滑舌，想说啥就说啥，口无遮拦。她们在河边相互调侃，戏说昨夜的故事，那故事被她们讲得眉飞色舞。

有说有笑的水涌女人，浆洗好衣裳后，回到村子，沿着进村石板路旁那长长的篱笆墙开始晾晒衣裙，五颜六色的衣裙一字儿排开，足足有一里地，甚是好看。在风中飘动的衣裙仿佛联合国的万国旗彰显着色彩的魅力，玫红、素白、天蓝、橘黄、酱紫、墨绿、青黑，可谓色彩斑斓，翠花裙、小格裙、连衣裙、一字裙、百褶裙、无袖裙、吊带裙、长裙、短裙、筒裙，各式各样。这摇曳多彩的风景，展示水涌女人的千姿百态，万种风情，犹如空谷中的幽兰，接天地之灵气，散发着泥土的芳香。当你从石板路走过，那悠悠飘散的暗香，缓缓流过你的心扉，让你为之沉醉，为之痴迷。

水涌女人每天为生活而奔忙，为家庭而辛苦付出，一生默默奉献，无怨无悔，水涌女人用爱把婚姻和家庭经营得特别好，生活自然有滋有味。水涌女人很是讲究，衣着得体整洁，浑身透着精气神。水涌女人一颦一笑，满是对生活的热爱，从她们晾晒的衣裙中便可见一斑。虽然我没有偷窥症，但实在是忍不住撇下这斑斓的色彩，于是举起手中的相机将这水涌别样的风景定格。村主任老陈说："这是水涌特有的风景：晒罗裙，水涌女人的习惯，在水涌已经有数百年历史了。"

突然想到习惯成自然这个词，晒罗裙，水涌女人习以为常的生活细节，久而久之也就成了一道风景。让我看到了水涌女人对美的追求，对幸福生活的向往。

心灵手巧的水涌女人浑身充满灵气，火辣辣的情歌驮着火辣辣的爱，在绿色的田野上，在明媚的阳光下，汇集成一种情感打扮她们的山村。

村子里的小巷与城里有着明显的不同，但却是整洁干净，瓦檐相连，墙是刷过桐油的，天是蔚蓝的，脚下的石板路锃亮锃亮，有着江南小巷的诗意。在这里，你的心灵会得到洗涤，你的双眸会变得清澈、柔和、善良和温暖。我从村口寨门的石板路开始漫步，沿着小巷去体味一种心境，一种城里人永远也无法体会到的心境。这就是水涌女人对风水神树的崇敬。

这里的风水神树其实就是古樟木树。水涌四周群山怀抱，而村子背后小山坡上数十棵硕大的樟木树成为庇护村庄的风水神树。这一片风水林郁郁葱葱，一年四季绿荫遍地，其中最大的一棵樟木树经过了上千年的风霜雪雨，需五人方可合抱。这是一棵树中树，外表早已苍老斑驳，树皮干裂，太多的伤痕令它千疮百孔，内心却有缤纷的四季向上疯长，依然枝繁叶茂，依然神采奕奕。裸露地表的健壮根须抓紧大地，又趁风雨喘息之际吸足生命之水，肆意的伸展腰肢，渐渐地成了水涌最亮的风景，也成了水涌人心目中的龙神树。这棵龙神树一直以来，悉心护佑着这一片田园山水，护佑着一代又一代的水涌人。

20 世纪 90 年代末的一个夏天，209 国道扩宽重修，有包工头看中了这棵龙神树，出高价收购。这可急坏了村里人，村里多数男人外出打工了，留守家园的大都是老人、妇女和儿童。也就是她们，开始为龙神树忙乎，怕包工头派人把龙神树偷偷挖走，水涌女人自发组织起来，每日吃住在龙神树前，为龙神树站岗放哨。水涌的女人们分工很明确，白天年岁大的女人负责守候龙神树，男人们则负责送饭送水，承担家务。到了晚上，就由一群二三十岁左右的女人驻守。莫政华说："那年我还写了一份诉求信，叫在县里工作的丈夫到县信访局代替我们进行诉求，请求保护龙神树。"她们忙里忙外，整整一个多月，水涌的女人们在龙神树下铺上被褥，点上蚊香，日夜守护着，守护着自然界给予水涌古村的馈赠。

到水涌做田野调查时，我在龙宪兰老人的代销店与村民交谈，孙献桃老人向我说起了她们保护龙神树的经历，情绪还是那么激动，也是那么的自豪。孙献桃老人已经八十八岁高龄，腰杆笔直，两眼很有神，且十分健谈。"孙姨，你老身体好棒啊！"我说。"那是因为我们经常洗香浴呗。"老人的回答诙谐逗趣，满屋子的人都笑了起来。

农闲时，水涌女人总喜欢搂着孩子，给他们讲丰收的喜悦，讲守护龙神树的故事，也向人们炫耀着她们曾经的胜利。龙神树似乎很懂得水涌女人的心理，竟能长出一波一波的嫩绿。

每年的农历六月十八，也是观音菩萨的生日，除了祭拜祖先外，在水涌还必须祭龙神树。这一天全村所有的女人都要洗香浴净身。水涌的女人们要从村后的龙神树上采摘樟木树的果和叶，将其捣成汁，然后到小河边洗香浴，传说樟木树的果和叶能驱邪祛病，强身健体。洗香浴后的水涌女人身上是满满的樟木香，她们换上干净的衣裙和村里的男人们一起聚集到村中的公共平地上，整齐地排列，每人手握一支香听村里长老陈印权老先生诵读祭文，举行祭拜仪式。祭文诵读完毕，众人在陈印权老人的带领下，排着长长的队伍，来到龙神树前，摆上蔬果，端上酒菜，燃香祭拜。几个年轻的妇人还会给龙神树系上红布条，许下自己的愿望，祈求甘露降临，鬼神让路。

祭树之后，水涌女人便开始忙碌起来，她们在村子里支起两口大锅，随后放入新米、绿豆、桂圆、红枣，开始熬制龙神粥。龙神粥出锅后，一个年轻的水涌女人开始给大家分发，先分给村里年长的老人，然后是我们这些客人，最后才到其他人。听说分粥女人的生辰八字与十二地支属相相符，只有这种人才够资格分粥。现做的龙神粥热气腾腾，甚是香甜，口感特别好。在这炎炎夏日，能够尝到这样的美味，该是何等的惬意。闻着这诱人的香，我也顾不得斯文，竟然吃了两大碗。说是吃了以后可以得到龙神树的保佑，添福增寿，我也就任性了一把。望着水涌女人扬起的满脸自豪，那种满足和幸福洋溢在心头，感觉水涌女人的日子过得很朴实也很有味道。不知在哪本书里看到这样一句话："把普普通通的生活过得有滋有味，这就是幸福。"

生活是如此的多姿多味。遵循传统，留住美好，便能活出一份恬淡，活出一份滋润，活出水涌女人一份特有的女人味。

其实，水涌女人的幸福就这么简单。

（选自《散文百家》2017 年第 10 期）

夏　花

沈俊峰

　　这是一件往事，烟雨经年，现在写出来，是因为自感心力衰老。老了，无力承受什么，只好忆旧。忆旧有时候是幸福，有时候则不是幸福。这是生命的自然，几乎无人能逃，除非痴呆变傻。但是，谁又能明了，痴呆变傻不是另样的幸福呢？

　　忆旧，思甜，其他的已不用再想，像一叶扁舟归了岸，静看水流花开。人生的一个惬意。沏杯茶、点根烟，跷腿坐在门前瓜架下，听鸡叫鸭语，一身轻松，任凭一帘秋风卷走满心的疲乏。

　　但是，没有人愿意老。谁不渴望生如夏花？

一

　　面包车破旧不堪，脏兮兮的，像一个人清早起来没有洗脸。再看车主，和他的车像极了一对难兄难弟。江南的八月，状如火炉，站下片刻，就会大汗淋漓，一时半刻也找不到第二辆合意的，只能租它。

　　这是个星期天，我一大早从省城赶到这座县城，与当地朋友会合，准备向那个偏僻的小山村进发。那里，不久前发生了一宗令人发指的惨案。

　　山路崎岖，颠簸凶猛，面包车摇来晃去，像跳迪斯科。真担心车会被颠散架，一路上心都是拎着的。

　　几天前，在饭桌上听说了这个案子，听得义愤填膺，当即决定前往探个究竟。特别是听说女孩家势单力薄，普通一户农民，面对有钱有势的男方家族，奋争无门，无奈受欺，更是心绪难平。人心都是肉长的，大路不平有人踩，谁听了不生气？何况，在一家女性期刊社做记者七八年了，对这样的事一向敏感，也有保护妇女儿童的责任。那案情的背后，一定曲折复杂，写出来，放在阳光下，接受世道人心的评判和舆论监督，或许，能够对受害者寻求公平有点儿帮助。

喜欢记者这个行当，走南闯北，写许多趣事，见诸多奇闻。有时候觉得是"无冕之王"，有时候又觉得什么都不是，像过山车，起落皆惊心。如果能帮人打抱不平，则感觉自己带了一点儿水浒草莽的味道，还是挺舒心的。

车抵山村，停下。前面的田野小径，只能步行通过。

蓝天白云，阳光似火，山峦被晒得蔫巴巴地趴着。有微风轻轻刮过，一大片秧苗掀起了微微波浪，拂过一丝水和泥土混合的香甜。

狗吠此起彼伏，引出了远近瞧热闹的山民。

这些白墙黑瓦的徽派建筑，依山搭建，错落有致，远近高低的，像极了一幅自然精妙的行草书法，或是一幅天成的山居图。

穿越田埂，绕过一口清水塘，便到了山脚下那户人家。

普通住宅，石块垒院，半截墙根也山石头砌起。堂屋里，摆放着一张八仙桌，几条长凳子，不宽敞，却收拾得干干净净。

来之前，无法电话联系，贸然到来，对他们来说，的确有些突然。

女主人是一位头发花白的妇人，五十多岁，听到动静，从后面的厨房迎了出来，惊惶的眼神带着希望之光。她就是受害者的妈妈。弄清楚了我们的来意，她的神情变得惊喜，不时用围裙擦着泪。

她抓住我的手，悲情再次袭来，一句话也说不出，便扑通跪了下去。都吓了一跳，慌忙将她搀起。平生最受不了这样的场景，可是现实中，甚至电视新闻里，能经常看到这样的一幕。现在，如此面对，脸皮发烫，心也要冒出汗来。"人对人的恭顺，这使我痛苦。"这句贝多芬说的话，我一直记着。

跪，是一种什么样的恭顺？

跪天、跪地、跪父母，跪，或许是百姓最虔诚、最高级别的恭敬仪式吧？为何会"跪"另一个人？被"跪"的人又如何消受得起？

妇人不知道该如何表达内心的情感，无助中，只能以"跪"来诉说万千，迫切要抓住眼前哪怕是一星半点的希望，哪怕是一根漂流中的稻草！

男主人忙着敬烟倒茶，哀哀之情写在脸上。

妇人哭，抹泪。我们的劝慰显得那么苍白无力。

"请政府给我女儿做主啊！"

在她眼里，我们这些外来的人，就是"政府"。她的老实巴交的丈夫甚至连县城都很少去。我只得向他们解释，只是一个记者而已。他们一脸茫然，似乎不知记者为何物。

妇人抹了一会儿泪，努力让自己平静下来，然后，颤抖着说出了一句让我至今难以忘怀的话：

"她要是死了，也就算了，那样我就哭一回。可是现在，我天天哭！"

这是一位母亲在说自己的女儿吗？

是什么让她如此悲痛与绝望呢？

二

妇人的叙述断断续续。

她的女儿叫萍，如花妙龄，乡人都说好看，在北京打工几年，不觉到了婚嫁之年。当地打工在外的青年，婚姻上，还是想找一个家门口的，距离近，文化同，感觉牢靠。萍和家人也是这个想法。经人介绍，萍认识了本地一位家境富裕的青年，叫文。文的父亲在外经商，挣了些钱，家中盖了楼，有存款，另有亲戚在省城做官。在当地是名门望族，显赫有势。文，曾在上海打工，按说也是见过世面的人。两个人年龄相当，经历相似，见了面，都满意，于是谈婚论嫁。

没有什么浪漫，有的只是实实在在，直奔婚姻而去。

春节，万家团圆，趁着两人都在家，家长商量后，把他们的婚事办了。婚后，说不上有多少爱情，更多的还是像完成人生的任务。对于未来，萍说仍然要去北京，那里有她的事业。文呢，不再想出门，厌倦了漂泊，恋巢求安，想在家守着老婆过小日子。两人意见相左，谁也说服不了谁。大吵了一场，也没有统一结果。两人心中不痛快，闹着小别扭。文还有那么一种丑陋的想法，认为嫁鸡随鸡嫁狗随狗，老婆怎么能不听自己的呢？他想不通，甚至心中存疑，萍是否真的爱他？是否在外面有人？为何不顾家庭，不顾丈夫，非得去外地寄人篱下？萍的理由是，她在都市生活了几年，已习惯了都市的繁华与便利，再回到这寂寞的山沟，长相厮守，实在受不了，会让人发疯。她希望丈夫与她一起去城市，比翼双飞。但是，文不同意。两个人顶上了杠，文更是不会改变自己。如果屈服了，他得有多丢人？

矛盾无法调和。

别别扭扭中，节日一天天过去。

新婚第十天，萍来了例假。文纠缠一番，不能满足要求，于是恼羞成怒，归咎于先前的矛盾，新怨旧怨一并升腾，竟然对萍大打出手。

萍的腰、腿都被打伤。她痛苦地哀号，高声呼救，但是，文的家人无动于衷。小两口打架，或者说是丈夫打老婆，在当地许多人看来，似乎是天经地义的事，无人阻止。萍是一个烈女子，虽遭殴打，并不改变初衷。毕竟，这已经不是一个武力能够征服世界的时代了。

但是，暴力在一颗愚昧冷酷的心里，肆意地膨胀，放大，变得有恃无恐，近乎疯狂。

令人难以置信的是，这个疯狂的男人，这个叫文却丝毫不"文"的男人，压迫在萍的身上，竟然用一根筷子，挖掉了萍的双眼……

文疯狂地发泄着心中的邪恶。他以为，没有了眼睛，萍就无法出门了，就可以踏踏实实跟着他了。在他狭隘与自私的心里，将萍视作自己的财产，就像是他买来的一件物品，他想要就要，不想要，就可以毁坏。

可怜的萍，眨眼间，成了一个血人，在地上痛苦地翻滚，哀号。可是，谁来帮她？

巍峨沉默的高山，广袤无语的田野，能来帮助她吗？撕心裂肺的惨叫声，划破了沉沉夜空，却淹没于莽莽群山中。

当晚，萍被送往县城医院。

第二天，文的家人通过某种关系，让文住进了省城一家精神病医院，从该医院司法鉴定所弄出了一纸鉴定：文，患有精神分裂症（偏执型），作案时属发病期，无刑事责任能力。

这份鉴定书，无疑就是一个有效的护身符。文，穿上了一件抵挡法律惩罚的护身衣。

萍和家人呢？对那份鉴定书一百个不服，一万个不服，一直都在质疑，称这份鉴定是人情关系的结果，要求重新进行司法鉴定。但是，他们的声音太弱了，听到的人不多，即使有人听到了，若想帮助他们，也得顶着很大的压力。

文家，有着那份扭曲的邪恶的关系，牢牢地捂住了真相的盖子。此刻，在邪恶面前，正义显得那么渺小。

文住在那家医院里，逍遥法外。

萍从医院出来，住在娘家，以泪洗面，度日如年。

昨天还是一个如花似玉的天使，今天便成了一个双目失明的残疾人，这个落差，谁能承受？这个冤屈，她怎么能解？这个说法，她怎么去讨？她受的伤害，怎么补偿？她这一生，怎么度过？

萍和她的父母，满腹的冤屈，却无处申诉，不知道找谁申冤，不知道如何申冤。县里、市里、省里有关部门的领导登门看望过，做过各种努力，但是，问题一直拖着，半年多了还是没有得到解决。摆在萍和她父母面前的路，变得愈发渺茫。

难啊！

法治社会，应该依法办事。但是，偏偏有人不依法，千方百计用不正当的手段，去钻法律的空子，甚至假借法律的外衣，以逃避法律的打击。一个士兵躲进了坚硬的坦克，一般的枪弹奈之若何？但是，他怎么就钻进了坦克呢？

妇人含泪进屋，扶出了她的女儿。萍戴着一副墨镜，黑发如瀑，端庄秀丽，青春气息勃勃溢发。看上去，她与都市里那些时尚的女孩并没有什么区别。甚至，还有那么几分酷气！然而，当她摘下眼镜……看的人，心都是一哆嗦，不忍去探究那一双原本清澈的明眸，更不敢去想象她的未来。这个如花女孩，路刚开始，前途漫长，却没想到成了噩梦的开始。她的人生，她的幸福，就这样无辜被摧毁了吗？

天理与公道何在呢？

许多人的处世原则，是不惹事，不怕事。但是，他们是否知道，最可怕的，是来了事无处"说"事？！

三

回家，一路寡欢。

不想休息，更无法平静，被一种愤怒激荡着。愤怒出诗人，那是思想与情感的迸发。愤怒出力量，会让人不感觉到累。当晚便坐在电脑前，整理材料。那种笨重的486电脑，敲敲打打，直到凌晨一点多钟。

亢奋，毫无睡意。

翌日清晨，赶去办公室，将材料打印出来。上班，打电话给朋友小王。小王研究生毕业，在省公安厅给厅长当秘书，厅长后来兼任了省委政法委书记，他仍然当秘书，政法委与公安厅两边跑。电话通了，我说，我从来没有找过你，今天无论如何你得帮帮我。把事情简单说了一遍后，小王说：老兄，不用多说，你把材料送来吧！

立马赶过去，进省委大院，找到他的办公室，把材料呈上。第二天，他打电话过来，领导已经在材料上做出了重要批示，批示与材料都已经转交公安厅。

于是，静等消息。

等待的时候，心中不免胡思乱想，有这么快吗？真管用吗？想不出结果，于是安慰自己，该做的都做了，也努力了，问心无愧，剩下的，听天由命吧！

活了这么多年，我一直靠这个心态"活"着。

一天，骑自行车去新华书店，到一个公交站，手机响了。那是我第一次买的手机。将自行车刹住，一条腿撑在地上，听电话。对方是公安厅的，说领导批示的案件他们已经办结，正式向我通报案件的处理结果，他说，省公安厅刑警总队领导责成一科和法医室认真办理此案，对精神病鉴定问题负责任查清楚……

马路上，车水马龙，乱糟糟的，听不太清楚，也不甚明白，只得打断他，问了一句：凶手怎么办了？对方大声说，凶手已经被拘留了。于是，彻底放了心，这才是我最关心的。对方还说，你要是想看案件处理材料，随时可以过来，感谢你对我们工作的支持。

站在马路边上，真的有点高兴。

高兴了好几天。

随后，事情也就过去了，也没有去看材料。

几天后，当地最大一家晚报在头版头条位置，对这起案件进行了详细报道："这位记者在对案件的前前后后进行了细致的采访之后，形成了一套完整的材料……"看了，不禁欣然一笑，让"罪恶的手终于戴上了手铐"。

看了报纸，才知道案件处理的一些具体过程和细节，这得感谢报社的记者同行。

省司法鉴定中心特别邀请了全国精神疾病司法鉴定组副组长、国内知名专家、南京医科大学脑科医院翟书涛主任，对文进行了重新鉴定，认定，文为偏执性精神分裂症，具有限制刑事责任能力。也就是说，文患过精神疾病，但是惨案发生之时，他并没有患病，是清醒的。

有了这个公正的新鉴定，文当天即被刑事拘留，二十多天后，被批捕。

由此我相信，人在做，天在看，做了坏事的人，有几个能逃脱天网的惩罚？

报道中还说，这起案件暴露出精神病鉴定过程中存在的问题，个别医生由于业务水平低下、医德较差、讲人情关系等各种原因，将原本不是精神病的犯罪嫌疑人鉴定为精神病，帮助犯罪嫌疑人逃避法律惩罚，给公安机关侦查破案带来很大难度。在精神病鉴定方面，与这起案件类似的情况，省里已经发生了多次，以此次为契机，已经引起了有关部门的高度关注……

这是此案的一个意外收获。

搂草打了兔子，令人欣喜。

文的家属说，曾于几年前在那家精神病医院治疗过，但是他拿不出医院的原始病历证明。侦查人员赶到那家医院，提出要调阅原始病历，院方说找不到了，而且态度不好，极不配合。可见，在精神病鉴定方面，的确存在着漏洞和问题。

案件告一段落。

余下，即是民事赔偿了。

第一时间打电话给当地的朋友，让他们把这个好消息告诉萍和她的家人。能想象到，他们在听到这个消息时，会有多么高兴。他们受到伤害的心，会有一点儿慰藉吗？他们心中那团不散的乌云，现在终于散去，太阳出来了。不管遇到什么样的灾难，日子还是要往前过的。

短暂的兴奋之后，我的高兴也就烟消云散了。本来，我需要写一个报道，完成记者的写稿任务，并引起社会的关注。但是，当赢得了这一切的结果，我突然发现，纸上的文字原来是那么苍白无力。再写，便没有了意思。失去了动力，也就没有完成本职任务，一个字没写。即使写出多么精彩的文字，也不过是画蛇添足。那是一次失败的采访，也是一次最成功的采访。

然而，人间重要的，除了要有饭吃，还要有安全感。

这个想法，一直让我难以释怀。

尾　声

至今，没有再去过萍的家，也没有再见过她的家人。但是，那件事，那个夏天，却像刻在了心里，难以忘记。

后来，我到了北京，在《中国纪检监察报》做编辑记者。报社在监察部机关大院，广安门南街甲2号。前几年，监察部搬家，这个地址曾经在网上出现过多次。许多人通过各种关系找来，寻求解决这样那样的事情，包括一些案件，也有像萍那样的让人触目惊心的案子。人微言轻，无能为力，找得多了，顿感烦躁、疲惫，多年前的那个想法再一次浮上脑海：许多事情，为什么不能用法律解决？法律，应该是人们心中最公平、公正的信仰，有人为什么偏偏要来寻找各种关系或捷径？想不明白，就不去想了。

我希望看到的那一天，终是会来的。

一天，休假回乡。一位好友弄了一辆车，约几个朋友去钓鱼。车行一个多小时，终于到了地方。下车后才知道，是到了萍所在的那个县。

忍不住问一个当地人，是否听说过，多年前，一个新婚十多天的女人被丈夫残害了双眼？那个中年男人说，知道哇，当时轰动一方。那个女人后来怎么样了？她啊，已经结婚了，生了一个儿子。

那天的天气非常好，不冷不热。中午吃的，是我们自己钓的鱼。自己钓的！

（选自《芒种》2017年第5期）

隔空倾诉

任晓璐

很久都不肯提笔，很久都不想触碰内心的伤痛。

一个月前，姥爷走了，永远地离开了我们，再也不会回来了。我是看着他离开的，陪他走完了生命的最后一段路程。也许姥爷知道，我是爱他的，所以每次的梦里，他都很开心，开心得像个孩子一样。

伤心吗？真的很伤心，已经不足以用伤心形容了，就像心脏被挖出来，然后再也填补不起来一般。姥爷走了，也带走了我心脏那个位置的填充物。

10月，我就开始担心姥爷的身体了。从那时候开始，他的身体就不太好了，但仅仅是不太好而已。我尽可能多地去陪伴他，我想他也是欣慰的。因为在他的眼中，我和妈妈是值得他骄傲的好孩子。或许，我们并没有他想象的那样优秀，但是他开心就好，他觉得我是第一，我就是第一了。但是10月份的时候，我并不知道他那么快就能离开我们。

你们看到过流星吗？我虽然没有见过真的流星，但在电视上见过，流星一瞬间就由天空划落了。人的一生看似漫长，但其实很短暂，在我眼里，姥爷生命的旅程，真的就像一颗流星划落的过程那样，美丽而绚烂。

其实，我并不了解年轻时的姥爷，因为我出生时，姥爷已经五十四岁，也是年近花甲了。他给我的记忆都是十分美好的，以至于我的童年少年时代，除了爸上大人的悉心陪伴，还有爱我的姥爷姥姥。但就在这几年的日子里，姥姥和姥爷相继离开了我。在童年时的我的眼里，姥爷是我可以炫耀的资本。那时候他就很厉害，时常出国，印象最深的就是姥爷从新加坡回来时，给我带回来一串漂亮的水壶，足足有七八个，我小小的虚荣心得到了百分之百的满足。现在姥爷走了，谁来满足我小小的虚荣心呢？靠自己吧，因为长大了。一夜之间，更加长大了。我就这样，没得商量的一次次地被迫长大。

那时候，我还穿着开裆裤，被姥爷笑嘻嘻地抱着，那笑容很灿烂的。过了一会儿他竟然将我放在了烫手的暖气上，屁股挨到暖气的一瞬间，我放声大哭。姥爷赶忙把我抱起，随即不好意思地笑了，像个犯了错误的孩子一样天真地笑了。这件事已经过去二十多年，可是姥爷脸上的笑容，我却记得很清楚，可是以后再也看不到那样的笑容了。

姥爷退休以后，接送我上下学的任务就落在了他的身上，他每天接送我上下学，乐在其中。母上大人因为工作原因，经常出门，我每次给母上大人打电话，都跟她说，我姥爷可好了，总给我买糖稀。说起糖稀，我想起了糖稀事件：一次姥爷接我放学，给我买了五毛钱的糖稀，别看只是五毛钱，但其实很多很多，技术不佳的我把一坨糖稀掉在了姥爷的自行车车座子上，姥爷只能走路推着我回家，并且笑我是个小笨蛋。童年的美好记忆太多了，大概几天几夜也说不完。

翻看博客，写《樱花祭》的时候是 2009 年 3 月 3 日，至今，姥姥去世已经 7 年之久，也许是姥姥想念姥爷了，因为她离开姥爷的时间有些太久了。或许，这时候，他们早已经在天堂团圆了。我不知道以后的生活是什么样子，但是我想姥爷一定在天堂看着我，他教会我的一切，我会铭记在心。只是，走到姥爷姥姥家大门口时，我还是会心痛，让我心痛又欣慰的是，那是我上下班的必经之路，心痛的是他们已经离开了，欣慰的是看见那个门口觉得他们依然在，依然在陪伴，陪伴着那个还没长大的我。

有太多的情感无法抒发。姥爷离开前的那段时光里，他最爱的孩子们都陪伴着他，我想他在天堂会感到欣慰的。我亲爱的姥爷，我爱你，像你爱我那样爱你。

写《樱花祭》的时候，我泪流满面，这次依然泪流满面。那时候的我因为年幼悲伤挖空了我的心脏，现在的我因为成熟悲伤同样挖空了我的心脏。不知道要往前走多少路，时间过多久，心脏的那个位置才能够被填满。

上周六的《朗读者》徐静蕾朗读了史铁生的《奶奶的星星》。她还没开始朗读的时候就已经控制不了自己的情绪了。许多人也许都不能理解这是为什么，尤其是离姥姥、姥爷、爷爷、奶奶很远的人。我能理解，因为很长一段时间姥姥姥爷都陪在我的身边。徐静蕾是流着眼泪把这篇文章读完的，读完后她淡雅的妆容都有些花了，但她还是很美，美得那么真实。徐静蕾是被姥姥带大的，我也是。她说了一句话，我感同身受。她说，她姥姥去世之后，她感觉一夜之间长大了。我姥姥去世的时候，我觉得我已经不是我了，我不能再是个孩子了，我该长大了，当时觉得这样长大真不好，这代价让我觉得好心痛。史铁生是被奶奶带大的。他的奶奶对年幼的他说，死了，就再也见不到奶奶了。他的奶奶或许是一个没有太多文化的老人，但是这样表达内心恐惧和心酸的方式，让我的内心十分震颤。她知道等到史铁生能够照顾她的时候，她真的就已经不在了。她恐惧什么呢？是死亡吗？我想不是，而是她觉得她陪在自己乖孙孙身边的时日不多了。

我是姥姥姥爷带大的，其实也不全是。带我的人有许多，还有爸爸妈妈。

我从小体弱，性格有些孤僻。当小朋友都走进幼儿园的时候，我一天都不愿意去。为了表示抗议，我整日放声大哭，午饭时将饭扣在桌子上，午睡时拉了一床。儿时也许就养成了某种个性。我被家里人从幼儿园领回来了。我的目的达到了，心里暗喜。那时候姥姥姥爷还在上班，无奈，姥姥提前退休了，专门带我。现在想想，带一个两岁的孩子并不是一件简单的事情。姥姥一生操劳，带大了自己的几个孩子，然后带大了我。许多记忆都模糊了，尤其是儿时的那些记忆，难道是姥姥离开时将它带走了？也许她脑海里存留着这些，在天堂会更开心。在我的脑海里姥姥没有年轻过，一直都是六十多岁的模样，一双粗糙的手，一张抬头纹很深的脸。这些是岁月留在她身上的痕迹，也是日夜操劳造成的后果。青春期的那一段时间，我后悔不已。但这就是生活，总会给你些许的遗憾。

姥爷走了之后，我感觉天塌了，不知道能用怎样的词语表达这种感受。从小家里人给我的爱很多很多，我童年是不缺乏爱的，每个人都对我体贴入微，姥爷更是。但在某种意义上，姥爷其实是撑起我一片天的那个人，他教会了我许多，教我怎样为人处世才更加稳妥，虽然有时我做得差强人意，但我一直在按他说的做。现在没有人再对我说这些了，再也没有了。以后，人生的道理需要我自己领悟了，生活的技能也需要我自己摸索了。因为，爱我的人又少了一个。我心里的位置又空了一大块。不，不会。我会一直爱我的姥爷。属于他的那个位置永远是满满的。

史铁生说，奶奶讲的故事与众不同，她不是说，地上死一个人，天上就熄灭了一颗星星，而是说，地上死一个人，天上就又多了一个星星。这几天，我总会抬头看天上的星星，看到最亮的那一颗，我就会想，哦，这有可能是我的姥爷，看到附近的一颗，会想，这有可能是我的姥姥。姥姥、姥爷走了，天上多了两颗闪亮的星星。以后，我肯定会经常抬头看看天空，看看美丽的夜空。有多少星，就有多少失去的亲人在惦念着你。

（选自《散文百家》2017 年第 9 期）

筛选记忆里的文化留痕

李治邦

夜宿镜泊湖

我几次去黑龙江都没有去成镜泊湖，两次去牡丹江，到了镜泊湖的边缘，却因为种种原因与它失之交臂。有人说，与美丽景色的无端错过，是人生中最大的遗憾。可能我属蛇，天生就跟水有渊源，特别想去的地方就是湖泊。我曾经去过新疆和吉林以及内蒙古阿尔山三座天池，都有不同的感受，各自有其魅力。感触最震撼的是西藏的纳木错圣湖，我是从高处鸟瞰的，湖水犹如一抹蓝，从天空中坠落的一泓清碧，蓝得透明，像是碧玉镶在山谷里。

那年去镜泊湖是在夏天，本来应该中午到，但飞机晚点，从牡丹江驱车赶到了镜泊湖已经是黄昏了。我记得车一直在茂密的森林里辗转，满目的青翠，却始终看不到湖水。等车开到了住宿的地方跟前，我跳下车后就迫不及待地对当地的朋友说，我去看湖。其实我住宿的后面就是镜泊湖，跳上快艇感觉到了扑面而来的水汽。快艇在湖面上奔驰，我感觉到湖面好大，我好像陷入到了茫茫大海里边。整个湖周围很少有建筑物，只有山峦和葱郁的树林，呈现一派秀丽的大自然风光，淳朴的自然，没有人工的雕琢，这正是镜泊湖的诱人之处。当地的朋友让我驾驶快艇。我告诉他，我连车都不会开，能开快艇吗？朋友笑着把方向盘给我，我觉得脚下一使劲儿，湛蓝的湖水展向天边，一平如镜。朋友告诉我，镜泊湖南北长四十五公里，东西最宽处六公里，是全世界第二大高山堰塞湖。

我开着快艇在用力呐喊，喊的是，镜泊湖，我爱你。朋友在我旁边哈哈地笑。真的想这么喊，因为当人贴近自然、贴近养育你的水之中，就有这么一种呼叫。如今，很难能看不见人造的房子，人造的景观。我沐浴在镜泊湖水里边一片恬静，只是吮到了树木的清香、水珠的清润。在镜泊湖百里长湖之中，山中有湖，湖中有岛。我驾驶着快艇在朋友的指点下在岛湾错落处，观赏着四周峰峦叠翠，景色清秀。水面上的行进，能看到古迹隐约闪现，好像时空跳跃，回到了古时代。在湖的尽处，忽然感觉到风凉了许多，发现山上的树叶有的变成了橘黄色。朋友解释给我，那就是秋天的景色了，有的树叶就这么短，从绽绿到黄翠，也就是两三个月。你要是9月份来，正是镜泊湖最有层次的季节，能尽揽春花、夏水、秋叶、冬雪于一湖。返回时，是朋友驾驶，落日在天际舍不得落下，把一片金银撒在湖面上，溅起了一片片玉片。那气势雄伟的大孤山，那精巧别致的珍珠门，那形神兼备的毛公山，还有那壮观的吊水楼瀑布，我感叹着，镜泊湖真不愧是一颗璀璨夺目的明珠。

初夜，我们漫步在镜泊湖畔。整个湖面似乎睡着了，安静得让人心跳都能听见。我站在湖边没有再走，因为安静让我有了内疚感。多少时间没有这种安静感觉了，似乎一直在忙碌着，甚至连脚步都不想停。忽然给了你这种安静，甚至连山风都不刮了，只有鸳鸯、苍鹭掠波低翔，喷溅出一道道水带。我和朋友谁也不说话，谁都知道不能破坏了这种静谧。湖的那端是一片片山峦，夜色中还有一缕夕阳镶嵌在那里，看得见密林深处有几户人家还亮着灯等着我们欣赏。我问朋友，那里住着什么人呢？朋友说，就是当地的居民。我在想，他们一家家住在这里，一年四季享受着这份宁静，过着捕鱼的生活，日落日出，无忧无虑。可能他们不知道我们在城市生活的某种焦虑，或者堵车，或者因为房子、孩子和票子纠结。风把天上的云彩吹得一块儿也没有，天空像水洗的一般。我坐在湖畔的沙滩上，听着潺潺的水声，把脑子里的急功近利一点点地挤走。风吹动着我的头发，补充着我脑子的空间。我的心开始平静了，像是入到一面镜子里，感觉到眼前的叠叠层层的青翠在风声和水声中逐渐消退。有人在山坡那端唱歌，歌声很清晰地敲打着我的耳朵，很悠远，也很出情。风慢慢飘来，云悄悄散去，月亮出来了。月亮就是一个圆盘，你端着它可以喝酒，举着它可以当鼓敲。月亮是你的妹妹，不管你爱不爱它，它都离不开你……

听完我的心动了，莫名其妙地特别希望有一个美丽女人在我身边。我再看夕阳还没褪去的湛蓝湛蓝的天空，觉得一切都模糊了。

桂河大桥的黄昏

记得十几年前，我慕名来到泰缅边境著名的桂河大桥，已经是黄昏了。那天夕阳特别灿烂，渲染得整个云彩都是橘黄色的。桂河大桥不是我想象的那般宏伟，狭小而简陋，都是铁构制的架子。在我印象里的桂河大桥，还都是来自美国那部获得第三十届奥斯卡最佳影片《桂河大桥》里宏大的感觉。那天，没有风，空气极为新鲜。桂河大桥上都是不同肤色的人群，大家小心翼翼地在桥上漫步着，所说的小心翼翼是稍有不慎就会掉到河下面。桥和水面距离远，看着脚下的河面竟有些眩晕。我走到桂河大桥的中间，夕阳被云层裹着快要坠入到远处的群山之中。桂河的河面不是很宽，但十分清澈。一群孩子在河里嬉戏，朝着桥上的我们挥舞着手臂。在河畔上，悠闲的人们钓着鱼，或者在船篷下面喝着茶。在第二次世界大战期间，日寇把英美中的战俘囚禁在这里，逼令他们在桂河上建筑一座桥梁以接通曼谷到仰光之间的铁路运输。于是三国的战俘为争取和平与日寇进行顽强的抵抗，成千上万的战俘牺牲在这里。后来，为阻止日寇的侵犯，又把桂河大桥炸掉。美国那部《桂河大桥》就是描写那次让后人永世缅怀的殊死斗争，导演大卫里恩的这部反战电影堪称电影史上最出色的战争片之一。

我慢慢地朝桥的另一端走去，看见一对情侣在照相。我提醒他们小心，因为那位女士的脚已经踩到了铁轨的下面。女士连说着没事。说着，她的胳膊已经紧紧挽住了男士的肩膀。在桥上行走，经常听到有人在提醒小心。一晃，第二次世界大战已经过去六十多年，桂河大桥的硝烟已经完全被美丽而祥和的景色所消融，但世界依然不太平，呼唤和平依然是这个世纪的生命主题。在桥头竖立的那两颗巨型红色炸弹跟前，照相的人已经排成长队。当地人介绍，这两颗巨型炸弹当时没有爆炸，被后人保存起来，为警示后人，经过技术处理放在桥头展览。现在的桂河大桥已经很少通火车了，偶尔在纪念的日子里会慢慢地开过。我特意跑到那列火车跟前，发现火车上还有弹孔。离开桂河大桥，我独自来到烈士陵墓，先到的是英美烈士墓地，都是规格相同的墓碑。在英美烈士墓地的紧邻就是中国烈士的墓地，一片又一片，数不胜数。中国烈士的墓碑大小不一，有高有低。来到墓碑跟前，细阅碑文，烈士来自天南海北。有的已经没有名字，只留下一个姓，还有的甚至是无名氏。这时，夕阳退去，墓地一派朦胧。我朝着望不到尽头的墓地低头默哀。烈士们用自己的鲜血捍卫着和平。当人们在桂河大桥尽兴游览时，他们在这里长眠，有土难归，有国难回。

夜色中，我们在桂河上泛舟。两岸是璀璨的灯光，河面上也是斑斓起伏。夜色里的桂河大桥没有灯光点缀，显得有些孤单。我们在桂河上情不自禁地轻声唱着《祈祷》这首歌，歌声在河面上跳跃着，与河水发生了共鸣。

这都是十几年前的事情，可那种异样的感觉常常徘徊在我心里。

红其拉甫山口

我前前后后去新疆四次，其中一次是难以忘怀的喀什。

　　乘车到红其拉甫需要几乎一整天的路，上车开始就在盘旋的山路上享受千年古道的神韵。天始终在发亮，可我看表已经到黄昏了，司机提示我这里要比北京晚两个多小时的时差。车开着开着，司机说，那就是卡拉库里湖。话音未落，我突然看见湖水从天上倾泻而来到了眼前。湖水泛着空蒙银白的光，像是藏族少女手里捧的哈达。雪山环绕在岸边，一半倒映水中，另一半则隐在天空中。湖的东面是有"冰山之父"称谓的慕士塔格峰，与公格尔峰、公格尔九别峰相连。我恳求司机停车，我迫不及待地跑了几步，听到司机在喊，这里的海拔已经四千多米了。我没明显感到憋气，只是一片朝圣的心态。走到湖边，掬起一捧湖水，手好像触电了一样，被冰凉所击。我知道这是从雪山下来的，它没有污染没有矫情没有源头，它可以说是从天上下来的。冰凉的温度就是纯洁，我惋惜它从这里再下去几百里，就要受到人类的威胁，就要有人利用它污染环境了。车继续行走，我看见了牦牛在漫步，看见有当地人在路边卖石头。于是我看见很多辆车停在这里，下来很多游客在讨价还价的交易石头。我听到有人在喊这是和田玉，我过去看那一大堆的和田玉，我心疼。我知道不可能有这么多和田玉在这一两百块钱的交易，起码这不是真的，这只是一般的石头。刚才我在卡拉库力湖的激动被人的物欲淹没了，我还是买了一块石头，我看出是普通的河滩石。我之所以买，是因为这块石头没有被雕琢，原始般地躺在我的手掌中，质朴而无张扬，粗粝而没圆滑。

　　翻越过海拔苏巴什大坂，车行走到一块平坦的山坡。司机有意把车停下来，说是让我们方便。女士们走得比较远，我看到有一座用石头垒起的屋子。我情不自禁地走进去，里边很黑暗。努力搜索，看见了一个塔吉克少女在里边烧水。我下意识问，有吃的吗？因为从昨天就没怎么好好吃东西，肚子咕咕叫着。少女嫣然一笑，递给我圆圆的囊。我捧在手里像捧了一个金色的太阳，吃了一口很香甜。少女把刚烧好的水灌在我的水杯里，说，你喝，很甜的。喝了一口，没有甜的感觉，舌尖有点涩。太阳躲进厚厚的云层里，车尽管开得很快，但也没办法到我向往的红其拉甫山口了，只得夜宿到塔什库尔干县城里。我看见同路的朋友们脑袋都胀了起来，我只是觉得气短了些。走进宾馆，门口提示我们这里已经近三千多的海拔了。早早起来发现天大亮了，天空清澈，湛蓝湛蓝的，如同把海水洒到了天上。昆仑山的积雪在上层趴着，下边就是坚硬的岩石，各种颜色混淆，成了同路搞美术朋友的素描对象。开始再次乘车去更高的红其拉甫。车就像是船，始终傍着一条盖孜河，滚滚奔流的雪水在河床里朝下翻滚着，颜色橙黄，像是谁搁了超大的染料。昆仑山上有时候会出现三种颜色，上面是雪白色，中间是黄褐色，下边是青绿色。

　　距离红其拉甫还有一百三十多公里，车再度停下来，需要办理出边境的手续。我们从车上走下来，进到一个房子里，然后再走出来，就算办完了。车开始爬坡，一条通往红其拉甫隘口的标志清晰而见，那就是去巴基斯坦的最后路段了。山越来越高了，能看见山谷中不时有黑色的鹰在翱翔着。我在县城附近的草原上，曾经领略了塔吉克人跳的舞蹈，表演的鹰很是威武，在帮助人类寻找宝物，在带领迷路的猎人走出困境。车在喘气，盘旋的山路越发陡峭了，我不知道当年驮着丝绸的驼队，是怎么样穿过塔里木盆地的茫茫戈壁和沙漠，然后靠什么秘诀翻越昆仑山，进入帕米尔高原，而步入巴基斯坦的。海拔已到5400米了，我终于看到红其拉甫山口的哨所。我看到雄伟的哨兵们牵引着军犬在游弋，看到五星红旗在蓝天中飘舞，我仰望着天空，感到腰部在挺起。我看到了界碑，我终于站在界碑前，抚摩着中华人民共和国这几个红字。司机追过来，问我有没有高原反应？我觉得头脑很清醒，心脏也很正常，就是身上的衣领在抖动着，因为风在吹动着我。哨兵们的肤色很红，司机说这是一种高原反应，可他们的眼睛很亮。我和哨兵合影，我看见界碑那边的巴基斯坦哨兵竟然也过来与我们凑热闹，于是我们跨过界碑也和他们合影。我看见界碑的那边用巴基斯坦的文字说明那边是另一个国度了。我踏足中巴边界线，依然见五星红旗在飘舞，其实那是飘舞在我的心里边。我举起右手，向我们的五星红旗致敬，祖国你好。

（选自《散文百家》2017年第10期）

只窥粉墨不见仙

刘　洁

现在的人生活得粗糙，方方面面无不如此，对人对己概莫能外。有时候想起来，替现在的人不值得，都是从世间走一遭，何必如此对待自己。可惜世事往往不由人，和舞台上戏里的故事、人物真有一拼，索性不管尘世之美，只看台上的乾坤就够掰扯一阵了。

《女驸马》

女扮男装的剧目，各个剧种都有，比较有代表性的是豫剧《花木兰》和黄梅戏《女驸马》，这两出戏基本上涵盖了此类题材的两大方向，即一个为了爱情，另外一个不是。在《花木兰》里，女扮男装是替父从军，面对的敌人是入侵的外敌；《女驸马》里，女主角代替未婚夫上京赶考，中了状元，招了驸马，被拆穿后，因为公主做了工作，这姑娘才活命，被封了公主，嫁了未婚夫，得偿所愿。

和《花木兰》比起来，《女驸马》的故事要复杂一些。因为老丈人嫌贫爱富，后妈作梗，做了个局说准女婿李兆廷做贼，偷了东西被送官，而那些东西是他女儿送给未婚夫的，为了让他能去赶考得中后衣锦还乡娶自己。从剧中的描述看，这个叫冯素贞的女子有情有义，忠贞不贰，既然有婚约了这书生就是一生的依靠，为了他的进步可以自己吃苦受委屈。不知道怎么回事，每次看到这里都会想到那些挣钱给男朋友或者丈夫上学，等学成了就和这些含辛茹苦的女人说再见的故事。这样的故事以前也有，比如《秦香莲》，如果从另外一个角度看，陈世美也不过就是这样的丈夫罢了，只不过他有点笨，处理的方式比较决绝，非要夺了前妻和娃们的命，逼人到绝路上被反戈一击很正常，何况还牵涉到韩琦这样的无辜的人，他最后被铡也是罪有应得。而李兆廷在整出剧里做的事很简单，开始是做委屈状，后来干脆到县里的牢狱中待了一段时间，一出来就和公主成亲做驸马，这个先抑后扬的运气简直不能被接受，有种要把活人气死的节奏。他的未婚妻为了救他，违反了法律舍了自己上京赶考，还考上了。后来的事情比较狗血，这个显然比一般男人眉清目秀的状元，让皇帝看上了封了驸马，由老太师做媒，自己没被娶反倒娶了公主。看看其他剧目中娶了公主的男人的生活，应该没什么可以羡慕的地方，想想《打金枝》里的郭瑷被公主欺负得不仅公公的生日根本不露面，连老爹老娘都给儿媳妇说好话；《斩秦英》里的银屏公主，儿子打死了父皇的老丈人居然可以打死了也就打死了，占了父皇的妃子的上风；《四郎探母》里的杨四郎想出关去看看多少年没见的老娘，也要想了计策让公主老婆帮忙，都不是那么硬气。只有《红鬃烈马》里的薛平贵稍微好点，那也是在老皇帝驾崩之后，才敢让代战公主做个和王宝钏一般大的老婆，想想王宝钏在寒窑的十八年吧，难道所有的付出只能是在台口唱一段，带着种小确幸之类的意味自我安慰？那意思是即使你代战公主帮了那男人做了王，也仍然是原配的老婆大，挺没意思的。

这出戏的结尾处理方式特别符合婚姻法，原来冯素贞还有个哥哥，是前几科的状元，此时已经做到了八府巡按，正好没娶妻，还是老太师做媒，这哥哥娶了公主，解决了问题，反正肉是烂在自家人的锅里，左不过没出了冯家的门。李兆廷会怎么想呢，会不会想如果按照老太师开始的建议，放他出来和公主完婚，那他就是驸马了，从此锦绣前程一马平川。可惜此时的冯素贞执念太深，这个可能性被扼杀在细胞都没能产生的阶段了。人心从来不足，这样的可能性虽然比较小，但是谁能保证李兆廷的脑子里能不冒出来那么一下半下呢。不过，这个结果是1949年以后才改的，确切地说是为了某次展演而特意改的，这个故事有本源的，叫《双救举》，"双"说的是公主和冯素贞，"举"当然是李兆廷。被公主和冯素贞两个人救了的李兆廷，报效她们的方式自然就是娶了她们，是的，他娶了她们两个人。这样的结果符合李兆廷的心理，也符合大多数男人的想法，能享齐人之福的时候，为什么要放弃呢？哪怕只在舞台上，在意念中，活动活动心眼从来没有错，更何况娶两个老婆在以前没错的，以前的婚姻是一妻多妾制，如果想两个人平起平坐，那是要先声明的，不然，肯定有一个是正妻，其他的都是妾了。这个故事里，公主毫无疑问是正妻，那冯素贞呢？难道她抛家舍业的自己进京赶考中了状元，救了未婚夫，最后成了妾应该不会，最大的可能性是两头大，即她和公主平起平坐，从贡献来说，她当得的。

瞧瞧，本来是个爱情故事，因为追求爱情和对爱情的忠贞才发生的种种，在经历的多个跌宕起伏后，最后的落脚点居然是冯素贞给自己找了个未来一生中都会和自己争丈夫的对手，这个对手还天然拥有着各种各样的优势。真是忍不住替她着急，这难道是她做这个事的初衷吗？如果她知道最后是以这个方式解决，她会毫不犹豫就走上替夫赶考这条路吗？从这个角度说，一个能解决问题的哥哥，是冯素贞的福袋。这就是中国人的爱情观和婚姻观的悖论。中国人有缘定三生的说法，前世今生来世都能和一个倾心的人在一起，过着简单平常的日子，是可遇而不可求的人生，甚至为了不忘记那个已经许了三生的人，过奈何桥时孟婆汤都不要喝，只为了再一次的人生路上，还能认出彼此。对现世的爱情比较极致的说法是白居易提供的："在天愿作比翼鸟，在地愿为连理枝。"白居易的生活里是否有这样的感受不得而知，可这个话已经把相爱男女的心里话说到家了，而且是有前提的，"七月七日长生殿，夜半无人私语时"，这样的话是私房话，没必要让别人听到，即使贵为皇帝和贵妃，天地万物都可以有，都可以见证这段感情，只有"人"不行。当然，这段感情的结局就不能提了，为了国家大义，情郎杀了心爱的女人，即使后来他用了各种方法来表达想念，但是毕竟扼杀了爱情另一半的是他自己。温莎公爵和辛普森夫人，他们的爱情比王位都重要，还不被全世界诟病。然而中国的皇帝要是这样做了，只怕要登上昏君榜的。

　　这出戏里有意思的地方还有一个，冯素贞在高中状元之后唱了一段名曲："为救李郎离家园，谁料皇榜中状元……"KTV里的点唱榜上位列前几位的段子，和《七仙女》里的夫妻对唱有一拼。黄梅戏是安徽的地方戏，自从《七仙女》和《女驸马》在全国公映，全国人民对这个省的印象就非常深，文化的力量有多大，可见一斑。董永也是名人，湖北孝感说董永是当地人，还特意把他作为纯孝的典型加以宣传，甚至有了旅游商机。安徽人民不搭理这套，他们只负责给董永找了个老婆，花前月下的卿卿我我做到位，日常生活归湖北。循着这个思路想下去，那《女驸马》应该也是类似的思路，解决爱情的归属问题显然在安徽人民的眼里更加重要些，而且，他们也不能接受一夫二妻，生生造了个哥哥的功用，最后达到了大团圆的结局，心里才踏实了。戏曲因为允许夸张和想象的空间，搞戏曲的人利用了这一点，即使是皇帝家的女儿，也不能随便想怎么嫁就怎么嫁，让世界和谐安宁的重担，已经被安徽人民自觉担到肩膀上。

　　这两出著名的戏里，都有个名角——严凤英。这个人作为演员我很怀疑她成为主角的理由，并且认为她的嗓音不能说好。那个带沙哑味道的嗓子怎么能说好呢，她的演唱技巧应该是很高超，而且她也不是特别漂亮，和她同时代的其他剧种女演员里比她漂亮嗓音也更清亮的不在少数。但是这些都挡不住我喜欢这个人，她具备了一个好演员的基本素质，即她能在人物和自己的身份上跳出跳进。和说书人一样，说书人的困难在于说了一大段的故事之后，还总会说说自己的评点，而且还要让听众能知道刚刚的那段是故事，现在说的是演员的个人观点。评书演员的办法是说话，通过变换声音来达到目的。而严凤英的办法是眼神，当她打算不做那个人物的时候，她就自己跳出来，像个旁观者看其他演员做戏。当冯素贞和几年没见面的哥哥突然间见面彼此相认的时候，严凤英的眼神多少次都跳出了现场，只是人还在那个舞台上，需要她做出反应的时候她自然进入，随后就接着来，这自由自在随心所欲，果然是高手。

《七品芝麻官》

这是一出豫剧名剧，也叫《唐知县审诰命》，饰演唐成的是名角牛得草。据说当时刚刚粉碎"四人帮"，老导演谢添问消息灵通的人："牛得草还活着吗？"那一代演员，有许多人都在过去的十年里故去了。得到消息说牛得草还能上台，谢添马上定下来：拍《七品芝麻官》。因为这部电影，牛得草被全国人民知晓，进而他参加了中央电视台"春节联欢晚会"，就在那个晚会上，由一个相声演员把当时三位著名的文艺工作者放到了一个对联的下联里：碧野田间牛得草。里面的碧野和田间都是作家、诗人，而牛得草是名演员，都是当时全国人民比较熟识的。他在电影《七品芝麻官》里的名句"当官不与民做主，不如回家卖红薯"，后来成了经典，直到今天仍然是百姓对官员的基本要求。

这出戏里的唐成是非常标准的清官，他做县令已经是委屈了。本来应该做知府，因为拿不出科考后贿赂严嵩的银子，被派来做个七品县令。从唐成的角度来说，这样的结果很郁闷，"十年寒窗苦"之后得来的果实，被黄白之物给毁了，实在有点火撞脑门。可他没办法改变，不仅因为没钱，还因为后面没人，没有靠山。一没钱二没人，当然没办法改变现状，而且他很清楚现状是什么，在发了一通牢骚之后，该干什么干什么，上任伊始先要下乡查看，以至于衙役班头都反问他，是不是应该先去拜客。既拜一下县里的实力派，比如严嵩的妹妹诰命夫人，或者去拜一下上级领导巡按知府之流，这都是历任县令的规定动作，他们看得多了，自然觉得唐成的选择比较奇怪。换句话说，如果几任官员都这样，说明官场的风气已经形成了，成了约定俗成的惯例，出了个不一样的就很显眼。受了委屈的唐成很快有机会试一试上级官员们的底线，他在下乡途中遇到了拦轿喊冤的林秀英。这个姑娘因为漂亮而被严嵩的外甥诰命夫人的儿子看上了，抢她的时候打死了她的哥哥，后来诰命夫人出现了要给儿子报仇又打死了林的老父亲，而奉命下来考察民情的杜士卿为了救姑娘失手打死了作祸的衙内，林秀英被杜指点去告状。这样复杂的情况，唐成肯定是第一次遇到，不过他脑子显然很活，他先是推搪然后还给骂他不敢为民做主的林秀英指到更高一层的官府去告状，他的说法也很打动林秀英：那里的官大，应该能管到你要告的人。后来发生的事很荒唐，高级官府里的各位大人们，发现这个案子里既有诰命夫人也有定国公的影子，深谙官场学问的他们立刻想到了明哲保身，于是他们一级一级往下推，一直推到了唐成这个七品芝麻官的手里。这个从开始就被所有人瞧不上不在乎的七品芝麻官，终于走上了舞台中央，连不可一世的诰命夫人也只能到县衙来，俯就唐成——为了给儿子报仇。

要把一出戏做得圆满，戏剧冲突是一方面，还有一方面就是被迫原则运用得好。所有的人物都好像是被某种不得已的情况逼迫着走到了某一步，做选择的时候还不能选项很多，且要对当事人有利的原则恰恰是对剧中其他人非常不利的情况，但那个其他人的选项就只有一个还不能不选。比如唐成，如果不是因为衙内被打死，且打人的人后台很硬，那这个案子其实很好判，不仅杜士卿被抓来要偿命，说不准林秀英也成了替罪羊，一并给斩了。可加上了杜士卿定国公副将的背景，这个事立刻难办了。身在官场，各方势力都是势力，虽然此时严嵩权势冲天，可定国公也不是好惹的，不得罪任何一方永远是安全的首要注意事项。每个人都这样想，圈子里的氛围就形成了，踢皮球是惯用手法，好处我不要，坏处别把我挨上，不碰这个事就安全了。就像最近听到个广告：一个企业做得快没用，长长久久地不犯错误才是生存的第一位。所以，做官和做企业的核心有接近的地方的，都是安全第一，都要先活下去才能发展壮大。

唐成对诰命夫人的印象不好。他们有过接触，唐成去下乡查看，碰到了诰命夫人的轿子，夫人特别傲慢，唐成开始诚惶诚恐之后就生气了，再加上严嵩收银子给官的事，唐成就有了要治一下他们家人的想法。所以你看，任何人都不能轻慢，那些你当时看起来无足轻重的人，可能有一天会做个坑让你掉进去，你还有苦说不出，而起因说到底还是赖你，谁让你轻看人的。唐成对付诰命夫人的办法是骗她，他先是把自己放到了夫人的立场上，一步步地把夫人带到了沟里，有些地方明显能看出来是假的，但是唐成也能自圆其说，这个很重要，什么时候都是嘴好的占上风，尤其唐成在审案这个事上主动权在手，他忽然成了选择项最多的那个人。这时候唐成其实也是有诱惑的，如果他利用这个事帮了诰命夫人一把，现成的好处肯定不会少。按照一般的思考问题方式肯定是这样，毕竟定国公的光芒太遥远了，什么时候才能照耀到他这里还不知道呢。和下围棋一样，实利的诱惑对棋手永远是最甜的，虽然有一种可能是实利最后咬了棋手的手，多少人都是栽在实利面前。对官员来说，孰重孰轻心里都有一杆秤，免不了左右地来回掂量好多遍。

生旦净末丑，戏曲的五大行当，尤其以丑角最搞笑，也最难演。有道是行行出状元，丑角这一行里也是精英辈出。演唐成的牛得草成名多年，新中国成立前就有了名气，正正规规的行里出身，擅演官丑。做丑角有个为难的地方，专门以丑角为主角的剧目比生和旦的要少得多，真正做主角的时候少，平时能看到的也就那么几出。对演员来说，戏会得多，才能顶得住台上的考验，能拉上一群人一起合作，像当年的梅剧团，只一个梅兰芳就解决了大部分的问题，所有人都围绕着他，也一样能撑得起来架子，观众冲着梅兰芳三个字，就能来看戏。做个丑角，天然的劣势是剧目少，能出彩的机会自然就少了许多。可即使这样，也照样有做得风生水起的丑角，像长期和梅兰芳马连良合作的萧长华，比如清代同治光绪年间"同光十三绝"里的刘赶三和杨鸣玉。按照前人的记录，这刘赶三和杨鸣玉都是丑角里的佼佼者，尤其刘赶三，还有个本事和说相声的接近，能从台上现抓词，行话叫现挂。据说有一次他唱堂会演个鸨母，召唤手下的妓女："老五老六老七，出来见客啊——"这个时候恰好醇亲王、恭亲王进来，俩人排行老五老六，看戏的人哄堂大笑，两位亲王面子上下不去，戏结束了就把刘赶三拘起来，揍了一顿，是嘴给身子惹祸的现成例子。还有一个，中日《马关条约》签订之后，刘赶三演戏时顺口把时局上的两个事放到一起说了，"杨三故去无苏丑，李二先生是汉奸"。杨三说的是杨鸣玉，李二指的是李鸿章，台下坐着的人中有李合肥的公子，当然不能忍，立马捉住暴打一通。刘赶三当时已经七十多岁了，身子没扛住，连气带病故去了。近些年京剧丑角里还有个朱世慧，有一出名剧《徐九经升官记》，里面的人物设置和故事结构很像《七品芝麻官》，原本的出处是张寿臣的相声《姚家井》，断的案子和爱情有关，里面夹杂了各种人际关系，本来很简单的一个事，因为涉及的人的背景让情况复杂了许多，同样有一句名词："我劝世人莫做官"，说的同时脸部做出一连串的"抖脸"表情，是为一绝。

　　《七品芝麻官》的结尾还是很大快人心的，严嵩被查，连着严氏一门都跟着吃了瓜落，诰命夫人不仅没了儿子，自己也被锁链镣铐枷着带到京城候审，这样的局面应该是事情开始的时候想不到的，和许多事情一样，能预见到未来的发展的人终究是少数，就像那些被称为"前知五百年，后知五百载"的传说中的带仙气的谋士，张良、诸葛亮、刘伯温之流，仔细翻看一下他们的人生经历，有许多时候一样要"退一步海阔天空"。所谓人生的际遇，正和那些戏里唱的一样，"良辰美景奈何天，赏心乐事谁家院？"且看他起高楼，终究有一天，还会楼塌了，到底是萧何当年想的有道理："给后人留下薄田，可以不被人惦记，少了祸端。"还有一句：吃亏是福。

《红娘》

　　这是一出荀派名剧，以一个丫鬟做主角的剧目，在各个剧种都比较少见，而索性就把人物做了剧目名称且还是个丫鬟，就更少了。有些戏里，丫鬟可能是故事发展中的某个阶段的推动者，但是从头到尾就是她在做推动者的位置，京剧里比较耳熟能详的除了荀派名剧《红娘》还有《春草闯堂》，也是非常有名的戏，主演是刘长瑜。有意思的是，这两出戏都是关于爱情的，前者说的就是爱情，起因是爱情，故事是围绕爱情写的，小丫鬟红娘开始起意推动莺莺小姐和张生的爱情，是因为看到前相国夫人说话不算话，侠义之心高涨，才出手的。后面那出戏里的小丫鬟春草，是从看热闹开始，后来发现英俊书生见义勇为除恶扬善被锁了，有可能遭到杀身之祸，果断出手，说了个瞎话，也不完全是谎话，至少此前书生和相府小姐见面时彼此是有点爱慕之心的。那时候的人，男女之间见面不易，猛然间有机会和个高大英俊的书生撞到，美丽的小姐春心荡漾一下也是常理。虽然只是朦胧的情愫，可春草看在眼里，该利用的时候，也就自然而然地用上了。这里就要说，到底是相府的下人，搁一般人家，一个小丫鬟怎么可能到西安府大堂上救人呢，胆子都吓破了，话都说不利索了，老话说"宰相门前七品官"，不止说的是品级，还有见识。

作为前相国府的丫鬟，红娘想必也见过不少人。跟着老夫人和小姐，尤其在相爷离世之后，应该见到了各种世态炎凉。所以老夫人才会对张生失言，本来是用女儿做钓饵，让张生去请白马将军救驾，事办完了老夫人翻脸不认账了，不只张生傻了，莺莺和红娘也傻了，但是从老夫人的角度看，她考虑得很周到，因为还有个儿子，她要利用女儿给儿子的未来找个靠山。张生不过是没有功名的书生，对崔家未来的发展没任何用处。从实用主义的角度考虑，老夫人做得无可厚非。曾经看过一出豫剧，是现代戏，里面有个情节印象深刻，家里的女儿喜欢同村的农民小伙子，女儿的娘非不同意，要让女儿嫁给供销社主任的儿子，理由特别简单，"咱们家开小卖部，还要到供销社批烟呢"。我当时就笑出来，谁也不可能永远在一个官位上待着不动，哪天一个命令就能免的小官，仅仅因为可以批烟，居然成了决定女儿一生的理由。时光荏苒，到现在，那个妈的实用主义我虽然不可能完全认同，但也能理解了，小民百姓就是为了生计。活着是特别艰难的事，随处都能表现出来。

按照传统文学的写作习惯，选谁做主角是有讲头的，地位低下的人做主角往往因为在故事中的作用而被特意放在某个位置上，比如《卖油郎独占花魁》里的卖油郎，如果不是花魁落了魄，再怎么天上掉馅儿饼也不可能发生独占花魁这样的事。红娘这个小丫鬟，有些见识，知道人是随时变化的，今天只是书生的张生，来日上京赶考中了状元，也不是没有可能。只是，从事物的发展规律上看，这种情况更多是小姑娘的想象。小姐和书生有了关系，又没有一纸婚书做保证，即使书生有了地位变化，到底能履行多少旧日的誓约确实是个问题。这个故事最早的来源是《莺莺传》，元稹对故事的描述会让人有种"他应该是故事里的人物"的感觉，可看到后面，莺莺嫁了别人，和功成名就的书生再见面，两个人也就是淡淡地互相问候了一下，没有旧情复炽，没有鸳梦重温，没说几句话就散了。初读时年纪还小，觉得这样的故事说不通，当初不是干柴烈火，差点把两个人都烧透了，怎么没过几年事情居然到了这样的地步，编得太假了。殊不知这才是人心的变化，莺莺淡淡的，当然是因为分手后发生的事超出了当初她的想象，那个和她共枕眠的人儿，一去不返，她怎么办，多少辗转在梦中，心里曾经有过多少折磨和想象，都是不可能实现的梦而已，最后只好听母亲的安排嫁了个有用的人，到两个人相见的时候，她的生活早就稳定下来，她明白曾经的一切不过是少年时的南柯一梦，既然现在的生活还可以，书生曾那样对待一往情深的自己，现在更变了很多，干脆连熟人都不用做了。只从两个人的表现，就能看出来书生是不反对重温一下鸳梦的，但是莺莺不想配合。这样的情势，莺莺如果还配合，就不是正常人的表现，脑子肯定出了问题。

而在戏里，还是一派的小姐公子的卿卿我我呢，红娘确实起了推动作用，仔细分析起来，小姐和书生都做了努力，无论是"待月西厢下"，还是藏在红娘的棋盘后面进后花园，都是他们在荷尔蒙的刺激下做出的种种趣事，为了自己爱恋的人儿，他们打破了各种藩篱，见面成了他们心目中的伟大目标。即使如此，一贯受的教育和尊严也会让他们说出或者做出和心里的真实想法背离的事，当莺莺发现张生跳墙进入花园来见自己，她的第一个反应是斥责，还说了些哥哥妹妹的话，简直不怕伤情郎更狠。而张生就那么可怜兮兮地被训斥，一副呆头呆脑的样子，让莺莺爱怜之心顿起，虽然狠狠心走了，可是在红娘的一通教育下，还是被带到了张生的房间，欢好无限。如果不是莺莺愿意，只凭红娘鼓动三寸不烂之舌，是不可能做到的。这还证明了哲学上的道理，外力永远是外力，如果没有内力配合，花再大的工夫结果也是零。学习是这样，工作是这样，感情更是如此。可惜，人不会轻易接受不喜欢的结果，所以才会有"铁杵磨成针"的事发生，明知道"强扭的瓜不甜"，不尝试一下，还是不能对自己交代。当年看宋长荣演的红娘，活泼娇俏，很难想象是几十岁的大老爷们出演的小姑娘，他在舞台上台步圆场走如飞，扮相也可爱得紧，当时反复看了多次，接受采访的时候也说到当年在老师的指导下排演这出戏云云。此前我对男旦一直不能接受，就是从宋长荣开始，对这种演出形式不抗拒了。也因为他的努力，荀派被更多人记住。

荀派是四大名旦中排最后的一派，从荀先生留下的照片来看，样貌放在今天是肯定无疑的小鲜肉，在当时的戏曲界曾有过"无荀不旦"的说法，现存的各种戏曲资料中，荀派是比较少的，荀慧生先生的电影根本没有。至于原因曾经有过各种说法，时过境迁，真相已不可考，只是资料留下得少确实给传人学习他的艺术造成困难。荀派著名传人孙毓敏是比较为人所知的，她曾经在谈到"中国京剧音配像"这个事的时候，说起老师当年留的资料不多，为了给后世的传人留下尽可能多的范本，她克服了各种的困难，把能找到的可以做音配像的曲目都做了，欣慰之情溢于言表。和以前看过的其他版本的《金玉奴》不同，荀慧生当年的版本里，有些非常生活化的表演，甚至在和莫稽的生活中，随处有发感慨的地方，比如她和莫稽说"我没了你，照样能行；你没了我，可活不成了"之类的话，这样的台词，很出乎意料，把莫稽当时在家里的地位表露无遗。完全没有温良恭俭让的意思，和她的花子头女儿的身份很是相符。这些不给男人脸的行为语言，应该是很伤人的，莫稽一介书生，沦落到做了花子头的女婿很不甘心，只不过确实活不下去了，暂时找个安身的地方。即使金玉奴不这样，按照莫稽的想法，一旦离开绝对不再见面。后面莫稽不认她，是顺应了这个人物的思想轨迹的。直到今天门当户对仍然被大部分人承认是婚姻规律之一，作为婚姻的最好的基础之一，有它的道理。

据说临近"文革"，有个曾导演了很多戏曲电影的影人和荀慧生见面时，荀慧生说起自己也想拍电影，给后人留个影像资料，为此还做了努力。当时的情势其实已经不能再做这个事了，影人心里明白没有直说，只是忧伤地听着艺术家描绘着自己电影里的各种设计，完全不能回话。果然没过多久，"文革"开始了，所有的一切都被放下了。荀派的创始人也失去了最后能保留下来影像资料的机会。

（选自《中国作家》2017年第3期）

少年锦时

彭晓玲

1977年那个寒冷的春日，不满五十岁的妈妈，匆匆离开了人世。妈妈走了，这个家就散了，哥哥姐姐们出外当临时工去了，四岁的弟弟随爸爸去了城里，快八岁的我则被送到了姑姑家，姑姑是乡村小学教师。没想到三年后，爸爸提前办了病退，带着我与弟弟回到了老家。

深秋：回到老家

老家石观娘是个小山冲，村子里人家不多，多是泥墙青瓦的房子，疏疏地依山而建。家家有宽敞的院子，院子里大都有果树，有鸡有鸭，还有狗，更有孩子们奔跑的身影。

下得班车，从冲口顺着山脚下蜿蜒的泥土路往里走，初秋的阳光清爽温暖，田垄里的水稻已经收割完了，满是金黄的稻桩。又回到老家，我和弟弟争着跑在前面，爸爸却沉着脸，一声不吭，只有迎面碰上了村里的熟人，才会笑笑地说上几句。我家的房子之前借给队上德章叔一家住，没想到德章叔却不肯搬走，说得等他家建了新房子再说。爸爸也没勉强，带着我和弟弟将就着住进了隔壁大哥的房子，何况大哥的房子空着也是空着。大哥的房子并不多，一间堂屋、一间卧室、一间灶房，还有一间偏厅，倒也凑合。

德章叔也姓彭，瘦高个儿，不爱说话，一个老实巴交的种田人。他老婆高大健壮，齐耳短发，是个泼辣婆娘，做事风风火火，说话高声大气。德章叔有三个孩子，小女儿叫春香，还是我同班同学呢。我很想重新住回过去的房间，那里毕竟有妈妈的温暖印记，不由得暗暗抱怨爸爸的让步。但这并不妨碍我与春香兄妹玩在一起，有事没事吵些有用没用的架，喧哗而又生机勃勃。

说来爸爸大半辈子在外谋生，虽说不要种田，但带着两个年幼的孩子，得笨手笨脚地种菜砍柴做饭洗衣。我真是不明白，为什么在很短的时间，神气的爸爸就变成了一个乡村老头子的模样，也与乡村老头儿打成一片，脾气却暴躁起来。每月十五号左右，爸爸就会穿着整洁的蓝色中山装，上城里领工资，眼里有了闪烁的神采，常常买些猪头肉回来。那几天爸爸满脸喜气，队上来我家坐的男人也多了起来，有些是图着爸爸一支一支地发烟，有些则悄悄地向爸爸借些钱。当时还是大集体时期，每月八十多块钱的工资够多了，但爸爸从来不会计划用钱，常常没到月底就用完了，就手足无措起来，也不去队上其他老头子家里吹牛了，就抱着收音机坐在地坪里听评书。一天早上，应该是回来没多久，是个星期天，我还赖在床上没起来。爸爸心神不宁地屋里屋外转了几圈，才站到我跟前，柔声地说，乖女，快起来，爸爸今天蒸了石灰蛋。石灰蛋？我一骨碌爬了起来，跑到饭桌前一看，果真有一碗黄嫩嫩的蒸蛋，还冒着淡淡的清香呢。

我迅速洗漱好，坐到饭桌前，欢天喜地地吃了起来，爸爸却不吃，只是看着我与弟弟吃。我疑疑惑惑地停了下来，爸爸讨好地对我说："乖女，吃过饭后，到方岭冲德树叔家去一趟，德树叔借了我家五块钱，爸爸领工资还得等十天，你去要回来！"我想也没想就答应了，爸爸好似松了一口气。

吃过饭，我便动身了，爸爸特地嘱咐我："快去快回，见到德树叔就说和他借五块钱，可不能让别人知道。"方岭冲很近，冲里有一口大池塘，池塘边散落着三四户人家，都是黄黄的土砖屋，德树叔家在最边上。我刚走到德树叔家门口，他家大黑狗大声叫嚷着冲了出来，扑到我跟前，吓得我站在原地一动不动。就在这时，一声断喝，黑狗迅速立住了脚，可我的裤脚让它撕破了。先是他家儿子瑞文跑了出来，笑嘻嘻地看着我。我却只盯着大黑狗，提防着它又会扑上来。之后，高大的德树叔出现在大门口，我好像看到了救星，忙大声嚷道："德树叔，我爸爸要我到你家借五块钱！"德树叔一愣，脸却黑了，瓮声瓮气地说："我哪里有五块钱借！哪见过有工资的人跟没工资的人借钱！没有！"说完，也不看我，自顾自地进屋了，还将瑞文也叫走了。明明借了我家的钱，平日里还算温和的德树叔竟然不讲理。我愕然了，只得怏怏而返。我一五一十地报告了德树叔的回话，爸爸倒没怪我，只是愁眉苦脸地叹了口气："算了，他不还钱我也没办法。"

以前妈妈在世时，爸爸偶尔回家，就用香皂替我洗头，现在却不闻不问了。某天上课时，我突然觉得有虫子在头发里爬呀爬。我伸手一捉，竟是一只活生生的虱子，灰灰的小虫，有许多小脚，吓了一大跳。其时，不少女同学头上都生了虱子，我搞不懂我是没经常洗头生了虱子，还是我同桌传给我的。就在前几天，我还扬扬自得地嘲笑过同桌生了虱子，她狠狠地掐了我，没想到自己头上也生了虱子，真是丧气。那天放学，一回到家，我就怪爸爸不替我洗头，害得我生虱子。

爸爸没有好声气，反过来吼我："都快十二岁了，不知道帮着做家务，也不知道自己洗头！"我哭了起来。

这时，廖婆婆抱着一捆长苋菜，走过我家大门口，忙问我，小元，哭什么呀？弟弟在一旁幸灾乐祸地笑道："懒婆娘，不洗头，生臭虱子！"我气极了，转身扑过去扯他的头发，弟弟却蹦到了地坪里，跳起来高声嚷道："懒婆娘，不洗头，生臭虱子！"我恼怒了，边哭边追，他却跑得不见人影了。爸爸才懒得理我，自顾自忙去了。我只得站在地坪里，无奈地哭，天快黑了，泪眼蒙眬中，好似妈妈笑笑地朝我走来。

哦，不是妈妈，是廖婆婆提着一只旧玻璃瓶走了过来，招呼我："小元，你去打盆热水来，让我用煤油洗洗你的头发，杀死你头上的虱子！"煤油能杀死虱子吗？我将信将疑，赶紧去灶房，从瓮坛里打来了一大盆热水。廖婆婆让我蹲了下来，将凉凉的煤油慢慢倒在我的头发上，刺鼻的气味席卷而来，头皮有些发麻。不会中毒吧？我有些害怕。廖婆婆的手在我头上揉来揉去，有些怜惜有些温柔，可气味实在太浓了，用清水冲洗了好几遍，头发上依然沾着淡淡的煤油味。想想再也没有虱子了，我心里轻松多了。过后，我瞒着爸爸，偷偷地送了两只鸡蛋给廖婆婆。

说来奇怪，自洗过煤油之后，我头上果真没有虱子了。班上有好事者点数生过虱子的女生，竟然没有我的名字，让我高兴了好多天。

隆冬：到底是谁的火箱

冬天说来就来了，窗户上贴了厚厚的薄膜，可冷飕飕的风依然在教室里乱窜，一节课下来脚都冻木了，手连铅笔都握不稳。于是，有人带着火箱来上学，火箱里装了红红的炭火，上课时烤烤脚，下课时烤烤手，一整天都不冷，真是好呀！我没火箱，实在冷得受不了，便涎着脸凑到好友丽萍那儿烤烤脚，好在她对我从来不小气。

爸爸找了只旧脸盆，天天早上装些柴灶火，偶尔放几块木炭，让我与弟弟在家烤烤脚。可并不太顶用，哪比得上我们家原来火炉房里的火炕，还有隔壁廖婆婆家的火炕呢？于是，即便放学了，我也难得留在家里，都是在德章叔家或廖婆婆家火炉房里混。那时候，还没有电视机，电影也难得看上一场，花鼓戏也得赶上过年过节。一到冬天的晚上，人们都凑在火炉房里聊天，倒是热闹而有味。

廖婆婆家的火炉房干净，可去的人大都是些老人，爸爸也常去，常常说些陈年旧事。廖婆婆最喜欢唠叨，好像我是她的孙女似的，一会儿说我坐没坐相，椅子翘起来了；一会儿说我头发都没梳直，乱蓬蓬的；一会儿说我那么大声笑干什么，没有半点姑娘的斯文……我最怕她说我妈妈，说我妈妈好能干，可惜年轻轻的就吐血死了。说完之后，就叹气，还看我，害得一屋子人都看我，眼里有闪闪烁烁的可怜。于是，趁人们不在意时，我悄悄地溜了。跑到屋外，独自站在冷冷的寒风里，有月光的日子里，还会看看月光下我斜斜的身影。然后懒懒地回家，草草地洗脸洗脚，钻到被子里睡了。

德章叔家的火炉房就热闹多了，满屋子年轻人，走进去就热烘烘的。女人们纳鞋底，男人们则吹牛吸烟，春香靠着她妈妈坐了。我钻到春香边上坐下，听大人们海阔天空地说些新鲜事。可我却常常想起妈妈在世时，这间火炉房里很安静，妈妈默默地纳着鞋底，我则坐在小桌边写作业。当然，我也不会伤感多久，只管津津有味地听着大人们聊天，看看姊姊们纳鞋底绣鞋垫。一天，火炉房只有春香与她的荣姐姐，还有我。荣姐姐找了根圆圆的铁丝，插在火坑里，待抽出来时，铁丝有了隐隐的红。随后，她让春香坐着别动，轻柔地绾起春香额前的一小缕头发，在烧烫的铁丝上缠了几圈，焦焦的头发味弥漫而来。抽出铁丝时，春香直直的头发竟有了卷卷，荣姐姐用手梳梳，又有了漂亮的波浪。我惊叹了，不由得赞叹道，春香，你的头发有了波浪，真是好看呀。春香的脸微微红了，忙跑到厅屋里，给她爸爸看，平日里不太笑的德章叔也笑了。荣姐姐也给她自己烫了刘海儿，也很漂亮。可荣姐姐根本没想起替我烫烫，就将铁丝收了起来，我只得闷闷地走了。

我只能悄悄地眼红，没找到圆圆的铁丝，我家也没有大大的火坑。不久，我还发现春香有了一只新火箱，一只我似曾相识的火箱。德章叔家其实很穷，也很节俭，倒是舍得为春香买火箱，真是难得。我不由得想起，妈妈在世时，德章叔房里那张画着梅花与喜鹊的大红柜，就是我们家的，妈妈在里面放了许多好东西，有我的花衣服，有姐姐的黄纱巾，还在底层放了好吃的东西。对了，我记得底层放了一只火箱钵，亮闪闪的，妈妈说是铝皮做的，天冷了就用它给我做只火箱。而当时火箱钵里装了些生花生，我悄悄吃了几颗，有淡淡的甜味。后来，德章叔家住了进来，我也离家了，也就淡忘了，再想起便满心酸涩。

我吵着闹着要火箱，爸爸好不容易找到了火箱笼，却没有火箱钵。爸爸许诺我，他上城领工资时，就替我买一只回来。春香倒是觉得有了只火箱就了不起，天天早上让她妈妈替她装上土木炭火，喜滋滋地提着火箱去上学。

那天天气很好，又是星期天。我跑去叫春香，想一起去大队部玩。走进去一看，家里竟然没有人，那只火箱就放在堂屋里的桌子旁。我不由得提起春香的火箱，将那只火箱钵取出来看看，上上下下地看，想着要爸爸去买只一模一样的。突然，我的心一惊，火箱钵的底下，竟写着我的名字，而且是爸爸的字迹。哦，我家先前那只没用过的火箱钵，竟然在这里。春香怎么可以乱用我的东西呢？想着自己家的房子让他们一家住了，现在我的火箱钵也让春香拿了，真是心里有火。见四周无人，我慌慌地拿起火箱钵就走。

跑回家时，爸爸正戴着花老眼镜，坐在大门口看报纸。我悄悄地从他身后走过，跑到灶房里，偷偷地将炭灰全部倒掉，将火箱钵洗干净。之后，我平静地走到爸爸眼前，晃了晃火箱钵，说：爸爸，我在床底下找到了这只火箱钵。爸爸看了看我，忙进屋找出那只火箱笼，试着套套，竟然刚刚合适。我也终于有了火箱了，但一连几天只悄悄地在屋子里烤。我暗里地留意了春香，她那天倒是哭了许久，但随后也没什么动静。

终于，我提着火箱上学了，新新的火箱笼，漆了老红的漆，比其他同学的都漂亮了。春香特地赶了过来，说是借给她烤烤脚，当着全班同学的面，我只得让她提去烤了一节课。可就在那天晚边，我提着火箱走过地坪时，德章叔不知从什么地方冲了出来，冲到了我跟前，狠狠地瞪了瞪我，夺过我的火箱，一把端出火箱钵，丢下我的火箱笼，转身就走。我傻傻地站在那里，看着德章叔高大的背影隐进了堂屋里，然后大门砰的一声关了。好久好久，我才清醒地意识到，我的火箱钵又归春香了。一种悲伤与无助紧紧地将我圈住，我默默地流泪了，只得捡起地上的火箱笼，缓缓地朝家走去。爸爸正在做晚饭，我哭着告诉了他：德章叔将我的火箱钵拿走了，那还是妈妈买给我的！爸爸狠狠地瞪了我，骂道：拿了就拿了，有什么好哭，不就是一只火箱钵，下次买只给你就是了！你要是再去拿回来，看我不打断你的手！

我终是没有再去拿了，一直到她家搬走了，我都未能拿回。

初春：起早

很突然地，我从睡梦中醒来。一时间，竟不知身在何处，愣愣地坐了起来，寒冷袭了过来，毕竟还是春寒料峭的早春。此时，窗外已然蒙蒙亮了，不知谁家的大公鸡在喔喔地啼叫。我还很想睡，但我清楚地知道，得起床做饭了，不然又会迟到。

我扯亮了电灯，昏黄的灯光霎时洒满了房间，钻出蚊帐，四处瞧了瞧。此时，德章叔一家已搬走了，我们住回了原来的房子，我独自住一间大房间，平日里常听大人讲鬼故事，总害怕冷不防会有什么吓人的鬼从某个角落里蹿出来。我晃了晃脑袋，捞起床前椅子上的衣服，以最快的速度穿上，跳下床，人倒彻底清醒了。

　　我打开房门，拉亮了堂屋的灯，胆战心惊地穿过堂屋，在灶房门口，我立住了脚，迅速扯亮了灶房的灯。但见昏黄的灯光之下，水缸、饭甑、灶台、柴角的干柴堆，还有挂在墙上的碗柜，皆干净利索的模样。我心安定了，走近灶台，开始又一天的忙碌。自上了初一，得到外村去上学，爸爸便让我自己起早做饭。没妈的孩子像根草，我呢，大概就像一根草，瘦瘦的、矮矮的，穿着旧旧的花衣，还蓬着头发，天天步履匆匆，得上学还得干家务，比如做饭、洗衣、挑水、砍柴之类。此刻，我洗好锅，洗好木甑，就生火烧水，得赶紧煮饭。干干的柴呼呼地燃烧，调皮的火焰吻着锅底，水吱吱地轻响起来。

　　我轻手轻脚走进爸爸的房里，爸爸与弟弟仍在呼呼大睡。于是，量好米，两筒半，一家人一天的饭量。之后，轻手轻脚地退了出来。可做什么菜呢？我看了看碗柜，还剩下半碗油渣。再找了找，又发现了小脸盆里还有我前几天做的苦苹。再找找，便没有新发现了。那么，干脆蒸一碗干辣椒油渣，一碗黄菜，再来两碗米汤好了。接下来，我一时烧火，一时切菜，一时看看锅的米煮得咋样了。待米煮开时，菜早已切好，放进碗里了。很快，我手忙脚乱地自锅里捞起一瓢瓢白白香香的米饭，倒进沥箕。我定了定神，在锅里添上热水，将木甑放进锅里。然后，才将米饭倒进木甑里，都快半甑饭呢。接着，我将一双筷子插进米饭，摇几摇，摇出四五只小洞。将两只菜碗放在米饭上后，我盖上甑盖，赶到灶口，猛烧几灶火，不到半个小时，饭菜便会熟。

　　突然，大门吱的一声响了，哦，是爸爸起床了。我回身一瞧，天已大亮了。接着，收音机响了起来，是爸爸百听不厌的《新闻联播》，只怕快七点了。我有些急了，在灶里架起了干柴，火势旺了起来。之后，我跑到堂屋里，拿起扫把，呼呼地扫起来。"嘀——嘀——现在是北京时间七点整！"传来播音员清脆悦耳的声音。不好，怎么就七点钟啦？跑到灶房里一瞧，饭才刚刚上大气，还得蒸会儿。我奔至房里叠好被子，收拾书包，又风一样跑到灶房找带饭的洋瓷缸，匆匆地再洗一遍，心神不定地站在灶前，急切地盼着饭熟。爸爸赶紧来帮着烧火，缓缓地说，心急不如火急，饭就快熟了，你先梳梳头发。我伸手摸摸头发，竟然还是一团糟。又冲到房里，就着小圆镜，拿起梳子便梳，来不及了，扎两只羊角把算了。

　　刚梳好头发，爸爸已帮我盛了一碗饭，叫我吃饭。我却没有胃口了，匆匆夹几筷子黄菜，拌上饭，扒了几口，就觉得饱了。"小元，小元！快点，会迟到！"下屋厚英在叫我了。我跑到大门口一瞧，厚英背着书包，抱着带饭的茶缸，在路旁等我。我反过身来，赶紧背起书包，接过爸爸盛好饭的洋瓷缸，向厚英奔去。爸爸在身后嚷了什么，我一句也没听清。

　　一股清冽的冷空气席卷而来，田垄里薄雾蒙蒙，路边的枯草间微微有了绿意。落寞的萧条里泛出些许希冀，一种我喜欢的清凉的味道。厚英原本与她公公在大城市广州上学，她公公退休后，随着回了老家。她回来时，已开学好久了，她妈妈要我带她去读书。班主任找了把椅子，就让她与我挤在一起。可厚英嘴碎，常常上课讲小话，害得我多次挨批评。这不，一路上，她眉飞色舞地说了起来：莉萍最怕提起她爸爸的徒弟智哥哥，一提就会满脸通红，还会追着打人。昨天下课时，差点将罗小玲追得摔了一个大跟头，刚好班主任孙大个进了教室，吓得莉萍赶紧缩到位子上去了。

　　莉萍也是怪，提智哥哥又有什么要紧，何况智哥哥长得又高大又好看，干活又利索。沿着大路朝前走，不知不觉间，就到了隔壁村子莉萍家屋外，我叫开了："莉萍，莉萍，快点，会迟到！"喊了好几声，没人答应，我不耐烦地闯进了她家厨房。她妈妈正在手忙脚乱地烧火，还在蒸饭呢。莉萍正在洗脸，头上还沾着几根草屑，准是又干了一早上的活。见我进来了，婶婶朝我笑了笑：这么早呀？又是自己做的早饭吧？真是懂事，莉萍还不如你呢！我不好意思地笑了笑。莉萍妈妈常常病恹恹的，好多事都是莉萍做，莉萍比我能干多了。我一个劲地对莉萍眨眼睛，催她加快速度。莉萍点点头，走到灶台跟前，随手拿起灶上的洋瓷缸，揭开饭甑就盛饭。"别急，别急，饭还得再蒸蒸才香！"婶婶急了。莉萍才不管那么多，盛好饭，又将蒸着的菜端了出来，竟是一碗白萝卜，夹了几筷子放进洋瓷缸。然后，端起瓷缸，提起书包，与我一道溜烟地跑了出来。厚英正在张望，见我们出来了，才长吁了一口气，只说："快点，快点，迟到了又会罚扫地。"

　　此刻，路上行人多了起来，村子里也热闹了起来，时候应是不早了。三人都有些着急，一个劲地朝前赶。厚英却无缘无故地笑了："莉萍，今天没看见你的智哥哥呀？""才不是我的智哥哥！"莉萍不高兴地嚷了起来。厚英笑了："谁跟你抢智哥哥，你可别小气呀！"莉萍气呼呼地去追厚英，嚷嚷着要打人。于是，厚英在前，莉萍在后，一前一后地跑到了前面。我也只得跑了起来。

　　一抬头，远远地，一棵大樟树突兀而起，树下就是西冲学校了。可还隔两条垄，还得翻一座小坡呢。此刻，前面追打着的两个人停了下来，齐声喊了起来："罗小玲，罗小玲，快点，再不快点，我们就不等你了！""等等我，我就来了！"右边湾里急急地跑出来几个背书包的学生，打头的便是罗小玲。只一会儿，罗小玲几人赶上来了，女孩子们叽叽喳喳地闹了起来，倒是没放慢各自的脚步。

　　"当——当——"还在坡下，就听到了学校的钟声响，肯定是上晨读了，我不由得倒抽了口凉气。果真，还未进校门，朗朗的读书声袭来，大家放轻了脚步，朝各自的教室奔去。我、厚英、莉萍、罗小玲都在一个班，奔到教室门口，都猛地立住脚。偷偷地往里一瞧，孙大个正站在讲台前，我心里只得叹气，今天又得罚扫地了。

仲夏：挨打

爸爸原本是土改干部，曾当过区委书记，虽说没多大出息，退休时只是农机修造厂厂长，在当地也算是见过世面的人了。现在重回老家，没有了往日的风光，队上的人因此渐渐看轻他。别看爸爸干活不在行，打起人来却厉害。弟弟是满崽，爸爸舍不得打，哥哥姐姐在外，爸爸打不到，我便首当其冲成了他的出气筒。倘不小心惹得爸爸不高兴，他就会操起挂在墙上的竹条，有一顿好打了。竹条打不伤人，但打在身上真是痛呀。我有些倔脾气，若认为自己受了冤屈，就站在那一动不动，任爸爸的竹条抽来抽去，一声不吭。隔壁廖婆婆看不下去了，上前抢过爸爸手里的竹条，气愤地说：还是小孩子，干啥生这么大的气？好像小元不是你的亲生女了！此刻，我再也忍不住了，呜呜地哭了起来。廖婆婆便牵着我去她家，让我坐在她家堂屋里凉凉的竹床上，边干活边和我说说话，我的泪渐渐止住了。当我回家再看到爸爸时，他脸上的表情有些僵硬，也不提刚才挨打之事。

夏天放假的日子里，我有时会去龙坡里砍柴，厚英的家就在龙坡口上，俩人正好有伴。挑着柴回家时，每每走过厚英家门口，她总会扯着我停下，无论如何得去她家喝杯凉茶，家里大人都上工去了。当然，喝过茶了，又得在她家玩会儿。一个大热天，俩人玩得兴起，竟将她爸妈房里书桌上的一只小瓷坛碰倒在地，哗的一声碎成了几大块，吓得我俩赶紧跑出屋外。我匆匆地挑起柴担就走，厚英也跟在我身后，随我到了我家。我心虚了，回到家就赶紧挑水，张罗着做饭。

可还没天黑，爸爸就虎着脸，走近我就挥起竹条，边打边骂：叫你去砍柴，却野到别人家去，还将人家的瓷坛打烂了？今天爸爸下手好像特别狠，廖婆婆却不在家，又没有别人走过，我的腿已在麻麻地痛。我瞅了爸爸几眼，他依然没有放手的意思，只怕明天会鼻青眼肿，会见不得人！于是，趁他不留神，我猛地朝外就跑。

爸爸略微愣了一下，追了上来，边走边骂：你这畜生，我看你跑到哪里去？我问你，你是不是拿了厚英妈妈放在书桌上的五块钱？……我一听，简直气坏了，停住了脚步，气呼呼地反驳：钱？我不知道！我没拿！爸爸追上来了，又胡乱抽了我几下，抽得我的手指好痛。我再也忍不住了，放声哭了起来，怎么会认为我拿了人家的钱，那不是小偷吗？可此时，纵有一百张嘴也说不清，我只得朝对面山上跑去。爸爸却急了，忙嚷了起来：你别跑，山上有蛇，你下来，下来就不打你了！我不管，依然朝前跑，跑到山顶上才停下来。

四周空旷而孤寂，我浑身无力，随地坐在一棵油茶树下，全身火辣辣的痛。天很快黑了，我又害怕又委屈，早已泪流满面，头嗡嗡地响，渐渐地陷入迷糊。恰好那天大哥回家探亲，他在山上辗转了很久，直至夜深了才找到了我。我其时已被山上的风声吓得缩在树底下，听见他焦急的呼唤，我怯怯地应答了一声。他竟然听见了，边走边晃着手电筒的光亮，快速而准确地奔至我的跟前。他看到了我，摁灭了手电筒，蹲了下来，用他温暖宽厚的手牵起我，将我拉至他的胸前，拍了拍我的后背。随后，他左手揽着我的腰，右手牵起我冰凉的手，小心翼翼地护着我回家。爸爸迎了上来，小心地看了看我，我却狠狠地瞪了他一眼，一声不吭地上床睡觉去了。

没想到，第二天一大早，爸爸竟早早起来做饭，给我蒸了石灰蒸蛋。石灰蒸蛋的清香悠悠而来，渐渐吹散了我心里的怨气。

（选自《清明》2017年夏季增刊）

记一只流浪狗

庞俭克

白先勇有一篇散文《小黄儿》，写他年轻时在台南上学时，在学校附近租房子住。房东是个赌徒，从邻居家领养了一只小狗。先勇看到小狗经常受到主人虐待，缺吃少喝，便时常从市场给它带回一些吃的。久而久之，小狗长大了，它把先勇当作主人。有一次先勇患病卧床，孤苦伶仃，小黄儿守候在他的床前，让离家读书的先勇感动不已。其后不久，先勇听说房东要宰杀小黄儿炖肉吃，先勇苦劝房东不果，继而要掏钱买下小黄儿，房东也不答应。眼看着好朋友小黄儿任人宰割，成为盘中餐，先勇心如刀绞，他搬出了这家人家，并发誓再也不想见到这个房东。

这篇真情实感、朴实无华的文字让我过目不忘，从此对流浪狗多了一份心思。

记得有一次骑自行车到地铁站时，正巧一个年轻女人也刚到地铁站，在她停放电动车时，自行车管理员饲养的一条小母狗，冲着她摇头摆尾，还前腿离地站立起来向她示好。她停好车，从车头行李筐里拿出一袋食物，打开来搁在地上让狗狗吃。她一边看着狗狗大口大口吃东西，一边对看守自行车的一对老夫妻说，狗狗刚生娃，要多给它喂鸡肝鸭肝，补补身子。从老夫妻的回话中，我得知这位年轻女人喂食这只小母狗，已经有一段时间了。

那一幕至今还历历在目。

我所居住的小区大门外，沿街是一溜儿商铺。不知从何时起，一条黄色的本地土狗，经常出现在一家房地产中介店铺门口，时而蹲着，时而趴着。开始我也不太留意，来来往往的多了，路过时总免不了看看那家店铺，瞅瞅那狗在不在。有一次路过店铺，忍不住向店员打听这只狗狗的来历，店员回答说是流浪狗。听店员这么一说，我心里咯噔了一下。

在经历了多次的回头之后，我试图寻找机会接近这条流浪狗。此后路过那家店铺，我停下脚步，看看它在不在店铺里，如果在，我会在外面盯着它看。如果它在店铺外，我会在离它一两米的地方停下，静静地看着它。狗狗觉得我在看它，会时不时抬头看看我，它一副历经沧桑的模样，看人的眼神很温和，还有些许的疑问和好奇。有时我会叫唤它，嘴里发出嚼食的声音，它会循声望过来，那目光依然是温顺的。

前两天，妻子做烧鸭腿，她在一边忙着微信刷屏，不曾想锅里的一些鸭腿烧焦了。她说处理处理，把焦煳的地方刮去，鸭腿还能吃。晚饭后我出门遛弯，念及那条流浪狗，大冬天的，吃点肉，也能给它增加热量，于是向妻子提出来，干脆把搁冰箱里的烧鸭腿全给狗狗吃了。妻子回话说，都带给它吧，一条小母狗，也挺不容易的。没想到那么巧，我骑着自行车，刚绕过小区的圆盘，就看见那条流浪狗从地下停车场里跑出来。我便下车来，顺手提起装着烧鸭腿的塑料食品袋，朝它扬扬，嘴里还发出嚼食的声音。它停下脚步，好奇地注视着我，目光很专注。我示意它跟我走。于是再骑上车，没走几步，回头看看，没看见它，我又下车，回头一看，它正跟在自行车后呢。我便推着自行车，到了小区大门外的店铺旁。我对店铺的业务员说，家里做了烧鸭腿，有的鸭腿烧焦了，我家把烧焦的地方处理过了，吃了一些，吃不完的拿来给狗狗吃，说完我把食品袋打开，唤它过来。它踏着碎步跑上前来，伸出鼻子闻了闻，又抬头看看我。我心想，它这一看，十有八九是记住我了。这正是我希望的。我放下食品袋，退到一边。它并不着急吃，而是回头看了看我，又抬头看了看站在店门外吸烟的业务员，然后才把食品袋里的鸭腿一块块叼出来吃。

看着狗狗美滋滋地享用烧鸭腿的吃相，我心里涌上一股暖流。人狗相处，给予对方的都是温情。尤其是流浪狗，经历过被遗弃，为温饱四处流浪，饱受惊吓，甚至追杀，来自人世间的关爱应该是很温暖的。

风来雨去的，小狗狗住哪里呢？北京最寒冷的那几天，有一次我看到它从地下车库跑出来。想必它是在那里过冬呀？地下车库冬暖夏凉，小狗狗挺聪明，会选地方。有一次，我问一位女店员，小狗狗住哪里。她说，店里的男员工晚上下班时，会用电动车带着它回到租住的屋里，他们用棉被为它做了一个窝。听她这样一说，我心里暖乎乎的。这店里的员工有爱心啊。我祈愿他们身体健康，生意兴隆，这样，小狗狗也有了长久的依靠。

写到这，我想起了几个狗与人互相温暖的故事。

在苏格兰爱丁堡的格雷弗里尔广场，有一尊名为巴比的猎犬的雕像，是当地居民为了纪念它对一饭之恩的感激和坚守而设立的——一位名叫杰克的老人，在一家餐馆请小狗吃了一顿晚饭。不久杰克去世了。老人下葬时，巴比也跟着送葬队伍到墓地，从此守护在杰克的墓地。挖坟坑的工人要它走开，他们踢它，拿石头砸它，要它离开。巴比却就是不走。从那时起，整整十四年，无论寒冬炎夏，巴比一直蹲守在墓边。每天下午，巴比会跑到杰克请它吃饭的餐馆找食物。不论找到什么，它一定会带回到杰克的墓边才吃。杰克死后的第一年冬天，巴比无处躲避风雪，整个身体缩成一团躲在墓碑下。第二年冬天，村民们被巴比的行为感动，为它盖了一个小棚。十四年后，巴比去世时，村民把它葬在杰克的墓边。巴比于 1872 年 1 月 14 日去世，每天都有人来看它，向它献花，纪念它。

就在写这篇文章的时候，网上一则刚发出来的故事打动了我。故事说的是美国媒体这两天报道的一件发生在新年夜的故事。住在密歇根北部的 Bob 大叔是一个农场主，六十四岁的他住在四十英亩的农场里。家里有一条叫作 Kelsey 的五岁大的金毛犬陪他跨年。晚上 10 点半，屋中壁炉里的柴火快烧没了，Bob 走到屋外想拿点白天劈好的柴火。当时外面只有零下 4.4℃，Bob 没有换衣服，穿着拖鞋和睡衣走出家门。他下了台阶，没走两步，脚踩在结了冰的地上一滑，摔倒了。

这一跤把 Bob 的脖子摔骨折了，多年的椎间盘突出此时压迫了脊髓神经，导致全身瘫痪。Bob 开始大喊救命，Kelsey 冲了出来。它先是围着 Bob 团团转。然后用头去"拱"他。之后，Kelsey 趴在 Bob 身上，像一条"狗被子"一样为 Bob 取暖。Kelsey 还用舌头去舔他的脸和手。

Kelsey 黑夜中高声狂吠，一直从晚上叫到了白天。Bob 的体温越来越低，意识也渐渐变得模糊。Kelsey 舔 Bob 的脸，用爪子拍他，轻轻地咬他。

第二天的下午 5 点左右，Bob 终于昏睡了过去，Kelsey 叫声更大了。

下午 6 点半，一个前来收鸡蛋的邻居听到了 Kelsey 的叫声，他跑过来，发现了躺在雪中的 Bob，然后叫了救护车。经过护理治疗后，Bob 恢复了意识。医生 Chaim Colen 表示："如果没有那条狗，我真的不觉得他还能活着。狗狗让他保持温暖……它真的非常暖，所以（Bob）甚至都没有任何冻伤的痕迹。"

近日又见网上报道，泰国某地一条母狗，过马路时被车压断颈脖，全身多处骨折，它用一条腿支撑着爬回狗窝，在路上划出了一道道沾满血迹的痕迹，为五只出生不久的小狗崽喂奶。吃奶的小狗崽不知道，它们的妈妈身体渐渐僵硬了。

……

这些故事数不胜数，它们呈现的主题是一致的——动物的爱，与人类并无二致。人类在给予动物温暖时，动物同样回赠人类以信任和温暖，这种信任和温暖，有时比人与人之间的关系更纯粹，从而也更让人感动。

后来，一直没有见到这只小狗。某天，巧遇该店的几位女店员，便问她们狗去哪里了？回答说，有一天下午小狗从外面回到店里，口吐鲜血死去了。

（选自《散文选刊》2017 年第 10 期）

记忆里的团长们

贾秀琰

　　小时候，最常听父亲提起的一个军人称谓，就是"团长"。他曾无数次说起，他当兵时在内蒙古打坑道，一次上级派来了一位大官儿——他们的团长来慰问他们。团长和他聊了几句，发现他喜欢看书、爱好文学，就把他调到了团里当通讯报道员，虽然服满三年兵役父亲就退伍了，但自此他走上了文学路。那位团长是改变他人生命运的人，是他一辈子不能忘的人。

　　我认识的第一位团长，是河北某坦克团刘团长，那是2002年我刚考入军校参加军训的时候。刘团长脸色黝黑，头发很短，穿一身有点旧的迷彩服，说一口蹩脚的普通话，用我们女生的评价就是"真土"。他走路还有些跛，男生都叫他"瘸子团长"。在第一次内务大检查中，他把男生宿舍叠得不成形的被子直接从三楼窗户扔了出去，把女生宿舍乱七八糟的小玩具、小零食、化妆品全部没收。于是他又多了一个外号——"野蛮人"。第二天一早，他又抓到一个偷偷把没吃完的馒头扔掉的学员，便罚所有人站一个小时军姿。烈日当空，时间仿佛凝固了一般，我盯着远处宿舍楼的窗户默默数数，数着数着就觉得窗户渐渐放大，世界在眼前颠倒了。后来模模糊糊中感觉有人把我背到了花园的亭子里，等到眼前的一切再度聚焦时，我看到了刘团长站在我面前。我吓得赶忙站了起来，转身又跑到了队伍里继续训练。当天晚上的例行点名时，刘团长说，今天一个女学员让他很受感动，她在训练场上晕倒了本可以休息一天，可没想到她刚恢复意识就又跑回去了。然后他指了指我说，大家要向她学习。后来每次他见到我，都会笑着对我说，记得吃糖，别再晕倒了。而我从那时起，觉得军训的日子不再那么难熬，现在想来，或许是因为受到了鼓励而坚强了起来。

　　直到一天晚上团里组织看电影《冲出亚马逊》，看到特种兵王晖经过残酷恶劣、超乎生理极限的训练，为中国在世界争得最高荣誉的时候，我深受感动，第一次有了成为军人的自豪感。此时，我看到了站在我旁边不远的刘团长抹了抹眼睛，一些晶莹的东西透过大银幕的亮光在他的眼里闪动。原来刘团长曾经也是一名特种兵，在广西海关配合边防警缉毒。一次执行任务时和战友一起被流弹击伤腿部，战友后来转业离开了部队，而他则努力进行康复训练重返军营，虽然腿有残疾但还是取得了军区大比武前十名，调到了这个有"装甲雄狮"之称的坦克团当团长。军训结束时，我获得了"军训优秀学员"的奖章，刘团长将奖章递给了我，微笑着冲我敬了个军礼，我立刻站得笔直，朝他回了一个标准的军礼，很用力地对他说了声"谢谢"。

我认识的第二位团长，是偏远山区某通信团白团长。大二暑假，学校安排我们去部队体验生活。据说白团长是当年的高考状元，学习很好。但是为了给贫困的家里节省费用，他填志愿时报了军校，毕业后分到这个大山沟里的通信团某连当排长，大学时的初恋女友嫌他分配得太偏远跟他分手了。后来他因为专业技能出色，才一步步从深山走出来，到了山脚下的团部当团长，娶了当地的一位小镇姑娘为妻。我们这群文艺女青年当时都管他叫"悲情团长"，说要把他的故事写个唯美凄凉的爱情小说。我们每天和战士们一起例行训练、种辣椒、收茄子、喂鹅群，拔屋后那些总也拔不完的草。建军节当天，白团长领着我们和当地老百姓组织了一台"军民鱼水情"文艺演出。后来和他聊天，他告诉我说，他的家人对他很失望，本来以为家里飞出了金凤凰，没想到最后"凤还巢"，他又回到了农村。他的同学几次跟他说让他脱了军装一起做生意，可每次他拿着转业表，都迟迟无法下笔。因为从穿上军装那一刻起，他就感觉自己再也无法脱下这身军装。几次之后，他便再也没有了转业的念头，只想着干好工作，带好兵，看管好通信线。他要当爸爸了，他说将来儿子知道他是军人，会感到骄傲的。暑假结束了，临别时白团长带着营长、连长、班长、战士们站在团营区门口挥手送行，我们看着他们的身影渐渐缩小成几个绿点。

我认识的第三位团长，是八一电影制片厂《我的长征》摄制组的"翟团长"。那时我刚刚毕业分配到八一厂生产部宣传发行处，又被处里派到了远在贵州的剧组去为电影撰写宣传稿。这位"翟团长"其实并不是真正意义上的团长，而是电影的总导演。电影的拍摄地就在红军当年长征的沿线，虽然七十年过去了，曾经的荒郊野岭、恶水险滩现在依旧条件十分艰苦。在每天气温高达35℃以上、一阵暴晒一阵暴雨的野外，为了给大家鼓劲儿，导演开玩笑说："你们喊我团长吧。"制片人打趣说："您这个岁数应该叫将军啊！"翟导说："那不行，我永远年轻，就叫我团长！"他让大家把自己当成冲锋陷阵的战士，拿出长征精神拍"长征"。湘江之畔，随着现场导演一声"开始"，几千名扮演红军战士的部队指战员踏上了浮桥，投入奔流的江水中，炸点在他们身旁不断响起，掀起十几米高的浪花，场面激烈恢宏。七十年前的湘江大战犹在眼前，年逾六十岁的老"团长"振臂高呼，八一电影人冲锋在前，看着这一幕，我不禁热泪盈眶。原来电影是这样拍出来的，这电影里注入了军人真正的精魂，所以才能这样感动人、鼓舞人。

我认识的第四位团长，是内蒙古某通信团马团长。当时上级组织军队文艺团体干部下部队代职锻炼，我被分配到了内蒙古军区某通信团。这位马团长气宇轩昂，声如洪钟，十分亲切谦和，很有内蒙古人的气质，说话说到兴奋之处载歌载舞。他当兵时在内蒙古边防，提干之后成为内蒙古军区最年轻的连长，他在他手下的战士们眼里一直是偶像级别的人物。在那里代职的前两个月，我跟着他走遍了这个团管辖下的所有护线哨所。代职的最后一个月，我随马团长参加了一次军事演习。马团长全副武装，一声令下，各种高科技通信装备铺陈完毕。我坐在指挥车里，看到一辆辆坦克呼啸而过扬起漫天黄沙，听到一声声火箭炮发出震天巨响。这一刻的真实战场，一定会令很多热血男儿痴迷不已，但是对于我这个女同志来说，看到马团长镇定、快速、娴熟地回应着一切情况，我深深感到身边有这样一群人在，虽此刻置身硝烟弥漫的战场，却如此安全和踏实。休息的时候，我对马团长说，您真是太帅了！马团长笑笑，指了指在前方作战指挥所里的几位将军，说："总有一天，我要坐在那里！"

（选自《文艺报》2017年10月27日）

老 土 炕

王金平

随着时代的变迁，"老婆孩子热炕头"这句常拌在男人嘴边的话，如今很少有人提及。祖祖辈辈，人们生老病死、赖以生存的老土炕，在渐渐淡出人们的视线。

老土炕，顾名思义是用土坯盘起来的，黄土或者红土，用夯在模里打成的土坯，或者用麦秸泥和刮板在模里拓成的坯。它一般分为火炕、连锅台、煤火炕。

火炕垒有一个炕洞，天冷时，烧玉茭秸、荆柴、洋槐枝等一些柴火取暖；连锅台把做饭和取暖连在一起，烧火做饭的同时，也烧热了炕，柴火和锅里的蒸汽，会把整个屋子熏烤得暖洋洋、热烘烘的；煤火炕是煤火台连土炕，它与连锅台不同的是，一个烧煤，一个烧柴。

盘火炕、垒锅台、垒煤火台是一种技术活儿。好的泥瓦匠，能使锅台、煤火燃火旺盛，烟道畅通，稍一烧燃，炕便热勃勃温乎乎，既省柴省煤，又"热火朝天"。

老土炕的炕沿各不相同，有的使用的是土坯，有的码一溜方砖，有的是直溜溜的好木头扎成的。

老土炕的炕面，一般铺一层麦秸、秫秸，再往上，铺一两领苇席。

家庭讲究的，白天，炕上的被褥都要搁到橱柜；稍讲究的，被褥叠成条，整齐地垛在炕头；不讲究的，被子叠成筒，一折，枕头一垛，一卷，排在墙根，一人一堆儿。

那年月物资缺乏，孩子又多，冬天的夜晚，为了取暖，一家人挤在一个炕上，虽然拥挤，但也长幼有序。烟火在炕道里走，炕面暖热不一。老人要睡在炕头，那是土炕最暖和的地方。炕中间，躺几个不懂事、喜欢热闹的孩子。挨窗户冷的那头，年轻人总在那儿睡。

极少数的小两口、老两口，夜里躺在一个大被窝里，同枕一个长枕头。这其中，还包含着另外一层意思。

往往是，家庭好的一人一个被窝，一人一个枕头。睡觉前，把热水倒进输液瓶里，用作暖被窝的暖瓶。条件差孩子多的，几个孩子伙枕一个枕头，伙盖一条被子，有的头朝里，有的头朝外。天冷时，两边的孩子把被子扯来搜去，有时被子都被拽笑了，咧开了嘴。

白天，孩子们在街里疯跑、睡觉时，大人只要查一查被窝里有几个脑袋瓜儿，就知道孩子全不全。

在冬天，睡觉前，人们习惯在屋地上墩一个大马桶，凳子或椅子上分别搁两个小尿盆，其中一个搁在老人触手可及的地方。大马桶离老人也很近，解了小手，小尿盆从被窝里拿出来，一伸胳膊，"唰——"一下，就能把尿倒进大马桶里。另一个小尿盆，搁在孩子们头气的当中，几个孩子都能够得着，在被窝里解了小手，往炕沿上抻一抻身子，也能倒进大马桶里。有的孩子迷迷瞪瞪，倒尿时看不准，把尿泼到屋地上，臊气味儿弄得满屋都是。年轻人头前没有小尿盆，他们火力壮，即使在深冬，要解小手了，都要下到屋地上，对着大马桶，咚咚咚地滋上一阵，然后晃晃小家伙儿，滴啦几滴残尿，浑身打个激灵，再钻进被窝里继续睡觉。

男人们稍明儿就起来了，扛着锄头和钎，吱扭一声把门打开，又吱扭一声把门关上，去参加生产队的劳动。

天明了，娘们儿懒洋洋地穿了衣裳，先打开风门捅开炉火，让煤火蹿起来，给冷飕飕的屋子散些热气。之后，吆喝一阵上学的孩子们，再提起大马桶，到茅房倒尿。

如果遇到星期天，孩子不用上学了，即使早早醒来，也赖着不起。他们在被窝里不能安生，撩逗撩逗这个，撩逗撩逗那个，惹得满炕叽叽喳喳哭叫不停。

如遇大雪纷飞，大人不能到地里干活，小孩不能到学校上学。于是，到院里的墙垛上掐一把干柴，一家人围在炕洞周围，坐上小板凳，伸出脱去棉鞋的脚，晃动着几双干涩的手，直到把小手和脚丫烤成铜红色。

用不了多久，屋里会弥漫出一股土腥味儿，更多的是柴草的奇香。

在这温暖的氛围中，大人们对孩子嘱咐些家长里短，谁是小叔叔，谁是老侄子，碰了谁应该叫婶子，碰见谁应该叫大爷。而老人们，则喜欢给孩子讲些恐怖的故事：下雪天，狼在山上没了吃的，大白天，两只白毛狼相跟进了庄，跑到王三猪圈，三下五除二就咬死一头大猪，然后朝背上一背，大步流星上了山……

冬天的夜寒冷而漫长。

女人盘腿坐在炕上，就着煤油灯，纳鞋底补衣裳。纳鞋底时，针锥与顶针轻微的碰撞声，像一曲妙曼的轻音乐，有节奏地缭绕在屋的上空。

往往这时，家里的其他人，围坐在煤火台周围烤火。孩子们嘴馋，哼哼扭扭想吃东西，大人就会从羞涩的瓦缸里摸出几个红山药，然后朝火道里一塞；抑或从透气的荆筐里捧来一捧花生，散落在煤火台铁圈周边。

花生熟得快。大人一边讲故事，一边不时用烧火棍拨拉，把熟了的花生拣出来，你一个他一个，他一个你一个。

孩子们拿眼盯着那些食物，嘴里不住地咽着口水。

烤熟了的红山药，被烧火棍刨出来，顺手在煤火台上一摔，一掰，焦黄的山药瓢里冒出一股热气。然后，你一块我一块，我一块你一块，品尝一番苦难岁月里的香甜。

农闲时，老土炕挨窗棂那头，常常摆着一架纺车。女人们起早贪黑，一手不停嗡嗡地摇着，一手把贫瘠的日子拉得很长。不知有多少个夜晚，纺车不变的旋律，像一曲催眠曲，伴随着一家人渐进梦乡。

有谁家娶了新媳妇，待到夜深人静，会有几个兄弟或侄子辈的年轻人，蹑手蹑脚来到窗下，一个踩着另一个的肩膀，侧耳倾听屋里炕上的动静。再用舌头在窗纸上舔出一个洞，就着明朗的月光，凝神静气窥视一番。还要轮番换班。之后圪蹴在墙根下，捂嘴哧哧偷笑。有时憋不住，笑得前仰后合直不起腰来，把小媳妇笑得满脸通红。这时的新郎官又好气又好笑，一边嘴里不干不净地骂着，一边把糖块扔出去。平时兄长或叔叔骂人，弟弟或侄子不能还嘴，今儿捉弄长辈一回，心里不由得乐开了花，像吃了蜜。

如果有外人到家，小辈儿总是坐在炕沿边，大辈儿则坐在木椅上。过节遇事，炕上常常摆一张小低桌，上面搁一个笸筐，笸筐里放些花生和大枣之类的农特产，以此来显摆自家的富足，显示主家的热情。

热炕头也能生出不同的日子。手巧的，在炕头生豆芽、暖小鸡，不分春夏秋冬。不过，暖小鸡一般是在春天。春天是孕育的季节。鸡蛋摆几层翻几番、被子怎么捂、柴火用多少、每天烧几次炕、多少天后上架、小鸡何时破壳，这些都有定律。或许，是大自然遵循的大同的定律吧！

等天气暖和，不必再睡热炕了，可用一片石板，将火道堵住。

等额头刻满了雨雪风霜，老土炕真的老了，就该拆旧换新。

但拆下来的土坯，农人是不会扔掉的。碾碎泡酥，它照实是一种好农肥，上到农田，能保庄稼三年丰收。它也是一种土水泥，搞建筑结实牢固，泥房顶不漏水，做墙泥不起碱，砌泥墙不渗水。

老土炕！

老土炕是乡下人一种独特的标志，是老百姓生活的温床，他们在那里繁衍生息，摸爬滚打。那里响彻着他们的欢笑，那里飞翔着他们的梦想，那里记载着他们童年贫寒的温暖时光。

即使长大后，离开了老土炕，他们的身上，依然熏染着故土的泥香！

（选自《散文百家》2017年第2期）

春日里访红安

马誉炜

在大别山区龟峰山上杜鹃花盛开的4月，我来到闻名遐迩的"200位将军一个故乡"的革命老区 ——湖北红安。

远远望去，满山遍野的映山红，灿若丹霞，天生烂漫，情燃人间，似画犹诗，叠岭崇山，像一簇簇火焰，映红了朗朗春日的天际。

这善解人意的花儿啊！像是时刻在向人们述说着"杜鹃啼血，子归哀鸣"的典故，演绎着"花中此物是西施，芙蓉芍药皆嫫母"的诗情；又像生机勃勃地象征着革命先烈忠贞不渝的信念和对美好生活的向往，这火红火红的颜色，分明就是用千千万万英烈的鲜血染成的。

一提起红安，人们会自然而然地想起黄麻起义和鄂豫皖苏区革命斗争的峥嵘岁月，想起为了我们今天的幸福生活壮烈牺牲的无数英烈。在红安县城关庄严肃穆的烈士陵园里，我看到这样的诗句："血染沙场气贯虹，捐躯为国是英雄。四民安享新生活，奠洒供花岁祭隆。"红安，作为革命老区，早在第一次国内革命战争时期就成立了共产党的组织，是著名的黄麻起义策源地。黄麻起义揭开了鄂豫皖土地革命的序幕，绘制了创建鄂豫皖工农武装的蓝图，奠定了鄂豫皖苏维埃政权建设的基础。第二次革命战争时期，红安是鄂豫皖苏维埃政权的中心，苏维埃军政机关就设在红安县的七里坪镇，当时的七里坪曾被命名为"列宁市"。中国工农红军第四军就诞生在这里，并从红安的黄柴畈开始西征转战。由于这个革命根据地的日益强大，还曾在这里举行过国共合作谈判，后成为重要的抗日根据地。在第三次国内革命战争时期，红安作为鄂豫皖革命根据地的重要地区，成为中国共产党进行解放战争的重要依托，这里的人民群众为人民解放军由战略防御转为战略进攻做出了巨大贡献。老一辈无产阶级革命家李先念生前曾多次叮嘱家乡的负责同志："红安为中国革命做出的贡献大啊！四十多万人口的县就牺牲了十四万人，真是血流成河！那时群众支援革命，什么都拿出来了，把我们当成他们的儿子，他们为革命作出的牺牲太大了。如果我们不关心他们的疾苦，不让他们过上好日子，那就对不起他们，就是忘本啊！"

如今，我怀着敬仰之情徜徉在红安这块热土上，到处都流传着当年赤卫队、游击队和红军奋勇杀敌的故事。1927年11月14日，在中国共产党的领导下，当时的黄安（即今红安）、麻城一带三万多不甘压迫和剥削的农民揭竿而起，手持刀、矛、土铳、撇把子枪，一举攻克黄安县城，建立了黄安县农民政府和中国工农红军鄂东军。整个红安大地，到处响彻着"小小黄安，人人好汉；铜锣一响，四十八万；男将打仗，女将送饭"的歌谣，令敌人闻风丧胆。鄂东军在人民群众的协助支援下，多次打退黄安反动势力和国民党军的进犯。但终因寡不敌众，伤亡惨重，被迫突围，总指挥潘忠汝也在战斗中壮烈牺牲。黄麻起义，成为继八一南昌起义和湘赣边界秋收起义后，党领导的又一次较大规模的武装起义。这次起义及其后期的革命斗争，造就了一支能征善战的革命军队。其中从黄麻起义中走出的党和国家领导人就有四位，开国将军有二十五位。加上后来的革命斗争历练，仅红安县，就走出二百二十三位将军，这在世界近现代史上也不多见。有人总结出独具特色的黄麻起义革命精神是：紧跟党走，信念坚定；不畏强敌，拼搏图存；求真务实，勇于创新；一切为了人民，一切依靠人民；无私奉献，艰苦奋斗。

我在位于红安县城陵园大道的黄麻起义和鄂豫皖苏区革命历史纪念馆里，看到一本已经有些泛黄、二十多年前由红安县委党史办公室主编的小册子《黄安战役》，里面记述着黄安战役从开始筹划到最后胜利的详细经过，深为革命先辈为了民族解放事业英勇不屈的精神所感动。红军指挥员身先士卒，冲锋陷阵，留下许多可歌可泣的佳话。秦基伟将军在一篇回忆录中特别提道："战斗中，我们都摸到一个规律：哪里的战斗任务最重，哪里的情况最危急，徐向前总指挥就出现在哪里。"在黄安战役的总攻阶段，红四方面军政治委员陈昌浩亲自坐上一架刚刚从敌人手里缴获过来的飞机，到黄安上空扔炸弹，散发传单，骚扰敌军。第十二师三十四团团长的许世友，总攻时带领该团一、三两个营攻打西南角的溜坡山高地，先是以火力侧击敌人，继则拔出大刀，冲入敌群，与敌肉搏，砍得敌人血肉横溅，魂飞胆裂。第十一师三十一团团长赵赐吾，经常带领赤卫队员乔装打扮，神出鬼没，以迅雷不及掩耳之势收拾敌人。在一次战斗中，带领部队向敌人冲击时，不幸负伤，他仍不顾一切地向前冲杀，直到身中数弹，流尽最后一滴血。他的事迹也被乡亲们编成歌谣传唱："黄安有个赵赐吾，革命坚决胆子粗；土豪见了吓得哭，白军见了直叫苦。"在红安，像赵赐吾这样为革命英勇献身的先烈不胜枚举。以至于1931年12月，为纪念黄安战役的胜利和表彰黄安人民不怕流血牺牲的革命斗争精神，鄂豫皖中央分局决定将黄安县改为红安县。

军队打胜仗，人民是靠山。看一看当年鄂豫皖中央分局下发的那一份份"补充新兵""动员群众参军送粮""筹集粮食支援围攻黄安城作战"等"万急通知""紧急通告"，就能想象得到当时的境况。红军经常是在几乎断炊断粮的情况下行军打仗，他们既要根据需要征集兵员、筹集粮食等生活物资，又要严格执行政策纪律，最大限度地保护民众的利益。人民群众在自己安全无着、衣不蔽体、食不果腹的情况下，还源源不断地向自己的队伍输送子弟、捐献一批批的粮食和其他物资。红安县呈现出"男女老少，全力以赴；参军参战，拥军支前"的动人情景。

我在这座革命历史纪念馆写有"革命母亲"字样的一面墙前驻足良久，听解说员讲述数位"革命母亲"中，一位名叫周家姆的大妈"牺牲亲子保护红军"的故事。那是在一次战斗中，后来成为开国大将的时任红军团长王树声遭到敌人疯狂追堵，情急中他躲进农村老人妈　　周家姆家里。当儿十个荷枪实弹的敌人来到这位大妈家"要人"时，周家姆进屋叮嘱王树声一定要藏好，然后把与王树声藏在一起的大儿子王正道拉出来，给他带上一顶红军帽子，交给敌人带走。不一会儿，村子附近的河滩上响起枪声，敌人抓到的"王树声"被残忍地杀害了。村子里的周大妈顿时晕倒在地，醒来后她并没有落泪，只是紧咬着牙关……这位"革命母亲"，一辈子生了四个儿子，二儿子、四儿子相继参加革命牺牲了，三儿子也被还乡团杀害。红军战士们都称孤苦伶仃的周家姆为"干娘"。中华人民共和国成立后，身经百战的王树声将军探亲回到家乡，步行十多里路找到周家姆大妈，跪倒在"革命母亲"面前说："娘！我是国伢（王树声的乳名），树声！是你的亲儿子，是你的正道！我养你……"

肩负着民族独立、人民解放神圣使命的中国共产党及其领导下的人民军队，一刻也离不开人民群众的拥护和支持，血浓于水啊！据红安的乡亲们介绍，在红安，革命战争年代曾出现过许多的"绝户村""寡妇村"，一些村子至今还有当时战后被一起掩埋的"万人冢"。这里，还有被张国焘错误路线"肃反"杀害合葬的数个"红军坑"。在纪念园长长的"红安革命烈士纪念墙"上，按姓氏笔画写着密密麻麻的名字：戴雪舫戴先伯戴先诚戴先治戴克敏戴华堂……汪立明汪宗新汪明秃汪昌祥汪喜林汪显华……郑植玉郑国长郑炳柏郑国像……方忠兰方思利方思祥……

红安的土地，每一寸都在滴血。

在大别山地区，一北一南都生长着一种富有诗意的山川红叶。位于桐柏山北部的栲栳山上，生长着一种俗称"黄鹿柴"的植物，它的叶片是红的，那红叶每年从寒露开始红起，一直到严冬数九天气，花儿的叶片圆圆的，连茎脉也是红色的，每朵花儿从花蕊红起，然后连成一簇簇、一丛丛、一片片，如同山里渐渐燃起的篝火，于高低错落的山川峡谷间，又像一件件悬挂着的红战袍，令人肃然起敬、叹为观止。而在长江以南，离红安不远处的麻城龟峰山上，漫山遍野绽放着红红的杜鹃花，这种花儿是在每年清明过后的暮春时节开放。同是杜鹃花，色彩却各不同，有粉红的、有枣红的、有浅紫色的，有大红的……有的深沉，有的矜持，有的浪漫，有的恬静。姹紫嫣红，昂扬向上，争相吐艳。在我的眼里，它们是通人性的，仿佛纷纷在向人们诉说着这块热土上日益久远的故事。

春日里的红安，一派勃勃生机。那漫山遍野火红的杜鹃花，不正是毕生为追逐人民幸福梦想奉献牺牲的先辈们那一张张笑脸吗？

听，远处传来悠扬动听的歌声——

夜半三更哟盼天明，
寒冬腊月哟盼春风。
若要盼得哟红军来，
满山开遍哟映山红。
…………

（选自《人民日报》2017年5月8日）

风雨文家市

洪佑良

一

进入 20 世纪初，中国注定是个动荡时期，军阀割据，民不聊生。革命浪潮风起云涌，为了维护自己的统治，国民党进行疯狂镇压，企图将刚刚燃起的革命火种扑灭，然而却激起了更加强烈的反抗。1927 年 8 月 1 日南昌起义后，中国共产党中央委员会在武汉召开了著名的"八七"会议，结束了陈独秀右倾投降主义在中央的统治，确立了土地革命和武装反抗国民党反动派的总方针，并把发动农民在秋季举行武装暴动作为当时最主要的任务。毛泽东受党中央委派，以中共中央特派员的身份前往长沙，领导湘赣边界的秋收起义。

8 月 12 日，由毛泽东任前敌委员会书记、卢德铭任总指挥的中国工农革命军第一军第一师在修水县城成立，起义部队约 5000 人。1927 年 9 月 9 日，震撼世界的秋收起义首先在修水爆发，随后起义部队分多路向长沙进攻。

这天正是中秋节，毛泽东随第三团向浏阳白沙挺进，首战告捷。又占领东门，再次取得胜利，部队暂时休整。第二天上午，毛泽东正在临时团部开会，不久就听到枪声。毛泽东随即中止了会议。原来在警戒时因有一条小路防备不周，被敌人摸了上来，占领了制高点，对三团突然袭击，经过数小时激战，三团做出了很大的牺牲，才从东门撤至白沙上坪。黄昏，有通讯员从平江送来消息，第一团在攻打平江时，因为收编的地方武装第四团邱国轩部临阵反悔，对一团突然袭击，致使一团损失惨重，团长钟文璋失踪。晚上，攻打浏阳县城的二团也传来消息，因没有及时撤退遭到围攻，只有少数同志突围出去。

面对三路起义部队失利的情况，毛泽东于当晚召开第三团干部会议，提出放弃原定攻打长沙的计划，暂时向江西萍乡方向转移。随即派人通知第一团尽快与第三团会合。并致信中共湖南省委，建议停止执行长沙暴动的计划。9 月 17 日，卢德铭、余洒度率领的第一团与第三团在上坪会合，经紧急研究后，一致同意毛泽东等多数人主张的向南撤退意见，决定三个团在浏阳文家市会师。

二

浏阳文家市，湘东边陲一个小镇，与江西万载、宜春、萍乡三县交界，古有"东南锁钥，吴楚咽喉"之称。这里孕育着古老的花炮文明，唐代以来，文家市一直是花炮产品及原材料的聚散地，使得这块土地更多地呈现出刚毅、硬朗、火爆的文化底蕴。这里群山环抱，地势险要，历来是兵家必争之地。

和所有中国农村一样，这里正在经历着黑暗时代给予的煎熬。地主恶霸横行乡里，鱼肉百姓。从江西、湖北流窜过来的土匪隔三岔五光顾，抢粮抢物，强暴妇女，稍有反抗，轻则一顿毒打，重则还会招来杀身之祸。文家市的百姓又怕又恨，处在水深火热之中。曾有一首民谣真实地记录了当时的情景：

> 文家市，三不管
> 地主老财霸一方
> 谷未进仓来收粮
> 卖儿卖女度饥荒
> 胡子来了更猖狂
> 鸡飞狗跳人心惶
> 何时才有出头日
> 平平安安度时光

对于文家市，毛泽东是有感情的。他在湖南第一师范读书时，多次到过文家市同学陈绍休的家里，并小住过一段时间，还在陈绍休家的地坪里栽种两棵板栗树。毛泽东对文家市人说：我外婆姓文，来到文家市，就是到外婆家了。毛泽东每次来到这里，都利用一切机会下煤窑、进工厂，拜访名流，结识乡绅。发动组织群众，宣传革命真理，播撒红色种子，培养了一批先进分子。这次秋收起义失败后，毛泽东选择文家市作为会师地点，也是考虑到这里有良好的群众基础和相对便捷的进退路线。

毛泽东做出会师文家市的决定后，命令第三团担任先头部队，对文家市反动武装进行清剿，为全师会师扫清障碍。三团首先要拔掉的就是团防局这颗钉子。三团大多是浏阳本地人，地形熟悉，情况清楚。到达文家市后，一营长张子清率部包围了团防局。

　　而此时的团防局里已杀气腾腾，国民党清乡办主任、大恶霸孙发逊和三十多个部下正准备搞一个"正风清源"的启动仪式。他双手叉腰，站在台阶上，大声叫道："今天要杀了陈盛龙，给老子的活动祭旗，他敢造反，我看他是活得不耐烦了！"陈盛龙是文家市农会活跃分子，被抓后关押在县团防总局。革命军第二团打到浏阳县城时，放了他和所有的政治犯。谁知他刚回到家，又落到了孙发逊的手里。孙发逊正好要杀一个革命分子以儆效尤。就在他正准备下令动手时，"噼噼啪啪"一阵密集的枪声，只见刽子手的头上一股鲜血喷出，连哼都没有哼出来一头扑倒在地上。孙发逊还未明白是怎么回事，只听杀声四起，革命军仿佛从天而降，一下子包围了团防局。他吓得屁滚尿流，慌忙带着几个随从从后门冲出，向棺材岭方向逃跑，连拴在街上的马也顾不上骑了。

　　9月19日，第一团、第二团余部和安源爆破队相继到达文家市，与第三团会师。三个团尚有一千五百人。

　　"会师啦！会师啦！"不管认不认识，这些经过了生死考验的革命军战士们变得格外亲切。大家激动地相拥在一起，相互倾谈这十来天在各地战斗的经过，为胜利会师而欢欣鼓舞，也为失去一些战友而感到痛心。

　　各团随后派出政工人员开展宣传工作，在街头张贴标语；还深入街头巷尾，宣讲秋收暴动的伟大意义和目的；讲解共产党的政策和革命军的纪律，揭露国民党反动政府和土豪劣绅的罪行。革命军还在文家市街头和里仁学校的墙壁上和街头用土红写了"打土豪，分田地！""打倒国民党反动派"等很多革命标语。群众热情参与，斗志昂扬，纷纷要求革命军带领他们打土豪。毛泽东等同志见到这种情况，立即派人组织群众就地召开了控诉会，揭露地主恶霸的滔天罪行。革命军揪斗处决了彭伯堂、刘富贵等几个罪大恶极的地主恶霸，没收了这些人的田地，打开钱库、油库、盐仓、谷仓，把他们剥削来的粮食和财物等全部没收，分给了贫苦百姓。

　　"共产党的军队来了！毛委员来了！"文家市人民齐集街头，奔走相告，放着鞭炮，摆着茶水，热烈欢迎秋收起义部队。整个文家市沉浸在一片欢乐的气氛中。

　　晚上，天气突然变了，狂风裹挟着大雨劈头盖脸浇下来，仿佛要把大地掀翻。毛泽东在里仁学校主持召开前敌委员会会议，他与大家一起分析了当前的形势，认为革命经验不足，准备不足，联系群众不足，对敌形势估计不足。盲目冒进，盲目贪大。鼓励大家不要因为眼前的失败而丧失革命信心。在讨论工农革命军的行动方向的问题时，毛泽东否定了师长余洒度等坚持的"取浏阳直攻长沙"的意见，在总指挥卢德铭等人的支持下，通过了毛泽东关于放弃进攻长沙的主张，决定转向敌人统治力量薄弱的赣南等农村山区去，寻求落脚点，以保存实力，再图发展。

在革命的关键时刻，在生死存亡的命运关头，毛泽东以一个政治家的远见，顶住了主要由外国人组成的共产国际的不当指挥，在马克思主义与中国实际相结合的道路上迈出了重要的一步。

次日清晨，大雨过去，一切都显得格外干净、清新。毛泽东在里仁学校操场向工农革命军第一师全体人员讲话，宣布中共前敌委员会关于不打长沙转兵向南的决定。毛泽东说：中国革命没有枪杆子不行，没有自己的队伍不行。这次秋收起义，虽然受了挫折，但算不了什么！胜败乃兵家常事。我们的武装斗争刚刚开始，万事开头难，干革命就要不怕困难。我们有千千万万工人和农民群众的支持，只要我们团结一致，继续勇敢战斗，胜利是一定属于我们的。我们现在力量很小，好比是一块小石头，蒋介石好比是一口大水缸，总有一天，我们这块小石头，要打破蒋介石那口大水缸。大城市现在不是我们要去的地方，我们要到敌人统治比较薄弱的农村去，发动农民群众，实行土地革命。

毛泽东铿锵有力的声音像一座灯塔，给黑暗里前行的人指明了方向。

部队在文家市休整两天后，随即沿罗霄山脉南下，向敌人力量薄弱的江西萍乡、莲花和井冈山进发，开始了中国革命由农村包围城市的新征程。

三

文家市会师纪念馆坐落在镇东南的老街上，一墙之隔就是里仁学校，几棵古樟如绿色锦缎披在学校鹅卵石铺就的操场上。八十九年的风雨冲刷，学校大门两侧粉白的墙壁上依稀可以看出一些涂改的字迹。这是红军和白军你写我涂、你涂我写的结果。院内后院有一条"工农暴动万岁"的完整标语，似乎还在讲述着风云激荡的岁月。里仁学校的围墙有一处豁口，当年毛泽东在操场演讲时，有两个十多岁的小家伙就趴在豁口上听得入了迷，三年后，两个小家伙相约投身了革命，他们就是后来共和国的总书记胡耀邦和开国将领杨勇。

慕容楚强是至今还健在的幸存者，他清楚地记得当年的情景。他随二团攻打浏阳县城。由于没有任何实战的经验，加上麻痹大意，被国民党从长沙调来的军队反包围。建制被打乱，人员被冲散，部队伤亡惨重。慕容楚强也负了伤。他忍着疼痛寻找战友，在衙背街碰上了二班长潘心源，两人相约一同去团部找团长王新亚。他们来到团部，建议当晚黄昏撤出县城，向文家市一带转移，与一、三团联络后再作决定。王新亚没有听取他们的意见。潘心源和慕容楚强只得带着十多个人天快黑后从浏阳县城赶往文家市。眼睁睁地看着一支革命队伍就这样被断送，两个人都伤心地哭了。慕容楚强和潘心源因为负了伤，后来没有随部队再出发，他们回到当地发动群众，联络各路武装力量，开展地下工作，在另一战线上与国民党反动派做斗争。

文家市许多人的家里，都挂有烈士家属证书，这是他们的先人为新中国的建立做出牺牲的证明，也是他们的骄傲。当年的秋收起义和以后漫长的革命岁月，文家市有三百多名农民和矿工，告别父母，告别妻儿，积极报名参军，有的人连名字都没有留下。而浏阳一个县就为新中国的诞生献出了两万烈士，也成就了李志民、王震、杨勇、宋任穷等三十二位将军。

走在文家市这块红色的土地上，我感到了她的厚重。这里已经发生了巨大的变化，繁华的街道，漂亮的农舍，整齐的铺面，一切是那样的平和、农闲。只有会师纪念馆静静地矗立在老街的一角。然而，即使是在喧闹的集镇，它也是那么威严，那么神圣。

（选自《散文百家》2017 年第 6 期）

侗乡飞歌

刘克邦

> 为你思咧，为你念，
> 相约戊梁一年年哎！
> 今生今世跟定你咧，
> 跟你跟到天边边哎！

这首侗歌，旋律优美，情感真挚，直挠心尖，早就吸引和打动了我。

农历三月，春风送爽，郁郁葱葱，一年一度的大戊梁歌会，在湘西南边陲、素有"南楚极地、百越襟喉"之称的通道侗族自治县进行。我有幸与省内外文学同仁一道，见识了歌会的美妙与神奇，感受了侗族同胞的热情与豪爽。

因工作关系，我曾经去过几次通道，由于每次都是公务繁忙，来去匆匆，对通道、通道的风土民情，尤其是大戊梁歌会，虽有所听闻，但零散而抽象，了解得不是很全面与深入。这次再来通道，已经退休离位了，无"官"一身轻了，少了许多拘束，一定得好好地欣赏、品味一番，与她来一次亲密地接触。

东道主热情地接待了我们，见我们兴趣十足，充满好奇与神往，滔滔不绝地介绍起来。

通道侗族自治县有二十四万人，侗族占了总人口的百分之七十八，不仅是一个勤劳、善良、重情义的民族，更是一个喜好歌舞、能歌善舞的民族，村村寨寨家家户户不论男女老少都爱唱歌，人人是歌手，处处是歌台，时时是歌会，在屋场，在山坡，在田埂，或干活，或休息，或重大活动与喜事时，张口就来，即兴就唱，唱山，唱水，唱天，唱地，唱人，唱事，唱生活，唱感情，如泉水叮咚响彻山涧，似飞鸟展翅盘旋云天，唱得大地叶绿果红、山清水秀，唱得人间五谷丰登、家兴人旺。尤其是男女青年，以歌为媒，以歌传情，从歌声里袒露心扉、寻觅知音，在对歌中情投意合、牵手成双。

我们不由得感叹：真是歌的民族、歌的世界和歌的天堂！

晚上七点，大戊梁歌会开幕式在萨岁广场隆重举行。萨岁，侗语，即"圣母""始祖母"的意思，是侗族人膜拜的图腾，也是侗文化中最显著的象征。传说在很久很久以前，有一个叫"婢奔"的女英雄，专与作恶官府、地主作对，战死后化作神女，保境安民，护佑一方，侗族百姓视其为保护神，建立萨坛，供奉祭祀。

许是为了节约土地，抑或方便人流聚散，萨岁广场依势就山，建在离县城不远的山坡上，设计新颖，造型别致，古朴典雅，气势恢宏，美轮美奂，成为通道一道亮丽的景观，也是该县重大节日与民族活动的主要场所。

吃过晚饭，在主人的引领下，我们乘车来到开幕式现场。这里，车马盈门，人山人海，火树银花，五彩缤纷，人们三三两两兴高采烈从四面八方涌来，一个个披金戴银、秀色迷人的侗族姑娘分列两旁，笑容可掬，彬彬有礼，热情地迎接着各方客人的到来。

我们随着人流，顺着巨型萨岁石雕下的台阶拾级而上，进入演出中心，被安排在前排就座。环顾四周，哇，全场黑压压的一片，上万个座位座无虚席，早已坐满了观众。省委宣传部、省文化厅、省旅发委、怀化市委好多熟悉的领导来了，省委常委、省委宣传部部长蔡振红也来了。省市领导的到来，为歌会打气助威，加重了分量，注入了更大的活力与魅力。

随着蔡部长一声宣布：湖南怀化通道侗族大戊梁歌会开幕！全场雷动，掌声不止，高分贝立体声音乐奏起，无数只聚光灯、频闪灯、摇头灯、激光灯、帕灯霎时开启，像漫山遍野的山花开放一般，绽放出五光十色、绚丽耀眼的光芒与色彩，正面幕墙上偌大的电子屏不停地转换着播放出一幅幅生动、隽美、流光溢彩的画面，上千名身着盛装的侗族男女青年如潮水般地从两侧涌出，在鲜花与激情的簇拥下，欢呼雀跃，踏着鼓点，伴随着芦笙乐曲的节奏，载歌载舞起来……

场面宏大，气势磅礴，一下子将全场的气氛推向高峰。

我像一个从未见过世面的乡巴佬，惊呆了，看傻了，着迷了，屏气凝神，目不转睛，生怕错过眼前哪怕是微不足道、短暂的一瞬！

紧接着，一对侗族恋人在伴舞中牵手登场，以婉转、柔美的歌声，轻盈、曼妙的舞蹈，亦真亦幻，如泣如诉，向人们讲述了一个古老、悠远而凄美的爱情故事：富家女肖女，爱上了长工闷龙，两人心心相印，情笃意切，爱深似海，却遭到了世俗的反对和阻挠，棒打鸳鸯，抗争不成，悲怆之下双双以身殉情。

看到这里，我的眼睛湿润起来，同情、惋惜、怅然、愤懑，更多是景仰与赞叹。这对侗族男女青年敢恨敢爱、之死靡它的忠贞爱情，感天动地，弥足珍贵，又何尝不是侗族人的秉性与气节呢？

好戏连台，精彩纷呈，歌会在欢呼与欢乐中继续……

一群群天真活泼、纯真可爱的侗族儿童，在民俗老艺术家的陪伴下，踏着节拍，尽情欢跳，手捧芦笙，齐声吹起了清脆悦耳、悠扬动听的乐曲，曲调深沉而活跃，音色美妙而自然，回荡在广场四周，直抵观众的心坎，展现出侗民族优秀传统文化的绚丽斑斓、青春不老和后继有人。

一队队如花似玉的侗族姑娘唱着小曲，翩翩起舞，以各种造型与动作，生动、形象地演绎着侗乡人洗衣、织布、砍柴、晒谷、打糍粑、建房子等劳动与生活场景，剽悍、粗犷的侗族小伙子们则扛着、抬着、举着油光闪亮、粗壮结实的大梁，喊着刚劲、雄壮、铿锵有力的号子，向观众传递着侗族人民热爱劳动、向往与追求美好生活的炽热情感。

一只硕大的酒坛被推到舞台中央，一曲豪迈的酒歌像火山迸发一般从歌者心底蹦出，气冲霄汉，气盖山河，唱出了侗乡人"欢聚不离酒"的情致，跳出了侗民族"喝酒不离歌"的豪气。

我正全神贯注观看时，没想到，台上的姑娘们突然间像变戏法似的端出一碗碗醇美、溢香的米酒，列队竟朝嘉宾席走来。我受宠若惊，不知所措，慌乱之中赶紧起身，接过满满的一碗酒，毫不犹豫仰起脖子一饮而尽，心中的那个快活呀，甜呀，美呀，不言而喻。

更吸引人的，是那独具特色、充满神奇色彩的《行歌坐夜》：已是深夜，在月光下、阁楼上，多情的姑娘愁肠百结、坐立不安，心上的人到哪儿去了？是否另有了新欢？来了，来了，经过一番苦苦等候，心上的人终于来了！在众多发小密友的帮助下，小伙子勇敢地爬上竹竿，跳进阁楼，将系上红绸的琵琶作为定情信物献给了姑娘。姑娘舒眉展眼，灿若桃花，悬在心中的石头终于落地。有情人相聚一起，妙舞清歌，情意绵绵，幸福之情溢于言表。

多么感人的歌舞画面，多么动人的爱情故事！看到此，我这个年过六旬之人，顿时间似乎年轻了几十岁，好像又回到了情窦初开、花季般的年少时代，竟鬼使神差情不自禁地跟着哼唱起来。

歌声一阵接着一阵，歌舞一台连着一台，高潮一浪盖过一浪。此时此地，声与光，歌与情，气与势，弥漫全场，在人们心中流淌，融汇着，涌动着，飞扬着，升腾着，震撼着远近的山峦，划破了广袤、深邃、宁静的夜空……

本来，天气预报是有阵雨的，举办者也给我们准备了雨具，许是歌会的气氛太高涨、太热烈了，老天爷也被感染和感动了，动起了恻隐之心，怕淋湿了演员与观众，浇熄了歌会旺盛、炽热的火焰，临时决定，收起雨袋，把快乐与幸福留给现场。

　　值得一提的是，组织者独具匠心，用心良苦，整台歌会由湘、桂、黔三省（区）著名主持人共同主持，安排三省（区）侗族歌手分别演唱具有各地特色与风格的侗歌，亮出了"世界'侗听'"的主题，通过VCR与五洲友人同唱《拜梁蒙》，启示我们不仅要加强省与省边界地区的联系与合作，还要打开国门，与五洲对话，与世界联袂；不仅在文化艺术上相互沟通与学习，还要走向世界，在更宽领域、更高层次，包括政治、经济、商贸、旅游乃至民间诸方面进行广泛、深入地接触与交流，自美其美，美人之美，美美与共，取长补短，共进双赢。

　　如此立意与组织，让人眼前一亮，心门洞开，实属别具慧眼，难能可贵，哪怕是只有一丁点儿影响与效果，开了这个头，指了这条路，也不乏为高瞻远瞩、开拓创新的明智之举，值得大加赞赏，功不可没。

　　歌会闭幕了，激情与梦想永远也不会关闭，人们流连忘返，久久不远离去……

　　落笔之时，歌声再一次在耳边响起，萦绕心中，飞向远方……

　　　　戊梁山上，耶啰耶，
　　　　对情歌咯，耶啰耶，
　　　　悄悄情话，耶啰耶，
　　　　山呀山中藏！
　　　　他人爱天堂仙境美，
　　　　我却最爱我侗乡，
　　　　生态宜人人和谐，
　　　　幸福万年长！

　　　　　　　　　　　　　　　　（选自《芙蓉》2017年第4期）

与母亲的战争

王新芳

从小到大，我与母亲的战争从未停止。

我和母亲长得并不像，她身材矮胖，我瘦高；她脸形方圆，我瓜子脸；她门牙前突，我牙齿整齐雪白。但是，我的性格太像她，要强，敏感，自尊，执拗，话说不了三句就着急。

小时候的我，也曾怯懦、胆小，希望母亲替我遮风挡雨，解决所有难题。但是，母亲不是树，连草都算不上，而是一块卑微的苔藓，任人践踏。

母亲生在一个富农之家，没过几天好日子，一场运动，家里的地、房子、牲口、碾坊、家具都被村民分走，全家人被赶到一间破旧的草屋去住。姥姥一腔悲愤，在生小舅时难产而死。母亲作为长女，拉扯着几个弟妹，帮姥爷撑起风雨飘摇的家。在村民的鄙视与白眼中，母亲嫁给父亲，是高攀了贫农阶层。

在这个大家庭里，母亲活得忍气吞声。有一次，我和爷爷、奶奶、姑姑包饺子，斜斜的日光照进黑暗的石头房里，姑姑突然问我，听说你姥爷给你的饼干都长了绿毛，有没有这事？大家都哈哈大笑，我难堪极了，拼命咬住嘴唇。

小小的我满怀心事，终日沉默着，只想逃离。每日看书、做题，拼命学习。小学毕业，我终于考到一所离家很远的学校去。在学校住宿，我依然是一个沉默的乡村少女，交的朋友不多。上课，跑操，晚自习。生活中有快乐，也有压抑。

学校刚盖起一排平房，还没干透就让我们搬了进去。大通铺，一层薄薄的干草，每个人的褥子都要对折后，再紧挨在一起。夏天雨多，屋顶漏下的水洇湿了我们的铺盖。几个女孩儿一夜不敢睡，挤在一个角落里，听着窗外的电闪雷鸣，瑟瑟发抖。我对母亲的想念露骨，却不说。周末回家，母亲兴冲冲地从邻居家借来一瓢白面，为我擀了一碗面条。吃着香喷喷的面条，我的眼泪一滴滴落在碗里。母亲见了不高兴，说："哭什么，不愿意上学就别上了，受这罪。"她如此一说，我哭得更厉害，赌气收拾东西，提前返回学校。

初中三年，母亲只来校看过我一次，带给我一双家做的布鞋。那时人间四月，苔藓在青石路上湿润的缝隙里长得绵密郁葱。我们一深一浅的脚步，留下细微的印迹。母亲看着我，欲言又止。想走，又停下脚步。原来，家里的老母猪下了一窝小猪崽，母亲和父亲忙活一夜，还是有几头小猪死去了。父亲心疼钱，就把怒气撒在母亲身上。母亲赌气离家出走，可又没地方可去，那样的一个娘家！所以，她借口来看我，其实是投奔。

第一次看到母亲的孤单，我心情沉重，像有块无形的铅铁压着灵魂。我决定退学，快点长大，结婚，生子，在不堪的生活中，让母亲能华丽地活着。因为，我从别人口中，还听到一个关于母亲的笑话。

乡下的街道充满生活，商店里琳琳琅琅的东西漫到大街上，也多出一个陌生的算卦摊。那一天，母亲正好路过。许是为了招揽生意，算卦的远远地指着母亲说，你看那个女人的长相，一定是个没福的。周围的人就一齐看母亲，母亲落荒而逃。少时丧母，夫家受气，子息单薄，这样的命当然算不上好命。

这样的耻辱母亲从来没和我说过，她像依附于大地的苍苔一样，姿态细微，内心坚韧。

我不去上学，母亲却执意要我继续完成学业，她知道我的成绩是班内前三，考上中师的可能性非常大。在那个年代，考上中师就意味着吃上了公家饭。母亲指着我责骂、痛哭、绝食，耍一切可能的无赖手段。烈日扬尘，我只能搂着一棵树，诉说我的哀伤和绝望。

第一次与母亲的战争，轰轰烈烈，以母亲的胜利而告终。多年后，我站在讲台上给学生授课，窗外玉兰与海棠开得灿烂。想起母亲，心中陡然生暖。

师范毕业后，我在县城中学教书，每次回村，都是一副骄傲的姿态。买很多东西，新鲜的蔬菜水果，肉蛋奶，稀罕的糕点，时尚的衣服，等等，大包小包往回拎。我是村庄里第一个开车的女性，第一个在县城有正式工作的女性，第一个在县城买了房子的女性。在乡亲们羡慕的目光中，我内心的喜悦在无边地漫溢。

我不是个虚荣的人，我的高调张扬全是为了母亲。因为有一个有出息的女儿，母亲开始受到普遍的尊重。走在大街上，遇见的人都会主动和她打招呼。邻居有了难事，都来找母亲商量。婚丧嫁娶，母亲是一定要被请去帮忙的，而且被安排的位置很清闲。我努力把我认为的尊严、体面送给母亲，希望她能安度晚年。

但是，母亲，又一次让我愤怒了。

她还是那么节俭，买衣服从来不去大商场，都是几十元左右的地摊货。一件棉袄又破又旧，她舍不得扔掉，自己扯块花布做个外皮套上。袜子有了洞，缝缝补补接着穿。她又是那么勤劳，忙完地里的活，还要抽空去拾酸枣、拾玉米棒，最近又干上村里的保洁员，推着三轮车，扫大街，捡垃圾，把自己弄得蓬头垢面。

我不理解，母亲为什么要自我作践？

于是，再一次开战。

我拣最难听的话说，她拿最不讲理的话回我。我说，你一个月工资多少钱？我给你出，咱不干这扫大街的活了，行不？她很受伤，脸上浮起一股淡淡的荒凉感。她说，扫大街是我的事，你最好别管。话不投机，我一刻也不想在家待，开车就回了县城。

面对一块顽固的老苍苔，我选择冷战。这一次，仍然是我输。

没有办法，只好换一种方式疼她。只要我回老家，就会替她去扫大街。我戴着帽子，在灰尘狼烟中挥舞着扫帚，追逐着垃圾，打扫猪狗的粪便。村里人见了，很吃惊，你一个人民教师，怎么干这活？我坦然回答说，我娘有事，我替她一次。替母亲扫的次数多了，乡亲们也就见怪不怪了。

母亲今年七十岁了，身体每况愈下，毛病越来越多。先是脚底板疼，后来有几个脚趾发麻，接着血压又出了问题。每次要带她去医院，她总是拒绝，自己去村医那里拿点药对付。即便如此，药也不常吃，总是吃吃停停。我劝她很多次，每次都被她当成耳旁风。

前几天，母亲差点出大事。她的脸老是红，脑袋上有一小片隐隐疼，睡觉还流口水。但她并没放在心上，也不让父亲告诉我。过两天，骑自行车，忽然头晕得厉害，掌握不住平衡，砰的一声摔在地上。母亲不服气，接着又骑，又摔。她以为自行车出了毛病，直到摔了四个跟头，才相信是自己出了问题。在父亲的坚持下，才到村医那里输液。

听到母亲骑车摔倒的消息，我简直出离愤怒了。一系列脑梗的前兆让我心惊肉跳，带着母亲直奔医院。找医生，抽血，化验，做CT，做核磁，一个项目接一个项目。我紧紧攥着母亲的手，生怕一松开，她又不听话地逃走。

做核磁的时候，听说这个检查要花几百元，母亲说什么也不做，赖在凳子上不起来。众目睽睽之下，我无计可施，只能大声和她吵，像一个不讲道理的泼妇。我的精神要崩溃了，深吸一口气，再缓缓吐出。

很多人不明白发生了什么，指着我议论纷纷。他们哪里知道，母亲的衰老让我暗暗惊心。村庄里已经有很多老人像一茬儿庄稼倒进大地，他们的面容还依然生动，留给我的温暖还没有消泯。我希望母亲能一直陪着我，细数光阴。彼此爱着，相依为命，又彼此拧着。

最后，我只能威胁她，你今天要不做这个检查，我马上就走，你自己回家吧。乡下老家距县城有几十里，还没通公交。母亲终于不再和我吵，不情愿地走进了检查室。望着她蹒跚的背影，我松了一口气。

这一次，我终于赢了。

环顾四周，墙角处，一片翠绿的青苔，穿越万年，在车水马龙，高楼栉比间呼吸，让我在忙碌烦闷的间隙，把心变得沉静。

请原谅我，凡是出于爱的急切都是可以原谅的。

（选自《岁月》2017 年第 6 期）

枇杷生北国

张　莉

初识枇杷是多年前，汁多无味。

有了枇杷情结，是在前年，友人自昆明携枇杷飞回，一下便征服了我的味蕾。自此，我确信，有些东西必得到当地品尝才正宗。

前不久，金陵一行。心下窃喜，正是枇杷成熟季，有口福了。然而，遍寻水果摊，不见一颗枇杷。金陵人告知，枇杷已下市。

夏至时节，朋友圈里转发着一个美篇，绿油油的树叶金灿灿的枇杷，一对银发老人精神矍铄并肩立于树前。我的家乡，一座北方小城，竟有着我久寻不见的枇杷。被那一树枇杷勾引着，一个周末的上午，我冒昧地叩开了枇杷小院。

一串枇杷，一段往事，一个上午就在枇杷树下缓缓淌过。

故事要从七十年前讲起。

1949 年，不满二十岁的张殿选作为长江支队南下干部从家乡出发。从河北到福建安溪，一路靠脚板丈量过去用了四个月时间。翻越武夷山，正是一年中最热的时候，负重登山，那滋味一辈子都忘不了。说起脱了胶鞋，熏得房东家满屋子臭烘烘，现在已经八十九岁高龄的老爷子，还下意识地用手在鼻子前呼扇。

老伴张碧卿专注地听着，随着他的讲述，哈哈大笑起来。那如雏菊般的笑容，让我不禁恍惚。遥想当年，这该是怎样一位活泼明媚的闽南妹子，在遇见了高大帅气的北方小伙时，两人是如何的心心相印，跨越南北的巨大地域差别走到一起。

年轻时的张殿选作为安溪县主管农业的副县长，果树种植是他的分内工作。龙眼、荔枝、杧果，这些南方水果，对于当时的北方人来说，很多都闻所未闻。张殿选永远记得，他第一次吃的枇杷是张碧卿的母亲托人从家捎来的。

正是端午时节，杏黄色的枇杷一串串摆在果盘里，像极了家乡的麦黄杏。张殿选随手拈一颗就往嘴里丢。张碧卿眼疾手快，夺下了那颗枇杷："得剥皮。"说话间，只见她水葱似的纤纤细指上下翻飞，利落地剥掉枇杷外一层软软的皮。

枇杷如一颗闪着诱人光泽的蛋黄，轻托在张碧卿的指尖，送到了张殿选的嘴边。"那个枇杷真甜啊！"一丝甘甜在唇齿间辗转了七十多年，他憨憨地笑着说："枇杷在南方也是比较金贵的水果，沾她的光，咱也吃上了黄金果。"

张碧卿家是书香门第，兄妹七人六个大学生，她也是毕业于教会学校，学习护理专业的大专生。老人笑言，当年她的家乡"大学生"是最有名的土特产，卖地供孩子读书、上学在每一位家长都是自然而然的事情。

自陆续离开家门求学后，兄妹几人就分散在全国各地，只在老父亲病重那年，兄妹七人才有了唯一的一次相聚。由于相距遥远，张殿选的小女儿认识的四舅一家仅限于照片上。他们笑称自己"五湖四海"都有亲人。

20世纪70年代，随着"上山下乡"运动，老两口的儿子、女儿先后回到老家插队。张殿选将二十六年最美好的青春都奉献在了闽南，因为牵挂儿女，1974年举家返河北。年已不惑的张碧卿第一次踏上了北方的土地，将故乡远远地留在身后。

在那个物资匮乏的年代，一个家庭自南方迁来，棉衣棉被、蜂窝煤、蒸馒头……几乎每一件对我们来说司空见惯的事情都成了他们面临的一个个难以逾越的考验。

还记得回到北方后的第一次小雪，张碧卿直纳闷，为什么天这么阴还有人晒东西，还不停地飘下来什么。及至下大雪，看着漫天飞舞的大雪片，她又不知道这是什么？从来没想过雪还有这么多不同的形态。

张殿选虽然是土生土长的北方人，但多年的南方生活，他已有些不适应北方的严寒气候。单薄的棉衣抵御不了一阵紧似一阵的北风，在朱庄水库工地上，他唯有奋力地挥动手中的工具，不敢有丝毫停歇。

蜂窝煤炉子是张碧卿来到北方后最大的噩梦。她总是无法掌控炉膛里那四块黑不溜秋满是洞洞的煤球，无法让它们变得红彤彤欢快地吐着火苗。只要做饭就得生炉子，劈柴、报纸、扇子齐上阵，一番折腾下来，她白皙的脸庞早已看不清眉眼。

一日三餐也不再是他们熟悉的饭食，习惯了大米的肠胃要开始适应面条、馒头。蒸馒头是个技术活，和面、发面、揉面、上锅蒸，环环相扣，一着不慎，就只能吃夹生馒头。张碧卿从没能蒸出一锅暄腾腾的馒头，反倒是刚上中学的小女儿练就了蒸馒头的新技能。

…………

日子不管怎么艰难，时间不会停留，一刻不停地往前走。

十几年前初夏的一天，已然离休的张殿选骑车路过青年影院附近，竟然看到了推着排子车卖枇杷的两个商贩。

"哎哟，头一回见卖枇杷的！"

"哎哟，还有人认识这是枇杷！"

买卖双方都为对方惊奇着。枇杷很贵，张殿选还是买了两斤，回家给老伴和孩子们尝尝久违了的味道。

那天，家里像过节一样欢乐。张碧卿感受到了母亲的味道，孩子们尝到了童年的味道。片刻的兴奋过后，大家才想起来问在哪儿买的，还有没有？在妻女期盼的目光中，张殿选骑车又去找那辆兜售枇杷的排子车，还真让他撵上了，又买了几斤回来。

欢宴总是易散。张殿选在剩下的果核里挑拣着，选出几个籽大饱满的埋在小院的北墙根下。枇杷喜光畏寒，这点常识，管过果树种植的"张县长"还是懂得的。

张殿选没有告诉家人，这些年，他一直想给老伴种棵家乡的果树，但多次试种都没成功。前些年，他曾在西安见过一棵枇杷树，当时心里就想着，枇杷树在西安能活，在河北应该也能行。

张碧卿发现，自从枇杷盛宴过后，老张变得爱待在小院里了，还总在北墙根下踅摸什么。不久，墙根下相继拱出了两株小苗。老张一眼就认出那是两棵小枇杷树，那青翠欲滴的样子，让他想起闽南高大的枇杷树。枇杷发芽的欣喜没有持续多久，张殿选知道，冬天才是对枇杷树真正的考验。

枇杷是阔叶植物，且四季常绿。那一年冬天，守护枇杷树的绿叶就成了张殿选的最大任务。枇杷树小枝粗壮，黄褐色，密生着锈色或灰棕色的绒毛，叶片是革质、椭圆形的，叶子的边缘长着锯齿。叶子正面光亮、多皱，反面密生棕色绒毛。小小枇杷树的每一片叶子，都深深印在张殿选的心里。

许是小院避风向阳，手指粗的小小枇杷树竟然安然越冬，一天天长大起来。只是两棵枇杷树一棵日渐蹿高，绿荫如盖，一棵则发育缓慢，不长大也不死去。渐渐地，院里一棵老无花果树妨碍了枇杷树，张殿选没有犹豫就选择了枇杷树。这不仅仅是一棵枇杷树，已经是他对妻子的一片心意，寄托着全家人对闽南的思念，哪怕它只是长满绿叶，永远不结果也没关系。

唐代羊士谔曾为枇杷赋诗一首："珍树寒始花，氤氲九秋月。佳期若有待，芳意常无绝。袅袅碧海风，蒙蒙绿枝雪。急景有余妍，春禽自流悦。"枇杷树不与桃李争春，如玉立的少女一般，在万物凋零的晚秋孕育着花蕾。到了寒冬，当皑皑白雪覆盖在它油绿的叶子上时，当万木萧条，只有枇杷树依然绿意盎然时，一家人总会围炉回忆起闽南的历历往事。

四年前，枇杷树结果了，不多，只零星几串。这足以是张家最大的喜事。第二年，金黄的枇杷果如期而至，又多了几串。第三年，没有枇杷。今年，满树的枇杷早早探出了小脑袋，一日日看着它们由青变绿变黄，老人仿佛看到了他们的一生经历了青年、中年，直至老年四世同堂。

四岁的宝宝总爱缠着姥姥去太爷爷家，见了太爷爷就小手牵大手去院里看枇杷。"太爷爷，枇杷什么时候熟啊""太爷爷，枇杷那么高，怎么摘下来""太爷爷，宝宝想把枇杷送给小朋友吃"……张殿选乐呵呵地安抚着宝宝，解答他问不完的问题。

终于到了宝宝心心念念的那一天，一大家子十几口人都被太爷爷招呼回家。宝宝在妈妈的帮助下，小心翼翼地将剥开的第一颗枇杷送到太爷爷嘴边。嫩嫩的、胖嘟嘟的小手擎着一颗杏黄色的枇杷，这个镜头似曾相识。张殿选伸手接了过来，喂到老伴嘴里："尝尝，跟老家的一个味不？"

老人专门请了摄影师来为枇杷拍照，为他和老伴在枇杷树下留影。孩子们精心制作了美篇传到"长江二代"的微信群里，引起了大家的集体回忆。

是啊，忆往昔峥嵘岁月稠。近半个世纪过去了，如今，张老工作过的安溪，每年都会有人为他寄来"安溪铁观音"，他曾经的同事、朋友的儿子孙子进京办事，都要在家里停留，为张老带来一份安溪的礼品。闽南人忘不了张老带他们种下果树、茶园，张老也忘不了那段激情燃烧的岁月。

"冬开白玉兰，春结黄金果。"枇杷是南方最早上市的应季水果，张老院里的枇杷比南方整整晚了一个季节。我轻轻剥开枇杷，杏黄细腻的果肉纤毫毕现，咬一口，真甜。如此，"橘生淮南则为橘，生于淮北则为枳"也不尽然，只要土壤、温度、湿度适宜，加上真情，奇迹总会出现。

（选自《散文百家》2017 年第 11 期）

幼女吃奶

肖念涛

据说婴儿有着天赋的异禀。

他们不会说话，却会看到成人不能看到的东西，比如鬼神。更准确点或者科学地说，是暗物质世界。

电线杆上那些横七竖八贴的字条"天皇皇地皇皇，我家有个夜哭郎"云云，其实也并不完全是空穴来风。婴儿晚上啼哭，一者是因为肚子饿，二者是因为婴儿看到了鬼魅，而大人是看不到的。

在乡下，常有招魂一说。大人会烧点纸钱，口中念叨着婴儿的名字，说某某回家吧，某某回家吧。也真是奇怪，仿佛丢了的魂回来了，婴儿停止了无休无止的哭泣。从科学的角度说，这是科学至今尚无法解释的暗物质世界。

我育有两个孩子。大的是儿子，小名熙熙，十一岁；小的是女儿，小名妞妞，现在七个月大了。我印象很清晰的是，每次回到家门口前，在地下车库就开始，外婆（我的岳母，我和老婆跟着孩子叫）都会反复唤着孩子的小名，先前是：熙熙回家啦，熙熙回家啦；后来变成：妞妞回家啦，妞妞回家啦。

老婆总是觉得愧对孩子的是，没有足够的母乳喂养熙熙和妞妞。而我经常自豪地宣称，我小时候吃母乳一直吃到五六岁。这当然是母亲告诉我的。我的记忆库里并没有记录。我不想去核实，也不需要去核实。我们三兄弟在那个贫穷年代，一家人连吃饭都是吃了上顿没下顿，更不用说喝奢侈的牛奶了，连牛奶的气味都没闻过，甚至连牛奶二字都很少听到过，不知道世上还有牛奶这个玩意儿。我们三兄弟都是吃母乳长大的。也真是奇怪，那个年代，母亲营养并不充盈，甚至说不良，母乳却十分充沛。真是时代变迁，时至今日，物资丰富，母乳却日益衰微，连联合国都在提倡母乳喂养，就说明母乳已经遇到了空前危机。

我的大儿子熙熙还吮吸过少量母乳。母乳不仅把大人的免疫力传导给小孩，而且加深了母子之间的感情。所谓母子连心，我想，母乳也是功不可没的。母乳就像一条河，滋养了孩子的每个细胞。熙熙五岁前经常感冒上医院，这恐怕与吃母乳不够有着一定的联系。说白了，就是免疫力不够。

用牛奶替代母乳，当然是不得已的选择。当年，我的朋友给我送来了南字号的名贵牛奶粉，并承诺说一直免费供应我们，直到把熙熙喂养大。但是熙熙人小鬼大，一个月大时，只吃了几天南字号牛奶，就紧闭着嘴罢工不吃，外婆唱歌，老婆跳舞，才勉强又吃了几天，又罢工，不吃奶，可以说罢奶。无奈之下，我们在朋友的提醒下，换成外国奶粉，先是惠氏，后是雅培。嘿，小家伙吃得津津有味。熙熙一岁时，发生了举世震惊的三鹿奶粉掺杂三聚氰胺事件，造就了一大批大头娃娃。随后，国家检测的结果表明，南字号的名贵国产奶粉也含有三聚氰胺。这时我长舒了一口气，说，熙熙这个小家伙，简直就是个先知。

到了二胎妞妞，连一滴母乳都没有喝过。妞妞是个早产儿，不足月出生。妞妞刚被抱出产房，重四斤六两，就被送往新生儿科，在保温箱里待了两个星期。老婆为生妞妞，大出血，输血6000毫升，身上的血基本上换完了。老婆住院二十多天，打抗生素，连续几天高烧不退，痛哭流涕。就算用吸奶器吸出的一点点母乳，是断然不能给婴儿喝的。而我的一位同事，早产儿也在新生儿科，他每天提着装有母乳的保温瓶送往新生儿科，就是为了新生儿喝上母乳。

据说，早产儿天资聪颖。妞妞不仅聪颖过人，而且漂亮伶俐，人见人爱。其实，妞妞也是福大命大之人。三次都差点把她做掉。主要是老婆被长沙各大著名医院知名医师诊断为凶险性胎盘植入。第一次预交了几百元给医院，准备药流。第二次预交了一万八千元给医院，准备住院把她堕掉。第三次预交了五万元给医院，准备住院，动手术，把她打掉。但每至命运的悬崖边上，都会奇峰突起、柳暗花明。第一次，是我想再找人看看。第二次，是一个返聘的七十多岁的老医学教授说这种情况很多见。第三次，是一位年轻的主治医师找我谈话，委婉地说，这是一场赌博，要看情况发展。到驻医院的警务室谈话，录音录像，颤抖着手签字，一切风险由我们自己承担。

妞妞喝早产儿的专用牛奶，长势迅猛，一个来月，就长到了十来斤。长势喜人。老婆的身体也在慢慢地恢复。吉人自有天相。老婆可算在鬼门关前走了一遭，捡回一条命。不，两条命。我当然也算是福大命大之人。

几个月后，妞妞产生了厌奶现象。让我们心急如焚。以前给大儿子熙熙喂牛奶，外婆和老婆一个唱歌一个跳舞，已够操心。谁知，给妞妞喂牛奶，更加操心。对着妞妞唱歌跳舞，她只知道灿烂天真地笑，但就是顽强地吐出牛奶瓶的奶嘴，抗拒不喝。真是打又打不得，骂又骂不得，干着急。而友人的小孩能吃能喝，长得粗壮结实，真让人羡慕嫉妒恨。

我偶尔在电视上看到一期法制节目，说是不良厂家用劣质奶粉，装进雅培的罐子，以次充好，被抓，引起诉讼。我对老婆说，妞妞吃的牛奶会不会是假冒伪劣产品。老婆说，应该不会。我们一筹莫展。

一位朋友给我们推荐澳大利亚产的品牌美素牛奶。买了，妞妞还是不感兴趣。让我们略感欣慰的是，妞妞很喜欢吃外婆用土鸡蛋蛋黄做的蒸蛋。同时，吃点米糊糊。

但婴儿不吃奶，对大人来说，终究是个心病。我自己每天都要喝牛奶，为的就是补钙。妞妞进入滞长期，一是过了快速成长期，二是厌奶所致。

最近，我突然兴奋地跳起来。因为妞妞胃口大开，爱喝牛奶了。老婆说，通过朋友，购得了加拿大产的雅培牛奶粉。妞妞爱吃。加拿大是一个生态国家。北京雾霾严重的时候，据说加拿大的空气拿到北京卖，一百元一袋。我的初恋女友，在深圳一家证券公司，患了抑郁症，就移民加拿大疗养去了。

最近，老婆委托留学澳大利亚的博士朋友，购当地婴儿奶粉，也是雅培品牌。加拿大的每筒含 600 克牛奶，澳大利亚的每筒含 900 克牛奶。两种筒的容量差不多。由此我就想，同样是雅培品牌，为什么妞妞就不喜欢吃中国厂家配的雅培牛奶呢？

作为父母，当然是自私的。尽管路途遥远，邮费高昂，我们也要殚精竭虑，倾其所有，为孩子购置生态奶粉。

妞妞还不会说话，但她似乎已懂得选择。

这何尝不是天赋异禀？！

也许等她学会说话，特别是长大学会说漂亮话时，她的天赋异禀反而隐匿不见了。

我抱着熟睡的七个月大的妞妞。外婆和老婆在旁边轮流着轻声喊，妞妞回家啦，妞妞回家啦……

（选自《天津文学》2017 年第 10 期）

三秦思语

陈风波

快与慢的辩证法

早就想去古城西安了。

春夏之交，我有幸走进与小雁塔有着一墙之隔的西安政治学院学习进修，圆了一个多年的梦想。

一踏进这座千年古城，我便一头扑进这座弥漫着秦风、汉韵和大唐盛歌的古城怀抱，急不可耐地走近它、了解它、融入它。

放下行李，安顿下来，已是日暮时分。来不及吃饭，便想去登上古城墙，夜游长安城。听说古城南门距离我就读的学院仅有三四站地之遥，步行也就二十来分钟，但为了以最快的速度一睹古城墙的雄姿，出门便打上一辆出租车："师傅，去古城墙南门。"

出租车司机六十多岁，操一口地道的陕西口音："后生，你是来旅游的？"我心不在焉地说："来上学的，今天下午刚到，特想去看看古城墙。"

"到城墙南门才两三站地，这么近的路还打车？"他的微笑让我费解。"这不是心里着急，想快点看到古城墙嘛！"

出租车师傅依然微笑着说："我问你一个问题，你说到古城墙这段路，是坐车近呢，还是步行近？它们哪个更快？"我感到有点儿莫名其妙："当然是坐车近，速度快了。"

"你错了，我们许多人都在追求'快'，而不愿意'慢'。往往忽视了一个最简单的辩证法：有些事过于求'快'，就'慢'了；'慢'下来，就'快'了。"见我一头雾水，出租车师傅接着说："俺们这座长安城，是周、秦、汉、唐等十三个王朝的古都，是丝绸之路的发源地，每一寸黄土、每一棵古树、每一块老砖，都渗透着文化、诉说着咱中华民族的历史。它像一位饱经沧桑、淳朴厚重、博大精深而又充满着无限神秘感的智慧老人，令世人神往。你着急忙慌地坐在车上看长安，了解得自然就慢了。你只有用双脚踏踏实实地踩在这片古老的土地上，一步一步地慢慢品味你眼中的风景，才会很快真正了解这座古城。"

面对眼前的出租车司机，我真的"蒙圈"了："西安真是文化古都啊，连出租车司机都有如此深厚的文化底蕴。"

中途下车，我决定迈开自己的双脚，步行前往古城墙南门。一路上，在公园里我聆听到了有着黄土高原之风的"信天游"，在广场上我领略到了彰显陕北汉子豪放的"安塞腰鼓"，在路旁的小树林我欣赏到了纯正陕西味的"华阴老腔"，在路边陕西小吃店我饱餐了一顿地地道道的"羊肉泡馍""油泼面"……

有压力才会迸发出美丽

古城西安，像一个睿智神秘、魅力无穷的老人，令人神往。兵马俑、大雁塔、古城墙……处处弥漫着唐风汉韵的文化气息，让人陶醉、使人留恋。

夜晚，漫步在大雁塔广场，倾听这座千年古塔讲述古城长安的沧桑与辉煌。更为幸运的是，再一次在这里观赏到了大雁塔音乐喷泉。站在被誉为亚洲最大的音乐喷泉广场上，欣赏气势恢宏的音乐喷泉，简直就是一种如痴如醉的精神享受。

伴着悠扬起伏的音乐律动，无数根喷管喷射出数十米高的水柱腾空而起，像一条条小白龙直上云霄。时而宽，时而窄，时而急，时而缓，一会儿像盘旋的巨龙，一会儿像连绵起伏的山峰，时高时低。高时，微风吹来，水珠缥缥缈缈落下，顿时抛撒万颗珍珠，落地溅起万朵银花；低时，水柱错落有致，像一个个蹦蹦跳跳的调皮小孩，活泼可爱。

当五颜六色的彩色光线，从大雁塔和四周楼阁斜射过来，喷泉瞬间变得流光溢彩、五彩缤纷。一会儿是橙红色，落下来的水雾像轻纱，又如同一抹抹红霞；一会儿是青色，水珠形成一幕翡翠珠帘；一会儿是红色，喷出的水柱就变成了一束束熊熊燃烧的火焰；一会儿是宝石蓝色，好似仙女捧着万颗宝石耀眼夺目；一会儿是绿色，喷泉又变成一片郁郁葱葱的树林；一会儿是黄色，喷射出的水花又变成了一朵朵金莲在夜空绽放……

水随律动，喷泉像一个变化无穷的仙女，不断变换着婀娜美妙的舞姿，向人们展示出自己的美丽。人们欢呼着、雀跃着，不停地用手机记录下精美绝伦的瞬间。

"爸爸，喷泉为什么能喷射出这么美丽的水花？"一个十一二岁的男孩儿好奇地问。爸爸说："喷泉之所以美丽，是因为它懂得把压力变成动力。如果你也像喷泉一样，懂得把学习的压力，变成天天向上的动力，也会迸发出灿烂辉煌的生命之花。"

说者无心，听者有意。父子俩的对话，让我顿悟：处处留心皆学问，人人都可为我师。有道是，内行看门道，外行看热闹。看来世界万物皆可悟道，只是我等不留心，而让许多美丽的风景只是从眼前略过，而没有在心里留下一丝印迹……

唐玄奘雕像前的凝思

初升的朝阳从八百里秦川爬上来，吐出万丈金色的阳光，亲吻着古老而又年轻的长安古城——西安。

周末的清晨，漫步在大雁塔广场，强烈地感受到这座城市的每一寸土地，都渗透着浓郁的中华文明之气息，焕发着欣欣向荣的勃勃生机。

身后，那座饱经岁月风雨洗礼而依然巍峨雄伟的千年古塔——大雁塔，向人们诉说着大唐盛世的一个个美丽故事；面前，唐代高僧玄奘法师手持禅杖，单手执佛礼，炯炯有神的目光遥望着远方，仿佛在讲述着西天取经路上艰辛而美丽的传说。

驻足于玄奘法师雕像前，思绪万千，电视剧《西游记》中一个个画面、故事在脑海里闪现。玄奘法师，自幼拜佛诵经，十几岁就成为大唐高僧。为了去"西天"印度求取"经纶佛法"，为大唐百姓祈福，毅然踏上十万八千里的西天取经路。

面对妖魔鬼怪对生命的威胁，他毫不畏惧；面对王权富贵的诱惑，他毫不动摇；面对儿女情长，他痴心不改；面对艰难险阻，他一往无前。春秋冬夏、风雨兼程，披荆斩棘、两肩霜花，一路向西，取得真经。

姑且抛开宗教信仰、鬼神迷信不谈，面对眼前的玄奘法师，一个大大的问号从灵魂深处跳跃出来，是什么给了他如此强大的前行力量？

默默凝思，我仿佛与玄奘法师的心灵在沟通、思想在碰撞、理念在交流……

许久，我懂了：信仰和信念，是玄奘法师的精神支柱。有了它，才会朝着一个方向，沿着一条路，坚定不移地走下去；才会有专之意——专心凝神、专心致志；才会有深之意——沉浸其中，深钻细研；才会有勇之意——披荆斩棘、勇攀高峰。

行走在路上，心中有魂，坚定前进的方向；脚下有根，迈出坚实的步伐；头顶有光，照亮前行的道路。

非此，而不能远行。

把最美的风景留在灵魂深处

"到壶口看瀑布去"，儿时上学，在语文课本上学习《壶口瀑布》时，就被黄河如诗、如画、如歌的雄浑气势所震撼，梦想着有一天能亲自到壶口看瀑布。三十年后，想不到竟与该文的作者、邢台籍著名作家尧山壁成了忘年交，到壶口看瀑布的愿望更加迫切，但久未如愿。

前几日，从延安回西安的路上，同行的几名同学不约而同地想绕道去壶口看瀑布，便欣然往之。

"黄河，梦中的壶口瀑布。"汽车还行驶在黄河岸边高高的山梁，就看到壶口两岸黑压压的人群。下了车，一溜小跑奔向壶口，才真正见识了什么是真正的人山人海，无论是黄河对岸的山西，还是我们这边的陕西，把壶口围得水泄不通，只闻轰隆咆哮的瀑布声，看不到飞流直下的瀑布影。

费了九牛二虎之力，总算挤到瀑布边上的缆绳处，满眼都是争先恐后、吵吵嚷嚷的照相人。看吧：有的举着双手大声高喊，有的做出卖萌模样，有的三五个一起合影，还有的恋人拿着手机自拍杆秀恩爱。侧耳听：有的说"还有完没完，照顾一下别人行不行"，有的说"能不能快点，我们还去黄帝陵呢，太阳落山到那儿就照不了相了"，还有的说"我们开车十几个小时，就为能在壶口照张相，照顾一下行吗"，更有甚者，为照相者闯入自己的镜头吵骂起来……

苦等了近半个小时，我也没和壶口瀑布合上一张影。无奈中一扭头，一个黄头发、高鼻梁、蓝眼睛的外国游客，手扶缆绳全神贯注地盯着奔流远去的黄河，吵吵嚷嚷的"照相大战"与他没有丝毫关系。

"没有和壶口瀑布照上相？"见我看他，外国游客用生硬的普通话微笑着向我打招呼。我礼貌地问："您为什么不去照相？"他说："真正能看懂，并留住美丽风景的，不是用相机把身影留在风景中，而是用心灵去感悟，把最美的风景留在灵魂深处。"

外国朋友说："黄河是中国的母亲河，是你们中华民族几千年顽强不息、勇往直前、战胜一切的精神象征，美丽的风景对我不重要，重要的是学习你们的民族精神。"

扭过脸，看看争先恐后、吵吵嚷嚷的照相者，回过头，再看看眼前凝望着黄河沉思的外国人，我的心里像压了一块巨石，疼痛得喘不上气来，泪水禁不住夺眶而出……

绝望中为自己喝彩

陕西省铜川市的照金镇，因当年革命老前辈在此建立陕甘边革命根据地而名扬天下。

在距离陕甘边照金革命纪念馆不远处，有一个壁立千仞、三面悬崖、密林如海的山寨，寨子上有天然石洞四窟，大者能容纳二三百人，小者能容纳数十人。相传薛刚反唐时曾在此寨屯兵练武，因而得名薛家寨。1933 年，陕甘边区的党政军领导机关迁驻薛家寨，这个小小的山寨成为照金苏区政治、军事、经济中心。

"七一"前少，政治学院组织现地教学，走近照金，感悟革命先辈的苦难与辉煌。在规定的时间内，徒步攀登地势险峻的薛家寨，亲身感受革命老前辈战天斗地的革命精神，是一个主要的教学科目。

爬过华山，登过恒山，其他大小名山更是无数，从未见过如此狭窄陡峭的山路，坡度竟然达到七八十度，活脱脱一架拔地而起的"天梯"。

盛夏六月，骄阳似火；正午时分，酷暑难耐。虽然深知"无限风光在险峰"，下定了"不上顶峰誓不休"的决心，但真正攀爬起来，才深知其中考量体力、考验耐力、检验心理、挑战极限的艰辛滋味。

攀登在陡峭的山路上，迈出的每一步都与苦累相伴、酸痛相依、气喘吁吁、汗流如注。爬至过半，坚强的身心终于出现崩溃状态，双腿如灌注了铅水，酸痛得一步也迈不动，头晕眼黑、心慌恶心，一屁股坐在狭窄陡峭的山路阶梯上。往下看，是深不见底的悬崖，有一种后怕的恐惧；往上看，是高入云端的"天梯"，有一种失去信心的畏惧。那种上不去下不来、孤独无助、从未有过的绝望，占据了我的整个世界。

"苦不苦想想长征两万五，累不累想想革命老前辈。是英雄你就站起来，是狗熊你就趴下别起来！"绝望中，一声呐喊从灵魂深处迸发而出。

我告诉自己："世界上没有救世主，自己的路，没有人能帮助你走一步，再艰险、再艰难，也只有靠自己的双脚向上攀登。"绝望中，一种力量从自我身心喷射而出。

我用自己的双脚，一步一个脚印地登上了风光无限的顶峰。

登山悟道。绝望孕育着希望，希望蕴藏着力量。艰难地攀登在路上，当我们身心疲惫近似绝望的时候，不妨大声地为自己喝彩——战胜自己，天下无敌。

越时空的心灵对白

"中国古时候有个叫司马迁的说过:'人固有一死,或重于泰山,或轻于鸿毛。'为人民利益而死,就比泰山还重;替法西斯卖力,替剥削人民和压迫人民的人去死,就比鸿毛还轻。张思德同志是为人民利益而死的,他的死比泰山还重。"在初中语文课本上学过的毛泽东那篇《为人民服务》,至今还能倒背如流。也正是从那时起,脑海里刻下了一个不朽的名字——张思德。

没想到二十多年后,我来到当年毛主席给张思德开追悼会的革命圣地延安,更没想到在庄严肃穆的张思德墓碑前,我竟以党小组长的身份组织来延安现地教学的五名同学,召开一次震撼灵魂、洗涤心灵的党小组会。面对这位平凡而伟大的已故年轻生命,我们每个人都以一名普通党员的身份,晒一晒思想、检讨一下言行。那一刻,我突然发现自己是那样渺小……

凝望着墓碑上那张年轻乐观的脸庞和金光闪闪的"张思德"三个大字,万千思绪随风而飘远,沿着岁月的足迹,穿越时光的隧道,我仿佛看到了毛泽东挥舞着那双指点江山的大手、操着浓重而铿锵有力的湘音,讲述着一个不朽的名字——张思德的英明永存,高举起一面伟大的旗帜——"为人民服务"精神长青。

墓碑后面的山梁上,漫山遍野的红花槐迎风怒放,红艳艳的花海像是流淌着这个年轻生命的鲜血;放眼远眺,宝塔山上那座曾指引中华民族前行的千年古塔,依然巍峨矗立,闪烁着"为人民服务"的万丈光芒;俯首望去,滚滚奔流的延河水,承载着与张思德名字一样不朽的精神,滔滔东去、一往无前……

有人说过:"有的人死了,他还活着;有的人活着,他已经死了。"

我也想说:"有的人活着,是为了更多的人更好地活着;有的人活着,只是为了自己活得更好。"

利己是人的本能,利人更是人的本性。我们大都不是圣人,皆是吃五谷杂粮、有七情六欲的普通人。一个年轻的逝者,用生命启迪我们生者:人,究竟为什么活着?为谁活着?怎样活着?

(选自《散文百家》2017 年第 9 期)

林间漫步

冯小军

七步沟

天气燥热，知了狂欢，越发地显出了山里的静谧。苍苍莽莽的南太行山中有个大峡谷叫七步沟。我和众多文友来这里参加笔会，酷暑中走进清凉，顿感身心爽快。旭日东升、四野清明的时候我遥望着高耸的马武寨，皓月当空、满川清辉的时候我呼吸着清新的山野气息，饱享了游历山水的快乐。七步沟，的确是太行山里一处不错的景致。

当地人介绍说，七步沟原名漆铺沟。在很早很早以前，这一片大山里长着很多漆树。漆树多，加工生漆的店铺林立，人们以生产加工生漆为业，自然而然就管这里叫漆铺沟了。据说，唐朝的时候佛教传到这里，佛事繁盛一时，有智者竟认为漆铺沟的名字太土气，太直白了，于是便高雅一番，想为它改个名字。也许是"漆""七"同音的缘故，又引申到"七步莲花"上去，便改名叫七步沟了。

七步沟沟深坡陡，曲折跌宕。我头顶骄阳，沿着进沟的山路前行。弯弯的山路随着溪流的走向修起来。路随水走，一路逶迤。只是一水向下，一路高攀。溪水打弯的地方山路也弯，山路弯的时候必是水路改了走向。我一会儿沿着峭壁下的石阶攀登，一会儿跨过小桥或是搭石。倒在溪流之上的"过熟木"生了新枝，漫水桥的豁口流水潺潺。路途虽然不远，景致竟也不少。水有落差的地方，现出几多水帘，水帘的边缘长着翠绿的山草，兰花和半夏缀满水珠，野菊棵子氤氲在雾气里。阳光通过树枝的间隙洒落下来，投射到水上水面明暗斑斓，映照在山路上光影斑驳。腐殖质的气息总是吸引我，多少次我把目光投向山林里面去，找寻它散发出来的源头。路旁的山坡上长满了荆条和胡枝子，都比着开花，香气四溢。

七步沟里的一脉溪水安静地流着，不张扬，不喧哗。好多的水潭无名，但是最大的水面被命名为天镜湖。湖的南北边沿建有一些亭廊供人小憩，人们在山间亲水，尽享游山玩水的雅趣。天镜湖的水清澈如镜，映照着大山的倒影。远处崔嵬的山崖轮廓清晰地倒立在水中，只是山风吹过的时候水波跳荡中乱了模样。七步沟的水是魔幻的，山投影在水中，一层层的山岩虚幻，方向又倒立着，这样互动的结果，山水便现出了一种别样的神秘。

像我这样从事林业工作的人，爬山和看树虽说是家常便饭，今天却格外地注意这里的漆树。漆树在很多地方都有分布，地球上的漆树多达一百五十种，中国有十五种。它属落叶乔木，又名大木漆、山漆树。漆树的高度，普通的十几米，最高的能达二十米。漆字原由古"桼"字演化而来，上部从木，下部从水，中间一撇一捺，犹如树汁沿着刀口流出的模样。漆树树干挺拔，人们在它的树干上切出"倒人字形"的刀口，引流出来的液体便是生漆。加工后的生漆是优良的涂料和防腐剂，耐高温，易结膜。打家具，做漆器都好用。春秋时候我国就有了栽培漆树的历史，到西汉的时候便有了大面积的栽培。《史记·货殖列传》里有"陈夏千亩漆……此人一千户侯等"的记载，可见当时就有人大面积栽植漆树并靠它发家了。

这样近距离地站在一棵高大的漆树下面，在我的经历中还是第一次。过去，我多少次地在太行山里行走，当地的林业职工指给我漆树的时候都提醒我千万不要靠近它。他们告诉我漆树有毒，人碰了会过敏。过敏体质的人在接触它的时候会皮肤红肿，严重的会出现呼吸衰竭甚至死亡。这是人们对漆树敬而远之的原因，也是我虽然认识漆树却不太亲近它的缘由。我钦敬它有很好的经济价值，疏远它使人过敏的品性。站立在陡峭的山坡上，瞅着面前的一株老漆树，我联想到人世里的好些问题，好的一切都好，坏的一切都坏，实际情况不是这样的。面前的老漆树的树干从下到上连着刻了两处取漆的刀口，看来现在它还能产漆呢。它在用自己的树液给人带来好处，一些人却不愿意亲近它。这多少有些悲哀，感觉到了人世里矛盾的事物，却告诉了我们生活的真实。

漆树还有一个独立的个性，原因是它耐不得荫蔽，不喜欢隐身在其他的高树下面，而总是自成风景。眼前的山坡上长着那么多的乔木和灌木，有松柏、柿树、旱柳、椿树和蒙古栎，漆树和它们并立山岗，各有各共生的树种和山草。但是这些高大的乔木树种之间却很少有共存一起的。这棵老漆树的树荫下只有一丛杭梢和一棵棵的蒿子。看得出来，虽说所有的树木都有不耐荫蔽的习性，但是漆树更明显。在漆树的树冠上面看不到高大树种。

七步沟所在地邯郸武安地处中原，自古文脉发达，山里又是漆树的适生地。无疑，很早就有了栽培漆树的历史。漆铺沟的名字我不知道曾经叫过多少年，但是凭借想象，我明白在七步沟这一方土地上面是有过大面积漆树栽植历史的。树木成林，生漆的加工贸易一度红火。漆树和由它所生产出来的生漆见证过这里的古老和繁华。农耕文明时代的繁盛，还有冷兵器时代的发达。

七步沟已经很有知名度了。而漆树沟却永远地掩埋在了历史的深处。山还是那座山，水也是那脉水，名字却被改移。"七步莲花"真的那么高雅？我看也不一定。看似"形而上"的精神追求，其实不过是舞空蹈虚罢了。倒是我眼前这株老漆树，能够产漆，砍倒后能出产木材，只要活着就释放氧气。它的这些好处才是实实在在的。

站在七步沟的山岗上我想着漆铺沟的历史，进而感觉到了这里人文气息的厚重。我想，只要山野里有漆树存在，它们就不会被人们忘记，而且会永远成为七步沟里的一道风景，一段儿为人们津津乐道的永恒记忆。

京娘湖

邯郸市的武安有个京娘湖，京娘湖畔有个贞义岛。我在那里游历的时候打问岛的来历，人们向我讲述了赵匡胤千里送京娘的故事。京娘是山西永济人，十七岁的时候跟随父亲去曲阳烧香还愿，途中遭遇歹徒打劫，幸遇赵匡胤拔刀相助，千里护送回家。后来姑娘本人和她的家人都有与赵匡胤成全婚姻的念头，而赵匡胤却以"若就私情与那个响马何异"为由婉言谢绝。后来京娘因情投水自尽，演绎了一段凄婉离恨的爱情故事。据说赵匡胤千里相送京娘的途中经过的门道川就在京娘湖附近，于是这里便被爱情开光，沾了灵气儿。如今，出于旅游开发的需要，人们演绎连缀，将京娘湖和贞义岛嫁接成了"情湖爱岛"，贞义岛上建了京娘祠，旁边还有戏台。逢年过节的时候人们常在这里唱戏，热闹非凡。

其实，贞义岛不过是太行山里一个小山而已，由于下游修建了拦水大坝，水涨山低，小山便成了一个半岛。我们一行文友乘着游船犁过京娘湖那宽阔的水面去探寻更为神秘的地方，目的地就是贞义岛。

登上码头，我们沿着陡峭的石阶爬山，走着走着，刚才还喧哗的几十号人，一进山沟就安静了。怎会这样？是树林吸纳了人声，是鸟语替代了嘈杂。京娘湖的水面虽然很大，却是有一条客船游弋也能看见的。而贞义岛山高谷深，走进去几十号人根本显不出来。大海胸怀博大，林海的胸怀同样博大啊。

站在贞义岛上遥望远处的山岭，山岚清新，绿林如黛。近处的山坡上长着松、柏、榆、桑等乡土树种。尤其是山道旁边有好些经济价值高的柿子、大枣和核桃树，果实累累，着实惹人喜爱。

一个山坳被人们开发成了供人休憩的小广场。这儿树林蓊郁，林间参差错落地摆着不少石桌石凳。我喘着粗气坐下来，静下来才发觉这里长满了树。林木覆盖了整个山地，它成了一处清凉世界。

小广场边沿建有几间石屋，母女俩在这里张罗着一家杂货店。茶叶蛋、凉水激黄瓜，各类冷饮应有尽有。当然最好的是凉粉儿。坐在小店的对面小憩一会儿，待到汗水不流了，出气均匀了，我想起吃来。轻轻地招呼要一碗凉粉儿，那系着花布围裙的姑娘应声回答，一边麻利地挑出一碗，一边利索地撒了瓜丝，泼了香醋，之后便步履轻快地走过来，放到我面前的桌面上。一阵狼吞虎咽之后，一碗凉粉进肚。一抹嘴儿，付过钱。伸一个懒腰，真有"给个县长也不换"那样的感受。累了饿了的时候吃一碗地道的农家饭，说不出该是多好的享受。惬意中想到佛家、道家，亏不得他们都在山里选址建庙、修观呢，原来山里的生活实在安闲！

体力恢复了，我便仰望起林立在周围的楸树来。眼下，高高的枝头间正有缕缕的光线倾泻下来。树干细高挺拔，太阳的光芒倾斜地投射在上部的树干上，产生出来缕缕的光束。大部分光线被枝丫树叶截留了，射不进林子底层，林下显出了阴暗的情形。加之旁边的山塘，这里便形成了一个清凉的小气候。

这是一个叫人冷静的地方。树木集中，竞争环境便明显。为了争得更多的阳光，树木都长得高而细。树与树比着往高里蹿，以此获得更多采撷阳光的优势。我仰望着天幕上那一蓬一蓬的树梢儿，还有偶尔飘过来的朵朵白云，悠然间想起了唐代诗人李涉《题鹤林寺壁》里那句"偷得浮生半日闲"的名句。惬意之中，我心安然，备感轻松。

贞义岛山岭逶迤，山峰峭立。爬过一道岭，走过一面坡，满眼绿色，处处花草。坐着山里的电瓶车兜一阵风，凉风扑面，我还产生了在汹涌的大海里冲浪的感觉。贞义岛虽然不在海岸，没有海滩，却也碧波荡漾。游历其间，踟蹰于绿荫深处或高山之巅，让我想到旋涡之中、浪尖之上的冲浪者，幻化出既有在风口浪尖上冲浪的快乐，又有奋发向上、勇攀高峰的冲动和激情。我是浪尖上矫健的企鹅吗？我是飞翔在港湾峭壁处的雄鹰吗？

贞义岛本身是山，却因了京娘湖和绿色的林海使我体验到了海洋的韵致，这或与岛的名字有关，或与那生机无限的绿色有关。山里可以有岛屿，山里可以有海洋。看来人世间的好多事物，只要换换角度，完全可以衍生出许多美好的情愫来。

太行山里乏水，武安人却将水库边上的一块山地冠以岛名，其创意令人佩服。

荆条花

走了一段儿山路我们才跨进"秋山门"，看来已经到了核心景区。刚刚站定，我就被一种浓烈的香气吸引了，不由自主地猛吸几口，我便张望起周边的山地来。

眼前沟壑里山石横卧，有的像老牛，有的似瘦猴。当然更多的不可比拟。我抚摸它们，都是褐色的花岗岩，质地坚硬。山沟里树木翁郁，荆条最多。一丛一丛现出勃勃生机；一枝一枝盛开着紫色的小花儿。荆条花儿虽小，荆条却有规模，规模大了，也就在植物群落里显出当仁不让的气势来。我走过去拉一条花枝，圆锥花序小手儿似的摇晃着拂了一下我的额头。面对飘落的花瓣我不由自主地翕动鼻子，芬芳的香味儿便强烈地扑进我的肺腑中间了。当下我想，如果认定水里的荷花和田里的牡丹花香馥郁的话，那么眼下这秋山里的荆条花儿的香气是绝对胜过它们的，甚至胜过它们十倍、百倍。六七月里的太行山花事正繁，差不多各种草木都在花期，但是我却格外喜欢荆条花儿那亮亮的紫色、浓浓的香气。

秋山光有名字的山沟就有五六条，野杏沟、野狼沟、葛藤沟、楸树沟，虽说各有特色，却没有哪条沟、哪道梁上没有荆条。不仅枝叶欣欣向荣，而且花穗绚烂多姿。

在接近秋山主峰的赏秋亭小憩，刚刚坐定就闻到了阵阵香气，周围的荆条太多了。坐在栏座上瞭望四野，这一段太行山莽莽苍苍，山岭列列，绿色蔓延。远望之后近瞧，每枝花穗都像燃烧着的紫色火焰。在阴凉里坐稳，静下心思看它们，荆条的叶子颜色浅绿，鹅掌形状。枝干虽细，却棵棵坚挺。无论主干还是侧枝都长着圆锥花序，生机盎然，让人爱慕。我站立花丛当中，发现一只蝴蝶轻轻地落在了近处的花穗上，我一时激动，有心抓它，竟惊飞了。目光随着它飞翔的曲线在空中一阵跳荡，怀着遗憾的心思，看着它消失在了蓝天作背景的空明里了。回过神来再去看那花枝，不知道什么时候竟冒出一只后背黑中泛蓝的甲壳虫来，小家伙憨头憨脑地正往高处爬呢，转眼间就攀上了花穗儿，低头撅腚地在那里忙碌着。我恶作剧似的用手掌拨动了一下花枝，小家伙竟在花枝弹动中落到了脚下。我想它会溜走，盯了一会儿。没想到它却四爪儿朝天地躺下来。我知道它是在装死，几乎所有动物都有这种本性，就折下一条枯枝扒拉它，结果还是不动。待我静静地等着，看接下来它会怎样行动的时候，它竟一骨碌翻身逃逸了。看着它扭动着后身急慌慌的样子，我感觉好笑极了。

人有欣赏美景的心愿，这小小的甲壳虫也与人一样有这种雅兴吗，我想应该没有。不过，寻找香的、美好的东西，或吃或欣赏，该是所有动物的本能。

（选自《绿叶》2017 年第 8 期）

寄居蟹式的散文

周晓枫

以前做杂志编辑，我开车上班一个小时二十分钟，坐地铁快些，13号线换10号线，四十五分钟。那是我从前的生活，每次往返数千米的小长征，到达卖力气的地方。2013年我从编辑转入专业写作，不必早出晚归，节省许多时间、体力和麻烦。如果死后能进天堂，我想象不出更好的生活，我觉得天堂的大门长得最像作协办公楼。从此什么样的好工作，对我都难以形成诱惑，心里层澜不起。

由于不勤奋，我一直没有磨损对创作的热爱。伴随生活节奏的停摆，我担心自己是静置的枯井，被彻底挖空。四年的职业写作，我创作的体裁还是散文。潜能和体能不足，叹气之后，我拿加缪的话安慰自己："我已经没有时间去对我不感兴趣的事情再产生兴趣。"

对我来说，散文从未丧失最初的神秘，甚至是它宗教化的神圣。当然，有人只拿写作当个谋生的差事谈不上什么羞耻。散文如水。水，既是饮用之物，可以沏茶煮汤，也可以清洁衣物或冲洗马桶。广泛的应用性，使水作为最重要的资源，更应受到保护与尊重，它更值得被歌颂。水同样流动在我们体内。点滴渗透的水，也是人体占最大比例的组成部分，在每寸皮肤之下，在每个细胞的核里。均质、透明、神秘……它简直成了每个人命里的舍利子。不动声色的散文，就是不断渗透、影响和决定我的如水之道。

我使用一台词汇量很少的电脑。是输入方法决定的，打字时它几乎没什么联想能力，不会提供数个储备版本备选，常用词组也出现障碍。我只得一个字一个字地拼。我觉得它智商不高，或者刚脱盲不久，它都不知道托尔斯泰和果戈理。

不升级，不换代。因为巴洛克的修辞，一直为我偏爱，是我的特色也是我的软肋，所以不想更眼花缭乱。王夫之在《姜斋诗话》里说："作诗但求好句，已落下乘。"极是，可惜知易行难。我写过若干浓墨重彩的创作谈，似有检讨之意，效果倒更像死不改悔的宣言。朋友说，我敲击键盘的声音很重，打桩似的；又仿佛和电脑有仇，感觉是怀着一腔愤懑在敲打离婚协议。一年又一年，我陷在和散文的旧婚姻里，相处模式没变；我依然是孤单又自恋的病虎，身体上的条纹，是囚禁自身的美的牢笼。

我不满足，不满意，难获自信。有人能，即使他们交出的只是一捆木柴，也自信读者能从中嚼出甘蔗的甜度。我试图让自己的文字被灌溉，保持某种植物的清凉和苦味——结果，仿佛在吞咽自己的胆汁。不甘啊。我的散文风格有僵化趋势——可无论"前是"或"前非"，我都不能痛改。写了这么多年，我被钉在一把旧椅子里。

不过，散文家？多奇怪的说法。小说家和诗人，都会写散文；然而，当一个写作者被称为"散文家"，等于昭告天下：他既不会写诗，也不会写小说，无能得可怜。没人因为写信就成为"书信家"，所谓的散文家，不像正式且有名誉的头衔。如同有些许情感纠葛的人被称为"恋爱家"一样，难骄傲，只尴尬。

很少有人专事散文，我一直保持着这种被动的忠贞。我没有诗人的天赋，没有小说家的附体能力——从事这两体文体，需要神助。散文属于凡人，是自说自话，是仰望星空的井底之蛙在发声，几乎靠本能完成。有小说家说，写散文太难，像戴着脚镣跳舞，他觉得小说就没有这么沉的负重。对我而言，散文写作者不过无法摆脱大地引力以及自重，小说家才难，什么都不戴就在半空飞行。我由衷敬佩，小说家的海市蜃楼，甚至经得起考古学和建筑学的审查——从年代到结构、材料和装饰。二十多年的散文写作，我愧于积累的不过残砖断瓦。我决不因此轻视散文，相反，感谢它收容我这样本领有限的表达者。散文如同漫长婚姻里沉淀的亲情，逐渐令人信赖和安慰；恰是它的日常乃至平庸，给我自由。

我有个不科学的、不建立在调查研究基础、只凭经验和直感做出的主观判断：出版三本散文集之后，才能看出散文写作者真正的潜能与余勇。许多写作者出道时令人惊艳，很快呈现规律性下滑：一鼓作气、再鼓而衰、三鼓而竭。因为散文写作的耗材大，拿缓生的树当速燃的柴，烧不了多久，黑暗和寒冷就来了。作为平凡之辈，我们不具备漫山遍野的生活经验，难免贫瘠和荒凉。散文之所以被警告为一种只宜老者开展的文体，也是这个道理，为了维护晚年的体面。

对于从年少起就徘徊在艺术散文里的写作者，何去何从？有的金盆洗手，有的改弦更张，有的向历史深处掘进，有的从新闻中索取线索……每个人都在寻找秘密的退路或后援，否则难以为继。我的办法，是从小说家那里偷艺。

读庄子，到底应该划归哪种文体？散文与小说的界标，我至今没想透。什么是绝对的是，什么是绝对的不是。有种文字，像灰，在白与黑的交集地带。我希望把戏剧元素、小说情节、诗歌语言和哲学思考都带入散文之中，尝试自觉性的跨界，甚至让人难以判断到底是小说还是散文。《石头、剪子、布》写食物链，其中镶嵌入室杀人的段落，属于小说笔法，我想实现文体内部的跳轨和翻转。《有如候鸟》两万多字，写迁徙，露出水面的冰山是散文，隐藏其下作为支撑的是小说——我想增强散文的消化能力，让散文不仅散发抒情的气息，还可以用叙事的牙把整个故事嚼碎了吃进肚子里。我要的不仅是物理意义的肢解，还要完成化学意义的溶解，这就是从《石头、剪子、布》到《有如候鸟》在小说利用上完成的递进。

并非背叛。我尝试以寄居蟹方式存在的散文。小说的肉已被掏空，我利用更结实的盾壳，保护散文，探索更远的路。

散文、小说还是媾和之物？我想起杜鹃、鹧鸪、白头翁，它们有着共同的美妙之处，既是花木，又是鸟，它们既是植物的名字又是动物的名字，置身生物两界。我不想陷入概念的误区里。如同一些动物的命名潦草，是既有概念的拼贴，最后就成了它们的符号。熊猫，既不像熊也不像猫；黄鼠狼，无论和鼠和狼，都扯不上关系。别像流水线上的零件一样合乎规格和概念。只有不像模板上的标准尺寸，文字才能逃脱被复制的命运。

我的电脑里存着诸多准备中的题目。像正在做梦的蛹。我需要合适的温度和湿度，需要充分的安静和安全，慢慢孵化它们。我不猜测谜底，谁知道孵出的到底是蝴蝶翅膀上的耀斑还是苍蝇鬼祟的复眼。我没有期待中的答案，管它什么性别和种类。何况，羊、鱼、人类乃至恐龙，在最初的胚胎状态，极其相似。

算不上创作态度的洒脱。我也不想掩饰自己的糊涂，我不怕把挣扎、犹豫和混乱带到写作过程之中。对我来说，散文不是结论性的审判，而是一种关于自由的表述，带着我的主观与自相矛盾，带着情绪性的倾诉与对结果的好奇，甚至天然密布自觉与不自觉的谎言。

操千曲而晓声，观千剑而识器。我不太信空谈，我信频繁错误中摸索的道路，我信头破血流后的醒悟。我知道自己是个特点和缺陷同样突出的写作者；或者说，我是一个由缺陷构成特点的写作者。不着急，我慢慢努力，为文字服役，也为行枷减重。

小时候我好奇海螺如何生长。海螺无法一下子推翻自己钙制的墙，也不能吃掉外壳，不能边消化边筑造新的壁垒。它从轴心开始生长，随着长大，海螺就把里面的腔室腾空、封死。海螺不断搬离，只居住在最外面的腔室。写作需要像海螺不断封闭自己曾经的腔室，才能壮大——离开旧舍，才获新生。寄居蟹更是如此，一旦扔下旧壳，就不再回去。我愿自己和自己的散文，都能舍弃旧习，在更大的空间里，既勇敢又怀有怯意地成长。

（选自《有如候鸟》，新星出版社 2017 年 9 月出版）

写在水上的名声

叶延滨

写在水上的名声

诗人济慈的坟头上刻着他自己生前写下的墓志铭:"此地长眠者,声名水上书。"济慈是具有世界影响力的大诗人,每本世界文学史上都不能少了他的名字,这是今天许多写作者梦寐以求的辉煌。然而当死亡把一切席卷,留下的只有一个名字,济慈还认为那也是写在水上的字,一阵风就会把它抹得无影无踪。这位20世纪黎巴嫩著名的大诗人纪伯伦对19世纪的大诗人关于声名的悲观看法提出异议。纪伯伦说:"请给我刻下这样的墓志铭:此地长眠者,他的声名是用火写在天空。"(《火写的字》)纪伯伦认为他的诗歌一直在向人类灌输着爱的精神,所以他对自己有一种乐观的认识。从表面看,两位诗人对于声名的看法真是水火对立、互不相容的,但从最本质的言语深处,我们发现他们都是极其看重自己的声名,不同的只有一点,济慈的悲观来自对现实短暂性的哀叹,纪伯伦的乐观来自把现实只看作梦而产生生命永恒的信心。再说深一点,水也罢火也罢,两位诗人对声名的重视到了因此悲叹人生苦短了。

文人看重声名,自古如此。文人之所以是文人,就是他以他的精神劳动取得自己生存的条件、生存的理由、生存的价值。条件、理由、价值都不仅仅是物质的,而且还是精神的,从文人自身来看更重要的是精神的。天啊,精神是个看不见摸不着的幽灵,它越是无形,文人越是期冀它的无处不在和永恒延续。我们看到一个重要的现实,那就是在商品大潮物欲横流时,中国的文人立马分成两拨,一拨逐利,名曰下海;另一拨求名,自诩文化精英。爱钱已是许多人公认的"人性",那么下海发财的文人也就处于一个两难境地,一是满足和成就感,让他因财大而抬头挺胸说话气粗,二是作为一个"文化人"在精神上的失落而在内心感到穷得只剩下钱。自认是文化精英,坚守精神世界的追求,这是另一类文化人,当他们的目光从自己的天地转向现实的时候，一种被经济旋风刮到世界角落的边缘心态当然也是另一种失落，他们对自己的价值能否得到社会的承认在潜意识里是茫然惶恐的。

我也被人称为文人，我没有下海，自然可以归入后一种。作家这个头衔并不只是一类人，那些下海的作家，没有什么可指责之处，从人生选择而言，他们不比坚守阵地的"精英"有什么高下差别，就这一点而言，我对精英阵营中朝下海发出的嘘声，不以为然。每个人一生中都可能而且可以有不同的选择，为什么当过作家的就必须从一而终、保守贞节呢？重要的是，这些下海者如何经商，如果他们有良好的商业道德，也有精明的经营之道，造福一方，这对他们自己和这个社会不都是天大的好事吗？我倒以为，守在原来地盘的人们应该自重，有的人自认为是个文人，自以为是在从事高尚事业，实际上做得如何，只有天知道。有的文化人虽不是政府官员，但在他掌权的那个小摊上，玩的把戏只配让人想到"政客"两个字。有的文化人虽不下海，但狗苟蝇营，在蝇头小利上卖良心卖友情卖人格卖一切可以出卖的东西。有的文化人为图虚名，为自己造光芒造历史造轰动效应……凡此种种，让我们想到一个最基本的做人原则，不说是做一个文化人而是做一个普通人都应做到的：请爱惜你的一生、你的声名和你的生命。

也许声名会是水写的，也许会是火写的，但千万别用卑鄙去写，尽管有些人在用这一张他们喜爱的通行证，但在一路绿灯的终点又是什么呢。

我们很忙

我们很忙，是的，我们终日不得安宁。忙什么？说来也真没多大劲头，忙着叫这个肉体得到满足。这是一个人生最基本的怪圈，我们像驱赶牲口一样地驱使这个长着两只脚两只手的身体，去奔波于市井，去拼杀于疆场，去流汗流泪流血，挣来一口汤一口饼，喂养这个肉体的饥渴，拼来一间房一张床，解除这个肉体的劳顿。其实，如果人生仅仅如此，我们可以发现我们只是自己在啃食自己。幸亏我们自认为在这副皮囊中还有个灵魂，我们每个人都在安置灵魂的种种方式中，突破上述的那个怪圈。有个伟人说过，人是要有一点精神追求的。这话不错，这句话说出人与兽之间的区别，何谓精神追求？换句话就是给心灵找个归宿，给灵魂一个安置，而人与人之间的区别，也就在安置的方式、追求的目标、归宿的位置各不相同罢了。

把灵魂安置到名利场上，这是最多的也是最古老的一种方式。细看起来，这有一点像灵与肉之间的游戏。追逐名利者，会发现名利又被权力和财富所拥有，于是复为权力和财富的追逐者；而人们在追逐权力和财富的时候，发现不知什么时候自己已成为权力和财富的仆从。不是吗？得到一点权力还没来得及得意，就发现自己这点权力只是更大权力的附庸，为了不至于得而复失，只好战战兢兢甘为犬马。得到一点财富还没来得及风光，就发现自己只是小康并刚好站在富豪们的门庭之外，灵魂于是成为进了一次大观园的刘姥姥，在被人戏弄中又成了财富的奴才。权力和财富像一根鞭子抽打着灵魂，灵魂就变成一只不停旋转的陀螺，那空中炸响的鞭声和地上旋动的影子就是灵魂赢得的声名。

艺术家们无力对这个世界说放下你的鞭子，他们企图逃避这种抽打，他们一生都在千方百计为安置灵魂而绞尽脑汁。画家用油彩把灵魂放进画框，雕塑家用泥土把灵魂塑进雕像，歌唱家用歌喉让灵魂乘风翱翔，诗人让不安分的灵魂向痴情的人们枕边低语，作家让灵魂在一本本厚厚的谎言中充当一次无所不能的主宰……艺术家们编造了无数的神话，在神话中灵魂成了天使；艺术家制造了无数的梦境，这些梦境能放在书架上，能出现在银幕中，现在又几乎让每个家庭都有了一台被称作电视机制作白日梦的匣子。在这些梦中灵魂是自由的，无所不能的。啊，且慢，这种梦话由我说出是可笑的，因为就在此时此刻，电视里插播进广告，一个曾装扮过皇帝的演员，正用为贵妃宽衣解带的手法和一瓶烧酒调情。啊，那根鞭子又抽动了，把帝王也能抽打成一个丑角。

人们各有各的招数，有的让灵魂守着麻将桌，有的让灵魂爬在股市走势曲线上，有的把灵魂请出躯壳寄存在教堂的十字架下或者佛堂的香炉灰中，有的干脆在黑市上把灵魂卖掉，有的又四处奔波像苦行僧一样寻觅自己的灵魂如同想找回自己走失的孩子……

啊，我们永远无法安置好这个灵魂，也许正是如此，只好幻想在肉体消失时，把灵魂送给仁慈的上帝照看，像照看一只羔羊；然而这个难题在我们活着的时候还要我们自己解决，就像一颗龋齿，在它脱落之前，它会时时以疼痛提醒，请注意口腔卫生。

所以我认为可以给人一个定义：自信自己有灵魂，然而又永远在想办法安置灵魂却又无法安置它们的一类生灵。如果你不同意，那么你是怎么安置你的灵魂，让它安宁如一只温驯的羔羊呢？

人的一种定义

有人曾对我说，应该给人下这么一个定义，人——世界上最善于打扮自己的动物。我想了想，觉得他的话有一定的道理。刚才电视上一群招展风姿的时装模特儿，身上的兽皮鸟毛让我想到人除了用各种东西包裹涂抹自己以外，还用云蒸霞蔚的语言笼罩自己。有时候唬住别人，有时候糊弄自己。

昨天在地摊上见到一本卖不出去的书，厚厚的挺像那么回事，又脏兮兮地落满灰尘。笑问摊主，这本书好卖吗？摊主气不打一处来地说："上当！卖给谁？送人都没有人要，广告把大爷我都骗了，拿到书，我就知道这回亏大了，小子写这么厚一本，却自己都不信自己，印那么一堆与名人的合影放在前头，让人一打开书就知道是个三流作家做的活儿！"我吃惊地看着这小摊的主人，我们这个写作圈里有许多人混了一辈子也没有弄醒的事，他三句半就扯伸展了。蓦然回首，方感悲凉。现在作家圈内常发出许多世风日下的喟叹，但说实话，在作家圈内人们看到的各种故事和各种嘴脸，常比当年的《儒林外史》生动新鲜。

赤裸裸地追逐金钱，连一块遮羞布都要一起卖掉。高歌猛进地争抢名誉，让几乎有奖牌之类的地方都散发公厕的气味。看来有那么些人知道自己那点肠肚是不会有流芳千古的可能，于是便铆足劲地朝遗臭万年的目标奔。说到这里，我眼前浮现一幅场景：某一游方乞丐，口中念念有词诺贝尔奥斯卡上帝保佑为文学献身云云，一只手拿着一把竹耙子，能耙就耙，能捞就捞，在他眼前出现的，名啊利啊绝不放过，统统搂进另一只手上的乞袋。这种人在今天的文坛已经成为风景人物，这种风景多了，文坛也就不再是什么净土了。其实，见到这种角色，虽厌恶也怜悯，如街头见到乞儿，心里讨厌那些好逸恶劳的手，但同时也忍不住往那手心里放上一张钞票。想到这些人被名利所驱使，那无形的鞭子抽打着他们的灵魂，真替他们长叹一口气。诺贝尔奖也罢，奥斯卡奖也罢，已有几十届了，还会一届届地评下去，犹如国粹一朝一代的金榜状元，说是流芳千古，千年状元又有几人为后人所知所爱？他们哪知千年之后挂在人们嘴上的只是酒徒布衣的小吏李白杜甫辈？一曲"床前明月光"胜过万卷千车的策论八股，想起功名如此不经几番风雨嬉戏，多少莘莘学子真枉将年华伴孤灯。

世界之大又一次让我们喟叹，守在电视机前看彗星撞击木星的消息，我的心也被一种念头一次次地撞得发疼。从事写作的人，无论坚信文章千古事或声称为三百年后的人而写作云云，都把这雪泥鸿爪寄托为身后留下一点东西。历史真是如人们所想，"在史书上写下一笔"的就是最好的吗？我看未必。史前最好的生命体就是三叶虫吗？秦始皇最好的东西就是兵马俑吗？圆明园最该留下的就是那几根石柱吗？……不知道。我想起那次游西夏王陵，在一片沙砾中出土的石碑上是奇异的西夏文字。这些字的偏旁部首和汉字极其相似，但这些部首却又用我们不知道的法则组合成一个个奇异的字，至今没有人解开它们的意义。这也许就是历史的另一张脸，每一个局部都是我们知道和熟悉的，然而它们却以我们完全未知的方式展示给后人。

蓦然回首，我再一次感到这个世界给我们每个人最好的赐予就是给了我们这个生命，还有与我们生命同在的这个世界。生命因欢乐和痛苦而得到证实，世界因美妙和丑恶而与我们结缘。真该珍爱这生命啊，让它充实，让它美丽，让它快乐，让它发出光彩，这是对赐予我们生命的——无论是上帝还是自然，无论是父母还是天意——最好的回报，是啊，这才是生命的本真，丰富而高贵……

曳尾于涂中

与小说家王刚同游新疆，正在忘情于如奔马的流云，王刚冒出一句："自古来游历山水的知识分子，大多是失败者享受着他们的失败。"

此话让我心动，惊奇而后感动。

回望中国历史，有两点是最有中国特色的，其一是封建集权。高度集权，有两句游戏规则，帝王将相宁有种乎？成者王侯败者寇！其二是"学而优则仕"。贵胄与庶民似乎都可以通过科举走向为国效力，同时实现自我抱负的顶端。这两个特点相加，最后的结果，就是抱着鸿鹄展翅之志，仰天大笑出门的知识分子读书人，也就是当时的文化精英，绝大多数最终铩羽而归，能从竞技场"归去来兮"，已经是幸事。

失败者有两种：一是阵亡者，二是幸存者。

阵亡者，或许是真的失败者，志大才疏，飞蛾扑火；阵亡者，也许是命运不济的旷古英雄。"既生瑜，何生亮？"亡者，当然也有知不可为而为之，挽狂澜于既倒，成了不肯过江东的楚霸王，或是为过气王朝尽忠的文天祥！

幸存者们从正史中败退，出路何在？独善其身，这个"善"字有讲究。或隐，或逃，或另辟蹊径一展身手。中国文化的大智，就是有入世的儒家，也有看透世相的老庄。儒道互补，进退自如，我们这个民族前行的路上，早就在精神上安装了"换挡变速的离合器"。那些每天思庙堂之高者，"进亦忧，退亦忧"；那些从书本中抬起头读懂世态炎凉者，悟出人生一世，进未必优，退亦能优。

所谓失败者，就是在仕途进取这独木桥上，挤不上，过不去，或被挤得掉下来的人。其实，大千世界哪能一条道走到黑？但独尊儒学，也就让许多聪明人迂腐得以为只能在求仕进取这棵树上吊死。庄子其实是个心理学家。庄子知道，不能像孔夫子那样正襟危坐地打官腔。开导读书人，他擅长讲故事，用故事启发"失败者"换个活法试一试。

故事一，"昔者，庄周梦为胡蝶，栩栩然胡蝶也。自喻适志与，不知周也。俄然觉，蘧蘧然周也，不知周之梦为胡蝶与。"（《庄子·内篇·齐物论》）这是有名的"庄周梦蝶"故事。在梦中，庄周梦见自己是一只翩翩飞舞的蝶，醒来却想，是我梦见了蝶，还是蝶梦见自己成了庄周了呢？庄周在讲物化，也在讲你是谁，还在讲你换个活法也许很快活。

故事二，庄子在濮水上钓鱼，楚王派两位大夫前来请庄周去做官，庄子持着钓竿头也不回，"吾闻楚有神龟。死已三千岁矣。王以巾笥而藏之庙堂之上。此龟者，宁死为留骨而贵乎，宁其生而曳尾于涂中乎？往二大夫曰，宁生而曳尾涂中。庄子曰，往矣，吾将曳尾于涂中。"（《庄子·外篇·秋水》）庄子是在回答，也在讲故事，听说楚王有一只死了三千年的神龟，包在绸缎竹箱里供于神庙。你说这龟是愿死了留下龟壳受供奉还是拖着尾巴活在泥淖中呢？大夫答道，当然是活在泥淖里。庄子答，那就请回吧，我还是"曳尾于涂中"。这是对自由的解答，也是对生命意义的解答：各有各的活法！

庄周的故事，有人读懂了，这个世界对许多知识精英关上了"学而优则仕"的门，庄周的智慧又开了另一扇窗。回望千年，历代知识分子精英中最高明者，皆是那些"享受失败"的人们！于是有了李白、杜甫，于是有了徐渭、米芾，还有蒲松龄、曹雪芹……老天在他们身上睁眼了，他们在享受失败的过程中，没有辜负老天赋予他们的才华，在世俗规定"兼济天才"的竞技场上碰得头破血流，却在享受失败中战胜了时间，让那些"轻如鸿毛"的诗词、字画、小说、戏曲，像流云彩虹，在时间的天空成为风景。

享受生命而"吾将曳尾于涂中"。也许庄周只是讲了自由的可贵，其实也是所有成才艺术家最好的生命状态，生活于滋养艺术的湿地。庄周是最早的善于讲中国故事的人，当然需要会听这故事的耳朵。

永恒之脸

在这个陇东小镇，几个喜欢古玩的朋友，正在旅馆外的地摊旁和卖古董的老汉讨价还价。讨价还价的焦点是几面古镜。老汉坚定地说，他的镜子是汉代的，根据是他家的责任田下面就是一堆汉墓，还说上次有个画家来采风，硬说他家的尿壶是汉代三足酒杯，买走了。问卖了多少钱，老汉笑出一个无价之笑，说，还是看镜子吧。我对古玩是外行，只觉得眼前的争论十分有趣。对于老汉的汉镜之说，看货的朋友不由分说地否定，并由在朋友圈公认的玩家出面，鉴定出来，一面是唐镜，一面是宋仿汉，其他几面就不值钱了，清代的东西。我也把这些镜子一个个拿起来，装模作样地欣赏着，心里却想着另外的题目：历史的风韵还看得见吗？那些古镜早已失去了昔日的光彩，不是说光彩照人吗，镜面早就锈迹斑斑，成了一块绿锈蚀刻的花盘。锈迹总是神秘的，在那些变化无常的花纹里，我们好像看到了什么，实际上什么也没有看到。我想，那个镜子的主人曾在镜子里看到的，我们是永远无法知道的了。问题在于我们常常自以为知道了这一切，知道了汉代的雄浑、唐代的丰腴，如此等等，果真如此吗？这一面镜子是汉还是清仿汉，当年的持镜人就大不一样了，镜面上曾有过的故事也就是前后相差一千年的布景！我们是无法从镜面看到历史的真面孔了，更难见这张脸上的丰韵。不是吗？几乎所有的古镜玩家，拿起一面镜子，都是把它翻过来，认真观察它背面的花纹，啊，是在看永恒之脸的后脑勺！

从后脑勺上与历史之脸打过交道的朋友，认定一个古镜是正面与汉代丰姿录过像的，于是成交，于是转而去看那几十个系在麻线上的古钱。古钱比之古镜，对于我这个外行，更少吸引力，只是听朋友津津有味地议论，觉得值得回味。朋友A说，这个半两市面上少，还值几个。朋友B说，这个布币形态不错，只是多了，玩玩行，不值钱。我不知道，历史上有多少财富，但我知道钱就是它们的常任代表，到今天还没有退休。我们对于历史财富的理解看来与历史实际拥有的财富是大相径庭。真是，多少金钱和财富也经不起岁月的洗刷，穷人无钱，无也就无了，富人有钱，有也是无了。多与少，穷与富，对于当时的人，就是天堂与地狱之别，而到了今天，所有的差别连玩古钱的专家也找不出来。你能说这枚半两是穷汉的还是富翁的？你能说这地摊上的一串古钱就是历史财富的代表？没准巨富没留下一枚小钱，没准你手上那枚价值连城的古币是一个叫花子乞到的最后一枚钱……

我们还是告别这些历史财富的代表吧，在历史永恒之脸上，最难留下表情的就是财富了。人们乞求的永恒往往是在现实生活中也显得过于虚幻的声名。其实，一个家族的历史，一个民族的历史，一个国家的历史，就是它们曾有过的而且继续着的声名远播的过程。当我站在这个古镇引以为自豪的大钟前，我坚信我的想法是对的。钟与鼎大概是最可以和永恒二字相连的古董了，而这也不是没道理的事情。就说这只大钟吧，当主人撞响它的时候，我们听见了一千年前响过的声音。这大概是钟的魅力所在，它可以把一百年、一千年给人们的东西在今天几乎毫不变样地同样给你。于是当我们想到声名远播的时候，就自然会想到那一口口大钟。有古迹之处就有钟，没有了古迹，只要有口钟，就会造出个古迹让你神游，天下的名胜差不多都是如此吧。声名的象征是钟，于是人们把自己的声名也能永恒地希望刻在钟上。这是一个我们几乎忽略的事实：在散落于各个地方的大大小小古钟上，都密密地铸满了人们的姓名。这些姓名也许是铸钟者或铸钟资助者，无论出于他们本人的愿望还是他人所为，都有声名远播、千古留名的企图。然而，如果不是专门目的，我们绝不会看到或注意到这些名字。这是永恒之脸上最冷酷的表情：视而不见，有也是无。是啊，多少人煞费苦心，把自己的名字留在钟、鼎、匾、碑以及浩若瀚海的书籍中，然而又有多少名字实现了永恒的初衷呢？

啊，陇东一游，与历史相对一笑。想了想，发现永恒之脸上，我最看不清的是历史丰韵、历史财富、历史声名的真正表情，你呢？

读闲书记

深秋阳光，书房用不着拉上窗帘，明亮又不扰眼，是读书的好时候。

随手打开《人间词话》，拿起杯子，一口浓茶，信马由缰地读下去。眼在书上走，心思却一会儿天南，一会儿海北，并不认真。只是读到佳句，好像过去对此句并不以为然，定神，再读。是不错，又有所得。将书扣在案上，沏水。端着水杯望窗外，天色蓝蓝，小区的楼们也比平时精神，绿瓦、红墙、旋飞的鸽群，真是满眼都是诗。好兴致，起身出门散步去也！

方才读《人间词话》共十二页。

此为闲书读法。读书读了一辈子，对各种不同之书，也有了各种不同的读法。读书之不同，如像与人相处之不同，有天壤之别。

儿时读好看的书，如连环画和福尔摩斯，好看，新奇，让人入迷。这是童年的欢乐，也是童年的自由。读书没有规矩，也没有顾忌，虽说长辈们反对，但就是这种读书，让心灵开窍。读这样的书，就是小孩子交上大朋友，心甘情愿地当"小尾巴儿"。

读备考之书，就是硬着头皮啃。从小学到大学，心向往之的课本，几乎没有。学校里的书，细想起来有两类，一是为将来而必读的功课。这类知识浮在水面上的读书，重要的还是读书过程中的思维训练。另一类是应景的课目，明知没用，却要硬背，考完就丢，绝不可惜。这也是一种训练，让人从小知道生命虽可贵，但有时也要浪费，这是并非个人所能完全避免的事。走出学校，才知道类似的"无用功"在一生中还多得很。

读必读之书，就是知道一定要读的书。味美要读，苦涩也要读。当法官要读法律，学驾车要读交通规则。这是一种不读不可之书。领袖著作先哲经典，导师们总说必读必有益处。只是从孔夫子到孙中山，从孙中山到毛泽东，再加上柏拉图、黑格尔、达尔文……真要一一请教，恐怕难于二万五千里长征！只好从简。

读《人间词话》这样的闲书，就与读上面那些书感觉不同。也得声明，《人间词话》在学者教授那里不是闲书，那是资料和工具。我现在不当教授了，也不需要引经据典地做文章，所以我现时读《人间词话》是把它归在闲书类中。读闲书的心态，如同与人聊天。

与人聊天也有不同境界。与无趣之人，无话可聊。与无德之人，不可聊天。与无识之人，聊以解窘。与无量之人，不聊胜聊。聊天是知己相逢的快乐，与功利无关，也不受制于时空。兴致正好时，打开《人间词话》，也就是会会旧友，温庭筠、韦庄、李煜、秦观等风流倜傥之辈，还有陆游、辛弃疾、杜甫等大方之家，见见就好，至于诗的话题，已是次要的了。

读书也有读闲书的时候，闲书也有闲书的意境。

（选自《青年作家》2017年第10期）

踏雪寻梅

祝　勇

一

　　或许是农业文明的缘故，中国人的衣食住用里，一直透着对自然的敏感。漆器是最典型的一种。这些以漆（一种树的汁液）髹涂的器物，小至笔墨纸砚、盘碗碟盒，大至桌椅箱柜，几乎可以覆盖我们日常生活的所有方面，可见漆器的巨大包容性，可以含纳不同品类的事物，让它们摆脱日常的平庸，有了贵族般的光辉。漆器上雕饰的图案，除了山水人物（像携琴访友、南山采菊、垂钓问渡、文会雅集），出现最多的，当是各种花卉植物，让我们在吃穿住用间，视野可以穿越纷杂的俗世，与山林田野相通。在故宫博物院所藏一万七千七百零七件[①]漆器里，几乎找不出几件漆器，上面没有花卉植物图案，即使以龙螭鸟禽、亭台殿阁为主题，也一样是花团锦簇、草木如诗。所以，来自自然（漆树）的漆器，花与植物，几乎成为通用的语言，让我想到"花纹"这个词，本意所指，就是花的纹样。

　　故宫有一件剔红赏花图圆盒，作者张敏德，是元代雕漆大师。这件赏花图圆盒，是目前能够查到的张敏德的唯一作品。盒上雕刻着一文人雅居，正房的高桌上，竖着一只空的玉壶春瓶。在古时，玉壶春瓶，一般是用作插梅的。北宋曹组《临江仙》写："青琐窗深红兽暖，灯前共倒金尊。数枝梅浸玉壶春"[②]，就是描述玉壶春瓶插梅的景象。这件剔红圆盒上的赏花图，主题正是那没有出现的梅花，

---

① 故宫博物院收藏的各代漆器中，战国、汉代漆器六十余件，元代漆器十七件，明晚期官造漆器三百件左右，清代官造漆器逾万件。据郑欣淼：《天府永藏——两岸故宫博物院文物藏品概述》，第 205 页，北京：紫禁城出版社，2008 年版。

② 曹组：《临江仙》，见《全宋词》，第二册，第 1040 页，北京：中华书局，1999 年版。

而图中花木，比如左下角，在两位赏花老者面前盛开的花朵（鲜花与老人形成锐利的反差），还有殿阁前后的茂林修竹，其实都只是陪衬，只有那只寂寞的玉壶春瓶，以及它所代表的梅花，才是整幅画面的真正重心。

梅花尚未开放，亦没有人去折枝，但它绽放的季节，迟早会来。

一只春瓶，以空白的方式，预告了梅花盛开的季节。

二

漆器是将漆树液体提炼成色漆，髹涂在器物胎骨上雕制而成的，自新石器时代起源，发展至宋元，已至炉火纯青之境。宋人雕漆（漆器工艺的一种），要在器物上涂几十层漆，然后再在上面雕刻人物楼台花草，"雕法之工，雕镂之巧，俨若图画……红花黄地，二色炫观，有用五色漆胎，刻法深浅，随妆露色，如红花、绿叶、黄心、黑石之类，夺目可观，传世甚少" [1]，让日本学者大村西崖在《东洋美术史》里惊叹："诚无上之作品。" [2]

到了明代，中国人的巧手在漆器上闪展腾挪，技术之精密更令人叹服。有的漆器上，髹漆层次甚至多达百层。肥厚的漆层，如丰饶之泥土，让草木繁花之美得以充分地释放。像明代初期这件剔红水仙纹圆盘，图案并不复杂，复杂的是花与叶层次繁密、起伏环绕、彼此叠压，雕者的经营盘算，容不下丝毫闪失，时隔几个世纪，依然让人惊叹那近乎变态的细致，比起计算机，亦毫不逊色。

这件永乐时期剔红双层牡丹纹圆盘，内雕双层重叠牡丹，穿枝过梗，各自成章，或藏或露，繁而不乱，肥而不腻。这构图风格是永乐时代漆器的典型特征，图案以数朵（一般是奇数，如三朵、五朵、七朵）盛开的大花满铺，叶片丰腴饱满，四周衬托着含苞欲放的花蕾，象征着帝国的繁华与昌隆。

但我更喜欢的，是那件明中期的剔红梅花纹笔筒，放在木色苍然的案上，抬眼即见一丛红梅，不被季节所拘，时时刻刻，开满筒身。

梅作笔筒，最合文人的内心。我想这首先依托于梅花造型之美，有点有线，可密可疏，既有造型感，又有节奏变化。当然它的价值，有赖于冬季的凸显，因为万物皆枯、大雪无痕时节，一树老梅绽放，美艳里透着孤独、凛然中又有温柔，当然令人动心，惊叹生命的强韧与艳丽，一如欧阳修《对和雪忆梅花》所写：

---

[1] 高濂：《燕闲清赏笺》，转引自《故宫漆器图典》，第12页，北京：故宫出版社。

[2] ［日］大村西崖：《东洋美术史》，转引自《故宫漆器图典》，第13页，北京：故宫出版社。

穷冬万木产枯死，

玉艳独发凌清寒。

《红楼梦》第四十九回，写贾宝玉清晨醒来，大雪已飘了一夜，"出了院门，四顾一望，并无二色，远远的是青松翠竹，自己却如装在玻璃盒内一般。于是走至山坡之下，顺着山脚刚转过去，已闻得一股寒香拂鼻。回头一看，恰是妙玉门前栊翠庵中有十数株红梅如胭脂一般，映着雪色，分外显得精神"[1]。我想那一刻，宝玉的心，既空寂，又盈满，因为大雪让院落有了一种洪荒般的寂寞，而那十几株绽放的寒梅，却显示出生命的顽皮与生动。白雪红梅，不仅在色彩上反差明亮，在意境上也完全是逆向的存在——一为荒寒，一为热烈，相互对立，互相补白，让人对上帝所造的万物秩序徒生感慨，所以宝玉才站在雪景里发呆，直到一个人打着伞，从蜂腰板桥上默默走来。

想起宋人两句诗：

孤灯竹屋清霜夜，

梦到梅花即是君。

梅是人，人亦是梅。

在书房里、书案上，插一枝梅，应是一种易于实现的雅致。

文震亨的《长物志》（一部专门谈"物"的书）讲插梅："有虬枝屈曲，置盆盎中者，极奇。"[2]

从梅出发，我开始爱与梅有关的一切事物，比如林逋的梅妻鹤子、笛子吹出的《梅花落》、王冕的墨梅（故宫博物院藏《墨梅图》复制本挂在我书房里）、自号"梅花道人"（又号"梅花和尚"）的吴镇、唱戏的梅兰芳、踢足球的梅西……

当然，还有这只故宫里的剔红梅花纹笔筒。

三

除了体现文人情趣，漆器更充当着日常生活的器皿。

---

[1] 曹雪芹著、无名氏续：《红楼梦》，上册，第663页，北京：人民文学出版社，2008年版。

[2] 文震亨：《长物志》，见文震亨、屠隆：《长物志考槃馀事》，第36页，杭州：浙江人民美术出版社，2011年版。

其实文化人，也都过着日常的生活，只不过多了一点讲究。

宋明之际，文人成为生活时尚的引领者；在今天，生活时尚则是由明星引领的。他们的创造，使生活变得艺术化，亦使艺术在生活中得以落实。

比如饮茶。

唐人喜欢煎茶，就是在风炉上的茶釜中煮水，同时把茶饼碾成不太细的茶末，等水微沸，把茶末投进去，用竹筴搅动，待沫饽涨满釜面，便酌入茶碗中饮用；晚唐时，又开始流行点茶，就是把茶末直接放到盏中，用煮好的开水冲茶。到宋代，点茶已成为一种普遍的习俗，宋人茶书，如蔡襄的《茶录》、宋徽宗的《大观茶论》，所述均为点茶法。那时茶末越制越精细，有林逋起名的"瑟瑟尘"，苏东坡起名的"飞雪轻"。蔡襄制成的"小龙团"，一斤值黄金二两，时称："黄金可有，而茶不可得。"宋徽宗时代，郑可闻制成"龙团胜雪"，将拣出之茶只取当心一缕，以清泉渍之，光莹如银丝，每饼值四万钱，饮茶之细致，使饮茶器具也日益精细讲究。

到清代，乾隆时宫廷里有一种"三清茶宴"，直接以梅花、松子、佛手入茶，以雪水相烹。这种风雅，在漆器上亦有迹可寻。故宫有一件清乾隆时的红地描黑漆诗句碗，就是三清茶宴所用的，在茶碗外壁两道弦纹之间，写着一首诗：

> 梅花色不妖，
> 佛手香且洁。
> 松实味芳腴，
> 三品殊清绝。
> 烹以折脚铛，
> 沃沃承筐雪。
> ⋯⋯⋯⋯

末署：乾隆丙寅小春御题，证明那字是乾隆亲笔写的。

诗的意思，大抵是夸奖这三种植物品质芳洁清正，以雪水烹煎后，清香爽口，意味深远。

《红楼梦》写"栊翠庵茶品梅花雪"，妙玉的煎茶之水，是她五年前收梅花上的雪，得了一花瓮，"埋在地下，今年夏天才开了"。不知这段故事，是否与乾隆时代的三清茶宴有关。

但不管怎样，乾隆时代（亦是曹雪芹时代）的"三清茶宴"，让白雪红梅，通过一件漆器，再次相逢。

四

七千年的漆器文明，在中国人的生活中几乎无处不在，它的长度、品质，比起青铜、瓷器更能代表中华文明，只是，在当下，我们很遗憾地与它疏离了，甚至与木器相处，也成了奢侈。

在日本，漆文明则通过一只木碗、一个食盒，向日常生活领域，高歌猛进。

中国人都知道，China 的意思，是瓷器。但很少有人知道，Japan 的意思，是漆器。日本人以漆器为国名，不仅因为漆器华灿绝美，且与自然相融，更因为漆器的历史，比瓷器的历史更加久长。瓷器的历史，大致有三千多年[1]，而漆器的历史，则可追溯到七千多年。日本的国名，不只暗示着其文明之绚丽，更企图表达着文明之悠久，甚至盖过了中国。

并不是所有人都知道（尤其在今天），漆器的老家在中国。当我们的河姆渡文明孕育出调朱色生漆的木碗的时候，日本人还处在绳文时代，用土器盛放食物呢。因此，没有一个国家比中国更配得上"漆之国"这个名称。日本人的漆器制造，是向中国人学的（主要在唐朝）。但日本人后来居上，威尔·杜兰特在《东方的遗产》里说："油漆的艺术也是始于中国，但传入了日本才达最完美的地步。"[2] 到 15 世纪，"日本的漆器工业水平就已经相当精湛，以至许多中国工匠，要为向日本学习漆器工艺而远渡重洋"。[3]

不是日本人贪心，是我们自己丢的东西太多，想拾回来，要趁早。

对面的一件漆器，与我隔着遥远的年代，山重水复，我鞭长莫及。

被封为"遗产"的文化，是死的文化。

因为只有死者，才谈得上"遗产"。

只有把文化交还给日常生活，文化才能活回来。博物馆里的文物，才能真正复活。

---

[1] 中国早期瓷器出现在大约公元前 16 世纪的商代中期，因其无论在胎体上，还是在釉层的烧制工艺上都尚显粗糙，烧制温度也较低，表现出原始性和过渡性，所以一般称其为"原始瓷"。

[2] ［美］威尔·杜兰特：《东方的遗产》，第 540 页，北京：华夏出版社，2010 年版。

[3] ［英］迈克尔·苏立文：《中国艺术史》，第 263 页，上海：上海人民出版社，2014 年版。

五

一件古老的漆器，让我升起对生活的无限渴望。

日子，其实也可以过得很美。

美不是奢华，不与金钱等值。

美，是一种观念——一种对生命的态度。

是凡人的宗教，是我们为烟火红尘里的人生赋予的意义。

了解这一点，我们才能真正体会古物之美。

（选自《长江文艺》2017 年第 10 期）

彼岸风景此岸念

葛水平

四月，桃花在温润的地气推动下开了花，春天最有风韵的那个部分由桃花的绿意释放出来，我是无比陶醉。

我看这样的景致时是在傍晚，在一座寺庙厢房的脚地上站着，透过一扇老窗的花格，天地间一片花红柳绿。那个安静，那个衰落，那些个桃花孤独得烂漫。任何时代都需要殉道者，殉道本身就具有意义。那么谁是一个时代的殉道者？破败下去的旧时的戏台吗，还是就应该是历史？

中国的乡村，除了那些藏在沟里的山庄窝铺，"村"或"庄"，几乎都修有戏台。由于"娱神"的缘故，民间一直把"神"看得很高贵，爱着，敬着，怕着，哄着。神不过是一个不言语，却被惯得喜怒无常的超人。神住在村庄的寺庙里，戏台大多建于寺庙神祠之内，多坐南面北，对正殿而建，戏台下一般有高低不等的基座，以方便神平视瞻赏。神啊，离谁家都很远，离谁家都很近，与富贵有着深刻的血缘关系，神的精神世界永远是人性化的。

旧去了，走在灰秃秃的现在，辨不清蛛网密布的老庙内是否还有戏台在演戏，我们站在现代文明的中央，四围尽是塌落的旧砖瓦，风物已是比不得昨日，上下八方，那一声老腔亮着，突然地在一个什么地方响起，如同放逐的囚徒——咿呀！丝丝寒凉悄没声息带着那一声唱，余音袅袅拖拽得很长，很长。

再没有自然的人烟再没有共生的观众，尽管有许多记忆不死，载沉载浮连老窗的花格都糟烂了，可那规格还在。一阵风刮过，花蕊的香袭来，花瓣如发情的蜜蜂婀娜而飞。神还在吗？神在。神在，似乎有或者无都不是很重要了，人只需要自己的存在。

翠鸟在远处鸣叫，如一个女子的洞房花烛时。

我害怕一丝声息都会惊吓那些雕梁画栋上糟烂的木纹和色彩。戏台上，青砖地面，几代艺人走过的脚印重重叠叠，大大小小，生命存活于瞬间真实，有多少眼睛望着台上的扮相笑容烂漫过？

与天空，与风，与雨雪，与台下的日子，有一种深邃的味道。

我还记得去年秋天去乡下看迎神赛戏。人的当下意念有时完全受偶然性左右，一个念头生出便管不住自己的心了。

乡下飘着粮食成熟的味道。我总是在乡下才会认清自己，在乡下，我的反省与幻想绝佳，舞台上生动的时光加深了我对生活的热爱和对亲人的眷恋。

秋日的上午，迎神赛戏，也叫迎神赛社开始了。这一民间自发形成的迎神祭祀活动，是农耕文明的产物。它可以追溯到商周时期，是农人在春季向神灵祈求丰收而举行的祭祀活动。宋人刘克庄《喜雨二首柬张使君又和》中的"林深隐隐闻箫鼓，知是田家赛社还"即指此俗。古时，赛社风盛行，漳河两岸有宋代碑记赛庙"创起舞楼"，说明当时已盛行以歌舞杂剧迎神、酬神。

乡下的好，明清建筑高门大院是一个好，日头高过屋脊，叽吵打逗呼儿唤女，也是一个好。有迎神赛社必然是过会，街道两旁搭满了棚子演出中，我看到了如下场面：

关公手举大刀追杀华雄，从戏台上踩着锣鼓点一鼓作气追到台下，两人在观看的人群中穿梭，那时节，一个胸前挂着鼓、一个臂弯上挂着锣的乐队跟着他们，有一下没一下地敲打着，他们绕村子边打边跑。村外沿途庄稼熟了，鸡们狗们家畜们，老者站在村边的路沿上，下巴颏儿一翘一翘的，嘴张着笑不出声来，笑在肚子里乱窜。一群大小娃娃跟在后头，走进村街，关公和华雄沿途随意抓取摊贩的瓜果梨桃，边吃边打，觉得秋风并不都是千姿百态，亦有刀光剑影。打一阵子，摊主笑逐颜开地再一次扔给他们吃食。舍得，是福报是大吉大利。

一群娃娃横晃着膀子钻到他们前面，两张挂了油彩的脸齐齐对着娃娃们，吓唬他们，说是要杀人啦！娃娃们呼呼四散，敞亮的空地上，把历史演得玩儿似的轻松。

敲锣的敲鼓的，不时吼一声，此时打斗到了戏台下。演出快要结束时，跑得满头冒汗的关公和华雄重新登上戏台，关公大刀挥舞，斩下华雄首级。

《斩华雄》，是赛社最有特色的队戏演出。场面宏大，参演人数众多，整个迎神赛社的过程，就像一个走街串巷，流动的表演群体。演员与观众融为一体，演出气氛高潮迭起。表演者和观看者相互追逐，村子有多大，戏台就有多大。

通看《三国志》（包括裴注），提及"华雄"这个名字的只有一处，出现在《三国志·吴书·孙破虏讨逆传第一》里，确切地说是在孙坚（破虏将军）的传里，只一句话："坚复相收兵，合战于阳人，大破卓军，枭其都督华雄等。"说的是（梁东一战后）孙坚重整旗鼓，在阳人大败董卓军队，杀了董卓的都督华雄等人。显然，华雄是因为被孙坚的军队打败而被杀的，虽然具体是谁下的手不得而知，但绝对不可能是并不在孙坚军中的关羽，甚至极有可能真正的华雄终其一生也与关羽毫无瓜葛。

历史给戏剧最重要的一点是戏说。民间奔田地、奔日月、奔前程的普通人，能知道多少历史中的事情是真的，若能知道了真相，那一定是彻底改变了农人命运的朝野之人。

农民的肩上担了生活的苦重，一年中苦度光阴，看戏看热闹，热闹中那些非想，闭眼、睁眼、醒着、梦着，黄尘覆盖的村口大道上，一出戏明晃晃亮过来，历史中的真真假假对后来人有啥意思呢？

就算关羽是立下了军令状，就算曹操觉得他是英雄，就算关羽道："酒且斟下，某去便来。"关羽瞬间拿了华雄的首级回营，此时酒尚未冷。这些对于民间来说有戏剧效果吗？

谁见过这样的演出。无论过去还是现在，走至村口的人都要愣愣站站，步子里显出几分怀念，盼一场戏开始，不光是人，鸡了狗了的，都盼。

神秘与古朴的迎神赛社历经千年，赛社活动附带了各种传统礼仪、表演，显示了它特有的文化神韵。它承载着古老的文化信息，为生长于斯的民众带来了无限乐趣，成为他们保持文化命脉、张扬地方个性的重要表征，呈现着真实的民众狂欢和世俗娱乐。

赛社是为了迎神。民间迎神赛社大体分为三类：一是"官赛"，就是由官府筹资组织的赛社，二是"乡赛"，由周边几个村子联合或轮流组织的"赛社"，三是"村赛"。这三种类型的赛社在20世纪30年代前，年年见热闹。

乡村的戏台经历了完整的嬗变过程，它是热闹的中心，于平淡平常之中系着撕心裂肺，牵肠挂肚的乡情。要说乡村的味道，戏台是最为浓烈最为饱满的。天涯海角走远了，回乡看戏去，啥时候念着了，心吊在腔子里都会咣咣响。

戏台的演变史就是一部戏曲的演变史，从中可以解读出戏曲变化的时代特征。农人举着神的牌位，修着供神的庙宇，发展起了属于自己的戏曲演唱，并建造出了形式各异的古老戏台。看看戏台的模样就知道农人有多么爱戴自己的生活。

《三字经》里说："匏土革，木石金，丝与竹，乃八音。"即以金（编钟）、石（磬）、丝（琴、瑟）、竹（箫、管）、匏（笙、竽）、土（埙）、革（鼓）、木（柷）八种材料，制成不同种类的乐器。

当我听不懂那些音乐时，我只看到那些手在抚摸乐器，乐器发出声响，是八种乐器的响声，一股活力，四处洒落，纷纷扬扬地落在农人身上，无比温暖。

《孟子·离娄》云："师旷之聪，不以六律，不能正五音。"说是即使有大音乐家师旷那样好的审音能力，如果不用六律，也不能校正五音。

所谓五音，又称五声。最古的音阶，仅用五音，即宫、商、角、徵、羽五个音阶；所谓六律，是指定乐器的标准，既指古代音律，后也泛指音乐。这就牵涉到了古代音律的开创之初，民间的舞台上"五音和六律"，只有这两样东西，它们便带出了精神与念想，以及生活中依赖宗教所规定的坏毛病。神什么也主宰不了，连普通人的未来也无法主宰。反倒是人，面对家常的日子，他们愿意接受舞台去生动历史，去活泛历史。

民间有"无庙不成村"之说。有庙又必有戏台，又有"无（戏）台不成庙"之说。从小生活在村镇的那一代人，回忆起在大庙院里看大戏的情景，仍然记忆犹新。台下人头攒动，是一张张凝神上望的脸。戏台上，生旦净末丑，正演绎着一场场沧桑岁月的人生大戏，让人们感受着人生的喜怒哀乐，生死荣枯。历史上可真有这样的事啊，那些千真万确的不同寻常，留得住生，留不住死，看戏的人开始为生欢呼雀跃，开始为死悲从中来。一段哭腔唱得入心入骨疼，唱得好呀，戏到此时不是演了，是唱，是说演员的唱功，五音六律揪扯得人心战栗。

古代戏台有着多种称谓。

宋代时的称呼是舞亭、舞楼，金代则谓之舞庭，元代又出现了乐亭、舞厅、舞榭等，名谓甚多。同时反映出不同历史时期人们对戏曲表演形式、戏台功能和建筑形制的理解。舞楼及至戏台，作为戏曲的重要载体，是千百年来民间舞台艺术的主要活动场所，更是传播和见证华夏文化演绎发展的平台。戏曲在祭祀文化中由娱神到娱人的演变过程，我们可以看到舞台大社会中活着的历史不可告人的秘密。

就一般棚布戏台而言，把这种戏台的艺术技巧推向高峰、发挥到极致的，那就是装檐台。这种装檐台，规制宏伟，奇巧华丽，在古称潞安府的长治城曾兴盛一时。

装檐台，是由简陋的棚布戏台发展而来的，它大约出现在19世纪中期。当时，随着洋货印染色布涌入中国市场，为装檐台美化提供了装饰材料。进入民国后，装檐台的搭造更加成熟。

搭建装檐台的艺人叫棚匠，装檐台的艺术技巧是靠棚匠们一辈辈相传下来的。搭设一座装檐台，往往要花费半个月时间。在节庆和庙会出场的装檐台，早在半个月前就要动手了。

装檐台按规制来区分，有平台和楼台两种。平台像一座雕梁画栋、飞檐彩拱的宫殿，占地面积一百多平方米，高约十三米，面阔和台深不少于十二米。立体骨架用十六根台柱。台座高两米，台板至檐头约八米。台顶造型取重檐庑殿式。重檐以双重挑角表示。坡面以红、蓝、白三色条布纵横交错为棋盘格，屋脊装彩绘兽头，插三枝大型鸡毛掸。每个挑角下悬吊一串红绸绾结的彩球。檐下通过艺术手法表现出来的宫殿特有的各种木构部件，横披、抹额、梁枋、垂柱、花牙、斗拱等，层次分明，形态逼真。加之以丹书琉璃牌匾烘托的阑额，小圆镜渲染的斗拱，太阳和月亮打在上面，不经意间晃得观戏人眼睛很兴奋。

装檐台的台面呈七间大开间。四根明柱挂着大副楹联，两侧山墙有红绿彩带扎成的格子花墙，中间月形窗口悬挂着朱红纱灯。台内悬挂着铣金字的纱罩红缎面作为中堂。前台装有黑绒绲边绣球花的掩尘，后台装有走水棚。楼台似琼楼玉宇，高约有十九米，二层立面呈牌楼式，下面有黄式彩带结成的栏杆。其他构搭装饰与平台相同。装檐台的结构牢固严实，下雨不漏水，刮风吹不散。装檐台搭设代价较高，所以，旧时只有在商家联合举办的庙会才可看到。

所有的感觉中视觉定然是使人最快乐的，这让我想到每一块参与建筑的砖木石，几百年之后依然无言地向你叙述着这些建筑的奇绝和透视的温暖。从人心深处到大千世界，一路看过去，古戏台曾经是村庄生命的活水流动。古戏台已经放不下一台戏了，剧团越来越讲究排场，被遗弃的古戏台早已破败无着，台下的生活依然日新月异。

戏在舞台上演绎历史，演绎帝王将相，只有在舞台上帝王将相才可以低下他高贵的头，在民间，舞台轻而易举消解、软化了帝王将相对手无寸铁的百姓生硬的伤害。我们娱乐历史，娱乐帝王将相，我们让历史中的帝王将相堕落、羞耻！哈，多好的舞台，被灯光照亮的那一瞬间，我确实感觉到了"人民"才是伟大的终结者。

我们常用"黄钟大吕"来形容音乐或言辞里的庄严、高妙及和谐，这"黄钟大吕"即我国古代音韵十二律的代称。十二律又分为阴阳两类，凡属奇数的六种律称"阳律"，简称"律"；属偶数的六种律称"阴律"，简称"吕"。故十二律可分为"六律"和"六吕"。"黄钟"为六律中的第一律，"大吕"为六吕中的第四吕。律、吕之音高低，是由不同长度的竹管决定的，竹管不同长度的制作，又是依十二律制中第一律黄钟的长度计算出来的。

《汉书·律历志》载："以子谷秬黍中者，一黍之广，度之九十分，黄钟之长也。"黑色黍子的中等颗粒，横排九十粒，其长度为九寸。九寸长的竹管（孔径三分）吹出来的声音就是黄钟之音。即相当于现今简谱的"1"（Do），黄钟的低音调相当于现今的 C 调。这样依黄钟九寸的长度，按照古人的"三分损益法"，可计算出六律和六吕的分别长度。

现在的粮食都转变了原有的基因，传统向着社会的反方向撤退，传统消逝着，永远在消逝，但也永远存在着，消逝就是那传统的本身。黑色黍子的中等颗粒使我感觉到了智慧的力量，在我的故乡黑色黍子越来越少，时光的轮子似乎还是过去的速度，我们遗失了什么？世界被欲望照亮，欲望同时也照亮了我，多少事物都被毁灭了，当我看到舞台上的演出时，我突然明白了，美好的事物都是从黑暗中升起来。

我极端喜欢看野台子的戏，排除了神的干扰，既可以进入荒凉而凄苦的民间，又可以找到民间跳跃的欢喜。一个小村，村外是广袤的田野，暮色下的村庄就像春天成长的庄稼。搭一个台子唱戏，是旧时戏台的一种形制。演出前，选一方宽敞的空地，即可搭建，演出后则拆卸掉，不留一点痕迹，非常灵活机动。一场热闹，平地而起，又骤然而歇。这是一种流动的舞台，随性的艺术。正如一首山西民歌所唱：

姐儿那门前一棵槐，槐树底下搭戏台，前晌唱的梁山伯，后晌又唱祝英台。门槛高，金莲小，三跷两跷闪坏奴的腰，活活跌一跤……

一台戏就是一个季节的驿站。我反复回忆那些夜晚，晚饭时分地里的壮汉收起农具匆匆往家里赶。他们从大地的深处缓过身子，那样的不约而同，盛热的空气里有虫子擦着草尖飞翔，暮色斑驳迷幻，一轮明月升到孩子们仰望的高度，远山肃穆，它凝聚着山外的声色犬马。不等饭毕，大人和孩子们齐齐聚在了村口，一条土路拽着所有人的心。所有人的心澄明如镜，有一种洗礼后的神秘感。一行人前前后后挨着，小孩挽着大人的臂膀，一钩弯月在山尖上，黄土小路有微风的暖痕，迫切的脚步声代替了心跳。

远远地看到了那一方戏台，一个腰肢纤细，头戴花冠，袭一件镶边水红绣花长裙，在戏台当中走台的女子吸引了山里人的眼眸。星光与夜鸟的鸣唱在彼此胸腔汹涌。那时间，我们觉得大地上的声音开始乱了，人影晃动，苍蝇拍翅、蚂蚱蹬腿，都显得激动异常。村口的老槐树黑黑地站在夜幕里，横杈上落着一层来看戏的乌鸦。

戏就要开始了。孩子在台前乱跑大叫，不时掀起幕布看台子上有人搬布景，都是穿好戏装的龙套生，没见有主演搬布景。刚才的那个穿水红长裙的女子在侧幕旁吊嗓子，咿咿呀呀，兰花指翘着不时指出去收回来，在自己包好的头上摁摁鬓花，开戏前的几分钟里她就那么精心地装饰着自己。台子下的山里人要孩子们讲讲看到了台子上什么，有调皮一些的娃娃就扭捏着模仿幕布后的表演。妇女用尖厉的嗓音呵斥自己的娃娃，咳嗽声和互相打趣声弥漫着台下的人群。

突然炸起一阵锣鼓家伙响，台子下的热闹和混乱被震得鸦雀无声。大幕徐徐拉开，演员踩着台步上场。台上的台下的距离一点也不遥远。台上的唱念做打，算不得炉火纯青，却也生动活泼。瞬息万变的浪漫爱情，还来不及留恋追怀，徒生变故。无论是家国情怀还是儿女情长，都能让台子下的观众洒一把悲痛的泪水。

历史被放在演员和观众之间，真假都不重要了，观众早已熟悉了演员的表演，多了什么少了什么，演员胆敢偷懒作假，台下的嘘声起了，口哨声起了，鼓倒掌是高级待遇，石头蛋子飞上台，给你起一个外号，立马叫响，看你敢不敢日哄观众。

戏班子，沿用了类似于古老的吉卜赛人的生活方式，四处不停地游走，定期地从一个地方迁到另一个地方。他们带着本事走乡串村，当一个村庄在空地上搭起戏台子时，村庄里的普通农妇走起路来如同踩在棉花上一般，来人待客扭来扭去，腰肢如柳叶般，优美地在村子里走动。"唱戏了，来我村看戏来啊！"

夜戏结束了，心中沉睡的梦已经醒来，瞌睡虫被赶到了九霄云外。山里人挤到戏台后看演员卸妆，凡士林和油彩味儿扑面而来，看不清的影子下大家对照台上和台下辨认演员核对角色。

走吧，杀戏了。脚踩着地时，心往上飞。将来谁家能出一个唱戏把式就好了。谁家有那福分呢？挨着家户数过去找不着苗头。笼罩在无奈的气氛之下，大家转移了话题，议论演员的扮相，走着走着没话了，话断在了半路上。大片的荒野中只有脚步声响起，一些瞌睡虫上来的娃娃被大人捐在背上，快要睡过去了，大人打着屁股不让睡，怕小孩子魂灵不全睡着了丢魂在路上。大人把孩子们丢在路上，叫他们照着路走，不好好走路会撞着鬼。

裤脚甩着路两边的草叶，头皮发麻，鬼跟着呢，千万别朝后看。

一条小路直达村庄，月亮钻进云层，山野像巨大幕布，把一切罩在其中。远望村庄有灯光亮着，路在七弯八拐中，像村庄扯开生长的身子，又像时光的投影。村庄最老的老人在村口上站着，黑树桩一样，如果不是树上挂着的灯笼，夜色中他已不是人形。他多么想听听看戏回来的人说说都唱了啥戏，没有人支应他，他孤单的影子加深了夜的浓度。

有人吼他："快回去睡！"

夜收尽了人声和呼吸。

他嘟囔了一句："老了，活生生叫你看不动戏了。"

谁在忍受时光的驱赶？道路的驱赶？戏还活着，明天照样不敢耽搁了看戏去。时光开始的一天正在看不见的地方形成一台戏，信不信已经不由我们，只要在人间，有路的地方就可能通往戏台。

真喜欢过去的岁月，是那样的具象、有力！精神上独自出游，那么谁会与荣华富贵结怨呢？

台上事千般景致，万种风情，成就一方百姓难以泯灭的情怀。晚霞在我的肩膀上渐渐黯淡，收尽老屋的人声和呼吸，我走进春天，青草散发出弥久的清香，花瓣一地，今晚留宿何处？我身后的村庄变得幽深，时光的一半是恩赐，一半是降服，突然明白，备受现代文明熏染的我，竟还有自觉的"痛苦"，这一个词两个字可能已经伤及了我的骨头，动我心颜，撩我潸然。

（选自《青岛文学》2017年第1期）

《霓裳》的种子

陆春祥

白居易的《琵琶行》，我滚瓜烂熟。

"老大嫁作商人妇"的琵琶女，"江州司马青衫湿"的白乐人，这一对"同是天涯沦落"的苦命人，因一夜相逢，谱写下了中国音乐史上的著名篇章。

我一直在古代笔记中蜗行，野史音乐笔记的点点细迹，犹如绵长的琴声，不断撞击着我的心灵。以《霓裳》和《六幺》两首唐朝大曲为引，耕云钓月，草蛇灰线，古今勾连，采珠而成。

1

这几天，白乐天的心里，颇不宁静。

几个好朋友，千里迢迢来江州探望他，说了无数安慰话，喝了多少坛醉米酒，自然，诗也作了不少。今晚，就要送走他们了。

浔阳江边，枫叶，荻花，秋瑟瑟，送别场景也有点让人伤感。朗朗清夜，月挂中天，满地寂静。一阵江波涌来，时而哗哗，激荡着船舱舷板。远处，山鸟偶尔几声尖鸣，划破夜空的寂静，想是在互想求偶，或者子女在寻找母亲。

来来来，酒上来，菜上来，诗人们的分别酒，酒里满是愁绪，大家一杯接一杯，酒话一箩筐一箩筐地讲，你说我醉了，我说你醉了，对影成三人，没醉没醉，再喝。白乐天心里，确实有点缺憾，这样的场景，要是再来点音乐，那就太好了，可是，浔阳地僻无音乐，终岁不闻丝竹声，即便有，也是呕哑嘲哳难为听。

罢罢罢。酒是喝不完的，朋友总要告别，我们就此别过，各自保重！

忽闻水上琵琶声。

这琵琶声，犹如晴空里飘来的仙乐，让人耳朵顿时通亮，也深深击中了诗人枯干的心灵。白乐天握着朋友的手，忘记了放开，嘴里连声喊着：这是哪里来的仙乐，哪里来的仙乐啊？

接下来的场景，就是千年传诵的著名经典了。

这场酒喝到最后，这场演奏会开到最后，琵琶女也为白乐天一行感动了。她也有很多感慨，天下很多人的命运，其实是相似的，无论是官，是民，还是乐手，都有各自的苦衷。看，这位文质彬彬的江州司马，酒一直在喝，眼泪一直在流，他厚厚的蓝布衫，已经湿了一大块。

2

整首《琵琶行》中，琵琶女弹奏的曲子，有名称的只有两首，"初为霓裳后六幺"，一首是《霓裳》，一首是《六幺》。即便，琵琶演奏到最后，"莫辞更坐弹一曲"，白乐天也没有写弹奏曲子的名称。

现在，我们来说说这两首有名称的曲子。它们都是唐代大曲，所谓大曲，往往是歌、乐、舞三位一体，连缀融合的综合艺术。它一般由散序、歌、破三部分组成。

唐代崔令钦的笔记《教坊记》，详细列举了当时流行的四十六种大曲名称：

踏金莲、绿腰、凉州、薄媚、贺圣乐、伊州、甘州、泛龙舟、采桑、千秋乐、霓裳、玉树后庭花、伴侣、雨霖铃、柘枝、胡僧破、平翻、相驼逼、吕太后、突厥三台、大宝、一斗盐、羊头神、大姊、舞大姊、急月记、断弓弦、碧霄吟、穿心蛮、罗步底、回波乐、千春乐、龟兹乐、醉浑脱、映山鸡、昊破、四会子、安公子、舞春风、迎春风、看江波、寒雁子、又中春、玩中秋、迎仙客、同心结。

"绿腰"就是"六幺"。

每一种曲，都有不同的来历和故事。

先说《霓裳》。

《霓裳》，全名《霓裳羽衣曲》，这，一定要先说唐明皇——李隆基。他是此曲的创造者。

唐明皇游月宫，谁带领？有申天师、洪都客，有罗公远，还有叶法善，最著名的当数天师叶法善。

道教作为大唐国教，法曲（道观所奏之曲）自然是主旋律。

宋人李上交的笔记《近事会元》，卷四《霓裳羽衣曲》中，有关于此曲的来历：

　　唐野史云，明皇开元中，道人叶法善，引上入月宫。时秋，上苦凄冷，不能久留。回于天半，尚闻仙乐。及归，但记其半曲。遂篴中写之。会西京都督杨敬述进《婆罗门曲》，与其声调相符，遂以月中所闻，为之散序，因敬述所进为曲身，名《霓裳羽衣曲》也。

虽是野史，情节却相当完整。

开元年间，唐明皇由道士叶法善引导上天，进了月宫。月宫的秋天，天气清冷，在这样的环境里，凡人是不能久待的，但是，月宫中仙乐阵阵，让人飘浮，如在梦幻。返回途中，隐隐的仙乐仍在耳边回荡。等回到人间，只记得半支曲子，赶紧找纸笔记下来。巧的是，西京都督杨敬述，这时向唐明皇进献了一首曲子，音乐专家李隆基一看，声调和在月宫中听到的差不多，于是，就将月宫中听到的作曲子的序，杨敬述进献的作曲子主体部分，两部分合在一起，起名"霓裳羽衣曲"。

但还有另外几种说法。

比如，宋代乐史的传奇小说《杨太真外传》这样记载：霓裳羽衣曲者，是玄宗登三乡驿，望女儿山所作也。故刘禹锡有诗云："伏睹玄宗皇帝望《女儿山诗》，小臣斐然有感：开元天子万事足，惟惜当时光景促，三乡驿上望仙山，归作《霓裳羽衣曲》。三乡驿者，唐连昌宫（洛阳宜阳县的离宫）所在也。

宋代王灼的笔记《碧鸡漫志》卷三这样判断：

> 《霓裳羽衣曲》，说者多异，予断之曰，西凉创作，明皇润色，又为易美名，其他饰以神怪者，皆不足信也。

不管哪一种说法，《霓裳羽衣曲》，都是一种糅合性的创作，它沾着仙气，犹如仙乐。

这一下，中国音乐史上著名的曲子诞生了。

有诗为证。《全唐诗》中，"霓裳"这个词，出现过一百多次，其中，至少有六十多次，直接写到这部大曲，有说来源，有说曲调，也有说结构，还有说配器，涉及方方面面。

唐明皇，唐玄宗，李隆基，历代帝王中，他的音乐才能和多情种子，数一数二。

3

宋代沈括的笔记《梦溪笔谈·卷五·乐律一》，让我知道了李隆基多情的源头。

唐玄宗打得一手好鼓，这种鼓叫羯鼓。羯鼓的特点是，透空邃远，和一般的鼓极为不同，它可以独奏。沈括研究认为，唐代的羯鼓曲，比较著名的有《大合蝉》《滴滴泉》等，但都差不多失传了，到他这个时代，几乎没有什么人会这个了。他这样写：唐玄宗和李龟年（唐代著名音乐家）讨论羯鼓时，透露的一个细节说，他为了练习打羯鼓，打坏的鼓杖，有四柜子之多。

在我知道李隆基是打鼓高手之前，我对他的印象主要有以下几点。

运气十分好也十分坏。十分好是，靠他太爷爷、爷爷和父亲的积累，唐朝到他这里，已经非常强盛，这不是他水平高，而是他运气好。十分坏是，唐朝的由盛而衰，也是他造成的，最后仓皇出逃，场景非常凄惨：派出前导官沿路安排皇帝的食宿，结果前导官和沿途的县令都撇下皇帝不管，逃得无影无踪。再派使者征召其他的官吏与民众，也没有一个人响应。到了中午还没有饭吃，杨国忠只好自己去买饼给他吃。还是老百姓善良，他们看到皇帝如此悲惨，就来献食，虽然都是粗粮，但皇子皇孙们却一抢而空。

器重宦官。他曾经这样说，没有高力士在他身边值班，他都睡不好觉。于是，从他开始，一大批宦官得到任用。这样的结果就是，高力士甚至代替唐玄宗阅读天下的奏章，小事就直接处理了，大事才向他汇报（谁知道高会瞒下什么大事呢）。

乱伦高手。杨贵妃原来是他儿子寿王的妃子。他是想尽办法把儿媳弄到自己的床上，过程就不去说了。"脏唐"里，他的"功劳"不可磨灭。奇怪的是，他为什么会下这么大的决心，费如此大的周折？做这种事情，真要下点决心的。原来，杨贵妃除美貌以外，还有特别的天赋，就是通晓音律，唱歌跳舞样样拿手。这一点，与爱好音乐的李隆基兴趣十分相合，自然是三千宠爱集于一身了。

好了，说这些印象，你就可以看出，这个李隆基平时大概在干些什么了。因为这样的素质，你还想让他学习唐太宗？看来，唐太宗的一系列忧虑都是白费了，他的子孙比他潇洒。他的兴趣在音乐和泡妞等享受上呢！

于是，我们可以设想。

李隆基第一次看到听到这个羯鼓，就异常激动，这个东西能表达他的心声，能让他放松，能让他达到想要的理想境界。俗话说了，兴趣是学习之母，兴趣会给一个人带来无限的动力！他初试牛刀，竟然博得满堂喝彩，于是信心倍增，于是不断地打啊，打啊，有空就打，没空也要想办法挤时间去打。有一天，宰相姚崇来请示任用干部的事情，李隆基就懒得理他，不理他的理由是，你宰相就不应该把这么细碎的事情拿来烦我，什么事情都要我处理，那我还要你们宰相干什么？这说明，他早就知道皇帝只要抓大事就可以了，不必事无巨细都要躬亲的。但这个羯鼓不一样，这是我的最爱。我有这样的特长，为什么不发挥出来呢？皇帝就这么任性!

　　我在清朝余怀的笔记《板桥杂记》中，还读到一则《教坊梨园》，他也写到了李隆基的这种音乐爱好，李基本上就是一个优秀的音乐学教授，既知音律，又酷爱法曲，《霓裳羽衣曲》就是法曲经典，他还选极漂亮女学生三百，在梨园亲自授课。

　　不幸的是，唐朝无与伦比的美好时代，就这样被他给打坏掉了。

　　喜欢羯鼓无罪，喜欢音乐无罪，但谁让他是皇帝呢?

4

　　李隆基几乎是用音乐在全方位治国呀，自然，他对自己灵光闪现的月宫调《霓裳》曲，一定视为得意之作，也确实是旷世之作，于是，全体唐朝人民都膜拜。

　　《霓裳》曲，始于开元，盛于天宝。

　　除太常署、教坊外，李隆基还专门成立庞大的梨园机构，在梨园中又特别成立法部，教习法曲，《霓裳羽衣曲》，就是法部最有代表性的曲目。

　　还有，《新唐书·礼乐志》记载:"梨园法部，更置小部音声三十余人。"换现代话说，这个部，就是童声合唱团，由十五岁以下的少年歌手组成。唐朝的专门音乐机构，都要演出《霓裳羽衣曲》，这样的宣传攻势，《霓裳》得到了迅速普及。

　　于是，盛唐大国，霓裳翩翩。

　　白乐天是霓裳的研究专家，他在多首诗中写到此曲。又数次应邀入宫，近距离欣赏，体会最深，"就中最爱霓裳舞"。他的七言长诗，《霓裳羽衣歌（和微之）》，从《霓裳曲》的组成部分、舞姿、服装表演、节奏变化等，都做了极为细致的描写。

　　诗人眼里，霓裳全曲分为三大部分:

　　散序六段。"散序六奏未动衣"，这六段，没有歌舞，只是器乐演奏部分，相当于开场曲。曲调舒缓优美，"磬箫筝笛递相搀"，打击乐，吹奏乐，弹拨乐，次第发声，节奏自由，类似现代轻松的爵士乐。

　　中序十八段。"中序擘騞初入拍，秋竹竿裂春冰坼。"散序之后，开始起舞，讲述一个长长的月宫故事，所有的意境，也都要塑造成神话中的月宫，祥云漫浸，水袖绕撩，让人神痴意迷。

　　入破十二段。"繁音急节十二遍，跳珠撼玉何铿铮。"似乎从沉醉中醒来，音乐渐渐转入急促，节奏加快，舞姿奔放，循环往复，极尽酣畅，十一段后，又突然收住，曲末渐慢至散，长引一声结束。

　　至于《霓裳曲》的节奏，那是相当舒缓，慢板中之慢板。有多慢? "出郭已行十五里，唯消一曲慢霓裳"（白居易《早发赴洞庭舟中作》）。路都走出十五里了，霓裳曲才刚刚演奏完。我用"乐动力"计步，比较快的速度是，每十分钟一公里，那至少也得七十五分钟，我健身，速度不慢。难道是夸张？没必要，要夸张怎么也得三日三秋的。

杨贵妃的贡献也不小，她将《霓裳曲》改编成了《霓裳舞》。他们两个神仙眷侣，在音乐方面的默契，这里不展开说了，总之，舞和曲一样，都极有名，重要场合，常常是曲舞联合表演。

唐宪宗时，《霓裳》仍然很红，但是，黄巢农民起义后，它就沉寂了。"苏州七县十万户，无人知有《霓裳舞》"（白居易诗）。

白乐天被贬江州，做了小小的司马，他在浔阳江边送客的当晚，听到了琵琶女的演奏，该女来自皇家音乐机构，又是专业出身，自然，《霓裳》《六幺》这样的大曲，应该是必修课，加上琵琶女自身的经历，犹如作家丰富的生活实践，难怪，她会将这些大曲演绎得如此完美。

白乐天的大曲情结一直浓郁。

他做杭州太守时，业余时间还教官妓练习霓裳舞曲，"墙西明月水东亭，一曲霓裳按小伶。不敢邀君无别意，弦生管涩未堪听"（白居易《答苏庶子月夜闻家僮奏乐见赠》），"两瓶箬笋新开得，一曲霓裳初教成"（白居易《湖上招客送春泛舟》）。这得有多大的兴趣爱好，才能坚持下去呀。音乐就是生活，美好的音乐能让人的精神丰富而充实。

即便，整个大唐国势，在不断往坡下走，国家主要领导，还是念念不忘《霓裳》大曲，欲借此重振国运。一个显著例证是，好几次的科举考试，都曾以此为题。

五代王定保的笔记，《唐摭言》卷十五有记："开成二年，高侍郎锴主文，恩赐诗题曰《霓裳羽衣曲》。三年，复前诗题为赋题。"

又考诗，又考赋，国家策略，生生要将《霓裳》的种子，种进全国读书人的心里，并深深渗透进唐人的社会生活之中。

政府倡导，民间喜好，大曲的种子得以不断延续，并丰富发展。

一直到五代十国和宋代，《霓裳》仍然在小范围内流行，宫廷或者一些高级的聚会场所，经常作为特别重要的节目演出。

南唐后主李煜，音乐奇才，他凭着自己的音乐天赋，复原了失传二百多年的《霓裳羽衣曲》，堪称中国古代音乐史奇迹。

宋代张唐英的笔记，《蜀梼杌》卷上中，还记载了一场小型音乐会：

王衍，字化源。五年三月上巳，宴怡神亭，妇女杂坐，夜分而罢。衍自执板唱《霓裳羽衣》及《后庭花》《思越人曲》。

王衍是前蜀国的国主，他举行宴会，亲自执板唱《霓裳》。看来，兴趣爱好，像李隆基那样的，也不是绝无仅有。

南宋周密的笔记《齐东野语》卷十中，记载了《霓裳》舞在宫廷里演出的情况：

> 《霓裳》一曲，共三十六段。尝闻紫霞翁去，幼日随其祖郡王曲宴禁中，太后令内人歌之，凡用三十人，每番十人，奏音极高妙。

这里说到了大曲的乐节。紫霞翁尽管年纪小，但小时候记性也好，观看到的《霓裳》曲和舞，仍然记得很清楚：三十六段，融歌、舞、器乐演奏为一体，和白乐天的诗暗合。

南宋丙午年（公元 1186 年）间，著名词人姜夔，旅居长沙，在乐工的旧书中，偶然发现了《商调霓裳曲》的乐谱十八段。他还颇有兴致地为"中序"填了一首词，《霓裳中序第一》，连同乐谱一起，被保留了下来。

清代王国维的《唐宋大曲考》中，对大曲有详考。许多大曲舞都是循环往复，要一遍又一遍地跳，每一遍都有不同的调，跳得也不尽相同，《破阵乐》要跳五十二遍，《庆元乐》七遍，《上元舞》二十九遍。

呵，讲一个道教的神仙故事，云里雾里，总要身临其境回肠荡气才好，否则，怎么叫大曲呢？

5

宋代国家四分五裂，文化却超级发达。大曲的种子，仍然顽强延绵，因为它有良好的音乐环境。

举一个例子。

在《梦溪笔谈》的同一卷中，沈括还向我们描绘了寇准的另一种形象，他也擅长舞蹈。

寇准，封号莱国公，喜好《柘枝》舞。《柘枝》舞也很有名，宋代大曲，宋代官场上官妓常舞。"柘枝舞本北魏拓拔之名，后则易而为柘枝也"（宋代温革《琐碎录》），看来，此舞历史非常悠久了。

寇准与客人聚会时，一定要跳个痛快，每跳一次，一定是一整天，当时的人们都称他是"柘枝颠"。沈括采访到，今天凤翔有一个老尼姑，就是寇准当年的柘枝伎，她说：当时的《柘枝》曲还有几十遍，今日所舞的《柘枝》和当时相比，遍数不到十分之二三。

这是一个官员的典型业余爱好。记载虽然简单，但可以读出许多内容。

宋朝官员的生活很富足。有大量的冗余官员，官员生活大多奢侈，这种风气一直带到南宋的杭州城。据说，当时杭州城里有澡堂三千多所，人口百余万，是个世界级的大型城市。在这样的风气中，官员有些自己的爱好是不奇怪的，即便像寇准这样的高级官员，有个人爱好，也非特例。

因为空闲，因为富足，所以才有时间去学舞。

跳柘枝舞，应该是有一些难度的，官员能够显摆他能力的是，越是难的东西他越是出色。也许是天分，他对这种舞蹈的感觉特别好，这个《柘枝》舞，完整地跳完要几十遍，那么，可以想见，酒足饭饱的时候，在众人羡慕的眼光和掌声中，他会越跳越起劲，一遍又一遍，感觉越来越好。更何况，这样的场面，仅仅会只有一些男人吗？那真太无聊了，绝对还有明眸善睐的女子伴着舞着，不要说抱着搂着了，那太俗气！

"颠"就是"痴"，技巧一定是精湛的，否则人们不会送上这样的称呼，要知道，寇大人可是一位重量级的官员呢。

沈括只是事实记叙，并没有任何的褒贬。我觉得，以寇大人的声望，他的这点爱好理所应当，应该允许官员有爱好嘛。

舞蹈绝对可以修身养性，不仅能锻炼身体，更是一种情趣。要知道，我可是利用业余时间学的，这是正当的娱乐活动，凡是正当的娱乐活动，我们都要支持，官员带头也是应该的。你说我一玩一整天？哎，休息日，懂不懂，这是我私人的自由时间，可以自由支配的。最高领导还有自由空间呢！

我会跳舞，你们不要看得太复杂了，这和苏东坡会写诗作词作画，道理是一样一样地，只不过他的爱好比较阳春，比较白雪，我的爱好比较下里，比较巴人嘛！

可以想象的是，暖风熏得官员醉，夜夜笙歌日日舞，天子呼来不上朝。美好的大宋王朝啊！

6

再简单说一下《六幺》。"初为霓裳后六幺"，《六幺》也是唐代大曲中流传极广的一首。

白乐天的《琵琶行》中，琵琶女演奏，白乐天描写，并没有分开，想来，它只是调名不同，表达的内容却差不多，美妙度也是一样的，但"六幺"也是鼎鼎大名。

许多资料都指证，《六幺》原来叫《绿腰》，再早叫《录要》，在唐代就有歌、大曲、器乐曲、软舞曲以及词调《六幺令》等不同的音乐形态。

宋代吴处厚的笔记《青箱杂记》卷八有：

> 曲有《录要》者，录《霓裳羽衣曲》之要拍，即《唐书·吐蕃传》所谓《凉州》《胡谓》《录要》等杂曲，今世语讹为之"绿腰"。

这也就是说，《六幺》源出《霓裳》，是简明版。

唐段安节的《乐府杂录》中有"琵琶"一节，写了以"六幺"为主题的斗乐故事，非常有趣。

贞元年间，长安大旱，皇帝下诏，在南市举行祈雨仪式。仪式隆重而热烈，从南市，一直到天门街，百姓的娱乐活动热闹非常。街东，有个叫康昆仑的乐手，琵琶弹得最好。他们认为康无敌，请他登上彩楼，弹一曲《新翻羽调绿腰》。见此情景，街西也建一楼，东街人就大不消，认为琵琶高手在他们那儿呢。有一天，康昆仑又登东楼演奏了，这时，西楼上出现一抱着琵琶的女郎，女郎对康昆仑说：我亦弹您这首曲子，请您指正。女郎一出手，声如雷，妙入神。康一下惊倒，急忙拜师。女郎更衣出见，原来是个僧人，他是西街富豪花大价钱从庄严寺中请来的，僧人姓段，专门来和东街斗乐的。

这样的音乐盛事，立即惊动了朝廷。第二天，德宗将他们都召入宫内，让他们各自施展琵琶绝技，并要求段僧收康昆仑为徒。段大师要求康：你再弹一曲我听听。康弹完一曲，段大师责问：你的琴声，不正呀，怎么夹杂着邪气？康学生再次倾倒：段师神人啊，我少年初学艺，曾经和邻居的女巫祝学过，她教我《一品经调》，后来，我换了好多任老师，师法混乱。段大师发话了：你如果要想和我学，必须十年不碰乐器，忘掉原来的东西，然后我才可以教你！

这场拜师，当着皇帝的面进行，德宗特地下令：康昆仑，你就好好拜师吧。

后来，康昆仑果然学到了段大师的好技艺。

大唐人民能将祈雨都过成音乐节，朝廷对音乐又如此重视，足见《六幺》曲的影响之大。

《韩熙载夜宴图》，中国古代一幅著名的画，五代画家顾闳中所作，画中，《六幺》舞蹈，神态逼真。

这幅画的来历，充满了喜剧的味道。

南唐后主李煜不放心中书舍人韩熙载，这老韩，家里常常宾客云集，不会是搞小团体吧，今晚又有人报告，他家要举行大规模聚会，那什么，小顾，小周（文矩），你俩晚上潜入韩家，明天向我报告具体情况，我实在不放心。

小顾小周都是画家，他们索性将场面画了下来。据他们仔细观察，参加宴会的人员有新科状元、太常博士、教坊副使、走红的歌女舞女，觥筹交错，气氛热烈，通宵达旦。

顾画将这场著名的宴会分为五个场景，第一场景，琵琶独奏。虽然没有指明弹奏的曲名，我很自然地将其想象成《霓裳》曲，在这样高规格的场合，在这样美好的夜晚，还有什么理由不弹第一大曲呢。第二场景，《六幺》独舞，舞女王屋山，长衣窄袖，扭腰回眸，男女宾客皆有人拍手击掌，看，老韩还兴致勃勃亲自打鼓伴奏呢。

《六幺》如同《霓裳》，到宋代，也一直在流传，但形态有了新变化，调式有所增加，最主要是规模大大缩减，常使用"摘遍"的形式。唐大曲多至数十遍，宋代往往根据场景，按需所取，各自裁截，有的时候，只演出大曲中自"入破"到"杀衮"的一段，称"曲破"。

宋代王灼的笔记《碧鸡漫志》卷三例证：

后世就大曲制词者，类从简省，而管弦家又不肯从首至尾吹弹，甚者学不能尽。世所行《伊州》《胡渭州》《六幺》，皆非大遍全曲。

南宋周密的笔记《武林旧事》卷一里，记载了天基圣节皇帝观看的排当乐次：

天圣基节排当乐次，正月五日——再坐第一盏，觱篥起《庆芳春慢》，杨茂——第七盏，鼓笛曲，《拜舞六幺》——第十五盏，夷则羽《六幺》。

在整场演出中，阵容豪华，演员众多，乐手繁多，一盏又一盏。在第二环节，《六幺》舞，出现了两次。

《六幺》就是《霓裳》的《录要》，虽然不是回环往复，但李隆基身临其境的那种仙境，亦梦亦幻，实在美妙！暂时忘掉所有的一切，什么收复中原，那都是奢望，过好一天是一天，今朝有舞今朝舞！

7

时光的长河，跨过元，跨过明，一会儿就到了清。

这里要说一个我的偶像，杭州人洪昇，他在《长生殿》里，让《霓裳羽衣曲》又一次生动地飞扬。

我迷洪昇，说来话长，得从我妈那儿说起。

我妈喜欢唱黄梅戏，在她还是如花似玉年纪的时候，H老师告诉她：她不仅可以演七仙女，她也可以演杨贵妃的。只是 20 世纪 60 年代，七仙女是劳动人民，杨贵妃是王公贵族。我妈每每说到这一段的时候，总是眉飞色舞，两眼发亮，我似乎看到了一个热爱戏曲的可爱清纯少女，对杨贵妃的渴望。

在我妈不断的念叨中，我也对杨贵妃向往起来了。我在想，这个唐朝美女，是怎样的风情万种，怎样和唐明皇卿卿我我，恩爱到死，死了都要爱。不过呢，那时，我们村里的人们，只知道《贵妃醉酒》，不太会知道《长生殿》，当然，编剧洪昇，更不知道了，就如现在人们看影视，只关注演员，不太会关注编剧一样。

1980 年 10 月的某天，我钻进小树林中的浙江师范学院古籍图书馆，对一位中年管理员怯怯地说道：我想找，洪昇，《长生殿》。

管理员朝我看了看，微笑转身，拿着一本沾着点灰尘的旧书：喏，给你，登记一下，小伙子，中文系的吧。

我还是羞答答的样子：嗯。

心里默念过许多回，这是我和洪昇真正开始的亲密接触。

他自己都说了，填词四十种，一生精力都在《长生殿》。从《沉香亭》，到《舞霓裳》，再到《长生殿》，十年磨一剑，几易其名，剑出手，戏剧江湖风震雷动。看看，第二稿，他简直就想以《霓裳》直接全名剧本。

洪昇带着我，朦朦胧胧进入了《长生殿》：唐明皇欢好霓裳宴，杨贵妃魂断渔阳变。鸿都客引会广寒宫，织女星盟证长生殿。

我如饿狮般扑向杨贵妃。定情。春睡。禊游。幸恩。闻乐。制谱。进果。舞盘。窥浴。密誓。呵呵，真个是风流天子，好有情调，还窥浴。

唐明皇我是鄙视的，天子风流国家遭殃，他西逃。陷关。惊变。埋玉。贵妃死了，他的日子怎么过呢？冥追。骂贼。情悔。哭像。神诉。雨梦。觅魂。补恨。重圆。国事小，情事大，一切的一切，都为了一个情字。

1984 年 9 月，我在浙江桐庐的一所高中教语文。讲关汉卿的《窦娥冤》时，讲着讲着，一下子就绕到了《长生殿》，信口讲洪昇，杭州人洪昇。讲完了再自顾自地感叹一回，人世间，帝王，还有这般的爱情，纵然生前不能爱，求神告佛，到天堂里再相会。其实，那时，我还没有谈恋爱，只是纸上谈兵；那些学生呢，刚上高中，虽然青春粗野暴动，表现直接，但估计也没比我懂多少。不过，他们都对洪昇很崇拜，因为，老师都这么崇拜嘛。

杭州西溪，洪昇纪念馆，一个立体的洪昇站在我面前。

有三个"月"的造型非常特别。洪昇像的背景，以新月、半月和满月烘托，解说员这么动情讲解：这是苏轼词"月有阴晴圆缺，人有悲欢离合"之寓意，暗喻洪昇跌宕起伏的一生。是的，洪昇的一辈子，虽然声名大噪，但绝对是悲欢离合的一生。

　　1677年的冬天，洪昇拖着一家数口，投奔好朋友，武康县教育局长郑在宜来了。他看到的武康，虽离杭州不远，却只是荒凉肃杀的街市：孤城只似村，附郭百家存。且人烟稀少，还不时有猛虎出入。不过，这里有许多好朋友，没有大鱼大肉，饭可以饱，茶可以足，吟诗唱和，遍游武康，日子倒也潇洒。这一待，一直待到第二年的初秋。

　　2015年6月4日，浙江德清，余英溪畔。一个微风晴朗的下午，空气中弥漫着栀子花的浓香，我和洪昇，又一次跨时空相遇。

　　这一次，真真切切，场景翻回到了三百多年前的某天。我问洪大作家两个问题，这问题，数十年来，一直在我心中萦绕。

　　我问：您的《沉香亭》初稿，是在武康完成的吗？

　　洪答：可以这么算。我在《长生殿》的序言里这样说："忆与严十定隅坐皋园，谈及开元、天宝间事，偶感李白之遇，作《沉香亭》传奇。"事实上，那天谈唐朝旧事，只是灵感的激发而已，它需要长久的酝酿。我在武康期间，心情愉快，每天读书研究，积累了不少资料。《沉香亭》的许多基础工作，都在武康完成。

　　我接着问：您为什么拿《霓裳羽衣曲》做主线，安排剧情呢？

　　洪答：你读过唐朝李肇的《唐国史补》吧，里面有一则写杨贵妃影响力的笔记：马嵬坡驿站，在佛堂前的一棵梨树下，杨玉环用高力士给的一根绳子自行了断。驿站里有个老妇人，极有眼光，收得贵妃锦袜一只。住店的客人，想要看一下这只袜子，必须付一百钱才行。老妇人因此而发家致富。

　　不要小看这则素材。贵妃的袜子，很多人都想一睹：贵妃的玉脚有多大？贵妃到底有多妩媚？唐明皇会替贵妃亲自穿袜吗？这只锦袜是哪里生产的？有着什么样的工艺？客人们太好奇，有的也许仅仅是想闻闻有没有贵妃的体味呢。她的神秘，兴许能通过一只袜子探出大概，不为别的，就是好奇心重。"环粉"们连一只袜子都这么追，难怪唐明皇念念不忘呢！

　　长生殿，一句话解释，李隆基生生死死都要和杨玉环在一起，天上人间都要和她一起唱霓裳舞霓裳！我在五十出剧中，二十出都用到《霓裳羽衣曲》，《霓裳》贯穿全剧。《霓裳》不仅仅是舞曲和舞蹈了，更是李隆基和杨玉环爱情故事的代称，"长恨"化为"长生"，李杨的情感，在天上成了永恒。

　　嗯，嗯，谢谢洪大师。

　　《长生殿》大红大紫后，洪大作家似乎有点得意忘形了，跑东颠西，参加各种戏剧节的开幕式，各种剧组摄制启动仪式，节奏也不控制一下。唉，那晚，在乌镇，他不该喝那么多的酒，运河水，就这么吞没了他！

清冷的运河水，会载着他去遥远的银河，拜见霓裳月宫里的唐明皇和杨贵妃吗？

8

公元 2016 年 10 月 30 日，我去浙江松阳县，松阳作协主席鲁晓敏和当地作家鬼鬼，陪我爬卯山，拜望唐朝著名道人叶法善。卯山脚下，是叶的出生地，也是他去世后归葬的地方。

叶法善（公元 616—720 年），他活了 105 岁，是和张天师齐名的中国著名道士。

在卯山腰，有一座永宁观，观里供奉着叶法善的塑像。四周有壁画，第一幅就是"伴君游月"。

这是一个仙乐伴奏的宴会场面。

月圆形的画面上，唐明皇，叶法善，五位仙女，都踩在五色祥云上。一张矮地宽大茶几，上有各类仙果，有杯盅，有青花壶酒瓶，一仙女双手还端着一大盆仙果。唐明皇身着明黄亮丽龙袍，右手捏着酒杯，左手打开一个笏板，似乎在阅读乐谱。叶法师着鲜红道袍，拍打着双手，似乎是在打节拍。一仙女抱着大琵琶，正轻拢慢捻，三仙女围绕着唐明皇，左右伴着舞，飞舞起的水袖，和祥云互为云彩。

这个场面，大约就是唐代野史和宋代诸多笔记描述的《霓裳羽衣曲》来历的经典画面了。

基于李隆基的音乐天才，又是个虔诚的道教徒，我情愿将《霓裳羽衣曲》的来历，看作一场天才型的创作，这是一次灵感大爆发。

李唐王朝，崇老喜仙，热衷于求神仙，迷信老子。有如此深厚的思想基础，再加上叶法善深得信任，被他引入月宫听到天曲，也就不奇怪了。当然是在梦中，大唐豪华的宫殿里，唐明皇经常做着白日梦。

我们登上卯山顶，这里是千年道观通天观的遗址。

观破墙基在，卯山草木深。遗址一片废墟，乱石，蓬蒿，杂树，藤蔓缠绕。几百平方米的山岗，千年道观的屋基，石生青苔，有的还有半人高。山岗中心甚至还有一口井，探头望，深幽然，井中有水，在强光的照射下，看上去黑黑的。鲁晓敏说，通天观，原是一座香火极旺的千年道观，不知毁于什么朝代，从现场的遗迹观察，颓废的年份已经很久了。

不难想象，通天观当年的盛景，道事繁荣，仙乐飘荡，《霓裳羽衣曲》，一定是主题，因为它连着唐明皇，连着叶天师。叶法善活到一百零五岁，在人均寿命三十几岁的唐朝，是个奇迹，人中祥瑞。

据当地传说，李隆基对叶天师的丧事，相当重视，命令唐朝有关机构，千里扶灵回松阳。

卯山还有一块大碑，"叶尊师碑"，这是叶法善大大荣光的标记，碑文由唐玄宗亲自撰写，太子撰写碑额。原碑早就遗失，我在碑前，仔细查看新碑，此碑由杭州著名书法家蔡云超先生书写，棱角刚正，遒劲有力。

蔡先生我熟，他擅碑文书写。他告诉我，这个碑，他写了两块，一块在松阳，一块在武义。武义和松阳接壤，叶法善也在那修过道，括苍山，树高深幽，云雾缭绕，山峦连绵，确实是个修道的好地方。

2016年，叶法善已经一千四百四十岁，松阳当地，以各种方式纪念着他。

9

文化的基因，生存总是极其顽强，如杂草，只要有些许阳光雨露，它就会苗壮成长。

叶天师虽久居长安，也常衣锦还乡，九十几岁时回松阳，他舍宅为观，取名淳和观，唐玄宗赐名并题写"淳和仙府"，且赐戏台一座。

自然，长安城里梨园的节目，也一定要带回来，不是有这么精致的戏台吗？"月宫调"，那也是必须传授的，而且要作为道教乐曲的经典，这是恩宠和荣耀。

2007年11月，我们的报纸，报道了这样的文化新闻：

多年来流传的月宫调，松阳人说很可能就是神秘的《霓裳羽衣曲》。

演奏月宫调，至少得七人，两人吹笛，两人拉二胡，另外鼓、锣、板各一人。演奏时，锣鼓在前，丝竹乐器在两边或者后面，打竹板的在中间。演奏全曲大约需要六七分钟。乐队队员说：我们这里迎太保、搞庙会，都要演奏这个曲子。也不知传了多少年了。

可以肯定，这并不是《霓裳羽衣曲》的全部，或者真本，但一定有她的遗传因子，因为松阳有叶法善。

还有让我惊奇的——

这个偏僻的深山县，至今有一种高腔在传唱，松阳高腔，被赞为"戏剧的活化石"，唱词无定格，曲牌连缀，音乐节奏却自由、高亢、绵长，带着浓浓的唐代法曲腔调。

我采访过松阳高腔的两位研究者，松阳县高腔研究会的主席刘建超，浙江丽水学院的音乐学副教授王建武。据他们的研究，松阳高腔，它的音乐形式是对道教音乐的糅合，最主要的原因就是，道士布道，很多庄严场合都要用法曲，另外，松阳高腔的数代艺人，基本都是道士出身。当然，祖宗就是叶法善。

松阳高腔的嫡系传承人吴永明，他被称为"松阳高腔梅兰芳"，我们有过一次简单的网上交流。

我问：您是怎么喜欢上松阳高腔的？

吴答：我是传承，从小就喜欢。我父亲吴陈俊，可以演绎高腔所有的角色，我们口传心授。20世纪80年代末，我在部队的文艺会演中，就演出过松阳高腔的折子戏。

我问：松阳高腔的代表剧目有哪些？

吴答：经过近几十年的挖掘，我们已经整理出四十多个传统剧目，比如《夫人戏》《耕历山》《白兔记》《买水记》《合珠记》等等。

我问：这些剧目中，有明显的《霓裳羽衣曲》痕迹吗？

吴答：《夫人戏》就是道教戏，主题音乐都由法曲构成。《贺太平》中的砍柴调，我认为和月宫调十分相似。

刘建超是中国音乐家协会会员，他也非常肯定：松阳高腔中的《渔家乐》，和《霓裳羽衣曲》的相似度在百分之八十以上，许多唱腔中的骨干音，还有很浓的月宫调痕迹。

2014年12月，吴永明随浙江代表团访问新加坡、印度等国，在新加坡的香格里拉大酒店，演出了《白兔记》中的一折《马房招亲》，一曲松阳高腔，生生惊及国外。

回望公元630年，唐朝初建，日本的舒明天皇就派出了第一批遣唐使，此后的二百六十多年间，奈良时代和平安时代的日本朝廷，一共派出了十九批次的遣唐使者。其中的使者，一定有乐师之类的音乐人才。

音乐无国界，不难想象，这些遣唐使，当他们听到《霓裳》《六幺》一类的大曲时，极有可能足之蹈之，从而将唐朝的文明远播东洋。

10

白乐天让我们记住了技艺高超的琵琶女，琵琶女带我们领略了唐朝大曲的无限神韵。白乐天用文学表现了音乐，琵琶女用琴声表现了文学。诗就是琴声，琴声就是诗，《琵琶行》和琵琶女，构成了中国古典文学史上一座伟大的丰碑。

琵琶溅起的声光碎影里，唐明皇忘情击拍，杨贵妃婀娜弄舞，众臣们整齐合掌，好一个大唐太平盛世。

渔阳鼙鼓动地来，惊破霓裳羽衣曲。

长恨，长恨。

然而，千百年来，《霓裳》的旋律一直撩拨人心。无论多么辉煌的物质文明，都会随尘而湮灭，但大曲的精神内核，却永远百世流芳。

初为《霓裳》后《六幺》。

《霓裳》的种子，在中国，在松阳，在广袤而绵长的千年时空里，活跃而勃发。

（选自《人民文学》2017年第3期）

说　好　汉

乔忠延

戴　帽

好汉！

哪个男儿敢作敢为，善作善为，便会受到这样的赞美。

辞书认同这个意思，《辞源》《辞海》以及《现代汉语词典》对好汉的解释大同小异：勇敢坚强或有胆识有作为的男子。

好汉的好，无须说明；汉，是汉朝的意思。为何不说好秦、好唐，偏偏要用好汉来形容英勇果敢的男子？

不问则罢，一问，一群男儿活脱脱从史书跳将出来，个个器宇不凡，个个出自汉代，是他们用铮铮钢骨蘸着热血写就了气冲霄汉的两个大字：

好汉！

张　骞

我把张骞视为胡杨。

胡杨是沙漠里最具生命力的树木，活着千年不死，死了千年不倒，倒下千年不朽。

张骞，中国最简练的名字，两个字里却有无法丈量的长度，无法度量的容积。论长度，长过了万水千山；论容量，包含了沙漠戈壁。他的生命早就化作了丝绸之路，世界上没有再比这还长的纽带。一头牢牢维系在长安城头，一头撒开去，撒过中亚，撒进欧洲，直挂在古罗马的斗兽场。

张骞站在军臣单于跟前时，生命还没有拓展出这么开阔的领域。汉武帝那点伎俩人家一眼就看穿了，他们肯定是要去联合大月氏国，对付匈奴。军臣单于在肚子里一笑就给张骞一行套牢了看不见的绳索。不过，聪明的单于只看出了汉武帝的伎俩，却没有看透张骞的肢体容量。因而只能用他惯用的伎俩来消减汉武帝的伎俩。张骞被软禁了，软禁了他还不让人知道。张骞是死是活，大月氏似应非应，如云如烟，汉武帝根本无法捕捉。无法捕捉，就会手足无措。汉朝无措，匈奴就能安然高卧。张骞的举止倒是合乎单于的心思，给吃就吃，给喝就喝，给床榻就睡觉。嫌他睡觉寂寞，给他个美女侍卧也不推却，未几就卿卿我我，打得火热，居然还让美女给他弄出个成果。有了儿子，倾心溺爱，哄哄逗逗，不离左右。简直就是俗人一个，俗不可耐，哪里有一点丈夫气概！

忽有一日，军臣单于明白自己错看了张骞，后悔不已，急切中却一错再错。张骞跑了，逃跑的还有和他一起来的那个匈奴随从堂邑父。追，立即派人去追。已经软禁于此地十年了，张骞想家自然是情理之中的事情。大队人马卷起黄尘直朝东方狂奔。可是，张骞根本没有回家，他仍然牢记西行的使命，向西，向西。西行的路途是死亡的别称，柏杨先生曾这样描述：举目荒凉，旷无人烟，暴风时起，天翻地覆，光天化日之下，处处鬼哭狼嚎。干粮吃完了，只能由堂邑父射杀禽兽填塞辘辘饥肠。困苦可想而知，艰险可想而知。穿越困苦艰险，张骞终于抵达目的地——大月氏。只是时过境迁，大月氏没有复仇的欲望，联手夹击匈奴化为泡影。张骞无功而返，绕道而返。绕道而返，是想避开匈奴，岂料还是落入匈奴的罗网。若不是匈奴变乱，极可能在异域了却性命。

张骞带着妻子、儿子和堂邑父逃离虎口，回到长安，已是十三年以后。十三年饱经磨难，历尽艰险，张骞真该歇息疲惫的身心，颐养余生。何况，汉武帝给他嘉奖的财物足够他享受了。可是没有，纵目大漠，在卫青征战的军旅中出现了张骞的身影。他熟知地理，立下战功，还被封为博望侯。适可而止，倘要是按照国人的逻辑，张骞是该见好而收了。偏偏他不知权衡利益得失，又与李广相携出征，这一次不仅没有建功，还因为延误军期被处斩刑。若不是用他那个博望侯的爵位赎罪免死，脖子上那颗脑袋定会化作西部沙丘中的枯骨。

西行，西征，几乎快要耗干张骞的生命。

此时最好的选择，该是采菊东篱下，悠然见南山。虽然晚生的陶渊明无法烛照他的前程，可先辈张良适时隐退的举止不失为最好的明镜。

然而，张骞不是张良，更不是陶渊明。时隔两载，张骞再度出发，再度西行。这一次，匈奴平息，大漠畅通，张骞率众三百余，骏马六百匹，牛羊金帛万数，浩浩荡荡，直抵西域。在他们的足下，一条穿越岁月风尘的丝绸之路缓缓延续，延续……

卫　青

卫青，是一匹骆驼，一匹奋行在沙漠里的骆驼。

骆驼，头较小，颈粗长，且弯曲如鹅颈。躯体高大，忍饥耐渴，三周没水，一月没食，仍可生存。

如果说卫青出征，人们想到的肯定是，旌旗猎猎，战马萧萧，铁骑到处，所向披靡。

如果说是个私生子、放羊娃出征，人们肯定偷偷掩嘴发笑，岂不是肉包子打狗——有去无回？

然而，卫青就是私生子，就是放羊娃，这二者重合在一起似乎不可思议。对此最为不可思议的是匈奴单于，堂堂汉军曾在马邑分路合围他们，布下口袋要把匈奴人马装在里面一网打尽，可哪会想到那是个酒囊饭袋。匈奴大军接近，汉军竟然畏首畏尾，犹豫迟疑。迟疑间，匈奴大军蓦然惊醒，倏尔拔腿蹿出，安然无恙回到草原。嘿嘿，胆小如鼠，胆小如鼠！在匈奴单于眼里汉军就是这么个熊样子。可是，却怎么会突降神兵，一路铁骑杀出上谷，杀出长城，杀出塞外，居然如飓风狂扫祭祀圣地龙城。哪是汉军，分明就是匈奴做派，不，比匈奴做派还要神速，还要刚烈。

此前，汉军与匈奴交战无一胜利。

此前，飞将军李广敢打敢战，却只能屡败屡战。

卫青不鸣则已，一鸣惊人，打破了匈奴不可战胜的神话。诚如唐朝诗人杨炯所写："烽火照西京，心中自不平。牙璋辞凤阙，铁骑绕龙城。"

铁骑绕龙城，匈奴能不战战兢兢？战战兢兢的匈奴哪里还敢轻视汉军！练兵备战，卷土重来，攻破辽西，打到渔阳，抢掠财物，不可一世，似乎昔日的威风又回来了。正要高歌凯旋，忽见风起云涌。风起处旌帜飘扬，云涌时杀声震天，赶紧列队，赶紧迎战，哪里还有回旋余地，匈奴阵营早被汉军冲击得一塌糊涂，无法收拾。卫青大军打得匈奴仓皇逃窜，再也不敢侵扰汉朝边境。

那就龟缩不出，固守营盘，靠自食其力谋生吧！谁敢断定惯于以抢掠度日的匈奴，能放下屠刀，立地成佛？卧榻之侧岂容他人鼾声！卫青率领汉军杀将过来，穿过云中，折道西行，切断白羊王、楼烦王和单于王庭的联系。毫无准备的二王突然陷入围困，战必死无疑，逃或许还有一隙生机。那就逃，逃跑如溃堤，马踏人，人惊马，乱麻一团，撕扯不开。汉军声声吼喊，令匈奴将卒闻风丧胆。狼狈溜过鸡鹿塞，躲进往昔的腹地。这就是卫青收复"河南"（即河套地区）的典型战例。

自以为远离长安，可以稳坐营帐喝几杯美酒，压压惊恐。是夜，匈奴右贤王频频举杯，借酒解闷。突然，杀声震天，如雷贯耳。惊恐，惊恐，惊恐得按不住心跳，惊恐得排不定阵营，惊恐得踩不进马镫，惊恐得握不住利器，只有手中的皮鞭还在用劲，用劲打马，用劲逃窜。没逃掉的十名裨王，千余士卒，万匹牲畜，一股脑儿都被卫青将士收入囊中。

再不敢轻率，再不敢贪杯，日日操练，枕戈待旦，誓与卫青大军决一死战。时隔四年，终于盼到了这一天，终于等到了这一天。卫青大军千里跋涉，人疲马惫，蓦然抬头恰对上单于傲慢的冷笑。这冷笑是一支穿心的利箭。多少次单于就用这利箭射穿了对手的肝胆，肝胆碎裂岂有不败之理！卫青似乎应为笼中鸟，瓮中鳖，只待单于将士探囊取物，屠宰羔羊。

然而，卫青就是卫青。私生子，看惯了别人的眉高眼低，无故加之而不怒；放羊时，经见了恶狼的突然袭击，猝然临之而不惊。心如止水，面无表情。眼睛一眨，铁骑排列成阵；戈矛一指，大军猛扑过来。单于还在等待对方军心动摇，阵脚乱套，再颁令冲击，一冲就冲得溃不成军，一败涂地。多少次，就靠这法宝取胜。岂料，一声呐喊巨澜旋卷，卫青大军以迅雷不及掩耳之势冲杀过来，杀灭了匈奴将士积蓄的盛气。若不是早有准备，立马就会军心涣散，阵线崩溃。两军绞杀在一起，人吼喊，马嘶鸣，艳阳高照，却天昏地暗。

厮杀，鏖战，从白昼到黄昏。

鏖战，厮杀，从黄昏到黑夜。

短兵相接，戈矛见红；捉对搏斗，你死我活。没人擂鼓，没人鸣金，如在暗夜穿越，只有力气与胆识的较量；如在沙漠跋涉，只有心力与意志的较量。这较量用不上古老的兵法，只能一鼓作气，作气到底，不能再而衰，更不能三而竭。卫青大军持续不断的作气，压倒了匈奴兵卒的士气。星光点点，气势不减；明月朗照，气势不减。前仆后继，前仆后继，像后浪推前浪，奔涌不断，声威不减。

突然有那么一刻，万籁俱寂。

单于逃遁了，匈奴崩溃了！接着是山呼海啸般的呐喊，胜利的欢笑，笑出了东方的日出。

史书载，卫青七战匈奴，无一败。他的脊梁挺起了一个私生子、放羊娃的伟岸。

霍去病

霍去病，是一个霹雳，一个瞬间释放无限能量的霹雳。

词典载，霹雳是又急又响的雷，是云与地面之间发生的强烈雷电现象。

霹雳，瞬间震惊天地，瞬间消失无踪。

霍去病似乎生来就是为了那一场反击匈奴的征战。那一场战争本来没有为他预设出风头的机遇，可他在疆场上占尽风流。

出征前，汉武帝赐予他"票姚校尉"称号。票姚，就是勇猛迅捷的意思。可是也不敢奢望他成为霹雳，而且还担心十八岁的他太稚嫩，只能随从舅舅卫青出征。岂知霍去病一出征，就如霹雳划破长空。孤军深入，直插敌阵。不觉间已超出大军数百里，身边虽是精兵，却仅有区区八百名，任谁也为他捏一把汗。然而，这就是霍去病，这就是霹雳似的霍去病。竟然不管不顾，不问生死，不留退路，只顾冲锋，冲锋，以最快的速度直插匈奴大营。看见大营，不问敌众我寡，不问敌强我弱，一阵呐喊即杀进帐中。仅凭一个杀字开道，抬头是杀，低头是杀，突前是杀，回身是杀，杀得匈奴心惊肉跳，哪里还有还手之力。招架不住，逃跑不掉，只能人头落地，只能血流成河，只能陈尸遍野。八百之众，竟能杀败上万之敌，仅杀死的敌兵就有两千零二十八名。首次出征，霍去病就大扬威名，汉武帝大喜过望，赏封他为冠军侯。

冠军！

世间一种最响亮的名誉由此始生。

霍去病无愧于冠军的称号。再次出征，今非昔比，率领将士万余名。和他一起发兵的还有名将李广，李广却大败失利，差一点丢掉性命。虽然侥幸生还，无数将士却葬身沙海。霍去病，令朝野上下揪心呀，霍去病。霍去病一出塞，就落定营盘，搁置粮草，继而下令，火速挺进。自古道，兵马未动，粮草先行。临阵冲杀却不带粮草，岂不危若累卵？别人提醒，不带何以为食？

霍去病说，到匈奴的大营取食！

轻装突进，越过乌戾山，攻破速濮部，飞渡孤奴河，遇见一个匈奴部落。冲杀进去，踏平帐篷，扫荡敌众，然后人食肉，马喂草。人马吃饱，又是一阵霹雳响过，又是一个营帐踏破，又是一顿丰盛的饱餐。再来一个霹雳响过，再来一个营帐踏破，再来一顿丰盛的饱餐……一次出征，踏平五个匈奴部落，折兰王、卢胡工一个个死于戈矛。浑邪王的土子、相国和都尉赶紧缴械投降，才免于命丧无常。匈奴闻风丧胆，汉军高歌凯旋。

汉武帝欣喜若狂，亲迎大军还朝，嘉奖不说，还要为霍去病建造府邸。霍去病却说：

匈奴未灭，何以家为？

一句话谢绝了皇帝恩宠。春去夏至，霍去病再度出兵，利剑直指祁连山。摧枯拉朽，霹雳再现，霹过军耆河，霹过居廷水，霹过小月氏，霹雳炸破匈奴部落，单于丢下老婆阏氏、王子仓皇逃脱，手下的单桓王、酋涂王以及相国、都尉尽被俘获，俘敌两千五百人，斩杀三千二百人，一举将祁连山收归大汉。匈奴悲叹：

> 亡我祁连山，
>
> 使我六畜不蕃息。
>
> 失我焉支山，
>
> 使我妇女无颜色。

还朝将歇，又闻边塞匈奴投降的消息。迎降迫在眉睫，孰去为好？朝野上下皆知，迎降是烫手的山芋。若是有诈，生死难料。汉武帝微微蹙眉，霍去病已站在近旁：吾往！汉武帝尚在犹疑，霍去病却不畏生死，领命出发。

汉武帝的犹疑不无道理，匈奴果真存有二心，所幸反悔的只是休屠王，浑邪王依然没变。浑邪王手起刀落结果了休屠王的性命，可是能不能按住他手下那急于爆发的火山口？浑邪王焦急，急若热锅之蚁！恰在此时，霹雳般的霍去病大军赶到，浑邪王立即相迎，合谋一起，联手斩杀，降服叛敌。此行，霍去病迎回降兵四万名，战车两万辆，硕果丰饶，震撼长安。

民间有语："淹死会水的，打死会拳的。"意在提示世人，能者也会失手。霍去病自该见好而收，否则，一蚁之穴毁千里之金堤，前功尽弃。不，他从不如此作想，只想让个人生命化作万里屏障，去为众生遮风挡寒。看，他又踏上征途。这一次舅舅卫青和他各率五万大军。卫青由西路挺进，霍去病自东路的代郡发兵。不出兵则罢，出兵即疾速若闪电，声势如雷鸣。翻过离侯山，强渡弓闾河，先击败左贤王，再擒拿屯头王，降服匈奴七万之众，其余残兵望风而逃。获胜的各部会聚贝加尔湖湖畔，霍去病率军登上狼居胥山，柴燎祭天，胜利的烈焰染红了大漠草原！

史书记载：匈奴逃遁，自此漠南无王庭。

西汉边塞空前稳固，黎民百姓安居乐业。

傅介子

傅介子，是一把尖利的匕首。

词典解释，匕首是一种尖而薄的冷兵器，或短刀或短剑，双刃、单刃均有。

这里"冷兵器"的冷，与"短刀或短剑"的短，恰如傅介子的性格做派。

傅介子，不是将军，没有率领大军征战，没有气势显赫的声威，却孤军深入，一人胜过千军万马。不仅安定了边陲，还省却了调动兵马给百姓带来的经济负担。

时在汉昭帝年代。昭帝年幼，霍光辅主，归顺汉朝的龟兹王和楼兰王私交匈奴，图谋不轨。龟兹王竟敢杀死汉朝派驻轮台屯田的校尉赖丹。时任楼兰王的安归是匈奴抢先扶植升座的，当然对匈奴俯首听命，以致"汉遣使诏新王令入朝，王辞不至"。后来竟敢勾结匈奴，妄杀"汉使"。西域波动，边塞告急。若不平息，无数将士尸骨拓展的丝绸之路又会被荒草堰塞。外患紧急，内忧不断。诸王欺君年幼，图谋起事，取而代之。安内在急，攘外也在急，急得辅佐幼主的霍光焦头烂额。

倏尔，霍光眉头舒展，露出笑颜。是傅介子站在面前，一扫他的愁眉。傅介子愿前往边陲平息风波，而且不兴师，不动众，只带随从数人。此计颇好，可是就怕落个以卵击石的下场，霍光不免牵肠挂肚。其实，霍光大可扫除疑虑。傅介子来到楼兰，大义凛然，一番申斥，安归唯唯听命，诺诺认错。转而来到龟兹，依旧凛然申斥，训得龟兹王俯首帖耳。可是回到驿馆，风闻匈奴使臣竟然也前来申通。傅介子顿时火起，还得按住火气。细细打听，摸准匈奴使臣居住的营帐，趁着夜色，扑杀进去，手起刀落，个个毙命。龟兹王闻知惊骇万分，这可如何向匈奴单于交代？得罪了匈奴还有好果子吃？只好死心塌地跟定大汉。否则，腹背受敌，必死无疑。

随从数人，轻骑一队，来回数月，即稳固边塞。傅介子真乃胆略过人，功业过人。霍光为之请功，汉昭帝颁令，傅介子升任中郎。

时隔不久，西域又生祸乱。安息、大宛来使报告，楼兰拦截他们的使者，抢走礼奉大汉的贡品。汉昭帝和霍光还没有发怒，傅介子已经怒火中烧。当他的面楼兰王安归点头哈腰，唯命是从，岂能言而无信，出尔反尔！是可忍，孰不可忍。傅介子自告奋勇，再度西行。一路大张声势，明言使团携带金帛，赐送西域诸国。抵达楼兰，傅介子即向驿官展示金帛，那灿灿金光冲昏了驿官的头脑，也冲昏了安归的头脑。安归摆开酒宴招待使团，频频举杯，不觉醉醺。傅介子赐予金帛，又言天子有诏，需要密宣。安归即屏退左右。说时迟，那时快，当即跃出十余名随从武士，手起匕首出，安归即毙命。傅介子召集王庭官吏，厉声宣布："安归私交匈奴，屡害汉使，罪不容赦，我等受天子之命将之诛杀。各位无罪，不必惊慌。"

之后，急报朝廷，另立尉屠耆为王，改楼兰名为鄯善。

消息传开，威名远扬。皇皇大汉，孰还敢犯？孰还敢叛？

穿　靴

汉朝的英雄豪杰真多，打开典籍，层出不穷，人人都有独异的生命特质。但不管特质如何迥异，在一点上却高度一致，那就是为了广众和国家的利益，断然不顾自身安危。为此，可以忍受罕见的屈辱，可以献出宝贵的生命。如此志士豪杰何止以上几位，屈指还能数出好多。比如苏武，出使匈奴被扣押十九年，风餐露宿，与羊同眠，不变节，不负国；比如丙吉，太子刘据出事，刚出生的孙子病已也逮捕下狱，他派人精心养护。汉武帝要杀，他又舍生婉拒。后来病已当上皇帝，他却从未向世人流露此事，不邀功，不请赏，只是埋头做事，低调做人。再比如，即使司马迁何尝不是如此？强权暴力可以曲扭残缺他的肢体，却折损不了他行为的刚铮和灵魂的高昂，因而才留下一部千古绝唱《史记》……

这些璀璨的生命荟萃一起，才让一个时代光彩照人。映照古人，映照今人，古人今人无不心悦诚服地礼敬那个时代，那个群体。千言万语的礼敬汇成一个词：

好汉，好汉！

（选自《散文百家》2017年第4期）

一块躺在海里的生铁

刘　汀

1

一块躺在海里的生铁，这句话缘何而来已不可考，反正是某天拿着手机对着记事本在记录什么东西，它就从某处跳了出来。我想，这会是一首诗的一句，但那首诗到现在为止，也还只有这一句。

我却无由地喜欢这句话，为什么呢？倘若做一个不那么专业的文本分析，我们一定会问：何以是生铁而不是熟铁？我可能会告诉你检索来的一个数据标准：一般含碳量小于 0.0218% 的叫熟铁或纯铁，含碳量在 0.0218%~2.11% 的叫钢，含碳量在 2.11%~6.69% 的叫生铁。熟铁相对柔软，塑性好，很容易折弯，几乎能扭成任何形状；生铁含碳很多，坚硬而脆，不容易被扭曲。这个回答看似无用，但也很重要，那就是它们之间的区别在于碳。

或者在生活里，我们遇到的铁丝，很容易就被折弯的，就是熟铁，而那些需要老虎钳使劲才能拧起来的就是生铁，它坚硬，但又不像钢那样容易折断；它可以弯曲，但绝不会像熟铁那般轻易低头。对了，它也不爱生锈。

我后来想，“生铁”进入这句话里，更重要的原因可能是，“生”这个字所引发的联想比“熟”要特别得多。生，总让我想起一点格格不入，一点孤僻，一点我行我素，甚至一点冷漠。只有生铁才具备文学人物一样棱角分明的性格，因此，躺在海里的，只能是生铁，而且只能是一块。

好绕，我真心要说的当然不是铁的生熟问题，甚至也不是诗的问题，而是我自己的问题：我能借此把自己想象成躺在人海中的一块生铁吗？

2

这一年来，我经常在朋友圈里发自己的"工作照"，大都是在家附近的小咖啡馆，一台笔记本，一摞稿子，一支笔，一杯茶（偶尔是咖啡），这无聊的举动，其实目的是为了督促自己。我跟老婆在这家小咖啡馆办了卡，几乎每周都要来几次，有时是上午，有时是下午，偶尔是晚上。

因为暖暖还小，在家里工作，她会跑过来捣乱，而且我肯定也会倾向于跟她玩而不是码字；再者，在家里总会轻易就犯困犯懒，失去写作的冲动。到了咖啡馆，至少要把那杯茶钱写出来，才算安心。

也因为这个，朋友们见面喜欢用勤劳来评价我，我心里惭愧，但又不好解释。我没有那么勤劳，只是娱乐性的爱好比一般人少一点，而且在很多的时候，写我想写的东西，本身就有休息的愉悦感。这可能是有点变态的心理，却是我多年养成的一种习惯。在高中时，我有几年无比迷恋武侠小说，也是因为没有其他小说可以看，每天在学校里都看武侠小说，但稍有好强心的我，却也不愿意自己的学业直线下降。于是，我给自己定了铁的纪律：每做完一套卷子，就奖励自己看50页武侠小说。

我还能往更远处去追溯，童年和少年在乡村所经历的种种事情，几乎都是按照这样的逻辑来进行的。比如所谓春种秋收，比如悉心照料牛羊，牛羊就会产下幼崽；比如上山采草药，卖草药的钱的零头可以换来一根冰棍。和艰苦而巨大的劳作比起来，补偿的东西总是不成比例，可就因为不成比例，它们在欲望深处引发的"剩余快感"才如此的迷人，让人欲罢不能。美好的东西是不能尽享的，人作为人的局限就决定了，只有给欲望留下一丝的不满足，那满足也才能持久而顽固。

这种行为扩展开来，就变成我现在的基本生活方式，每一个辛苦的劳作之后，我都会预先安排一种简单而快乐的休息——比如跟家人去吃饭，比如跟朋友去喝酒，比如窝在咖啡馆的沙发上无所事事、昏昏欲睡。

但是我不会耽于这种日常的享乐（其实这哪算享乐啊，顶多是休整），因为我是一块生铁啊，我要保持自己必要的坚硬和柔软。

3

躺在海里的生铁，永不会漂浮上来，除非它被某种外来的力量打捞而出。

它安安静静地躺在海里，无声地增加着海的重量和海平面的高度。

以现在的生活标准来看，初中时的日子实在太过清苦了，十个人住一铺冬不暖、夏不凉的土炕，厕所离宿舍两百米远，一日三餐只有小米饭和发酸发臭的咸菜，原始的饥饿和对食物的无止境欲望引发着最痛苦的折磨。现在可以坦白一点，对那时大部分人来说，学习实在是次要的事情，只有在考试后的三天里它才有意义，更多的时候都是让位给胃部对消化物的需要。

就是在这样的情景中，仍然会有一块块生铁在其中。

我难以忘记，隔壁班一个个子很小的同学，他成绩不错，却极其用功。课间从不娱乐，几乎所有的时间都用来学习，然而不管他多么努力，却永远也考不到第一名。比他更聪明且贪玩的学生，牢牢地占据着这个位置。

中考前两个月，他已经进入半疯魔的状态，每天早晨3点钟起床到班级去自习，甚至生病时也是如此。他点着蜡烛，一遍又一遍地做题，终于把自己做成了一个传奇，成了老师用来刺激和鼓励其他同学的绝佳例子。但是就在考试前几天，他却因为长期高强度的学习而造成神经衰弱，一想问题就头痛欲裂。老师们忧心忡忡，都觉得他可能会因此寻短见，或者会疯掉。

但是谁也想不到，他还是和我们一起参加了中考。没有人知道，他如何独自在考场上和自己的痛苦做斗争，他最终的成绩和平时差不多，他没有因为超常的努力而获得回报，却也没有因为努力引起的病痛而发挥失常。他像一个运气不好的运动员，采用了各种极端的训练方式要提高，比赛的结果却和什么都不做一样。

中考后，我再也没听到他的消息，我不知道他考到了哪所中专学校，可他成了我初中生活里，很少有的能记住的几个人之一。

他就是人群里的那块生铁，拼命用力，几乎把自己折断，但就在濒临断裂的瞬间，天生的柔韧性却又让他活了过来。

4

和大海的意象相隔甚远，这句话让我想起那些匍匐在田地上的农人。

直到读研究生的时候，我才知道，虽然都是农民，但不同的农民和土地的故事是如此的不同。不说南方北方的不同，就算都是北方，内蒙古和吉林也很不相同，山西和陕西也不同。在我老家，因为干旱的气候，大部分土地都不能人工灌溉，只能靠天吃饭，因而产量很低。虽然每口人平均的土地相当多，但总的产值却少得可怜。

他们唯一的机会就是广种薄收，通过在大片的土地上种植、劳作，以获得更多收成的机会。

夏天，天气炎热，太阳如红炭，农人们蹲在田垄上，一棵一棵地给禾苗除草。我少年时做过这种劳动，枯燥、辛苦，常常有一种绝望感。但那些劳作了几十年的人们没有绝望感，他们自然而然地觉得，草总会锄完的，禾苗总会长起来的，秋天总会收获的，他们顺应着大自然的节奏。

他们当然不会因为如此就变得轻松，但却以此抵御了劳作带来的焦虑。劳动在特殊的时间段里，就是劳动本身。我不想赞美这些，也不想借此去文艺腔地抒情，我只是想对这种姿态表示一下卑微的尊重。

也是因为如此，我看不了知识分子们对他们的嘲弄，有意无意地觉得他们落后、愚笨甚至肮脏。他们以一种食物链顶端的嘴脸去对待这些人，是把人最朴素的道德丢失了。人们汲汲于白领们的加班、压力，吐槽超市里的蔬菜和粮食涨价了，却从不会关心生产它们的农人是怎样的处境。以城市为中心的市场经济中那把巨大的剪刀，正齐刷刷地把他们刚刚冒头的新芽剪去。

前一段，父亲卖了家里的二十只羊，平均一只三百元左右。而父亲如果要买一袋化肥，平均一百五十元；买一管牙膏，平均十元；买一把牙刷，至少五元；其他油盐酱醋，等等，细算下来就要很多只羊。这一年他要不停地劳作，这些羊才能长大一点，但只需几分钟的交易，卖羊的钱就会花光。

我现在写的文章，平均稿费大概千字三百块钱，也就是说我只要打下一千个字，就等于卖掉了一只羊。一只羊，卖掉就等于永远卖掉，再也不可能回来了。而我打下的每一个字，在我死后的五十年里，它还属于我，并且永远在我的名字下。没有一只卖掉的羊身上刻着养它的人的名字，没有一只羊能第二次属于它的主人。我该怎么去告诉父亲这个等式？我是自豪地说，看，儿子还是很能干的，写一千字就等于一只羊；还是以同情的口吻说，爸爸，你辛苦养一只羊，还不如我多写一千个字呢。

然而不管我多么坚持，父亲都不会把他的羊全部卖掉，因为在他看来，那些羊虽然不值钱，可它们繁衍生息，是他一生积累下的家产——不要用价格去衡量这份财富吧。父亲知道，他在生活的意义上拥有它们，或者说，正是因为有这些东西，他之前所付出的劳动和汗水，才能被确证。否则，难道那些努力只是虚无吗？

哦，原来那些羊，包括已经卖掉，被运走，被宰杀，被吃掉的羊，都是躺在海里的生铁。

5

我现在担心的是，还能否把这首诗写完。

我更担心这首诗写完之后，"一块躺在海里的生铁"这一句，已经完全不适合这首诗了。这并不少见，许多时候那些最初涌现的诗句，被后来的整首诗排斥在外。因此，它可能会永远孤零零地躺在海里，时间足够久，它一样会锈迹斑斑，变成不值钱的古物，甚至是连故事都不会有的古物。

它的命运就是永沉海底，即便被打捞上来，人们也只会皱下眉头：哦，一块生铁。

但这不妨碍我们想象其他的可能，比如一条大鱼，不小心把它吞了下去，然后开始在海里的漫游，这块躺在鱼腹的生铁很可能被大鱼的胃酸腐蚀，被它带往海的更深处更远处。

它或许会遇到另一块生铁，或者一堆，海里总是有很多不为人知的沉溺之物：一所沉默的船，一发始终等待爆炸的鱼雷，海员不小心从甲板上掉下的旧锚……根据物理学定力，这些铁器之间有着不易察觉的引力。

总有两个会阴差阳错地碰面，纠缠，两块生铁熟了——这肯定超越了文字游戏和脑筋急转弯。

是不是像极了人海里的人？好吧，绕了如此大的圈子，我要说的依然是人，是你和我，是你们和我们和他们。

不信你跟着潜水者去看，海底，躺满了一块又一块的生铁。

（选自《人民日报·海外版》2017 年 8 月 5 日）

夜读水浒

杨闻宇

林冲的朋友

针对林冲，聂绀弩写过两句诗。一句是"家有娇妻匹夫死"。这是大实话。高太尉的义子高衙内为了染指林冲之妻，八十万禁军教头林冲硬是被高太尉一步紧一步地逼上了梁山。林娘子倘若姿色平平，我估摸，林教头的小康日子起码也是安逸的。另一句对仗的，是"世无好友百身戕"。这里的好友指的是鲁智深，却是别有用意地省略了花和尚的重要对立面陆谦。

总体上看，是位高权重的高太尉将林冲逼上梁山的，可暗施阴谋诡计、直接采取具体措施勒逼林冲的，却是那位"和林冲最好"的朋友——陆谦。陆虞候表面上与林冲"如兄若弟"，亲昵之至，骨子里却是太尉府的心腹，一旦林冲与太尉的利益发生冲突，陆谦可就"顾不得朋友交情"了。

在高衙内首次纠缠林娘子而未能得手时，陆谦凭借自己与林冲交好，调虎离山，将林冲哄到外边去吃酒，却精心地安排高衙内在自己的屋里强行摆布被谎言哄骗过来的林娘子。这步棋失手之后，陆谦知道林冲识破了他的"朋友"画皮，不敢回家，在太尉府里躲了三天。躲避之际，他向林冲使出了更毒辣的狠招：托人售林冲以祖传的宝刀，并以太尉要欣赏宝刀为由，将林冲巧妙地诱入白虎节堂，决心定林冲一个"手持利刃，故入节堂，杀害本官"的死罪，除掉林冲，然后再去摆平高衙内朝思暮想的那个林娘子。此招是抓捕了林冲，但因主持公道的开封府据实力争，又只好免去死罪，将其刺配沧州牢城。

临动身前，在林冲与爱妻生离死别之际，陆谦又暗地出马，收买押解林冲的两个差人，叫他们于半道上了结林冲的性命，而且"是必揭取林冲脸上金印回来做表证"以领取重赏。这紧随的第二手毒招，被精细、勇猛的鲁智深用一条铁禅杖给打得粉碎。这就出现了戏曲舞台上颇有名气的《野猪林》。第三步绝招，仍是陆谦出马，从开封赶往沧州，张开官场惯用的黑暗罗网，设计要将林冲烧死在草料场里，而且务必要"拾得他一两块骨头回京"，向高太尉报功。当林冲知晓了这千里追杀的一系列黑幕之后，挺着花枪，闪电似的从破庙里冲了出来，先戳倒两个帮凶，回头一看，张皇失措的陆谦才跑了三四步：

> 林冲喝声道："好贼！你待哪里去！"批胸只一提，丢翻在雪地上。把枪搠在地里，用脚踏住胸脯，身边取出那口刀来，便去陆谦脸上搁着，喝道："泼贼！我自来又和你无什么冤仇，你如何这等害我！正是杀人可恕，情理难容。"陆虞候告道："不干小人事，太尉差遣，不敢不来。"林冲骂道："奸贼！我与你自幼相交，今日倒来害我，怎不干你事！且吃我一刀。"把陆谦上身衣服扯开，把尖刀向心窝里只一剜，七窍迸出血来，将心肝提在手里。

读者看到这里，人人解气，谁也不会责备林冲残忍。我向来认为，梁山泊一百单八将里，林冲的含金量最高，高就高在对"逼上梁山"四个字逼真、剀切的阐释上。人们喜爱《野猪林》，是敬佩鲁智深爽直磊落的友情道义，可在实际生活里，鲁智深这样的人相当稀罕。林冲与鲁智深是刚刚结识的。林冲的朋友里，鲁智深与陆谦为什么新旧错位，一正一邪，正是截然相反的两种人呢？

豹头环眼的林冲，当初闻讯后赶进岳庙，发现有人正在调戏他的妻子，一把"扳将过来，却认得是本管高衙内，先自手软了"，便只好咽下一口唾沫，放走了这个流氓。随后赶来助援的鲁智深听了情况，当即责备林冲："你却怕他本官太尉，洒家怕他甚鸟！"粗话骂人的"鸟"字，重逾千钧，可也在婉转地告诫人们，只有在粪土名利、不畏官府、不趋炎附势的人群里，才可能找到肝胆相照的真朋友。陆谦则是权贵门下的走狗，为了得到几块扔下来的骨头，对于朋友，只能是谬托水乳之契的肘腋之患。

吟味聂绀弩的诗句，用意乍看起来浅显：找老婆，别找太秀媚的，知冷知热就行；交朋友，于患难中结交，远离名利场所。实际生活里，事情并不那么简单。人生途中，大抵是到了死生攸关的极限上，这才可能体悟得行世的一些普通常识。娶妻、交友，是人生无从回避的两桩大事，而林冲的厄运，正犯在妻子娇美与交友失慎这两块顽石上。花花世界，云雨翻覆。天下所谓的"朋友"，仅仅是利益二字在人际关系间的投影而已。心地善良的林冲一直认为陆谦是最好的朋友，而面临利害，陆谦恰恰是个最狰狞的杀手、最阴险的敌人。我推测，当林冲最后骂着"好贼""泼贼""奸贼"，并一刀剜出陆谦血淋淋的心肝提在手里时，大概才真正明白了这样一条似乎并不怎么深奥的生活常识，是所谓"血的教训"。经验与常识的取得，实践中从来是艰难、曲折的。误会常识者，古往今来，岂独一个林冲，普天下触目皆是。

《水浒传》对陆谦的描述，用笔省俭，以鲁智深、林冲左右衬托，反而将陆谦的灵魂、官府的龌龊及林冲的觉悟过程刻画得细致精微，入木三分。施耐庵在人生大局上如此画龙点睛，实不愧为神来之笔。

人杰武松

智勇超群者，即为英雄。梁山泊一百零八条好汉，倘要排个次序，我以为首席非武松莫属。武松具备鲁达的阔爽、林冲的坚忍、石秀的机警之外，另有几项，也非寻常英雄所能及。

英雄豪杰，感情上难免粗疏、鲁莽，武松则情深义重。思乡心切，是因为武松要回故里清河县看望穷苦的哥哥。途中打虎，仅是偶然遇险；嗣后在阳谷县奠兄杀仇，才是重头戏——这一场重大纠葛，正是由兄弟情分引发的。

武松两个月出差归来，突见兄长亡故，他在灵牌前烧化纸钱，放声痛哭，"哭得那两边邻舍无不凄惶"。这样痛哭，既哭兄长之殁，又因为他已意识到哥哥是"负屈衔冤"的，哭声里也裹挟着报复的因子。此案的介入者唯有一个依靠卖时新果品养家的乔郓哥。这小厮非常聪明，一看见团头何九叔领着武松来找他，就知道麻缠事来了，立时表态："只是一件，我的老爹六十岁，没人养赡，我却难相伴你们吃官司耍。"武松掏出五两银子让他安顿老爹，且进一步表示："兄弟，你虽年纪幼小，倒有养家孝顺之心……事务了毕时，我再与你十四五两银子做本钱。"待得事务了结，武松将被解送东平府时，果真又拿出十多两银子"与了郓哥的老爹"。

"无情未必真豪杰"，鲁迅先生早就在勘探着、琢磨着英雄的底蕴。尘世间有的是"兴风狂啸者"，在所谓的"儿女情长"方面，他们是无法与武松相提并论的。武松深明事理，然诺重情，对刁徒泼皮毫无畏惧，对小民疾苦铭刻于怀，赢得了阳谷县上下之由衷钦佩，临上路时，许多人"资助武松银两，也有送酒食钱米与武松的"。武松，显然不是那等草率、莽撞的武夫。

武松的另一特质是不恋女色，而且参透了女色。

一母同胞的弟兄，武松身长八尺，仪貌堂堂，浑身有千百斤气力，而武大头脑猥琐可笑。在爱情上备受凌辱的潘金莲小武松三岁，姿色过人，她怎么能不春心荡漾，迷恋被武大邀进家里的这个叔叔呢？步步切近，婉转引诱，她是使尽了浑身解数。英雄好色，是因为美色之魅惑最易让男子汉失去理智。可潘金莲以此忖度武松，却是看走了眼。反复挑逗最后碰了钉子，她恼羞成怒，便在武大面前恶意挑唆。武松知趣，便搬到别处去安身。

武松深知，这样的嫂嫂极可能是放在哥哥床上的"定时炸弹"。过了些天，将赴外地出差，他又来到紫石街哥嫂家里，特意劝谏："嫂嫂是个精细的人，不必用武松多说。我哥哥为人质朴，全靠嫂嫂做主照看他。常言道：表壮不如里壮。嫂嫂把得家定，我哥哥烦恼做甚么？岂不闻古人言：篱牢犬不入。"潘金莲羞得无地自容，转而指骂是武大背后说了她的坏话。防患于未然，弟弟之关爱兄长，令人动情。

也正因为精细的武松有所预感，出差返回，掀开门一看到兄长灵牌，立时呆了，吃惊是吃惊，却并未感情失控。前面所说的哭得"凄惶"，那是武松直到晚间才另行安排的　幕　悲痛之背后，显然别含心思，这是典型的"男儿有泪不轻弹"。

关羽之所以成为被神化了的英雄，有一个细节很重要——他在护卫二位嫂嫂的过程中，不越雷池一步，守定了不染女色的距离。较之于武松之拒绝挑逗，并由此深入推断，进而预感到兄长的危险处境，武松的心理素质是更其难得。

勘破内幕，抓紧时机，有步骤地迅猛复仇，属于事件高潮，也是武松使出的最精彩的撒手锏。

对于这一桩背景深邃、精意编织而成的无头案，武松作为外来户，匹马单枪而欲达目的，确实像是老虎吃天。第一步棋，他将突破口选在了参与焚尸的何九叔身上。以生死威逼的方式由此突破之后，马上带着何九叔、郓哥及哥哥的两块酥黑骨头走正常渠道去告官（此为第二步棋）。县吏与西门庆是"有首尾的"，西门庆暗中又再度许了银两，官府便以证据不全为理由进行推托，"不准所告"。第二步棋之难于走通，已先在武松意料之中，他深知，寄昭雪之望于贪贿枉法的官府衙门，无异于画饼充饥（心细如发，目光如炬）。西门庆再度行贿，且将私下买通官方的讯息迅速地传递给王婆、潘金莲，让她俩不必惊慌，稳住阵脚。换言之，武松此时此地所直接面对的，不仅仅是财大气粗的西门庆，更重要的是峥嵘庞大的国家机器。武松对官场衙门之了然于胸，《水浒传》以杨花过庭而无影的笔法轻轻掠过，却极度强烈地体现在一连串紧紧相随的行动里。

在道义与法律面前，冰山亮出严峻的本相。武松没有犹豫，即刻不动声色地着手第三步棋。他带三两个士兵，以答谢帮办丧事的邻里为名，在亡兄灵位前摆设宴席，王婆、潘金莲之外，他软硬兼施、不由分说地请来了开银铺的姚文卿、纸马铺的赵仲铭、酒店的胡正卿、卖馉饳的张公。请了进来就出不去，因为士兵在把门。七杯酒吃过，武松让姚文卿做笔录，忽地拔出尖刀，放翻嫂嫂，两脚踏定，命她与王婆从实招供。详情招供之后，在场者全都"点指画了字"。接着宰了潘金莲，提着她的头颅飞奔狮子楼，猛虎下山似的斗杀西门庆，返回家再以两颗人头祭奠了哥哥，这才押了王婆一干人径投县府自首。"好汉做事好汉当"，以有理、有利、有节的手段让伤天害理之徒加倍偿还之后，便步调从容地投官自首，越发展示出武松其人的悲壮、慷慨，这神完气足的淡定身姿，轰动了阳谷县城。

这时，刀锋犀利的武松为何留下王婆呢？他心中有底：腐败龌龊的官场也需要给脸上贴金，它是饶不了这个肮脏透顶的"老猪狗"的。层层剥茧之后，杀谁留谁，何去何从，武松心底是仔细掂量过的。

醉来打杀景阳虎，精彩至极；醒时剪灭西门庆，实则更见分量。面对极境，武松一忽儿是草蛇灰线、风拂草动，一忽儿则激雷闪电、掀天揭地。智慧支撑勇敢，勇敢拓展智慧，三步棋环环相扣，间不容发，衔接巧妙，细致周密，一桩人命关天的惊天大案，干净利落地了结于两三天之内。这等智勇兼具、敢为敢当的人杰本色，直惊得老谋深算的官府衙门也目瞪口呆……

梁山好汉之多无妻室，让我想到"文革"中的样板戏——男女主角俱不见其配偶与亲属。从古到今，无论男女，一旦有了家室拖累，似乎也就干不成"革命"事业了。武松则不然，他是深深地介入了现实生活中无从回避的婚恋姻缘，在人伦大节上守定了传统道德的底线。样板戏之塑造"英雄"人物，显然是不及施耐庵。

围绕此案交织出场的各色人物，生动传神地展示出阳谷县情味浓郁的市井风俗。施耐庵以省俭的笔墨提纲挈领，烘云托月，将人物心理活动聚拢于雷厉风行的一系列行动的背后，自风尘旋涡里矗起了一尊内涵丰厚、人性光辉几近于中天满月似的英雄形象。

过不去的黄泥冈

《水浒传》是古典长篇小说里最成功的作品之一。其中"智取生辰纲"一节曾收入中学教材，以示为文之典范。

文中的主角杨志，精明强干。在押送生辰纲的过程中，先后四次以"不"的方式提出过个人的"正确"意见：第一次被采纳，第二次被调和，第三次、第四次，却是被和了"稀泥"。

当梁中书夫妇选中杨志押送生辰纲时，杨志推辞，由于他知道上年的生辰纲遭劫的底细，若是再依样画葫芦，重蹈覆辙，势必难脱厄运，所以特意提出改车运为担挑，一行人"只做客人的打扮行货"，连夜送往东京——如此这般，他才愿领受任务（此行关乎杨志的前程，他一心想押送成功）。梁中书见其考虑得细致周密，便依了杨志。

第二次是将要启程时，梁中书道："夫人也有一担礼物，另送与府中宝眷，也要你领。怕你不知头路，特地再教谢都管并两个虞侯和你一同去。"杨志听罢，再一次推辞不干了。回禀道："叫老都管并虞侯和小人去，他是夫人的人，又是太师府门下公，倘或路上与小人别拗起来，杨志如何敢和他争执得？"杨志说得在理，却是经不住梁中书折中调和："这个也容易，我让他三个都听你提调便了。"既然当场敲定由杨志全盘指挥，杨志也只好应允。

上路之后，实际情况比杨志预为设想的要复杂得多。

急于事功的杨志，只想在蔡太师生辰日之前夕抵达京城。上路五七日后，对挑着重担的军健们逼催不已，停慢者轻则痛骂，重则藤条抽打，只背些包裹行李的两个虞侯喘得跟不上，也被杨志挖苦、嗔骂了一顿。虞侯坐在柳荫下等老都管上米，便诉说杨志的蛮横、恶劣。老都管也看不惯杨志的张壮，但碍于梁中书的叮叮，便竭力隐忍，只表示"且奈他一奈"。蹒行十多日，十四人"没一个不怨怅杨志"。

六月四日，烈日当空，一行人赶到了黄泥冈。军健们实在是累极了，便去松荫下躺倒，杨志打这个起来，那个又睡倒，杨志举藤条只管去打。巴挨到冈子上的老都管实在看不下去，终于喝道："杨提辖且住，你听我说。我在东京太师府里做奶公时，门下军官见了无千无万，都向着我诺诺连声。不是我口浅，量你个遭死的军人，相公可怜，抬举你做个提辖，比得芥子大小的官职，直恁地逞能。休说我是相公家都管，便是村庄一个老的，也合依我劝一劝，只顾把他们打，是何看待！"老都管终于是忍无可忍，足见杨志与众人僵持到了何种地步。

恰在此时，对面松林里现出了七辆江州车儿及躺地乘凉的人，杨志赶上前打问，人家自称是贩枣子去东京的，暂且歇脚纳凉。这时节，远远地一个汉子挑着一担酒，唱上冈子来了：

> 烈日炎炎似火烧，野田禾稻半枯焦；
> 农夫心内如汤煮，楼上王孙把扇摇。

军健们渴得要死，便凑钱拟买酒吃，杨志用朴刀杆又一次打着不许买："多少好汉，被蒙汗药麻翻了！"适才是不准歇脚，眼下又不许吃酒，这边正在闹动争说，那伙贩枣子的已买去了一桶，你一瓢我一瓢吃完之后，又从另一桶里要"饶我们一瓢吃"，卖酒人夺瓢，贩枣的耍赖，彼此叫喊闹腾……老都管又一次对杨志发话，要让大伙吃酒避暑气。事已至此，精细观察的杨志便也寻思："俺在远远处望，这厮们都买他的酒吃了，那桶里当面也吃了半瓢，想是好的。打了他们半日，胡乱容他们买碗吃罢。"慎重斟酌之后，杨志又一次做出让步。

众人吃时，杨志也是口渴难熬，可心里又难免踌躇，只吃了半瓢，嚼了几个枣子。就这样，杨提辖却硬是"起不来，挣不动，说不的"了，眼睁睁看着那七个人倒下枣子，"将这十一担金珠宝贝"装在车子内，一直往黄泥冈下推了去。杨志眼前，满地尽是鲜亮亮的枣子。

那七辆江州车儿底下，笔者估摸是藏掖着七般兵器的。倘是智取失效而必须"力争"时，杨志也绝难取胜，因为他所面对的是准备充足、摩拳擦掌的七条好汉，身边的十四个同伙，让杨志给得罪光了。在官场竭力上攀、对上峰巴结过甚者，对下属必然是寡情、刻薄，杨志正是这样一个刚愎自用、谄上而欺下的破落军官。

七位胜利者，正是以晁盖为首的聚义"七星"。刀枪未动而智取成功，是因为他们占住了"天时、地利、人和"。天时——乃炎热的六月间，面对的是一伙长途负重、疲惫跋涉的苦不堪言者。地利——为黄泥冈，这是由大名府至东京必经的第五个地旷人稀的"强人出没的去处"；况且，冈之东十里的安乐村早就有个晁盖的内线白胜，此为伏藏龙虎、巧设酒计的绝佳所在。再者，晁盖为东溪村保正，其家作为通民情、传号令、保治安的窠巢，讯息灵通，情报准确，不仅摸清了杨志其人的落魄家底、性格心理，甚至也了解到这一起生辰纲里杂有蔡夫人的私货、私人及私情。

十万生辰纲，说到底是老百姓血汗的结晶。七条群策群力的好汉，筹划精致，盘马弯弓，以逸待劳。而谋勇兼具、武艺超群的硬汉杨志，自己将自己一路上弄成个光杆司令，纵有天大的本事，这生辰纲能过得了黄泥冈吗？张恨水对这一节的评语：始终不过运用七八人，"而恍若有千军万马，奔腾纸上也者"。仔细揣摩过不去黄泥冈的诸多原委，实在是耐人寻味。

（选自《散文百家》2017年第6期）

说多就没意思了

乔　叶

1

你好，我是明天接机的司机小陈，欢迎你来到四川。明天见！

我回复了谢谢，在手机通讯录里存下了"司机小陈"。

因为在单位是个小中层，每次到异地出差时就会被邀请方接站。又因为只是个小中层，来接站的往往便只有一个司机。而我和接站司机的交道一般也就这么一次，最多再多一次送站，所以我从不存他们的号，过后即忘。我估计他们也是一样，彼此之间就是一种紧贴着底线的礼貌性应付。他们中很少有人——确切地说从没有人——会像小陈一样提前一天和我联系，而且还是短信。相比之下，短信显然比直接通话周全。通话虽然快捷，却让人没有时间思忖，多少显得有些鲁莽。况且生号总有诈骗之忧，让人有充足的理由不接，也难免因此误事。所以发短信的这个小陈够认真，也有经验。不太寻常。

翌日中午，航班到达成都双流机场。我刚一落地开机就又收到了小陈的短信，问我到了吗，我说到了。他的电话马上打进来，说他没有去停车场，如果停在停车场，他接到我之后，我还得跟他走很远的路，太辛苦。所以他干脆就在机场附近候着，我落地后坐电梯到三楼出发层六号门那里给他打电话，他会在五分钟之内把车开到那里接我，这样既不累，效率也高。

我只能无条件服从。电话里，他的声音沉着沙哑，有一种相当的自信。能把事情安排得如此科学合理，也确实有理由自信吧。

如他所言，到六号门外，我们见了面。他眼睛不大，矮小健壮，行动敏捷。迅速安顿好我和行李之后，就发动了车。走得不快。尽管有好几个交警在指挥着，出发层上的车还是挤得不亦乐乎。他感叹说都不守规矩哈。我说有交警在，一会儿就好了吧。他说好不到哪里去，交警们才犯不着使劲儿管呢，来机场的人嘛，谁知道谁是啥子来头？他们也怕管到太岁头上，吃不了兜着走咧。

这个司机，让我想撩一撩了。长年累月在一个老地方闷着，整日看着那些熟脸，听着那些老话儿，当真是无聊至极。所以我热衷于出差，尤其是正出的这种"出版行业深化体制改革交流会"之类的"闲差"。开什么会议都不重要，都只是由头而已，出差的魅力就是让我有机会和一群陌生人顺理成章又毫无负担地萍聚一场，如果碰到某些有趣的人摆摆龙门阵，那便是惊喜了，摆得越大惊喜越大。

我说哥们儿，你这么准时，素质很高呀。他说兄弟你过奖了，啥子高呀，这是最基本的职业道德嘛。我说最基本的就是最重要的，现在很多人都做不到了，每次迟到他们都会说堵车呀什么的，所以你的素质还是高。他显然很受用，笑着说怕堵车可以早出发嘛，这个理由不像样。我从不这样。我也跟我手下的人说，不能这样。我说你是一个领导呀，怪不得呢。暗自揣测，难道他是单位司机班班长？他的脸色却端肃起来，说这个租车公司是几个朋友合开的，他是其中的大股东。不过既然大小是个公司，即便不是啥子领导，他也赞成立个规矩。规矩就是公司的风气呀。

这话是最熟烂的官腔，却也严丝合缝——论起来，要想严丝合缝，还是官腔最好使。可是会议主办方是一家事业单位，自家应该也有车的，怎么去租车了呢？想了想，便明白了，中央八项规定出台之后，很多单位须得把公车清查封存，大一些的会议用车找租车公司就是自然选择。

问他，果然如此。

如今这形势，租车公司的生意应该都很火爆吧？

那可不见得。没听说那句话嘛，有同行没同利。不过，只要服务到位，总会有饭吃的。他突然一笑，说要是在美国，我这服务应该能挣不少小费咧。

你拉过美国人？

嗯。他目视前方，面无表情，骆家辉，米歇尔，我都拉过。

天哪，真的？

这有啥子好作假的。

我靠，今儿我是碰到大神啦。快，快跟我聊聊，让我长长见识。

其实我不爱说。说多就没意思了。

一看你就是个低调的人，我平生最钦佩的就是你这种低调的人。我呢一般也不八卦的，你看，咱们多有缘分哪。聊聊吧，聊聊。

唉，其实我真不爱说的，不想让人觉得我在炫耀啥子。老大不小的了，浮气。

这可不是炫耀，是分享。档次低没品位的人才是炫耀，你这样的，就是分享。

这个说法有点儿道理。他矜持地点点头说，那就跟你分享分享？

2

你看看这个车证，你看看这红底儿、这个黄边儿，两年了，颜色愣是一点儿也没掉。这两种颜色也不是随便涂的，国旗就是这两种颜色呀。你再看看这十个字，重、要、会、议、重、大、活、动、通、行。你是文化人吧？应该认得出吧？这是宋体，最正规的公文都用这个字体的，最高级的中央文件都用这个字体的。听说这种字体的笔画都是照着秦桧的字来的，把我笑得。我不信。

他那么一个坏人，咋能写出这么好的字来嘛。不过，我猜啊，这宋体无论如何都该是你们河南人造出来的，开封是宋朝的首都呀，宋体就是首都的字嘛，也就是河南字嘛，那个地位，就跟如今的北京话是一个道理嘛。这么说我跟你这个兄弟还真是有缘分啵，所以这个车证我愿意拿给你看。好多人心理不健康，我少拿给他们看的，给他们看他们也不能正确理解，没意思。

你看了这个车证就知道吧，还是外事活动的规格高。我跟你说，我现在留着这个车证也还有用，那个词怎么说？叫余威犹在。就是我这个车子，在成都市区的哪里小停小放一下，你跟他们说明一下，他们不会管你的，灵光得很。内部人都知道这个车证有多重要的。当然，我一般不用。

没意思的。没意思。

我接待的第一个美国人，就是骆家辉。这活儿够大吧？没办法，谁叫咱赶上了呢。那是2014年，刚过完元旦——你看多快，转眼就是两年前了——他是一月份来的。他不是第一次来成都，之前还来过一次，是2011年8月份。这不会错，大报小报都登了，我怎么会记错。哎呀他那次来才好玩，去吃了一家苍蝇馆子哩。过几天不是拜登要来嘛，他要先给拜登试吃。那家馆子小得哟，连一张像样的大圆桌都放不下，连招牌和菜单都没有，也不知道他的手下是怎么找到的。不过也不奇怪，美领馆在成都扎了这么多年，早就知道啥子东西好吃。他们的领导漂洋过海地来了，他们还不请领导去吃一下？在成都，好吃的去处可不就得是苍蝇馆子嘛，大酒店的菜有啥子意思嘛。

"苍蝇馆子"这个名头儿啊，我跟你讲，你们外地人听着恶心吧，我们本地人就是觉得亲咧。

这个称呼是我们四川特产，独一份的。为啥子叫苍蝇馆子？倒不是说馆子里满是苍蝇，那谁还会去吃呀是不是？我的理解呢，就是说这个馆子小嘛，小得跟苍蝇一样。地位低嘛，也跟苍蝇一样。

还有呢，不喜欢它的人觉得它像苍蝇一样脏，喜欢它的人呢像苍蝇一样追着它吃嘛。你也吃过吧？肯定的。哪个正常人到成都不吃苍蝇馆子呢是不是？肥肠粉嘛，双林北支路是有几家，也还行吧。不过，你们外地人都知道的馆子，我们本地人基本上就不去了。苍蝇馆子这种事，就像暗号一样，本地人是最容易在那里接头的。

我跟你说，哪个成都人都离不了苍蝇馆子。

反正我是两天不吃心里就没着没落，一进那个门，丢了的魂儿就回来了。这个社会自古到今三教九流五行八作，你难找到啥子平等，叫我说，要找平等，这些个苍蝇馆子里倒有的是。管你是哪一级的领导，管你是多有钱的富豪，进了这样的馆子，大家屁股一般高，筷子一般齐，老板端上来的菜也都一样好吃。所以你看呀，店门口停着宝马奔驰也停着三轮车电动车，穿汗衫的和穿西装的就得拼桌，一碗饭民工吃得，总经理啥子的他也吃得，肩并肩，脚挨脚，你就吃呗，美食是王道！豆腐脑花、霸王陈喉、荷叶熏肉、面疙瘩鳝鱼、蒜泥豇豆、手撕烤兔……不行，口水都快出来了。你说这么些好吃的东西，他们美国人怎么会不喜欢呢？他们又不傻是不是？

这第二次来骆家辉吃没吃我还真没注意，应该没吃吧，报纸没登嘛。或许是吃了，报纸也懒得登。上次登过了嘛。他这次来名义上是为成都的美领馆啥子工程剪彩来的，其实就是挂羊头卖狗肉，谁不知道他是来给米歇尔打前站的嘛。

米歇尔3月份来，这不是很明显嘛。听说也是出的最后一差。他来的那次规模小，没几个人，意思不大。跟米歇尔来的阵仗比起来，简直是小巫见大巫。我就跟你说说这个大的吧。

3

紧张？不呢。紧张啥子哟。我跟你讲，现在反腐败，我们的生意好，以前不反腐败的时候，我们的生意更好。省里的人大会呀，政协会呀，市里的糖酒交易会呀，这样的大会车都不够用的，主办方都会租车的，我参与接待的多了，见到的领导也多了，都习惯了，根本就不紧张。我们要紧张就只紧张交警，哈哈。

没，米歇尔没坐我的车，她当然还是要坐美领馆自家的车嘛。美领馆的车到底少，她的随从没车坐，就得在外面租车嘛。在成都，要租车，我们公司就是一个高大上的选择，这个没的说。车好嘛，技术好嘛，关键是我们有情怀，企业文化好嘛，这个回头慢慢跟你说，别急撒。

圈定了我们公司，美领馆的人早十来天就开始让我们演习，其实就是那两件事——安检，走路线。安检，就是每次出发前都要扫描整个车；走路线呢，就是掐你时间。给你打电话，让你到啥子地方去，比如到香格里拉，车到位，几分钟必须到，时间都卡死。他给你打电话安排的时候，只说 A，到哪儿哪儿去，其他啥子都不说。他就看你的水平怎样。对我们来说，这当然没问题的。还有一些小处的规矩，最主要的一条就是不能多说话，最好啥子也别说，只开车。让走哪条路就走哪条，按规定路线走就行了。

我那个车呢，一共坐了三个人。副驾驶位置上的是翻译，后面两个就是米歇尔的随从，也就是特工啦。两个人，一个高耸耸的，一个肥咚咚的，墨镜一戴，那个威风。我开得蛮小心的。能不小心嘛，这已经不是我自己的事了，也不是我们公司的事了，往小里说，这是有关我们成都形象的事，往大里说，这是有关国家形象的事，你说对吧。

这一小心就是慢，结果那个肥的，他看不过眼了，对翻译说让我开快点儿。我才不能听他的呢，他让我快我就快，他是谁呀。可我不能这么说，也得有幽默感呀，我说开快点儿怕吓到他。

他就抖搂激灵了一下说，我也有驾照嘛，说我们会保护你的。这个确实是，如果有啥子突然情况，他们是得保护我们驾驶员的。我们是在给他们服务嘛，美国不是讲究人权嘛，他们有这个责任的呀。

我跟你讲呀，其实米歇尔他们没啥子好说的，他们前呼后拥养尊处优的，吃个饭都得让人家先给试试菜，活到那一层，不接一点儿地气，也没啥子意思了，是不？不是有句话嘛，阎王好敬，小鬼难缠。这些随从就是难缠的小鬼，不过跟他们混了几天，也缠出了一些意思来。对他们，我有两个原则。第一个原则是尊重他们。人家是客户嘛，服务行业的第一要素就是尊重客户。还有，不管怎么说，人家是外国人嘛，到了咱们家门口，尊重人家是应该的。第二个原则呢，就是他们也得尊重我。这个就不容易了。你想，老美的优越感多强呀，轻易能把谁放在眼里？为了这个，我还跟他们有了那么一场事儿。

事情是这样的。因为当时呢在美领馆那边是不让我们进去停车的，外租的车一律不准进去停车。停车位当然有啊，敞得很，可就是不让我们的车进。这我就看出来了，你服务得再好也没用，人家就不把你当自己人——准确地说，是不把你的车当自己的车。也不听你解释，你再说也不行，再说就把枪给你对上了。后来我就发了脾气，我就让翻译对那个高特工讲，让高特工对他们大使馆讲，我说你们这样谁还有心情为你们服务？为了这么件芝麻小事，你们就拿着枪对人，犯得着吗？这是给你们办事情呀，你们还对我们这样不信任，你们有必要吗？你想你们都把我们的车安检了多少遍了，还能出啥子事？用人不疑疑人不用，你们这样就是打我们的脸嘛。不干了，老子不干了！

他就告诉了他们老大。他们老大是个白头发，脸晒得红红的，风度蛮好的，应该是领事馆的馆长吧，他就点了一下头，对高特工说了一些话。

翻译回来告诉我，说 OK 了，我去张罗一下。结果第二天就可以了，他们在美领馆里面给我们划了几个车位，我们再去就很顺利了，他们啥子也不说了。还很人性化的，专门给我们放了个饮水机，说大热天，天好热的，要多喝水呀。后来嘛，就都 OK 了。

这你就知道了吧，有时候尊严也是要自己争取的呀。工作结束那天，这两个特工还都给我送了礼物。小费当然有啦，外国人都习惯给小费。高的给了我三百美金，肥的可能穷一点儿，只给了我一百美金。他给我的时候，耸了耸肩膀，好像有点儿尴尬的样子，就又送了我一支笔。

喏，你看，就是这个。去年我又拉过别的美国客人——是一对老夫妻——他们告诉我，这是美国选举用的笔。你想，你要去美国买这支笔，那费用可就大了，是不是？

那对老夫妻啊，他们没跟旅行团，自己带了翻译。当时翻译就跟我讲，说他们比较挑剔，要小心一些。我对他说，跟着我这老司机，你的心妥妥地放在肚子里好吧。第一天我就告诉他们，你们的第一夫人我都接待过，我和美国有缘分哪。还别说，挺管用的。几天下来，他们对我那个满意哟，要是玩上个把月，说不准都拜把子啦，哈哈。他们没给小费，我也不稀罕他们给。老年人，不容易，咱拿着心里也不舒服，是不是？

那些特工给的小费，我没花。我在中国就花人民币嘛，花啥子美金嘛。不过，闲着没事我就会看看那些美金，其实我不爱钱，更不爱这美金。

为啥子看呢？因为这些美金的意义不是美金，往大里说，这是中美人民友谊的证明呀。往小里说，他们为啥子给了我呢？这肯定是有缘故的。你想呀，他们既然来到中国，就可以入乡随俗省了这个钱的，为啥子还要给我呢？尤其是给我三百美金那个。我起初也不明白，想了又想，想得脑壳子都疼了才想通，他就是在用这个方式来表达心意嘛，就是对我格外尊重的心意嘛。所以说，人必须先自重，别人才会尊重你呀。

这件事呢，我想起来就觉得挺自豪的。说句不好听的话，这是对我一个人的尊重吗？我是中国人呀，这是对中国人的尊重！可是有些人哪，他们就是没有这个高度。那时候我们经常在香格里拉洗车，公司十来部车呢，洗的时候都免费，那个用水是有一点儿厉害的。一个在行政后勤上的小伙子就很嫌弃我们，鼻子不是鼻子，眼不是眼。我想，这个年轻人，我得教育教育他呀。就跟他讲了这件事，我说你知道吗，说句不好听的话，我这也是为国争光的。他说我是拉大旗作虎皮，我说你拉一个给我看看呀。后来和他们关系好了，他就问，这么大个活动，怎么就找了你们呢？

我说你是不是以为我们是汉奸呢，哈哈哈哈。

现在嘛，香格里拉，锦江宾馆，还有那个美领馆，这三家，我们都是熟人，关系好得很。我们进去，他们都认识的，都不收停车费的。那时候我就深深感觉到，无论你做啥子工作，只要做得好，就都可以成为精英，都可以成为榜样，遇到事情呢，就都会有人给你开绿灯的。举个例子跟你说，我的父亲母亲岳父岳母，他们生病，都去华西医院。你不知道在华西医院挂个号有多难，那个挂号费都是天文数字。我的岳母那一年得了眼病，青光眼。青光眼不是很重的病，肯定好治，但是最好还是好医生治，是吧。我带了岳母到华西，没找人，先看病，啥子都看好了，医生说你们明年4月份来做手术。明年4月份？听他们这么一讲，至少还得半年啊。这个东西怎么能行呢。别人的事可以不帮忙，自己的岳母怎么能不帮这个忙呢。我就抱了一个心态，不知道成不成，反正这个事我要做，总归得试一试嘛，你说对不对？

我就给华西医院的一个主治医生打电话，可是他不接，我就知道他做上手术，我就给他发了短信，我说医生，我这边啥子啥子情况。晚上十一点，接到了他的短信，他说是不是确定是你的丈母娘，我说确定。他说把你的住院手续、病人信息啥子的都拍给我，我就给他拍照发了过去。第二天中午，他就给我打了电话，说已经安排好了手术，下午做。

还有一次是我的母亲，肺脏有点儿感染，虽然不是很凶，不过看那个样子，我好难受，就想找个好大夫给看一看。那是我的老娘呀，可不能有啥子闪失。我就给华西医院这方面最厉害的那个大夫发了短信，表示了我的意思。他第一时间给我回复，说第二天中午他亲自给我母亲做手术。手术做完了，他的司机对我说，陈哥，你可以呀。你知道吗，这个大夫只给省级领导做手术的。

有时候，中央的大领导还请他去北京做手术呢。

你这是啥子待遇呀？

就是这么厉害，就是这么爽。很牛吧？

（选自《莽原》2017年第4期）

学习父母

吴克敬

跪　草

没人能够拒绝自己的生日。

所有的父亲，都是以娱乐自己身体的方式，播种下自己的血脉，要母亲来孕育生养。母亲妊娠反应，想吃酸，吃了就吐；想吃辣，吃了也吐；想吃甜，吃了还吐……母亲一点办法都没有，只有忍，忍得自己一天天地变，变得大腹便便，变得臃肿失形，变到十个月时，咬牙忍痛、扯断头发、抓破手心，诞生出一个新的生命。这个新生命，紧攥双拳，紧锁双眉，紧闭双眼，高声大号，似乎要拒绝他的出生，但这由不得他。

所有的新生命，到这个世界上来，都是身不由己的。

哭没有用，攥紧拳头、锁紧双眉、闭紧双眼都没有用。母亲生下了他，他就得好好地接受，好好地活，活给母亲一个样子看。这是所有母亲的期望，也是自己艰苦奋斗的一个目标。然而，没人知道自己给母亲活得满意不满意，自己给自己活得满意不满意。通常的情况下，满意不满意，都要装出满意来。

是个什么样的装法呢？

千姿百态，各人有各人的装法。但过生日这一方式，是大多数人喜欢的一种选择，似乎不这么做，就对不起自己，对不起生育了自己的母亲。

还有没有别的方式，来纪念自己的生日呢？答案是肯定的，有。但是一定不会很多，如我只见识过我的父亲，以跪草的方式，来为自己庆生。

"人生人，吓死人！"

十月怀胎的母亲，在医疗条件相对落后的过去，因为婴儿脐带绕颈，或是胎位有问题，就一定会难产，进而丧命。听说父亲的降生，就使父亲的母亲、我的奶奶受了一次大罪，从傍晚开始预产，一直熬过长长的一个晚上，到第二日快中午的时候，才艰难的生产下来。由于这一缘故吧，父亲在他生日的时候，从不招亲戚，也不待朋友，拒绝一切热热闹闹的宴席，拒绝所有快快乐乐的活动，黯黯淡淡地独自给自己过一个生日。

甚至是，父亲还拒绝参加他人那样的生日活动。

父亲说了，自己的生日，就是母亲的受难日。因此，到了父亲生日的时候，他会背起个竹编的大背篓，到自己的麦草垛子上，扯回一背篓的麦草，背回家来，在张挂着父亲的母亲、我的奶奶的画像前，铺开来，跪上去，给画像上他的母亲、我的奶奶，磕上三个头，点上一炷香，然后就静静地跪在麦草上。要喝水了，把水端到他跟前，他跪在麦草上喝；要吃饭了，把饭端到他跟前，他跪在麦草上吃……父亲是抽烟的，不是现在有的香烟，而是农家汉子自种自收的老旱烟叶子。平常的日子，父亲的烟特别紧，一会儿装一锅，一会儿装一锅，点着了，吧嗒吧嗒，烟笼雾罩，可从他跪上麦草时起，就不再抽了，他忌了口，到站起来，动都不动他给自己拴的黄铜烟锅。

作为男丁，我小的时候，在父亲跪在麦草上时，自己懵懂着，挨着父亲也会跪下去。但是父亲不让我跪，他会抬手拍打我的脑袋，把我赶开，让我到炕上去睡觉。

我是没有耐心的，很快就会睡去，而父亲坚持跪着，不能丢顿，不能睡觉。

父亲从傍晚时跪下来，面对他的母亲、我的奶奶，在麦草上要跪整整一个晚上，天明了还不起来，还要跪着，安安静静地跪着，一直跪到早饭吃罢、快近午饭的时候，才活动着他的腰身和膝盖，慢慢地站起来，收拾干净铺在他的母亲、我的奶奶画像前的麦草……一年一年又一年，直到父亲去世，他在他生日这天，不改样子的都要跪在麦草上，给他的母亲、我的奶奶跪着。

父亲说他这是跪草。

我见到父亲跪草的次数多了，到现在想起，他跪草的模样，仿佛一尊铜铸的雕塑，印记在我的意识里，是那样的虔诚，那样的隆重，绝不是热闹着、快活着给自己弄一场生日宴可比的。

父亲所以跪草谢母，那是因为，他的母亲、我的奶奶生他时，就是在一背篓麦草上生下来的。

这就是传统俗语的"落草"了。那个时候，没有现在的妇产医院，每一个新生命，几乎都是在自家炕脚铺着的草堆里落生的。

我父亲是这样的，我也是这样的。

我受了父亲的影响，时至现在，年过六十，也不着意给自己弄个生日宴什么的过一过。但我远离了故乡，身在大城市的西安，却也不能如父亲一般，在自己的生日，以跪草的方式，感谢纪念母亲对我的生育之恩。我想不出别的办法，就学着父亲的样子，在我西安的书房里，独自一人，来读一个晚上的书。我坚持着这个习惯，至今已有四十多年了。我著文说过，因为"文化大革命"，我没怎么读书，勉强有本中学毕业的文凭，实际只是踏实认真地读了小学。后来，我舞文弄墨，在文学创作的道路上，还有点儿收获，与我生日之夜苦读狠写是分不开的。

去年冬尽的日子，我于我的生日之夜，开始了我的第一部长篇小说的写作。我愿我的母亲，像她诞生了我一样，给我力量，赐我智慧，帮我怀胎，诞生出我的长篇小说来。

把祖宗请回家

《品味》杂志的记者王明，昨日来我府上采访，说他们本期杂志要做个过年的专栏，希望我能就此说几句。听了王明的采访要求，就没做什么思考，开口就说，过年了，我要把祖宗请回家来，和祖宗们一起来过年。

如果我没有一大把年纪，可能说不出这样的话来，年纪大了，我不能不这么想，也不能不这么做了。

这是我们民族文化最宝贵的地方。尊亲爱祖，如唐代诗人王维在他《九月九日忆山东兄弟》诗中说的，"独在异乡为异客，每逢佳节倍思亲"。大家知道，九月九日为我国传统的重阳节，这一日，人们是要登高怀亲的。后来，又为这个日子赋予了新的内容，亦即我们今天的老人节。王维的一句话，提醒和影响着我们，任何时候都不能忘记我们的亲人，同时，更不能忘记我们的祖宗。

起小的时候，在扶风县的老家过年，都是要跟着家里的长者，赶在年三十的时候，举着灯笼，端着香裱，到祖坟里去，把祖宗请回家来，让祖宗陪着我们，我们伴着祖宗，一起来过年的。谁家如果不请祖宗回家，所谓的团圆年，就难说团圆了。

这是重要的，来不得半点马虎。

我始终记忆在心的，到了年三十的下午，父亲净手净脸，也监督我们兄弟几人，净手净脸，然后由最小的我，走在最前面，举着一盏点燃了蜡烛的灯笼，其后是我的几位哥哥和健在的父亲，他们手里有端托盘的，有拿纸货的，鱼贯地走在去祖坟的路上……这个时候的故乡田野，到处都有如我们父子一样请祖宗回家的队伍。我们到了祖坟，给长眠在这里的爷爷、奶奶们，烧纸、祭酒、焚香，并呼唤祖宗们的名讳，给他们说一年的收成，说家里的情况，还说大家想念他们，要请他们回家，一家人团团圆圆过个年……不是因为我小，其时的我，一点都不怀疑，我们的祖宗是真的被我们请到了，走在我们中间，和来请他们的我们走在一起，走回到家门口了。把祖宗们让在前头，看着祖宗们走进了家门，我们还要在大门口燃一挂鞭炮，而家里已在上房开间（如今天的客厅），摆放好八仙桌，把祖宗恭敬地安顿起来。

祖宗在这里是一座一座木质的牌位，上面书写着祖宗们的名讳，我们兄弟跪拜祖宗，从初一到十五，在把祖先依例送进祖坟前，我们与祖宗一起过年，我们吃喝什么，敬献祖宗什么，祖宗牌位上的水酒不能断，祖宗牌位前的明灯不能灭，祖宗牌位前的香火不能熄……我们尊亲敬祖，祖宗与我们血脉相传，我们是祖宗的贤子孝孙。

"破除四旧"的声浪，突然地高涨起来，特别是"文化大革命"的时候，没人敢把祖宗请回来过年了，但谁又能忘了祖宗，不爱亲近的祖宗呢？

发生在我们村上的一件事，是啼笑皆非的，但我在写这个事的时候，却没有啼笑皆非的情绪。在"文化大革命"如火如荼地开展到1968年的时候，我叫三爹的老人，不敢明目张胆的去祖坟请祖宗，要过年了，他就等天黑透后，在胳肢窝揣了烧纸，偷偷窜进村野里的祖坟，在这个坟头上跪下了，招呼一声这位祖宗的名讳……三爹不晓得，有一个邻村的猎户，把一杆猎枪，装满了枪药和铁砂，悄悄地瞄准着他……这个猎户发现这个坟地里有狐狸的洞穴，他想过年的时候，捕获狐狸，为他的年节，增添些年的乐趣和内容。他把来请祖宗的三爹当成狐狸了。三爹的胳肢窝夹着烧纸，猎户错把烧纸当成了狐狸的尾巴，并以此判断，这只狐狸不小，该是只老狐狸呢！

枪火即时扣响，三爹应声倒地，猎户狂奔向前，他看到中枪的不是老狐狸，而是活人一个！

猎户没有逃路，他把猎枪摔在坟头里的石碑上，背起中枪的三爹，一路跑到公社医院，手术中，从三爹肉多的屁股蛋上，取出了一把铁砂。

三爹伤还没有好透，就被村里的造反派揪回村，给他挂上"旧势力孝子贤孙"的黑牌子，好一场游行。

三爹挨了一记黑枪，成了黑典型，而打了三爹一黑枪的猎户，犯了罪错的，却披红戴花，成了"破除四旧"的红色典型。

事情过去快四十年，黑典型的三爹，红典型的猎户，都已作古，不在人世。而这时候的社会风气，也大为转变，我们又要大张旗鼓地尊亲爱祖了。早前，我在西安报社工作，几位哥哥也都健在，过年时我必须回到老家，拜见几位哥哥的同时，也是要依例拜祭我们的祖宗的。如今三位哥哥相继离去，我该怎么办呢？我也老了，六十有三，我为我决定着，赶在年三十的时候，把祖宗请回来，和祖宗一起过年。

我在西安的家里，已为祖宗们准备好了地方。

在父亲眼里

回头来看，父亲离开我虽已四十七年，但我感觉得到，父亲的眼睛挂在我的身上，时刻都没有偏离。

天下佬儿爱小儿。我们兄弟姐妹多，在我前头的哥哥姐姐们，没谁敢惹我，他们惹我的后果很严重，不可避免地都要被父亲修理一顿，轻则骂，重则打。所以说，我在父亲眼里，是最受宠的。但我不得不说，我也是父亲管教得最严格的。譬如父亲教我写毛笔字，就特别严厉。我虚岁七岁时上学，可我写毛笔字的时间，要往前推一年半，亦即五岁半时，喜欢虞世南的父亲就把他临过的书帖找出来，让我临写了。家住法门寺北的闫西村，背靠着中观山，天热的时候，有风从山坡上吹下来，倒也清爽惬意，而天寒的时候，顺着山坡吹下来的风，却像刀子一样，直刺人的脸。恰在这个时候，正是父亲逼迫我练习毛笔字的不二机会。父亲说了，寒暑习字，你不用脑子，用手都能记得住。四十二年后，亦即2010年10月，我从鲁迅的故乡绍兴领得"鲁迅文学奖"回来，朋友们给我拿来笔墨纸砚，铺在我的书案上，要我来写毛笔字。我心里打鼓了，却又无奈地捉起笔来，在一张四尺的宣纸上，一口气写出"耕心种德"四个字来，放下笔，在朋友们由衷的鼓掌声里，我仔细地端详了一遍，直觉父亲此刻就在我的身边，给我又说了一遍他当初给我说过的话。

我必须承认，父亲有先见之明，人的自身的确有两种记忆，一在大脑，一在肌肉。往往是大脑的记忆因为情感等因素的左右，可能会有这样那样的偏差，而肌肉的记忆，是坚强的，是牢靠的，不会因为这样的干扰、那样的困扰，产生一丝一毫的偏差。小时候，我在父亲的逼迫下，练习过毛笔字就是练习过，正如我是一个木匠，年轻时做过一段木工活，做过就是做过，几十年没练没做，动手再练再做，心不跳，手不抖，依然能练得有模有样，依然能做得有型有款。

是的，我练习毛笔字，是父亲逼迫的；而我学做木工活，则是生活逼迫的。

父亲逼迫我练习毛笔字，选择的时间多在晚上睡觉前，无论寒暑，我要脱鞋上炕，必先到炕跟脚的书桌前，磨墨把父亲准备的两页米字格习字纸，临着虞世南的字帖，在米字格里把大字写足，然后又要把米字格之间的空隙，填满小字，才算完成任务。这时候，我的心跳是急促的，因为我要把写好的习字纸，捧给父亲验收。父亲如果是满意的，就把他锁着的核桃木枕匣打开，在一块大大的焦糖上，掰下小小的一块，亲切地叫着我的小名，让我靠他近一些，他掰下的焦糖，让我在舌尖上舔一口，趁着唾沫的黏糊劲儿，粘到我的额头上。是夜，我睡在父亲的身后，背靠着他的温暖，我睡得像额头上的焦糖一样甜蜜。来日，我还会头顶着焦糖，在村里，在学校，招摇一整天。但是父亲如果认为我的习字，练得不够认真、不够到位，他会立马黑下脸来，让我伸出习字的手，把他抽着的黄铜大烟锅，抡起来，在我的手心抽一下。被父亲抽过的手心，先是一个白色的小圆圈，一会儿还会红肿起来，到了第二天早晨，红肿的地方更会成为一团青紫色，其所凸起的样子和色彩，又恰似我额头上曾经骄傲地顶过的焦糖。

在父亲的逼迫和诱惑下，我的毛笔字有了不小的进步。但是，钢笔这种新的书写工具，在我上学后，越来越为我所喜爱。父亲没有泥古，他北上中观山，砍了几天的硬柴，挑到四五十里外的法门镇，卖了后给我买了一支当时最有名的金星钢笔。我用这支钢笔，于1966年考入中学，还准备着，用这支钢笔从中学升入高中，然后再考入大学，为我理想的生活而努力。可是，"文化大革命"爆发了，父亲被扣上一顶"村盖子"的大帽子，拉出来批判斗争了。

造反派给父亲做的高帽子有三尺高，糊了纸，写了字。父亲得到高帽子后，没有因为高帽子而不开心，他只是觉得高帽子上毛笔字写得太丑陋了，这使他心里极为不爽。父亲熬了糨糊，在高帽子上重糊了一层纸，然后磨墨捉笔，自己要重写一遍，他把墨笔都按在高帽子上了，却叫了我来，让我工工整整地用虞体给他重写了。父亲很是得意他的这一做法，来日自己戴上高帽子，到造反派指定的地点去接受批斗。可是问题出来了，批斗会开到一半时，有人发现父亲高帽子上的字是那么工整，便怒吼一声，把父亲的高帽子打落在地，几脚踩烂后，又糊上纸，歪歪扭扭写上父亲不能忍受的那种字……包括我这个他爱到骨子的小儿子在内，没人想到，只是这种在那时最为普遍的践踏，竟让父亲批斗会结束后，拖着沉重的脚步回到家里，没有吃，没有喝，到第二天凌晨，用一根绳子把自己羞死在了高帽子前。

父亲用他的生命，维护着文化的尊严。

父亲这一决断，从此扎根在了我的心里，无论我回乡成为一个农民，春天耕种，秋天收获；无论我自学成为一个木匠和雕漆匠，走千家，串万户，我都深怀着对文化的敬畏和探索。我所以这么坚持，都是因为，我知道父亲用他热爱文化的眼光，一直看着我，我不能懈怠，我不能逃避，父亲如炬的眼光，是我朝着文化的方向奋勇追求的指路明灯。我人过而立之年，通过自己的努力，从我生活的小堡子闫西村，走进了扶风县城，再后又到了咸阳市里，最后落脚在大堡子的西安。我没有旁顾，更没有旁视，我在父亲眼睛所及的视野里，认真做着父亲希望我做的事情。在父亲节来临之际，我写下这一切，既是对父亲的纪念，更是对自己的鼓励。

父亲看着我，我在父亲的眼里。

（选自《散文百家》2017 年第 10 期）

清纯是稀薄的空气

许松涛

字　条

火车站检票口，一个常去而又无比平常的地方。

在这个角落里的一面墙上，有个最醒目的位置贴了一张条形竖立的字条。字条宽约10厘米，长2米。我扫视到它时有触电的感觉，一股暖流顿然袭击了全身。

可我再次打量纸条上的"恭喜你又长高了"几个字时，内心不再有那种狂喜。

如果不是字条边有一道标志分明的测高线，我相信我的喜悦一定长久地保持的。坏就坏在这条测高线上，它像一记闷棍敲在我的背上，令我产生沮丧。

因为测高线是物理的。一路从1米、1.4米、1.5米、1.6米画上去，刻度精确醒目。尤其在1.5米处旁边，突兀地标注着两个汉字"全票"，目光向下搜寻，在标注1.2米处仍见两个刺目的汉字"半票"，由此可见那张字条的良苦用心了。

这就是国人的表达技法。纯心理上的。明明是要收儿童坐车的票钱，却偏不直说。大约是想说，"并非是向所有的坐车儿童收票钱"，是向符合某些规定、条件的儿童收票钱。因此，收的也是特定的人，况且只有"身高"这样一个特定的条件。至如"体重"等排除在外。这样的条件难道过于苛刻吗？我也不敢接茬回答，是肯定还是否定。

不过，我到底还是看着"恭喜你又长高了"这样的字句颇不舒服。我觉得把想收票钱的"绕弯子"的做法藏头露尾地掩盖起来，示人的却是异常诚恳的心态，这难道是中国应该弘扬的文明用语？

这个句子无非是想请超过一定高度的儿童到标尺前检测一下，看是否可以买票乘车有合理的依据，含有"捧""托""哄"的用意在里边。这种揣摩对方心理，希望得到很好配合的做法似乎值得效仿、提倡，细思之，却觉得悲哀甚至有些卑鄙。尤其是字条上的短语和墙体上的测高线互为彰显，似有狼狈为奸的嫌疑，仿佛为达到某一不可告人之目的演的"双簧"。

这样的字句与一个工作人员发现可疑的逃票者有什么不同的意思呢？倒不如说："小鬼，请过来一下，看用不用买票。"或者问："小家伙，你够得上买票了吗？"对孩子的教育，根本无须以世俗的心态费尽心机兜圈子，由此种下的恶是不容宽恕的。

当然，这样做的背后，一定是有原因的。作为车站方肯定不想这么拐弯讨好顾客，曲意逢迎，挖空心思找这么一句漂亮的体己话，迎合可能不愿配合的乘客。既是写给孩子看的，更是写给家长看的，让家长会意，不能不认同这份良苦用心。既然社会群体有这个心理基础，又不能立即改观，稳妥见效的办法就是顺从拔高，乃至"忽悠"一词横行天下也不觉惊奇。频频见此，也就无所谓大惊小怪了。

广告词

"其实我不饿，只是嘴巴很寂寞"——在一袋打有"卫龙"商标的食品袋上，我被这句绝妙的广告词差点掀翻了。

随着视线的挪移，什么"香辣味"啦，什么"弹弹弹，解解馋"啦，都如望风归附的兵马，一齐向威武的将军簇拥，这个威武的将军就是一句广告词。

此广告词的绝妙，正在于它抓住了食物的基本属性之外的东西，吃什么或不吃什么，不是食品说了算，而是嘴巴说了算，也不是嘴巴说了算，而是欲望说了算，要满足欲望，即使不饿，也得"吃"。这不是饥饿的时代了，而是欲望的时代了——我为这一出乎意料的发现而茫然，欲望鼎盛，自然空虚，也许就觉出日子的某处淡出鸟来——寂寞，然这是火热的时代所不能容忍的。

这自然给了商家可乘之机呀。顿悟至此，突然眼前一亮，在食品袋面前，我还真得感谢商家的调拨呢。

商家做胃神经的生意，做时代心态的生意。这是一句时代代言吗？国计民生，关乎大体。

不免要动动我们的嘴巴了。嘴巴是干什么用的？是啊，一是吃，二是说话，三是接吻。如果你不想说话，无处亲吻，那就只好交给吃了。

怎么吃就明摆着了。对于这种小零食，自然也不能轻视，可见商家是花了大气力的。不光包装袋弄得吸引眼球，连广告词也是耳目一新，我能不拍案叫绝？

一个不饿的人，嘴巴又很寂寞。这个滋味是特别的。算不算折磨，我也说不准，但肯定是不自然。物质层面满足了，精神层面却没有想象的充实，谁帮得上这个忙呢，假如还是食品来代替，或许不失为一个暂时最为安全的办法。

我以为自己发现了一个天大的秘密——打发寂寞的办法就是吃。但我一点儿也惊喜不起来，我真佩服商家了，他们的眼光确实厉害，否则怎么能赢得食客的青睐？

堵　车

年味十足的大街是拥挤不堪的。我置身于车水马龙中，雇用的电动车在车流里顿住了。

老头儿怕我着急，乐呵呵的："我的车上午被警察扣了。"

我似乎明白了他的意思，立即安慰："不急，既然都这样了，索性慢点就慢点吧。"我望着五元就可以坐一回的小电动车在 G 县城的大街上苍蝇似的到处乱窜，目光也变得迷离起来。

我立即发觉自己犯了错。

我还没回答老头儿呢，赶紧接上："大爷，怎么那么快就把车子开出来了？"

"我侄儿的秘书打电话，车子才给放了。"

我恍然大悟了。同时觉得这个"侄儿"一定不小，竟然配了"秘书"。

我猜，老头儿一定为此得意。

车子可以慢慢挪动了。随着交叉路口警察指挥，我们可以走了。

路上，从老人乐呵呵的交谈中，我得知他来自农村。

老人开车有好多年了。年轻时开大货车十六年，年老了才在城里开绿皮电动车，有十多年了，可谓是个老把式。

我高兴了："还是坐您老的车好。"

"好什么好？"

"坐您老的车子，就等于上了保险。"我今天坐上老人的车算是坐对了。

老人呵呵笑了："也不能老是找侄儿吧？这对他也不好哇。以后还是少找些。老找他，不也为难他吗？"

这老人太有趣了。我点头。"那么一年最多找几次为宜呢？"我打趣道。

呵呵，老头儿又笑了："不好说……这不能多……还能几次啊……"

我接上茬："一次，就一次吧，不找，侄儿会把您忘记的。"老人呵呵笑了。

他的侄儿在 G 县政府当副县长，老人的姑爷也在县里干政法书记，算是大官儿了。"最没出息"的是大儿子，在村里任支部书记。这都是老人乐呵呵告诉我的。

跟陌生人唠嗑就这么好，不必担心自己的隐私被泄露。

"儿女们不让我出来，说我老了，不安全，他们骂我……可我受不了在家里享清福啊，还是出来转转好。"

"孙子、孙女都要钱呢，我开车赚点呗……不给他们给谁呢，有人向我要钱花，我才活得值，看，许多人有钱没地儿花，活个什么劲？"

我听了这掏心窝子的话，心底热乎乎的。

确实开了不少路，到地儿了，老头儿坚持只收五元车费。还告诉我，他姓肖。

路　遇

我和他，本来就不是陌生人，怎么能称之为"路遇"呢？

小区拆掉了，六十户人家刚搬完。要知道，咱们在一栋楼里住了十六年啦。十六年抬头不见低头见，早上不见晚上见。过道里不见路口上见，见了还偶尔聊聊天，不知有几回了。在一扇大铁栅栏门内进进出出，若偏再说"路遇"，无论如何是说不过去的，无论如何是说不过去的。

我们是邻居呀。

每年年关，收电费水费，打交道；给门卫年终算工资讨份子，打交道。我们是邻居呀。正是因为邻居说起话来就方便多了，随意多了。好，就是仰仗这份随意在，我们彼此有了些信任。在这个不在意谁也不提防谁的院子里，彼此可以在中午休憩时，或者黄昏时分停在小区草坪上拉几句家常，而且，常常是他堆起笑脸，开先打招呼，热情得很。

给我留下的印象不仅热情，还健谈，还和蔼，还正派。

但就在某次这样的"随意"交谈后，我对他产生了距离感，甚至有些害怕。

那是我抓到一个大贪官后，我们在小区里相遇了。我说的"大"，是数额大，同时职务也不小，副厅级了吧。在我们这里引起轰动。我的这位邻居得意扬扬地告诉我："贪官捉走了，还有一批人也要下马，也该轮到我们来一回了。"我实在不敢相信自己的耳朵，难道是"轮流坐庄"？我以为自己听错了。我立即无话可说了。我立即想到了阿Q为什么要"革命"来。

他往日在我心中的分量忽然一落千丈。但，我没有那么愤激，没有那么幼稚，我不再较真儿，就马虎地结束了这场谈论。

再一次就是拆迁，我们遇见了。他拉我去对抗，我觉得能把这栋老旧的破楼纳入棚户区改造，就算请了高香了，拆迁并不吃亏，这从几户早想甩卖的邻居那里可以证实，但他就是不拆，还想继续对抗下去，我观点不敢苟同，我意识了我们之间原来有很大不同。

前两天，我们又一次"路遇"了，他走路的样子是鼻子朝天，胸脯高高地挺着，一副居高临下的样子，眼珠子横着看人。我从他身边擦身而过时，再也见不到从前的和蔼可亲和热情健谈的影子。

这回，我很"无耻"地凑上去，也该轮到问他一声好了。他呢，没听到似的，依旧高昂着头走过去了。

他并不清楚我这一"喊"是故意的。

有个秘密我不该再瞒着了。记得五年前，他还是一个农机局副局长的时候，竟然在大年夜给我发了一条祝贺新年快乐的短信，让我一直感动着。

我一定是"得罪"他了，在哪里得罪的？我百思不得其解。

我问一个熟悉他的人，那个同事惊诧了："怎么，你真的不知道？"

我摇头，那位大约信了我："他提拔了！"

原来如此！

消息确凿得很。最近，人事网上，他被提拔到县旅游局的局长的位子上了，刚上任没一周。

我祝贺他——这回是轮到他"来一回"的时候了。

晚　景

一个熟人，退休几年了，深居简出，几乎不再谋过面。

但我常想起他。当然，这是无声的，他永远也不知道。虽然我与他交往不多。

他为人低调，热情，真诚，也愿意出力，给许多人帮过忙。——这是他曾经给我留下的印象。

前不久，听说他养了一条宠物狗，我大为惊讶。他竟然为这条被菜市场某个人抱走的狗食不甘味，废寝忘食，找了四个月，发动了所有亲戚，为找狗，差点没惊动警察。骑摩托车带上老婆，被另一辆摩托撞倒，两人差点丢了性命，狗还没找到，人先进了医院。听罢，更是惊讶不已。

他一定是投入得太深了。

一天，我遇见了他的妻子。

短短四年过去，他原来的爱好都不沾了。过去，他爱钓鱼，爱打麻将，爱下棋，还爱抽烟，但从未爱过小动物。

"爱，有时像毒瘾。"

那些与他曾经交往很频繁的人呢？是不是也常想起他？是不是如一场欢宴之

后散去的筵席？

狗最终找到了。

这挺有意思，一个人活着活着竟爱上了狗！

（原载《福建文学》2017年第7期）

心归雏巢（外二章）

杨庆生

　　每个人都是从巢中跌出的雏鸟。对于鸟来说，巢，是风雨归程之处所。对于人来说，家，是一生挥之不去的一缕绵绵温存。

　　岁月，留在额头的沟痕，不仅仅记载时光的流程，更多是储存着抹不去的温馨记忆。拭去尘封，三两星星点点，总是浮在眼前。儿时的美好和纯真，无论经历多少风霜，总在梦魂中闪现，难以释怀。

　　春节，就是遗落在家乡淘之未然、魂牵梦萦的情结，是铸就游子百折不挠的牵挂和乡愁。春节，是让人们成为候鸟的时令，捧着一颗未泯的童心，不论飞越千山万水，总想去家乡小溪里掏出那永恒的记忆。

　　我们的童年，生活并不殷实却充满着憧憬。贫寒的家境，过早地催熟了我们一颗青涩的童心。春节的憧憬，才是真正的童真释放。儿孙们总是在除夕夜静静地等待，等待长辈对自己一年来成长的评点。经历沧桑的父母完全忘却了现实生活的艰辛，诚然陶醉于对未来美好憧憬。发压岁钱啦！这是长辈给儿孙最高的奖赏，更是长辈对晚辈寄予无尽的、长长的期望。母亲在一旁默默地凝视着父亲，父亲布满老茧的手，慢慢地从贴身口袋里摸索出一沓带有汗香、软软的、皱巴巴的毛票，逐一分发给每一位晚辈。晚辈们接过的却是一份欣喜，是一份奢望。接过父母的这份欣喜，就有了童年新的一轮追求，重新启迪了来年又一轮新的憧憬和企望。怀揣着父母带体温的压岁钱，天真童年，开始兑现一个个小小的梦想。年复一年，承载着一轮轮积淀的憧憬，我们在不知不觉中长大，又在不知不觉中成熟。风雨几十年，弹指一挥间。时光，已经把责任轮回到我们的肩上。如今，轮到我们给长辈敬上添福添寿的祝酒，给儿孙辈发放快快长大的期望的时候。在春节这个节点，属于我们的又是一种别样的憧憬和祝福。

　　春节，是热烈而厚重的。带着父辈的谆谆教诲，怀揣着一种心驰神往的期盼，无论我们遇到什么艰难，都有一种坚强的意志和不变的信念。这种信念，伴随我们走过朦胧的童年、快乐的少年、追梦的青年和不惑的中年，即便是到了两鬓斑白的老年，这种感觉将会升华至灵魂的深处。

春节，是浓浓亲情的归宿。在这个辞旧迎新的传统佳节，无论身在何处，身居何职，总有一种强烈的回归愿望，总有几分莫名的歉疚和深深的牵挂。即便我们羽翼丰满，即便我们四海为家，但风花雪月带来的喜怒哀乐，俨然不敌心中那份难以磨灭的记挂。

回归何处？何处是家？一个永恒不变的魂，那就是——妈妈在哪儿，哪儿是家。

朦胧三月雨

三月的雨，是一缕绵绵的情愫。雨飘飘，雨蒙蒙，洗涤三月初春。朦胧三月雨，酿出布谷声声，唤醒嫩黄牙尖，刺破惺忪泥土，启幕春和景明。

雨，是有魂的。她风情万般，娇娆可人，总是极有韵致地飘飘洒落，默默漫淌出满目生机，洗礼万事万物的真情灵动，注入天地间搏动心怀和生命甘泉。

雨有多稠，其情就有多深。纤纤细丝有多密，其意就有多绵长。茫茫碧野的花草，在丝雨的滋润下，做起她们甜美的梦。嫩绿得吹气即化的叶片和浅红娇艳的花蕾，用稚嫩的小手，捧接着晶莹剔透的甘露，尽情发出饥渴且贪婪的吸吮。她们在雨的滋润，风的摇曳中张扬着春之娇媚。时而含羞如涩，时而翩翩曼舞。

雨，是多情的。她带给人们的是情真真、意绵绵的情感空间和殷殷相思。细雨伞下的情侣，那柔声窃窃的私语，那温情依依的相拥，那含情脉脉的对视，那娇柔似水的羞涩，无不让人油然生出小鸟依人的惺惺怜爱。这正是丝丝细雨寄予人间最美好的情结和男欢女爱最理想的意境。雨，将此情此景揉成一张情与爱的网，将所有向往幸福、向往美好、向往生命、向往一切善良尽收网中，谱就一曲如梦温存、如幻柔情、如火热情的旋律……

雨，是上天惠赐的甘霖。她催得万物复生，催得人的灵魂净化。人生百年，对于雨，不能不说是熟稔至极。不论历经多少风霜雨雪，一旦有了对雨的特殊理解，就会滋生出一种特殊的偏爱、一份特殊的情感。每每雨天，凭窗观景，无不为雨儿的高风亮节而赞叹，无不为雨儿泼洒甘露普济众生而动容。每每雨天，徜徉雨中，任那甘甜雨丝尽情地泼洒于身，浸入肌肤，洗去心灵中的尘埃和阴霾，心灵变得洁净豁亮，顿觉涤尽尘埃获新生之快感。

雨纷纷，带给人缕缕思绪。置身蒙蒙细雨中，让人在莫名的孤寂中，产生凄美的幻觉，享尽畅快淋漓的感动。朦胧三月雨，荡涤内心隐隐伤感和焦躁，驱赶心底难言的苍凉和痛楚。

雨，就是雨。倘若没有了雨，万物将随之消逝。诗人将永远难寻心中那道清心静魂的彩虹。

九月的芬芳

秋的季节，芬芳嵌入心灵的骨缝，如约金黄的深刻。

在微凉的风中，抓一把丰腴的香土，扔给掐算生命长短的广原。聆听草木窃窃私语，尽诉绿色期盼中的潋滟水光。

劳作的号子，融入耕作的成行土坯。犁铧刺破土地的吱吱声，与耕牛项铃交织，奏出田园交响。品读术语，品读阳光风吟，品读朴素土地上的鸟语和果香。

拾起春雨深情的回味，晶莹剔透的字句，穿越春夏栅栏，余音缭绕山梁。

葱茏的雨露，一遍一遍，刷洗曾经的花蕊，化为浓墨，泼洒七彩斓澜，降出盈盈饱满。

秋的季节，我看见，滚圆的希望，渗透田垄的五线琴弦，谱出秋之和弦。垒起一堆堆铿锵音符，从泥土里流淌出生命交响。

掰开月亮，明眸含情。在这秋的季节，没有什么让一尊小酌，如醉芳芬。没有比收获更昭示心灵，静谧的夜空更显心旌沸腾。期待伴着星月更替，任一页断章流放，让浅湿沧桑的荷塘，植满岁月的守望。

秋的季节，匆忙的乡村把寂寞引渡。将春之露、夏之炎、秋之凉，酿就一轮清澈的尘世。大地，随即一幅生动的场景。满上一杯累累硕果的清香，待浓浓的体味慢慢澄清，窗棂缝隙溢出醇醇酒香。

无言的心路，装载深深浅浅脚窝，踏着流水行云，在秋梦里重温那往昔的流光。

秋的季节，系好心情，让花的微笑收敛，释放出幸福的憧憬。在云淡风轻的日子，望断孤独，尽情挥洒深情与激扬。

九月的芬芳，用无声的窃喜，唤醒来年大地春回，遗忘湍火缭绕的时光。用深深的期盼涂鸦时令，撩起曾经不变的畅想。

（选自《散文百家》2017 年第 4 期）